Helen Grant

Die Mädchen des Todes

PIPER

Zu diesem Buch

Schlagartig ändert sich das Leben für Pia, als ihre Großmutter in der Weihnachtszeit bei einem tragischen Brandunfall ums Leben kommt. Ab jetzt wird sie in dem beschaulichen Städtchen in der Eifel, wo sie mit ihrem Vater und ihrer englischen Mutter wohnt, von den Gleichaltrigen gemieden, die sie mit einer Mischung aus Abscheu und Furcht betrachten. Als während eines Karnevalumzugs die junge Katharina spurlos verschwindet, ist Pia die Letzte, die sie lebendig gesehen hat. In der Stadt breiten sich Angst und Schrecken aus. Wie kann dort, wo jeder jeden kennt, ein Mädchen spurlos verschwinden? Pia und ihr Freund Stefan beschließen herauszufinden, was wirklich mit Katharina passiert ist. Behilflich ist ihnen dabei der freundliche Herr Schiller, ein älterer Herr, der gruselige und haarsträubende Märchen zu erzählen weiß. Doch schon bald ist das nächste Mädchen wie vom Erdboden verschluckt ... Düster und schaurig ist die Welt in dem vordergründig idyllischen Städtchen, die Helen Grant in ihrem spannenden Debütkrimi beschreibt.

Helen Grant, geboren 1964 in London, studierte klassische Philologie in Oxford und arbeitete dann zehn Jahre lang als Marketingmanagerin. Schon als Kind schrieb sie gern Geschichten. Außerdem reist sie gern, unter anderem in Asien und im Mittleren Osten. 2001 zog sie mit ihrer Familie nach Bad Münstereifel. Helen Grant hat ein leidenschaftliches Interesse für die Geschichte und die Legenden der Eifel; von ihnen wurde sie zu ihrem ersten Roman inspiriert. Seit 2008 wohnt sie mit ihrer Familie in Brüssel.

Helen Grant

Die Mädchen des Todes

Kriminalroman

Aus dem Englischen von
Henriette Zeltner

Margret Bl.

Piper München Zürich

Mehr über unsere Autoren und Bücher:
www.piper.de

Für Gordon

Deutsche Erstausgabe
Januar 2010

Titel der englischen Originalausgabe:
»The Vanishing of Katharina Linden«, Penguin Books, London 2009

Umschlaggestaltung: semper smile, München
Umschlagabbildung: Getty Images / Ralf Nau
Satz: Filmsatz Schröter, München
Papier: Munken Print von Arctic Paper Munkedals AB, Schweden
Druck und Bindung: CPI – Clausen & Bosse, Leck
Printed in Germany ISBN 978-3-492-25445-8

1. Kapitel

Mein Leben hätte ganz anders verlaufen können, wäre ich nicht das Mädchen mit der explodierten Großmutter gewesen. Und wäre ich nicht in Bad Münstereifel zur Welt gekommen. Hätten wir in der Großstadt gelebt – na gut, ich will nicht behaupten, dass dann niemand davon Notiz genommen hätte –, aber dann wäre der Wirbel vermutlich nach einer Woche vorüber gewesen, dann hätte sich das Interesse der Öffentlichkeit einem anderen Thema zugewandt. Abgesehen davon lebt man in einer Großstadt anonym. Die Wahrscheinlichkeit, von irgendjemand als die Enkelin von Kristel Kolvenbach erkannt zu werden, wäre gleich null gewesen. Aber in einer Kleinstadt ... Klatsch gibt es in jeder Kleinstadt, in deutschen Kleinstädten ist er allerdings eine Kunstform.

Ich habe meine Heimatstadt als einen Ort mit ausgeprägtem Gemeinschaftssinn in Erinnerung, den ich manchmal beruhigend und dann wieder erstickend fand. Feste, an denen die ganze Stadt teilnahm, prägten den Wechsel der Jahreszeiten. Im Februar war das der Karneval, im Sommer das Kirschenfest, im November der Martinszug. Immer sah man dieselben Gesichter: unsere Nachbarn aus der Heisterbacher Straße, die Eltern, die sich jeden Mittag vor dem Schultor trafen, die Verkäuferinnen aus der örtlichen Bäckerei. Wenn wir mit der Familie abends zum Essen gingen, war die Wahrscheinlichkeit groß, dass uns die Frau bediente, mit der meine Mutter am selben Morgen auf der Post geplaudert hatte. Und am Nachbartisch saß vermutlich die Familie von gegenüber aus der Straße. Man müsste schon sehr gewitzt sein, um an so einem Ort ein Geheimnis zu hüten – dachte zumindest jeder.

Wenn ich heute an jenes Jahr zurückdenke, erscheint es mir als Zeit der Unschuld. Damals erlaubte mir meine Mutter ohne Bedenken, mit zarten zehn Jahren allein durch den Ort zu stromern. Damals ließen alle Eltern ihre Kinder noch zum Spielen auf die Straße, ohne auch nur einmal den schrecklichen Gedanken zu haben, sie könnten nicht zurückkehren.

Das kam dann später. Meine eigenen Probleme begannen mit dem Tod meiner Großmutter. Der hat damals wirklich Aufsehen erregt, geriet aber natürlich in Vergessenheit, als der wahre Horror des darauffolgenden Jahres seinen Lauf nahm. Als klar wurde, dass in dem Städtchen irgendeine böse Macht am Werk war, erinnerte man sich an Oma Kristels Tod und sah in ihm ein Unheil verkündendes Omen. Ein Zeichen.

Das wirklich Unfaire an der Sache war, dass Oma Kristel eigentlich nicht explodiert, sondern vielmehr auf der Stelle verbrannt war. Doch Klatsch ist die kleine Schwester von Baron Münchhausen und verhindert, dass sich bei einer guten Geschichte die Wahrheit durchsetzt. Wenn man hörte, wie das, was passiert war, auf den Straßen von Bad Münstereifel und insbesondere auf dem Pausenhof der Grundschule, die ich besuchte, erzählt wurde, dann hätte man meinen können, meine Großmutter sei wie ein Brand in einer chinesischen Feuerwerksfabrik losgegangen, die Luft sei von Krachen und Knallen und schillernd aufflammendem buntem Licht erfüllt gewesen. Ich war jedoch dabei. Ich habe das Ganze mit eigenen Augen gesehen.

2. Kapitel

Es war Sonntag, der 20. Dezember 1998, ein Datum, das sich mir für immer ins Gedächtnis eingebrannt hat. Der letzte Sonntag vor Weihnachten, also der Tag, an dem wir die letzte Kerze am Adventskranz anzünden wollten, der letzte Tag im Leben meiner Großmutter, und wie sich erweisen sollte, das letzte Mal, dass in der Familie Kolvenbach Advent gefeiert wurde.

Meine Mutter, damals eine von nur drei britischen Staatsbürgern in dem Städtchen, kam mit den deutschen Weihnachtsbräuchen nie so wirklich zurecht. Normalerweise fiel ihr der Adventskranz erst kurz vor dem ersten Adventssonntag ein, und dann gab es nur noch schäbige, schiefe Dinger zu kaufen, die sich draußen vor dem Supermarkt am Ortsrand stapelten. In jenem Jahr hatten wir ein traurig aussehendes Etwas mit vier unglaublich blauen Kerzen, die unorthodox auf einem Ring aus künstlichem Grün steckten. Oma Kristel warf nur einen Blick darauf und ging dann los, um etwas Anständiges zu besorgen.

Der Kranz, den sie dann kaufte, war wunderschön: groß und aus dunkelgrünen Zweigen gebunden, mit roten und goldenen Bändern und winzigen Christbaumkugeln als Verzierung. Oma Kristel trug ihn so feierlich in unser Esszimmer, als sei er ein Weihrauchschwenker für das Jesuskind höchstpersönlich. Dort stellte sie ihn auf die Mitte des Tisches. Der Kranz meiner Mutter mit den unweihnachtlichen blauen Kerzen wurde auf ein Sideboard verbannt und kam schließlich unangezündet in die Mülltonne. Selbst wenn meine Mutter dazu irgendeine Meinung gehabt hätte, sie äußerte sie lediglich durch ein leichtes Kräuseln der Oberlippe.

An jenem Sonntag war ein besonderes Abendessen geplant.

Wir erwarteten dazu nicht nur Oma Kristel, sondern auch Onkel Thomas, den Bruder meines Vaters, meine Tante Britta sowie meine Cousins Michel und Simon, die allesamt aus Hannover anreisten. Meine Mutter, die deutscher Haushaltsführung ansonsten ziemlich kritisch gegenüberstand, hatte sich mit Kochen und Putzen total verausgabt. Wir wohnten in einem dieser typischen alten Eifler Fachwerkhäuser, die von außen wahnsinnig pittoresk, doch innen sehr niedrig und dunkel sind. Die winzigen Fenster lassen nur ganz wenig Tageslicht herein, sodass die saubersten Zimmer schmuddelig wirken.

Die Menüauswahl führte zu ähnlichem Stress. Onkel Thomas war ein Mann mit sehr einfachem Geschmack, und undeutsches Essen hätte er wohl ebenso ungern verzehrt wie Witchetty-Maden. Meine Mutter quälte meinen Vater zunächst ein bisschen damit, dass sie drohte, Curry und Chips zu machen, doch letztlich war ihr die Vorstellung, Onkel Thomas würde sein Essen auf dem Teller hin und her schieben wie ein Pathologe eine Stuhlprobe, wohl doch nicht recht. Sie beschloss, einen Gänsebraten mit Leberfüllung zu machen. »Alles, was an Leberwurst erinnert, ist für Thomas und Britta garantiert der Hit«, murmelte sie.

Gerade hatte meine Mutter die Gans fertig gemacht und mein Vater den Wein entkorkt, da traf Onkel Thomas mit Familie ein. Onkel Thomas entzog dem Haus nahezu das komplette Tageslicht, als er durch die Haustür trat, seine Schultern füllten den Türrahmen perfekt aus. Tante Britta, eine zierliche Frau mit Beinen wie Stöcke und vogelähnlich schnellen Bewegungen, folgte ihm. Danach kamen Michel und Simon.

In Deutschland ist es ja üblich, dass ein Kind auf die Besucher zugeht und ihnen die Hand gibt. Ich hasste das und hielt mich extra im Hintergrund, aber Oma Kristel schob mich mit einem perfekt getimten Schubser nach vorne.

Widerstrebend hielt ich Onkel Thomas die Hand hin, sie versank in dessen riesiger fleischiger Pranke.

»Hallo, Pia.«

»Hallo, Onkel Thomas«, erwiderte ich pflichtbewusst, damit er meine Hand rasch losließ und ich meine Finger unauffällig an meinen Hosenbeinen abwischen konnte, denn Onkel Thomas hatte immer feuchte Hände.

»Bist du aber groß geworden«, sagte er auf seine herzliche Art.

»Mhmm«, murmelte ich und hatte dann den rettenden Einfall. »Ich muss Mama in der Küche helfen.«

Erleichtert floh ich in die Küche, wo das Kondenswasser an den winzigen Glasscheiben herablief und meine Mutter sich so hektisch durch den Dampf bewegte, dass sie eher an den Heizer im Maschinenraum eines Dampfers erinnerte. Sie fixierte mich mit stählernem Blick.

»Raus«, war alles, was sie sagte.

»Mama, Onkel Thomas und Tante Britta sind da.«

»Oh Gott«, lautete die aufmunternde Bemerkung meiner Mutter. Sie scheuchte mich aus der Küche zurück ins Wohnzimmer, wo ich meinen Cousin Michel dabei ertappte, wie er die Reste der Schokolade aß, die mir der Nikolaus gebracht hatte. Der sich daraus ergebende Krawall dauerte, bis das Abendessen fertig war und meine Mutter mit gehetztem Gesichtsausdruck aus der Küche auftauchte, um uns an den Tisch zu bitten. Sie musterte Michels vom Weinen verquollenes rotes Gesicht, und ihre Oberlippe kräuselte sich, aber sie sagte nichts. Vorsicht ist eben besser als Nachsicht, und so kehrte sie in die Küche zurück, um die Gans fertig zu zerlegen.

In dem Moment, als meine Mutter uns zu Tisch rief, eilten alle zur Toilette, Oma Kristel eingeschlossen. Auf eine Auffrischung ihres Make-ups in letzter Minute zu verzichten, das kam für Oma Kristel schlichtweg nicht infrage, denn ihre einzige wirkliche Schwäche war Eitelkeit. Keiner von uns hatte sie je ungeschminkt oder ihr Haar im Naturzustand gesehen. Letzteres war immer zu einer Art glitzerndem Silberhelm frisiert und mit Haarspray fixiert.

Heute war der Helm leicht verbeult, denn Oma Kristel war einige Male in der Küche gewesen, um einen Rat bezüglich der glasierten Pfirsiche zu erteilen, die zur Gans serviert werden sollten. Deshalb nahm sie eine Riesendose Haarspray, die an einen Torpedo erinnerte, mit ins Bad und dazu ihre pralle Handtasche, die mit teuren Lippenstiften und Faltenkillern in Industriestärke wohlgefüllt war.

Oma Kristel hatte an jenem Tag gut ausgesehen, wie mein Vater Wolfgang und sein Bruder Thomas sich bei der Beerdigung wehmütig versicherten. Weil sie stets auf ihre Ernährung achtete, hatte sie bis ins hohe Alter ihre elegante Figur bewahrt. An ihren schlanken Beinen trug sie feine Nylonstrümpfe und modische spitze Pumps aus schwarzem Leder mit hohem Rist. Dazu einen unpassend engen, aber zweifellos schicken schwarzen Rock aus samtartigem Stoff und einen grellrosa Mohairpullover, den ein dünner schwarzer Gürtel in der Taille zusammenschnürte. An ihrem Busen, der immer noch so vorsprang, dass man an die Pin-ups der 1940er-Kriegsjahre denken musste, hatte sie wie einen Orden eine große Diamantbrosche befestigt. Ich tröste mich mit der Vorstellung, dass sie beim letzten Blick in den Spiegel im großen Bad mit dem, was sie erblickte, durchaus zufrieden gewesen war.

Trotzdem nahm sie sich viel Zeit, ihr Make-up aufzufrischen, sodass meine Mutter bereits die Teller auf den Tisch stellte, bevor Oma Kristel zum Haarspray griff.

»Oma Kristel!«, rief meine Mutter angespannt, aber bemüht, gegenüber ihrer willensstarken Schwiegermutter keinen zu scharfen Ton anzuschlagen.

»Mama!«, brüllte Onkel Thomas, der in solchen Dingen

weniger sensibel war und zweifellos schon nach der Gans und der Leberfüllung gierte.

Oma Kristel rückte ihr Haar zurecht und besprühte es dann mit der Hingabe eines Automechanikers, der einen BMW umspritzt. Sie schaffte es, dabei auch ihr Dekolleté und ihre Schultern so einzunebeln, dass der rosa Mohair von winzigen Tröpfchen glitzerte und eine Haarspraywolke über ihr hing. Anschließend steckte sie die Dose zurück in ihre Tasche und begab sich zu Tisch.

Die großen Lampen waren aus, und mein Vater stand mit der Streichholzschachtel bereit, um den Adventskranz anzuzünden. Oma Kristel warf ihm einen Wessen-Sache-ist-das?-Blick zu und streckte die Hand nach den Streichhölzern aus. Sie schob die Schachtel auf, nahm ein Hölzchen heraus und entzündete es schwungvoll.

Die Flamme erleuchtete das schummrige Zimmer wie eine winzige goldene Fackel. Einen Augenblick lang hielt Oma Kristel sie hoch, dann geschah das Unglaubliche. Das Streichholz glitt ihr aus den Fingern und fiel auf ihren rosa Mohairbusen. Mit einem »Wuuumm!«, das an einen anspringenden Gasboiler erinnerte, entzündete sich das Haarspray, mit dem Oma Kristel sich eingenebelt hatte, und ließ sie in einer Flammensäule verschwinden.

Eine schreckliche endlose Sekunde lang herrschte Schweigen, dann brach die Hölle los. Tante Britta stieß einen stilechten Horrorfilmschrei aus und schlug die Hände vors Gesicht. Es krachte, als mein Vater ein paar Stühle umstieß, weil er herumfuhr, um sich irgendwas zu schnappen, womit er die Flammen ersticken konnte. Onkel Thomas versuchte gedankenlos fluchend sich seines Jacketts zu entledigen, um es über die lodernde Gestalt zu werfen. Dabei waren seine Augen vor Schreck geweitet. Michel und Simon brüllten vor Angst. Das Gleiche galt wohl für mich, denn noch Tage danach war ich von dem Kreischen heiser. Meine Mutter, die gerade mit Topfhandschuhen den Gänsebraten auf einer Platte ins Esszimmer trug, ließ das Ganze auf den Natursteinboden krachen.

Nur Sebastian saß von all dem ungerührt in seinem Hochstuhl und schien den Eindruck zu haben, es handele sich um das normale Adventsprogramm. Alle anderen waren in Panik. Mit grauenerregender Endgültigkeit kippte Oma Kristel schließlich vornüber auf den Esstisch zwischen splitternde Gläser und zerbrechendes Porzellan.

Endlich kamen mein Vater und Onkel Thomas in Bewegung: Mein Vater leerte eine Flasche Mineralwasser über Oma Kristels rauchende Überreste, und Onkel Thomas breitete sein Sakko, von dem er sich inzwischen befreit hatte, über die ganze Bescherung. Für Oma Kristel kam das allerdings zu spät, sie war, wie es im Deutschen so schön heißt, mausetot. Wie ein Vorschlaghammer, der auf eine Tischuhr donnert, hatte der Schock ihr Herz zum Stillstand gebracht. Ihre nach wie vor elegant beschuhten Beine waren gespreizt, und sie hatte keinerlei Ähnlichkeit mehr mit Oma Kristel, sondern sah aus wie eine Schaufensterpuppe. Erst in der Stille, die dann folgte, begann Sebastian zu weinen.

3. Kapitel

Ich denke, genau das faszinierte mich an dem Märchen vom unerschrockenen Hans, dem furchtlosen Müller, der im Eschweiler Tal nördlich des Städtchens gelebt haben soll. Wenn man den hiesigen Legenden Glauben schenkt, musste das Tal der gruseligste Ort der Welt gewesen sein, sozusagen randvoll mit Geistern, und Hans war der einzige Mensch, der sich dort zu leben traute. Das und sein unverwechselbarer Name machten Hans für mich weitaus realer als alle historischen Persönlichkeiten der Gegend, wie etwa Abt Markward, über den es für uns endlose, schreckliche Schulprojekte gab.

Die Vorstellung von einem Menschen, der ohne mit der Wimper zu zucken mit Hexen und Gespenstern fertig wurde, war ungemein anziehend für jemand, der eine reißerische Familienanekdote wie eine Eisenkugel an einer Kette mit sich herumschleppte. Jetzt, wo ich bald alt genug bin, um selbst als erwachsen zu gelten, könnte ich mit dem Tratsch und den Hänseleien vielleicht besser umgehen, doch als Zehnjährige erschien es mir als das größte Unglück der Welt, das Mädchen zu sein, dessen Großmutter explodiert war. Außerdem gab es mir das Gefühl unendlicher Einsamkeit.

Der unerschrockene Hans hätte mit Sicherheit keine Miene verzogen, selbst wenn jedes einzelne Mitglied meiner weitverzweigten Familie explodiert wäre. Ich stellte ihn mir als großen breitschultrigen Mann vor, in traditioneller grüner Försterjoppe mit Hirschhornknöpfen. Er musste ein freundliches Gesicht, einen buschigen Bart mit grauen Strähnen und blitzende blaue Augen gehabt haben. Und er hatte, wie jedermann im Umkreis von zehn Kilometern, natürlich die Geschichte vom Ableben meiner Großmutter auch gehört, aber er hätte mich trotzdem freundlich, wenn auch ernst, gegrüßt, ohne das flammende Finale meiner betagten Verwandten zu erwähnen.

Wenn etwa eines dieser alten Weiber, die wie Vampire auf der Suche nach ungeschützten Kehlen durch die Straßen des Städtchens streiften, auf das Thema kam, dann warf es mir nur einen Blick aus funkelnden Augen zu, fuhr mir durchs Haar und sagte: »Ach, Kind«, als handele es sich lediglich um eine kindische Albernheit, über die man kein weiteres Wort zu verlieren brauchte. Als ob es nicht um das heißeste Thema im Städtchen seit fünfzig Jahren und für mich persönlich um eine Art Lepraglocke gegangen wäre.

Am Montag und Dienstag nach Oma Kristels Unfall ging ich nicht zur Schule. Dort machte man sich auch nicht die Mühe anzurufen und nach meinem Verbleib zu fragen. Frau Müller, die im Schulsekretariat arbeitete, wohnte im Haus gegenüber und war dank ihrer Antennen schon in dem Moment auf der Straße erschienen, als die Sirene des Krankenwagens zu hören gewesen war.

Wie in solchen Situationen üblich, wurde ein Mitschüler beauftragt, mir die Hausaufgaben vorbeizubringen. Eigentlich hätte ich den Braten schon riechen können, als Thilo Koch am Montag und Daniela Brandt am Dienstag auftauchten. Denn keiner von beiden war mit mir befreundet.

Thilo gehörte zu den ältesten Kindern in unserer Klasse, weil er erst mit sieben eingeschult worden war. Er war groß für sein Alter und hatte schon einen ziemlichen Bauch. Mit seinen kurzgeschorenen Haaren und seinen eingesunkenen Knopfaugen erinnerte sein Gesicht an ein zu prall gefülltes Sofakissen. Ich hielt mich grundsätzlich von Thilo fern, so wie man Abstand zu einem übellaunigen Tier hält.

Daniela Brandt war nicht so offensichtlich ehrfurchtgebietend, aber auf ihre Weise genauso gefährlich. Sie besaß ein scharf geschnittenes blasses Gesicht und eine schmale, spitze Nase, die aussah wie ein Schnabel, mit dem sie auf die Schwachstellen ihrer Mitmenschen einhacken wollte. Thilo und Daniela hatten noch nie die geringste Neigung gezeigt, jemand anderem einen Gefallen zu tun, noch waren sie für diesen Botengang die naheliegende Wahl. Marla Frisch, die nur drei Häuser die Straßen hinunter wohnte, hätte mir normalerweise die Hausaufgaben vorbeigebracht, so wie damals in der ersten Klasse, als ich die Windpocken hatte.

Thilo kam nicht einmal bis ins Haus, da mein Vater die Tür öffnete. Thilo war das wandelnde Klischee, der Schulhofrabauke mit einer gehörigen Portion Feigheit. Er warf einen

Blick auf meinen Vater, der trotz seiner roten Augen ziemlich einschüchternd aussah, und beschloss wohl, sich auf keine Diskussion einzulassen. Allerdings reckte er seinen kahlgeschorenen Kopf so weit um den Türrahmen, wie es eben ging. Wohl in der Hoffnung, einen Blick auf eine verrußte Zimmerdecke oder ein verkohltes Tischtuch zu erhaschen. Mein Vater nahm ihm die Blätter mit den Hausaufgaben aus den mopsigen Fingern, schob ihn sanft nach draußen und schloss die Tür.

Am nächsten Tag kreuzte Daniela Brandt auf und schaffte es tatsächlich bis ins Haus. Meine Mutter, die ihr die Tür aufmachte, hielt sie für eine Schulfreundin. Ich saß gerade im Wohnzimmer und hatte mich mit einem Buch in den Lieblingssessel meines Vaters gekuschelt. Doch ich war unfähig zu lesen, weil die Erinnerungen wie ein Videoclip ständig in einer Endlosschleife vor meinem inneren Auge abliefen.

Die Tür ging auf, und meine Mutter trat ein. Daniela folgte ihr, und ihr spitzes Gesicht sah in dem Dämmerlicht wie ein weißes Dreieck aus.

»Schau mal, wer da ist«, sagte meine Mutter mit brüchiger Stimme. Ihr Blick schien mich zu streifen und glitt dann ab. Sie war immer noch wie betäubt. Mein Vater war in der Lage gewesen zu weinen, aber bei meiner Mutter war Oma Kristels Tod noch nicht wirklich angekommen. Tagelang ging sie wie eine Schlafwandlerin umher und trug gedankenverloren Weihnachtsdeko von einem Raum zum anderen. Sie strich mit den Händen über ihre Schürze und verschwand in Richtung Küche.

Daniela schlüpfte wieselflink ins Zimmer. So wie der Blick meiner Mutter ziellos umhergeschweift war, schien der ihre alles messerscharf zu durchdringen. Ihre Augen waren überall, und ich hätte schwören können, dass ihre lange, dünne Nase zitterte.

»Ich bringe dir die Hausaufgaben, Pia«, sagte sie, sah mir

dabei aber nicht in die Augen. Mit unverhohlener Neugier spähte sie nach wie vor in jeden Winkel.

»Danke«, erwiderte ich kurz angebunden. Ich ließ das Buch nicht sinken, sondern wartete angespannt, dass sie wieder gehen würde.

Eine lange Pause trat ein.

»Es tut mir leid wegen … du weißt schon«, sagte sie schließlich.

»Wegen was?«, sagte ich in scharfem Ton. Ich blätterte so heftig um, dass die Seite zerriss.

Daniela lachte kurz auf, und es klang wie das Bellen einer Füchsin. »Na, wegen deiner Oma«, sagte sie mit ihrer besten »Bist-du-blöd-oder-was?«-Stimme. Mit einer Schuhspitze zog sie einen langen Strich entlang den Dielenbrettern und schüttelte sich dann ihr mattbraunes Haar aus dem Gesicht. »Alle reden darüber«, informierte sie mich. »Wir konnten es gar nicht glauben, weißt du.« Verschwörerisch senkte sie die Stimme und warf einen raschen Blick auf die Tür, um sicherzugehen, dass meine Mutter außer Hörweite war. »Ist es hier passiert? In diesem Zimmer?«

Ich sah nicht auf. »Hau ab, oder ich schreie«, sagte ich nur.

»Sei doch nicht dumm«, sagte Daniela gekränkt. Sie stieß einen tiefen Seufzer aus, als habe sie es mit einer hoffnungslos Verblödeten zu tun. An meiner Stelle hätte sie in der Aufmerksamkeit gebadet, so viel war sicher. Ihr wäre es wohl wert gewesen, beide Großmütter zu verlieren und noch eine oder zwei Tanten dazu, nur um einmal im Mittelpunkt zu stehen. »Komm schon, Pia …«

»Hau ab, oder ich schreie«, wiederholte ich.

Sie lachte erneut dieses leicht affektierte Lachen. »Du musst nicht so –«

Weiter kam sie nicht, weil ich unvermittelt den Kopf in den Nacken legte und tatsächlich schrie, so laut ich konnte. Bevor Daniela darauf reagieren konnte, flog krachend die Tür auf, weil meine Mutter wie eine Rhinozeroskuh, die ihr Junges verteidigt, hereinstürzte. Unpassenderweise hatte sie noch den karierten Topfhandschuh an einer Hand.

»Mein Gott, Pia! Was ist passiert?!«

Ich schloss abrupt meinen Mund und sah Daniela Unheil verkündend an. Meine Brust hob und senkte sich heftig. Meine Mutter blickte von mir zu Daniela und wieder zurück. Dann fasste sie Daniela sehr sanft an der Schulter und begann sie aus dem Raum zu dirigieren.

»Ich denke, du gehst jetzt besser, Liebes. Pia ist ziemlich durch den Wind«, sagte sie zu dem überrumpelten Mädchen, während sie mit der Topfhandschuh-Hand die Haustür öffnete. »Danke, dass du die Hausaufgaben vorbeigebracht hast«, fügte sie noch hinzu. »Das war sehr nett von dir.«

Einen Augenblick später rauschte sie wieder ins Wohnzimmer. Der plötzliche Energieschub schien verpufft, und sie wirkte wieder zerstreut. Sie kam zu mir her und kauerte sich vor mich hin, als wäre ich ein Kleinkind.

»Hat deine Freundin irgendetwas gesagt, das dich aufgeregt hat?« Sie hätte auch sagen können »deine kleine Freundin«.

»Sie ist nicht meine Freundin«, verkündete ich.

»Na ja, aber es war doch nett von ihr, dir die Hausaufgaben vorbeizubringen«, sagte meine Mutter.

»Das war kein bisschen nett«, klärte ich sie auf und spürte, wie jeden Augenblick ein neuer Schrei aus mir hervorbrechen konnte. »Sie wollte wissen, ob es in diesem Zimmer passiert ist, dass Oma Kristel … du weißt schon.«

»Oh«, machte meine Mutter. Sie machte eine sehr lange Pause und schien nachzudenken. Dann tätschelte sie meine Schulter. »Mach dir nichts draus, Pia. Das wird nur kurze Zeit Tagesgespräch sein. Bald werden sie es leid sein, darüber zu reden.«

Meine Mutter hatte in vielen Dingen recht, aber in einem Punkt lag sie auf geradezu eklatante Weise daneben, und das war das Interesse am Tod von Oma Kristel. Selbst heute noch, so viele Jahre und nach allem, was in jenem schrecklichen Jahr passiert ist, bin ich überzeugt, dass, wenn man bei einer beliebigen Person aus Bad Münstereifel den Namen Kristel Kolvenbach erwähnen würde, die spontane Reaktion wäre: War das nicht die Frau, die bei einem Adventsessen explodiert ist? Tagesgespräch nur für kurze Zeit war das eindeutig nicht.

4. Kapitel

Die Grundschule begann in der ersten Januarwoche wieder. Normalerweise ging ich zusammen mit Marla Frisch. Doch als ich meinen Ranzen packte, in dem deutsche Schulkinder ja üblicherweise tonnenschwere Mengen Schulbücher schleppen, sah ich Marla mit hüpfenden hellbraunen Zöpfen ohne anzuhalten an unserem Fenster vorbeigehen. Bis ich meinen Wintermantel angezogen und die Haustür geöffnet hatte, war sie bereits um die Straßenecke verschwunden. Verwirrt blickte ich ihr nach. Na gut. Vielleicht hatte sie nicht gedacht, dass ich schon wieder zur Schule gehen würde.

Ich schwang mir meinen Ranzen auf den Rücken, rief meiner Mutter auf Wiedersehen zu und trat auf die Kopfsteinpflastergasse, während ich die Tür hinter mir zuzog. Es war immer noch nicht richtig hell, und der Himmel sah aus wie Blei. Winzige Schneeflocken wirbelten durch die Luft, und mein Atem trat in kleinen Wölkchen aus. Die wenigen Menschen, die an mir vorübergingen, hatten ihre Jacken zum Schutz gegen die Kälte fest um sich gezogen.

Als ich das Schultor erreichte, schaute ich auf meine Uhr. Es war zwölf nach acht. Die Glocke würde in exakt drei

Minuten läuten. Ich eilte hinein, nahm auf der Treppe in den ersten Stock immer zwei Stufen auf einmal und schüttelte mir dann den Ranzen von den Schultern. Als ich meinen Mantel auf den Haken hängte, sah ich auf und bemerkte das spitze Gesicht von Daniela Brandt, die aus dem Türrahmen des Klassenzimmers spähte, genau eine Sekunde bevor sie zurückzuckte und wie eine Ratte in ihrem Loch verschwand.

Ich stand einen Augenblick vor meinem Haken und fragte mich, ob ich mir das nur einbildete oder ob tatsächlich plötzlich aufgeregtes Geflüster aus dem Klassenraum zu hören war.

»Frau Koch sagt, ihre Großmutter sei wirklich explodiert!«

»Ging hoch wie eine Bombe …«

»Zu Asche verbrannt …«

»Sie konnten sie nur an ihren Zähnen identifizieren, sagt meine Tante Silvia.«

Plötzlich wollte ich da nicht reingehen. Eine düstere Vorahnung überfiel mich. Jetzt würde es nichts nützen zu schreien. Frau Eichen würde es niemals dulden, und, was noch schlimmer war, gegen eine Klasse von 22 Zehnjährigen wäre es nicht nur nutzlos, sondern würde mich erst recht zum unwiderstehlichen Objekt ihrer Neugierde machen.

Oma Kristel war ihnen egal, genauso wie ihr Bemühen um Attraktivität, lange nachdem sich ihre Jugend verabschiedet hatte und aus der alternden Behausung ausgezogen war. Oder so egal wie die Tatsache, dass sie immer ein kleines Geschenk für mich hatte, ein Pröbchen mit einem unzumutbaren Duft oder irgendeine Glitzerbrosche. Oder so egal wie ihre Schwäche für Kirschlikör.

All das hatte ihnen nichts bedeutet. Was sie dagegen wissen wollten, war, ob sie »in echt« wie ein Feuerrad losgegangen war und in alle Richtungen Funken gesprüht hatte. Ob wirklich jedes einzelne Haar auf ihrem Kopf verbrannt war.

Ob man sie tatsächlich anhand ihrer Ringe hatte identifizieren müssen. Ob es stimmte, dass Tante Britta einen epileptischen Anfall erlitten hätte, als es passierte. Stimmte es wirklich, dass …?

Das Flüstern erstarb in dem Moment, als ich durch die Tür ins Klassenzimmer trat. Zweiundzwanzig vor Neugier geweitete Augenpaare fixierten mich, während ich widerwillig weiter durch den Raum schritt und den Stuhl unter dem Tisch hervorzog, an dem ich auch sonst saß. Frau Eichen war noch nicht da. Sie pendelte aus Bonn und kam oft erst unmittelbar bevor die Glocke läutete.

Als ich auf meinen Stuhl rutschte, war das Schweigen, das mich umgab, mit Händen zu greifen. Die anderen Kinder standen herum und starrten mich aus sicherer Entfernung wie Rindviecher an. Als ich ein Buch aus der Bücherei aus der Tasche nahm und auf den Tisch knallte, zuckten alle zurück. Ich bemerkte, dass niemand seine Sachen auf meinen Tisch gelegt hatte. Jemand hatte einen Ranzen mit rosa Blumen auf dem Stuhl mir gegenüber stehen gelassen. Mit einer unvermittelten Bewegung schnappte ihn sich Marla Frisch und zog sich wieder zurück.

Bevor ich mir überlegen konnte, wie ich darauf reagieren sollte, läutete es, und Frau Eichen betrat das Klassenzimmer. Sie sah ein wenig gehetzt aus. Ihr kastanienbraunes Haar quoll unter der silbernen Haarspange hervor, und ihre Strickjacke rutschte von einer Schulter herunter.

»Alle hinsetzen!«, bellte sie uns an und versuchte, ihre Verspätung mit ein wenig Strenge zu kaschieren. Hektische Bewegung setzte ein. Ich schaute auf meine Hände, um nicht den Blicken meiner Klassenkameraden zu begegnen. Trotzdem entging mir nicht, dass sich niemand an meinen Tisch setzte. Rund um mich herum schien gähnende Leere zu sein.

An einem anderen Tisch war es zu einem kleinen Streit gekommen, als Thilo Koch und ein anderer Junge versuchten, sich gleichzeitig auf denselben Stuhl zu setzen. Frau Eichen, die bis dahin noch damit beschäftigt war, einen Berg Hefte und Bücher, die sie unter dem Arm hatte, auf dem Tisch zu deponieren, sah unvermittelt auf. Sie musste feststellen, dass die ganze Klasse außer mir versuchte, sich an vier der fünf Tische zu quetschen, und dass ich – Pia Kolvenbach – einsam, mit gesenktem Kopf und schamrotem Nacken an dem verbliebenen Tisch hockte. Während sie dieses Bild noch in sich aufnahm, gab es ein dumpfes Geräusch, als es Thilo Koch schließlich gelang, den anderen Jungen vom Stuhl und auf den Boden zu schieben. Einen Moment lang herrschte Schweigen.

»Was hat das zu bedeuten?«, fragte Frau Eichen mit eisiger Stimme.

Absolute Stille, während Frau Eichen finster in ein Gesicht nach dem anderen blickte.

»Wer sitzt normalerweise an Pias Tisch?«, fragte sie, und ein Geschubse und Flüstern brach los, aber offenbar war niemand bereit, sich zu melden. Frau Eichen pickte sich ein Gesicht aus der Horde heraus, die sich um den Tisch am Fenster drängelte.

»Maximilian Klein.«

Doch Maximilian machte keine Anstalten, sich zu rühren. Er schien auf dem Platz, wo er sich zwischen zwei andere Kinder gequetscht hatte, zu schrumpfen und sah überall hin, nur nicht zu Frau Eichen oder mir.

»Marla Frisch.«

Da hob ich den Kopf. Marla und ich galten als befreundet. Ich konnte ihr in die Augen sehen und warf ihr einen bittenden Blick zu. Sie schaute weg.

Frau Eichens Gesicht verfärbte sich leicht rosa. So offenkundigen Ungehorsam war sie nicht gewohnt.

»Würde mir irgendjemand freundlicherweise erklären, was hier los ist?«, verlangte sie. »Warum sitzt Pia allein?«

Schließlich ergriff Daniela Brandt, die ja keine Gelegenheit ausließ, im Rampenlicht zu stehen, das Wort.

»Bitte, Frau Eichen, wir finden, wir sollten nicht neben ihr sitzen müssen.«

»Was soll das heißen, ihr findet, ihr solltet nicht neben ihr sitzen müssen?«, giftete Frau Eichen.

»Vielleicht ist es ansteckend, Frau Eichen«, sagte Daniela mit einem Grinsen. Ein anderes Mädchen unterdrückte ein Kichern.

Frau Eichens Blick wanderte kurz zu mir, als wollte sie mich auf Symptome einer unangenehmen Erkrankung kontrollieren. Dann seufzte sie tief. »Vielleicht ist was ansteckend?«, fragte sie in genervtem Ton.

»Das Explodieren«, sagte Daniela und stieß einen kleinen Kiekser aus, der klang wie das Lachen einer Hyäne.

Das genügte, die Klasse war nicht mehr zu halten. Einige Mädchen machten sich ein Spiel daraus, ihre Stühle noch ein wenig weiter weg zu rücken, außer Reichweite von Pia Kolvenbach, der potenziell explosiven Schülerin. Die meisten aber hielten sich nur die Seiten und lachten johlend. Nachdem die erste Heiterkeitswelle gerade verebbt war, deutete Thilo Koch mit den Armen eine Explosion an und machte dazu ein kräftiges Pupsgeräusch. Da brach das Gelächter erneut los. Mit geröteten Gesichtern klammerten sich meine Klassenkameraden aneinander, als könnten sie sonst von der Welle der Erheiterung fortgerissen werden.

Wortlos und hilfesuchend blickte ich Frau Eichen an. Bestürzt musste ich an ihrem verschlossenen Gesichtsausdruck und den fest zusammengepressten Lippen erkennen, dass auch sie gegen eine aufsteigende Lachsalve ankämpfte. Dann bemerkte sie, dass ich sie ansah, und mit geradezu titanischer Willensanstrengung fasste sie sich und knallte ein Buch derart auf den Tisch, dass es inmitten des Gelächters wie ein Schuss klang.

»Seid ruhig!«, brüllte sie. Nach ein paar von Räuspern und Husten erfüllten Sekunden herrschte im Klassenzimmer wieder mehr oder weniger Ordnung.

»Setzt euch auf eure Plätze!«

Niemand rührte sich. Dann trat eine sehr lange Stille ein, die nur vom Knarzen der Stühle und dem unangenehmen Drängeln aneinandergepresster Körper durchsetzt war. Mir kam es vor, als wäre eine Ewigkeit vergangen, als ich plötzlich hörte, wie ein Stuhl zurückgeschoben wurde und jemand aufstand.

Oh, nein. Stink-Stefan. Er saß normalerweise nicht mal an meinem Tisch. Was machte er da? Zweiundzwanzig Augenpaare folgten ihm, als er zielstrebig an meinen Tisch kam, seinen schaukelnden armseligen Ranzen in der einen Hand, seinen Stuhl in der anderen. Er stellte den Stuhl neben mich, setzte sich und verschränkte die Arme, als warte er auf etwas. Da wäre ich wirklich am liebsten im Erdboden versunken.

Stink-Stefan, der unbeliebteste Schüler der Klasse. Wenn ich ihn als Verbündeten brauchte, dann war für mich wirklich alles zu spät. Ich senkte den Kopf wieder, entschlossen, seinen Blick nicht zu erwidern. Er brauchte nicht zu glauben, ich wäre dankbar für seine Unterstützung. Doch so unwillkommen mir seine Geste auch gewesen sein mochte, sie brach den Bann. Einen Augenblick später erhoben sich zwei weitere Kinder und schleppten ihre Stühle und Taschen zurück an meinen Tisch. Schließlich kam auch Marla Frisch, auch wenn sie dreinsah, als ginge sie zu ihrer eigenen Hinrichtung, und setzte sich so weit wie möglich von mir entfernt hin.

Als die Glocke am Ende des Vormittags erklang, erschien mir das wie ein Segen. Ich ließ mir mit dem Einpacken meines Ranzens absichtlich so lange Zeit, bis alle anderen gegangen waren, bevor ich aus dem Klassenzimmer huschte. Alle bis auf Stink-Stefan waren weg. Er stand auf der anderen

Seite der schweren Feuerschutztür, oben an der Treppe, und wartete auf mich.

Ich schulterte meinen Ranzen, drückte die Tür auf und marschierte entschlossen und ohne ein Wort an ihm vorbei. Als ich die Treppe hinunterging, meinte ich ihn etwas sagen zu hören, und ohne es zu wollen, drehte ich mich halb zu ihm um und schaute ihn an. Unsere Blicke begegneten sich. Einen Moment lang musterten wir einander, dann warf ich den Kopf herum und stürmte die Treppe hinunter, den Flur entlang, durchs Schultor, wohin auch immer, bloß weg. Aber es half nichts: Stink-Stefan und ich waren bereits ein Paar.

5. Kapitel

An dem Tag, als Stink-Stefan Herrn Schiller kennenlernte, schneite es nicht, sondern es war strahlend schönes Wetter, und es war klirrend kalt. Tief in meine Daunenjacke gekuschelt, rannte ich die breite Kölner Straße hinunter, die Richtung Norden aus der Stadt herausführt, als ich bemerkte, dass Stefan mir auf den Fersen war. Ich behielt mein hohes Tempo bei, einerseits um nicht zu frieren, andererseits schenkte es mir auch eine gewisse Genugtuung, zu versuchen, ihn abzuhängen.

Vor lauter Eile wäre ich an der Ecke bei der Brücke fast mit jemandem zusammengestoßen.

»Fräulein Pia.«

Auf meiner Augenhöhe befand sich ein altmodischer Herrenmantel mit einer roten Nelke im Knopfloch, die wie ein Farbklecks leuchtete. Ich sah auf und blickte in ein zerfurchtes Gesicht. Buschige Augenbrauen über erstaunlich blauen Augen.

»Herr Schiller.«

Ich erschrak. Zu jedem anderen Zeitpunkt hätte ich mich

gefreut, Herrn Schiller zu treffen. Ich bemerkte jedoch, wie seine Augen zu dem Schatten hinter mir wanderten, und ich wusste, dass ich ihm Stefan vorstellen musste.

»Ist das ein Freund von dir?«, fragte er in leicht amüsiertem Ton.

»Ähm …« Während ich noch schwankte, hatte Stefan bereits seinen rechten Handschuh ausgezogen und streckte die Hand aus.

»Hallo, ich bin Stefan Breuer.«

»Heinrich Schiller«, sagte Herr Schiller ernst und ergriff die ausgestreckte Hand. Dann wandte er sich zu mir. »Und wo geht ihr bei diesem unwirtlichen Wetter hin, Fräulein Pia?« Herr Schiller sprach immer so und war nie herablassend, nur weil ich ein Kind war.

»In den Park im Schleidtal.«

»Verstehe«, sagte Herr Schiller. Er schob den Ärmel seines Mantels zurück und sah auf seine alte silberne Armbanduhr. »Nun, solltet ihr später, wenn ihr beide bis auf die Knochen durchgefroren seid, Lust haben vorbeizuschauen, wäre es mir ein Vergnügen, euch etwas heißen Kaffee – oder, falls es beliebt, Schokolade – zu kredenzen.«

Ich sah Stefan an. »Also, eigentlich …« Ich zögerte. »Eigentlich habe ich gar nichts Bestimmtes vor.«

»Ich auch nicht«, beeilte sich Stefan zu sagen und warf mir einen herausfordernden Blick zu.

»Und es ist ja auch ziemlich kalt«, sagte ich und bemühte mich, ihn möglichst zu ignorieren.

Herr Schiller gab ein trockenes Lachen von sich, das klang wie ein alter Blasebalg.

»Dann kommt doch bitte gleich mit mir. Wir können noch im Café am Fluss Kuchen holen. Du darfst ihn aussuchen, Fräulein Pia, und Herr Breuer kann die Schachtel tragen.«

Folgsam schlossen wir uns ihm an. Trotz seines Alters – er war schon über achtzig – wirkte Herr Schiller erstaunlich rüstig. Er benutzte niemals einen Stock, selbst wenn der Boden vereist war, und auch jetzt stürmte er voran. Am großen Werther-Tor verschwand Herr Schiller im Tabakladen. Stefan und ich warteten draußen.

»Wo hast du denn den kennengelernt?«, raunte Stefan mir zu und blickte dabei um sich, um sicherzugehen, dass niemand außer mir in Hörweite war.

Ich seufzte. »Ich habe ihn immer zusammen mit meiner Oma besucht.«

»Mit der, die …?«

»Ja.« Ich richtete meinen Blick auf das Kopfsteinpflaster und erwartete die unvermeidlichen Fragen, aber Stefan sagte nichts mehr. Ich sah ihn kurz von der Seite an. Aufmerksam schien er ein an die Schaufensterscheibe geklebtes Plakat zu studieren, auf dem eine Ü-30-Party im Kurhotel angekündigt wurde. Ich entspannte mich.

»Er ist alt, aber cool«, sagte ich. »Er erzählt mir diese ganzen Sachen – also, das hat er zumindest gemacht, wenn ich ihn mit Oma Kristel besucht habe. Wie es früher hier in der Stadt war.«

Stefan sah mich zweifelnd an. »Geschichten von früher?«

»Nein, spannende Sachen«, sagte ich. »Zum Beispiel, also Herr Schiller sagt, da gab es den Geist eines weißen Hundes, und jeder, der ihn sah …«

Herr Schiller trat auf die oberste Treppenstufe vor dem Geschäft, und ich verstummte abrupt. Doch der alte Mann schaute nicht zu mir und schien auch nicht gehört zu haben, dass ich seinen Namen gesagt hatte. Er starrte missbilligend, ob aus Zorn oder Widerwillen, vermochte ich nicht zu sagen, zu jemand auf der anderen Straßenseite hinüber. Ich folgte seinem Blick und entdeckte eine Gestalt, die ich erkannte.

»Herr Düster«, flüsterte Stefan. Auch er hatte den mageren Mann erkannt, und das trotz des zerbeulten Hutes, den dieser sich tief ins Gesicht gezogen hatte.

Herr Schiller kam die Treppe herunter. Als er an mir vorbeiging, stieß er mit dem Ellbogen an meine Schulter, aber ich könnte schwören, dass er es nicht einmal bemerkte. Er näherte sich Herrn Düster so, als würde er ein gefährliches Tier in die Ecke drängen. Gleichzeitig straffte er die Schultern, als wollte er uns gegen ihn abschirmen.

»Guten Morgen«, hörte ich ihn sagen. Die Worte waren freundlich, der Ton jedoch vorwurfsvoll.

Herr Düster hob das Kinn ein wenig, sodass seine funkelnden dunklen Augen unter der Hutkrempe sichtbar wurden. Sein Blick flackerte von Herrn Schiller zu uns und wieder zurück. Das hatte etwas Bedrohliches, zugleich auch Argwöhnisches, als wäre er ein wildes Tier, das vom Hunger getrieben erwägt, Menschen anzugreifen. Er grummelte etwas Unverständliches, drehte sich dann sehr bestimmt um und schlich davon. Er hatte einen eigenartigen Gang, der irgendwie verstohlen wirkte. Ich musste an eine Krabbe denken, die über den Meeresboden kriecht. Er schob sich am Eingang der Post vorbei und verschwand um die Ecke.

»Kommt«, sagte Herr Schiller scharf, und wir trotteten ihm nach.

Ich wagte nicht, ihn nach Herrn Düster zu fragen. Der alte Mann war unter den Schulkindern eine Legende, fast so wie der böse Schäferhund Troll von Herrn Koch, der sich jedesmal, wenn man vorbeiging, bellend und wild schnappend gegen den Gartenzaun warf. Angesichts von Herrn Schillers Reaktion erschien Herr Düster mir noch unheimlicher. Als die fürchterlichsten Dinge, die einem passieren konnten, galten damals: mit Herrn Düster sprechen zu müssen und Troll zu begegnen, ohne dass er sich hinter einem Zaum befand. Das änderte sich natürlich an dem Tag, an dem Katharina Linden verschwand.

6. Kapitel

Seltsamerweise kann ich mich sehr genau daran erinnern, Katharina Linden an jenem Sonntag gesehen zu haben. Ich kannte sie zwar kaum – sie besuchte zusammen mit den übrigen Kindern aus den umliegenden Dörfern Eicherscheid und Schönau eine andere Klasse, und ich glaube nicht, dass ich jemals mit ihr geredet habe –, aber ich kannte sie vom Sehen.

Ich bemerkte sie, als sie am Brunnen vor dem Laden des Fotografen stand. Dieser Brunnen ist ein seltsames graublaues Kunstwerk mit einer Statue von König Zwentibold von Oberlothringen, der gütig von oben auf die Betrachter herabblickt. Obwohl es Februar und ungemütlich kalt war, schien die Sonne, und Katharina war in ihren kalten, blassen Schein getaucht. Die Erinnerung daran ist so klar, dass ich manchmal an mir selbst zweifele – hat meine Phantasie dieses Bild erzeugt, weil ich sie sehen wollte, oder war sie tatsächlich dort?

Sie war als Schneewittchen verkleidet – ein leicht erkennbares Kostüm, weil es der Disney-Verfilmung entsprach: blaues Mieder, gelber, knöchellanger Rock, roter Umhang, ein hoher Kragen und eine kleine rote Schleife in ihrem dunklen Haar. Ich glaube, ihre Mutter oder sie selbst hatte diese Verkleidung deshalb gewählt, weil Katharina mit ihrem vollen lockigen, pechschwarzen Haar, der eher blassen Haut und den dunklen Augen perfekt als Schneewittchen war. Als sie verschwand, schien das fast etwas Märchenhaftes zu haben. Als wäre sie eine der tanzenden zwölf Prinzessinnen der Brüder Grimm, die jede Nacht irgendwie aus einer verschlossenen Schlafkammer entkamen und im Morgengrauen mit durchtanzten Schuhen heimkehrten. Katharina kehrte allerdings nie mehr heim.

Ich weiß nicht, wer als Erster bemerkte, dass etwas nicht stimmte. Der Umzug begann wie üblich um elf Minuten nach zwei Uhr. Alle Karnevalswagen standen hintereinander auf der Straße vor dem Orchheimer Tor am südlichen Stadtrand. Extrem laute Karnevalsmusik erscholl aus den riesigen Lautsprechern und übertönte die Schreie und Jubelrufe der Menge.

Als der erste Wagen durch das Tor rollte, stürmten Stefan und ich mit einem Dutzend anderer Kinder nach vorne, um Bonbons und Krimskrams aufzuheben, die man händeweise auf uns herunterwarf. Wir fingen immer reichlich und stopften, bestens vorbereitet, die Beute in unsere Stofftaschen. Die Wagen fanden wir weniger interessant als das Einsammeln der Süßigkeiten. Aber ich erinnere mich, dass in jenem Jahr einige tolle Wagen dabei waren: ein Piratenschiff mit echten Kanonen, aus denen Trockeneisnebel quoll, und mit einer Unterwasserszene aus Fischen und Kraken, darüber thronte Neptun in Begleitung von Meerjungfrauen, die mit ihren nackten Schultern in der kalten Februarluft zitterten.

Fast alle waren verkleidet: Marla Frisch als Rotkäppchen kam vorbei und übersah mich geflissentlich. Thilo Koch kreuzte als übergewichtiger Pirat auf, das Satinhemd spannte sichtlich über seinem Kugelbauch. Sosehr ich ihn hasste, um eines beneidete ich ihn: Seine Mutter hatte ihm immerhin ein Kostüm gekauft, ein eigenes.

Meine Mutter hatte Karneval irgendwie nie so ganz begriffen. Sie schien zu glauben, dass Eltern, die die Kostüme ihrer Kinder selber machten, quasi Extrapluspunkte sammeln würden. Ihrer Ansicht nach war es Mogelei, eine Verkleidung einfach zu kaufen. Sie verstand nicht, wie sehr ich mich danach sehnte, wie Lena oder Eva aus meiner Klasse ein Barbie-Prinzessinnen-Kostüm oder ein Feenkleid vom Kaufhof zu tragen.

Dieses Jahr hatte sie die Familie nach den Figuren aus

»Der Zauberer von Oz« verkleidet: Sie selbst war der Blechmann, mein Vater die Vogelscheuche und Sebastian der Feige Löwe – wobei man ihn auch für Totò hätte halten können, so wenig war er als Löwe zu erkennen. Ich war Dorothy, in ein blau-weiß kariertes Trägerkleid gezwängt, darunter eine weiße Spitzenbluse und dazu rot angemalte alte Pumps, die mit Pailletten beklebt waren. Nachdem Daniela Brandt stehen geblieben war, den Kopf schief gelegt und mich gefragt hatte, ob wir die Trapp-Familie darstellten, war ich so sauer, dass ich beschloss, mir im nächsten Jahr ein Kostüm zu kaufen. Selbst wenn ich dafür das Taschengeld eines ganzen Jahres würde sparen müssen.

Stefan war ein wenig besser dran. Er hatte ein deutlich erkennbares Spiderman-Outfit mit Gesichtsmaske. Wir gaben ein seltsames Paar ab, Dorothy und Spiderman, die über die Kopfsteinpflastergassen wieselten, die Stofftaschen mit Bonbons, Popcorn und Plastikspielzeug gefüllt. Aber Karneval ist nun mal ein verrücktes Schauspiel, wenn missmutige Nachbarn einen Tag lang lustig sind und prüde alte Frauen sich als Vampir oder Zimmermädchen verkleiden. Wie sich herausstellen sollte, war es die ideale Zeit für jemanden – oder etwas –, um durch die Straßen zu schleichen, für jemanden, dessen Fremdartigkeit und abartige Absichten in dem allgemeinen Trubel unbemerkt blieben.

Während der Zug sich durch die Stadt bewegte, folgten Stefan und ich ihm und schoben uns durch die Menge. Ich erinnere mich, Katharina Linden am Brunnen gesehen zu haben, als wir die Kreuzung in der Stadtmitte erreichten. Das muss gegen Viertel vor drei gewesen sein.

Ein Stückchen weiter sah ich Frau Linden, die als Clown verkleidet war, in einer Art buntem Strampelanzug und mit grüner Lockenperücke. Sie hatte Nils, den jüngeren von Katharinas beiden Brüdern, an der Hand. Nils war ein Marienkäfer und sah absolut angewidert dem ganzen Treiben zu. Er zerrte an Frau Lindens Arm und beklagte sich lautstark über irgendetwas.

Vielleicht war das der Grund, warum Frau Linden das Verschwinden ihrer Tochter nicht gleich bemerkte. Sie war mit Nils beschäftigt. Und schließlich war Bad Münstereifel eine Kleinstadt – jeder kannte jeden, und selbst im Karneval entdeckte man überall genügend bekannte Gesichter, sodass man sich um seine Kinder nicht sorgen musste. Das glaubten zumindest alle.

Als der Umzug am Werther-Tor ankam, liefen wir zum Brunnen zurück, wo wir an Katharina vorbeigekommen waren, und setzten uns, den Bauch voller Süßigkeiten, mit leichter Übelkeit, aber zufrieden, auf die steinerne Einfassung. Die Menge verlief sich, und anstelle der Umzugswagen bewegte sich eine kastenförmige Straßenkehrmaschine wie ein überdimensionaler Staubsauger über das Kopfsteinpflaster, gefolgt von einem Trupp gelangweilt dreinschauender Männer in orangefarbenen Overalls mit Müllsäcken.

Ich schaute in Richtung der Arkaden, die zum Gymnasium St. Michael führen. Dort bewegte sich etwas Buntes, jemand in einem bunten Clownskostüm rannte dort. Es war Frau Linden, diesmal ohne Nils. Sie überquerte rasch den Salzmarkt und war schon aus meinem Blickfeld verschwunden. Zu dem Zeitpunkt dachte ich mir noch nichts dabei, allerdings war ich dann ein wenig überrascht, als sie nur ein paar Minuten später aus der Gasse neben dem Rathaus kam und die Straße hinunter in unsere Richtung lief. Ich stupste Stefan mit dem Ellbogen in die Seite.

»Was ist?«

Ich deutete mit dem Kopf auf Frau Linden, die nun geradewegs auf uns zustürzte. Ich wollte gerade eine blöde Bemerkung machen, als ich ihren Gesichtsausdruck wahrnahm. Ihre ansonsten offene, freundliche Miene wirkte kalt und hart, was zu der grünen Perücke eigenartig aussah. Instinktiv spürte ich, dass etwas nicht in Ordnung war, und erhob mich.

»Hast du Katharina gesehen?«

Ihre Stimme war angespannt, zitterte, als würde sie im nächsten Augenblick brechen und Frau Linden die Fassung verlieren.

»Wir haben sie vorhin gesehen«, antwortete ich ihr.

»Wo?« Da war so ein unsicheres Drängen in ihrer Stimme. Ich wich ein wenig zurück, weil ich das Gefühl hatte, sie könnte mich bei den Schultern packen und schütteln. Irgendwie sah sie danach aus.

»Hier«, sagte ich. »Am Brunnen.« An ihrem Gesicht konnte ich ablesen, dass das nicht die Antwort war, die sie hören wollte. Mir wurde plötzlich ganz heiß, als hätte ich ihr eine Lüge erzählt.

»Hast du gesehen, wo sie hingegangen ist?«, blaffte Frau Linden.

»Nein«, sagte Stefan, und Frau Linden warf ihm einen Blick zu, als habe sie ihn erst jetzt wahrgenommen.

»Leider nein«, echote ich. Wir sahen einander unbehaglich an.

Frau Linden schien auf einen Schlag ein wenig zusammenzusacken, als ob die Energie, die sie bis zu uns gebracht hatte, sie nun verlassen hätte. Dann streckte sie einen Arm aus und berührte meine Schulter.

»Bist du dir sicher?«, fragte sie mich. »Bist du dir ganz sicher, dass du nicht gesehen hast, wo sie hingegangen ist?«

»Nein«, sagte ich, und mir wurde klar, wie zweideutig das klang. »Nein, ich habe nicht gesehen, wo sie hingegangen ist.«

»Wahrscheinlich ist sie mit zu Marla oder so«, meinte Stefan in dem Versuch zu helfen.

»Ist sie nicht«, stellte Frau Linden kurz angebunden fest. Sie sah sich zerstreut um, als ob sie Katharina wie eine vergessene Einkaufstasche irgendwo stehen gelassen hätte.

Dann rutschte ihr Arm von meiner Schulter, sie drehte sich um und eilte wieder die Marktstraße hinauf, ohne auch nur auf Wiedersehen zu sagen. Stefan und ich wechselten einen Blick. Bei einem Erwachsenen war das schon ein ziemlich seltsames Verhalten.

»Komisch«, meinte Stefan.

»Ja«, stimmte ich ihm schulterzuckend zu.

Mir wurde es langsam kalt in meinem karierten Kleid, und die kurze Unterhaltung mit Frau Linden hatte meine Feierstimmung sowieso ruiniert.

»Ich gehe nach Hause«, sagte ich und fügte nach einer Pause hinzu: »Magst du mitkommen?«

Stefan nickte nur. Wir hoben unsere Taschen auf und machten uns auf den Weg zu mir. Ich schob gerade meinen Schlüssel ins Schloss, als meine Mutter die Tür von innen öffnete.

Typisch für sie, vergeudete sie keine Zeit damit, Stefan zu begrüßen und ihm die Allerwelts-Erwachsenenfragen zu stellen: Was macht die Schule? Wie geht's deiner Mutter? Sie kam sofort zur Sache: »Hat einer von euch Katharina Linden gesehen?«

Wir sahen uns an. Waren jetzt alle Erwachsenen verrückt geworden?

»Nein«, antworteten wir im Chor.

»Seid ihr euch da ganz sicher?«

»Wir haben sie vorhin am Brunnen gesehen, aber jetzt ist sie weg«, sagte ich. »Das haben wir auch Frau Linden gesagt.« Zweifelnd sah ich meine Mutter an. »Warum fragt überhaupt jeder nach ihr? Hat sie was angestellt?«

»Sie hat nichts angestellt«, sagte meine Mutter. »Sie ist einfach verschwunden.« Zögernd schaute sie mich und Stefan an und wollte offensichtlich nichts sagen, was uns hätte beunruhigen können. »Bestimmt taucht sie bald wieder auf.«

»Frau Linden hat gesagt, bei Marla Frisch zu Hause hätte

sie es schon versucht«, warf ich ein. Einen Moment lang herrschte Schweigen. »Wo ist Papa?«, fragte ich dann.

»Unterwegs«, sagte meine Mutter. »Er hilft den Lindens, nach Katharina zu suchen.«

»Wir könnten auch helfen«, schlug Stefan vor. Er zog seine Spiderman-Maske vom Kopf, und darunter kam sein sandfarbenes Haar zum Vorschein, das in wirren Büscheln in alle Richtungen abstand. Er machte ein eifriges Gesicht. Ich fragte mich, ob ihm sein Spiderman-Outfit wohl zu Kopf gestiegen war. »Wir können sie suchen. Wir kennen doch jede Menge Plätze, oder, Pia?«

Meine Mutter schüttelte den Kopf. »Ich denke, es ist besser, wenn ihr beide jetzt hierbleibt«, sagte sie. »Lasst die Erwachsenen nach Katharina suchen.« Ihre Stimme klang sanft, duldete aber keinen Widerspruch. Unvermittelt wechselte sie das Thema: »Möchtet ihr beiden vielleicht einen heißen Kakao?«

Fünf Minuten später hockten Stefan und ich zufrieden auf der langen Bank hinter dem Küchentisch und hatten beide Kakaoschnurrbärte. Für den Augenblick hatten wir Katharina Linden vergessen.

7. Kapitel

Es war schon stockdunkel, als mein Vater nach Hause kam. Er hatte immer noch sein Vogelscheuchenkostüm an. Allerdings war die braune Farbe in seinem Gesicht ganz verschmiert, als wäre er sich wie ein kleines Kind mit dem Handrücken darübergefahren. Als er sich auf dem Fußabstreifer die Schuhe abputzte, kam meine Mutter aus der Küche und trocknete sich die Hände an einem Geschirrtuch ab.

»Und?«, war alles, was sie sagte.

Mein Vater schüttelte den Kopf. »Nirgends eine Spur von

ihr.« Er bückte sich schwer atmend, um seine Schuhbänder zu öffnen. Als er sich wieder aufrichtete, sagte er: »Jemand meinte, sie oben in der Nähe des Orchheimer Tors gesehen zu haben, aber es war ein anderes Kind mit dem gleichen Kostüm. Dieter Linden ist immer noch unterwegs, aber ich glaube nicht, dass er jetzt in der Dunkelheit viel finden wird.«

Ich hörte vom Küchentisch aus zu, wo ich gerade mit meinem Abendbrot kämpfte, Graubrot mit Käse und Leberwurst. Die Wortwahl meines Vaters kam mir schon damals seltsam vor: Er glaubte nicht, dass Herr Linden viel finden würde. Das klang, als würde er nicht nach einer Person, sondern nach einer Sache oder, schlimmer noch, Teilen einer Sache suchen.

»Ich frage mich, was …«, begann meine Mutter, warf dann einen Blick hinter sich in die Küche, wo ich saß, und fügte rasch hinzu, »ich denke, sie ist mit einer ihrer Freundinnen nach Hause gegangen und hat vergessen, ihre Mutter anzurufen.« Dann gingen sie und mein Vater ins Wohnzimmer und schlossen die Tür hinter sich.

Ich konnte sie hören, allerdings nun so leise, dass ich nur etwas verstanden hätte, wenn ich mein Ohr an die Tür gepresst hätte. Aber das erschien mir zu riskant. Ich sah auf mein Leberwurstbrot hinunter, aus dem ich einen hübschen Halbkreis herausgebissen hatte, der den Abdruck meiner Zähne zeigte. Ich fragte mich, ob Katharina Linden tatsächlich bei einer Freundin zu Hause war. Wenn nicht, wo war sie dann? Menschen verschwinden doch nicht einfach, dachte ich mir.

Der nächste Tag war Rosenmontag, und wir hatten schulfrei. Meine Eltern hatten vage versprochen, mit mir und Sebastian ein paar Kilometer entfernt zu einem anderen Umzug zu fahren. Als ich aber um halb neun aufstand, musste ich feststellen, dass mein Vater bereits weg war. Meine Mutter war im

Wohnzimmer und wischte mit grimmiger Miene Staub. Ich brauchte gar nicht zu fragen, was aus dem Ausflug würde. Meine Mutter putzte mit zusammengebissenen Zähnen mit dem Eifer von jemand, der sich einer ausgesprochen unangenehmen Therapie unterzieht.

»Wo ist Papa?«, fragte ich.

»Unterwegs«, sagte meine Mutter kurz angebunden. Sie streckte sich und rieb sich den unteren Rücken. »Er muss jemandem bei etwas helfen.«

»Oh.« Ich fragte mich, ob er wieder nach Katharina Linden suchte. »Ich hab mir überlegt, ich gehe nach dem Frühstück zu Stefan rüber und schau mal, ob er mit rauskommt. Geht das?«

Meine Mutter schwieg einen Moment lang. »Wie wär's, wenn du heute zu Hause bleiben würdest, Pia?«

»Aber Mama ...« Ich war genervt.

»Pia, ich denke wirklich, dass es das Beste wäre, wenn du zu Hause bleibst.« Meine Mutter klang abgekämpft, aber entschlossen. »Wenn dir nichts einfällt, was du tun könntest, dann kannst du mir beim Putzen helfen.«

»Ich hab noch Hausaufgaben«, beeilte ich mich zu sagen und trat den Rückzug in die Küche an, bevor sie mir irgendetwas aufschwatzte.

Der Tag verging quälend langsam. Ich fragte mich, was Stefan wohl machte. War er irgendwo unterwegs, oder hatten seine Eltern ihm auch verboten rauszugehen? Ich fragte mich auch, ob das irgendwas mit der Katharina-Linden-Sache zu tun hatte, dass alle Erwachsenen sich momentan so eigenartig benahmen.

Um fünf Uhr, als es schon dunkel war, kam mein Vater nach Hause und verschwand wieder sofort mit meiner Mutter im Wohnzimmer. Sie blieben etwa eine halbe Stunde dort drinnen, danach ging mein Vater nach oben, um zu duschen, und meine Mutter kam mit ernstem Gesichtsausdruck zu mir. Ich registrierte ihre Wir-führen-jetzt-ein-kleines-Gespräch-Miene. Ich saß gerade mit einer Zeitschrift im Wohnzimmer auf dem Boden. Sie kam herein, setzte sich bedächtig auf das Sofa und klopfte auf das Polster neben sich. Innerlich seufzend erhob ich mich, um mich neben sie zu setzen.

»Was?«, sagte ich.

»Sag nicht ›was?‹«, sagte meine Mutter automatisch.

»'tschuldigung«, sagte ich ebenso automatisch. Das war ein Wortwechsel, den wir schon tausendmal gehabt hatten. »Ist es wegen Katharina Linden?«, fragte ich ohne Umschweife.

Meine Mutter legte ihren Kopf schief. »Ja. Und ich möchte mit dir darüber reden, weil du wohl auch davon hören wirst, wenn du wieder in die Schule gehst«, begann sie.

»Sie haben sie noch nicht gefunden, oder?«, sagte ich.

»Also, nein, das haben sie nicht. Noch nicht«, sagte meine Mutter und betonte das Noch, wie um ihre absolute Zuversicht kundzutun, dass man Katharina jeden Augenblick finden würde. »Aber ich hoffe, dass sie sie sehr bald finden.« Sie seufzte. »Vielleicht gibt es eine ganz harmlose Erklärung. Vielleicht ist sie mit einer Freundin nach Hause gegangen und hat einfach niemandem Bescheid gesagt.«

Sie soll irgendwo übernachtet und keinem Bescheid gesagt haben?, dachte ich skeptisch.

»Wie auch immer«, fuhr meine Mutter fort, »wir sollten nur alle ein bisschen ... vorsichtig sein in nächster Zeit. Wir wissen ja nicht, was tatsächlich passiert ist.« Sie streckte die Hand aus und streichelte irgendwie abwesend meinen Arm. »Es tut mir leid, dass wir dieses Gespräch überhaupt führen müssen«, sagte sie. »Aber man kann nie wissen ... Pia, du musst mir versprechen, mit niemand irgendwo hinzugehen, ohne mir vorher Bescheid zu sagen. Erinnerst du dich an das Buch, das ihr in der zweiten Klasse besprochen habt?«

»Ich kenn dich nicht, ich geh nicht mit«, zitierte ich und blickte meine Mutter ein wenig misstrauisch an. »Glaubst du denn, dass jemand Katharina mitgenommen hat, so wie in dem Buch?«

»Ich hoffe nicht«, sagte meine Mutter. Sie schien einen Augenblick verunsichert, welche Richtung sie unserem Gespräch geben sollte. »Sei einfach vorsichtig«, sagte sie schließlich. »Und wenn dir irgendwas Seltsames auffällt, Pia, dann komm zu mir oder Papa, und erzähl es uns, klar?«

»Mhm«, machte ich vage. Ich war mir nicht sicher, was sie unter »seltsam« verstand.

»Sebastian weint«, sagte ich und schaltete auf das gedämpfte Gejammere von oben.

Meine Mutter stand auf. »Gut, ich werde nach ihm sehen. Denk bitte dran, ja?«

»Ja, Mama.« Ich schaute ihr nach, wie sie das Zimmer verließ und die Treppen hochzusteigen begann. Ich legte meine Beine über die Rückenlehne und dachte darüber nach, was sie gesagt hatte. Etwas Seltsames.

Jetzt, wo ich älter bin, verstehe ich, was meine Mutter mit »seltsam« meinte. Erwachsene halten etwas für seltsam, das nicht der üblichen Routine entspricht. Ein Mensch, der ein Paket auf einem Bahnsteig abstellt und dann weggeht und es zurücklässt. Das Auto, das der einsamen Autofahrerin auch nach vier oder fünf Abbiegungen und selbst, nachdem sie umgedreht hat, noch folgt. Dinge, die nicht ins Schema passen. Warnsignale.

Als ich jedoch zehn war, bezog sich das Wort »seltsam« für mich auf eine viel größere Anzahl weniger konkreter Dinge. Es konnte beispielsweise das verwaiste, versperrte Haus an der Werkbrücke meinen, an dem die Schulkinder immer in Hochgeschwindigkeit vorbeirannten, weil sie sich wohlig davor gruselten, irgendeine scheußliche Fratze zu sehen, die sich von innen gegen die staubige Fensterscheibe presste.

Mir persönlich – wenn nicht auch den Erwachsenen – schien Katharina Lindens Verschwinden mit irgendeiner übernatürlichen Institution in Verbindung zu stehen. Wie sonst hätte sie quasi vor den Augen ihrer Familie verschwinden können, noch dazu bei Tageslicht und in einem Städtchen, wo jeder jeden kannte? Ich wusste es nicht – ich wusste es noch nicht, wie ich mir selbst versicherte, denn ich war entschlossen, herauszufinden, wer oder was Katharina mitgenommen hatte. Dennoch war ich schon damals und, wie sich herausstellen sollte, zu Recht überzeugt, dass niemand sie mehr lebend sehen würde.

8. Kapitel

In jenem eisigen Februar, als Katharina Linden verschwand, stand der ganze Ort unter Schock, und dennoch glaubte niemand, dass so etwas noch einmal passieren könnte. Im Karneval war die Stadt voller Menschen von weiß Gott woher, und es herrschte ein solcher Trubel, dass alles Mögliche geschehen konnte. Als der Karneval vorüber und wieder Ruhe eingekehrt war, hätte niemand ernsthaft mit dem Verschwinden eines weiteren Kindes gerechnet. Trotz allem begann meine Mutter sich stärker für mein Kommen und Gehen zu interessieren, als mir lieb war. Da gab es kein Alleinherumstromern im Städtchen mehr, und sie zögerte, mich zum Spielplatz im Schleidtal zu lassen, selbst wenn Stefan mitkam. Stefan zu Hause zu besuchen, das kam ebenfalls nicht infrage, weil man wegen seiner Kette rauchenden Mutter hinterher immer stank wie ein Räucherfisch. Deshalb waren Stefan und ich froh, in das so viel angenehmere Umfeld von Herrn Schillers Zuhause flüchten zu können. Dort fragte niemand nach unseren Hausaufgaben, und wir konnten ihn bitten, uns alte Geschichten über die Stadt zu erzählen. So kam es auch, dass er uns die Legende vom unerschrockenen Hans erzählte.

»Unerschrockener Hans?«, sagte Stefan. »Was soll denn das für ein Name sein?«

Wir beide saßen auf dem prall gepolsterten Sofa in Herrn Schillers Wohnzimmer und nippten an Kaffee, der so stark war, dass es uns fast den Zahnschmelz wegfraß.

»Er wurde so genannt, weil er sich vor nichts und niemandem fürchtete«, sagte Herr Schiller mit einer Spur von Tadel in der Stimme. »Er lebte in einer Mühle im Eschweiler Tal, vor langer, langer Zeit, lange, bevor eure Großeltern zur Welt kamen.«

»Im Eschweiler Tal waren wir schon mit der Schule«, sagte Stefan.

»Dann, junger Mann, wirst du wissen, dass es ein sehr stiller Ort ist. Geradezu einsam, vor allem im Winter«, sagte Herr Schiller. »Nun hatte diese Mühle einen schlechten Ruf. Eine Geistermühle nannte man sie, bevölkert von allerlei Hexen, Gespenstern und Ungeheuern. Es schien, als ob das Holz der Mühle die unheimlichen Kräfte, die in dem Tal ihr Unwesen trieben, aufgesogen hätte, so wie das Holz eines Weinfasses die Farbe und den Geruch des Weines annimmt.«

Stefan warf mir angesichts dieser ungewöhnlichen Ausdrucksweise einen vielsagenden Blick zu, den ich ignorierte.

»Niemand hatte es je geschafft, länger in der Mühle zu bleiben – bis Hans sich dort niederließ. Frühere Bewohner waren von dort vertrieben worden. Rechtschaffene, einfache Leute, die praktisch die Ersparnisse ihres ganzen Lebens dort hineingesteckt hatten, waren wie verängstigte Kinder geflohen, mit Gesichtern so weiß wie Milch. Dabei war es nicht so, dass Hans zu unsensibel gewesen wäre, um zu spüren oder zu sehen, was um die Mühle herum vorging. Es verhielt sich nur so, dass er sich vor nichts fürchtete. Er konnte des

Nachts durch die Mühle wandern, wenn überall unheimliche Kratzgeräusche zu hören waren und in den finstersten Winkeln böse Augen rötlich glitzerten. Trotz allem bewegte er sich wie ein Besucher durch eine Orangerie voller tropischer Schmetterlinge. Und vielleicht lag es ja an seiner absoluten Furchtlosigkeit, dass keine dieser Kreaturen ihm etwas anhaben konnte.«

»Cool«, sagte Stefan.

Halt die Klappe, ließ ich ihn mit einem wütenden Blick telepathisch wissen.

»Die Geister warteten schon begierig darauf, dass Hans so wie die anderen die Flucht ergreifen würde«, fuhr Herr Schiller fort. »Als er das nicht tat, verdoppelten sie ihre Anstrengungen. Dinger mit ganz vielen spindeldürren Gliedmaßen und ledrigen Flügeln, die sie wie die Speichen eines Regenschirms ausbreiteten, stürzten sich auf ihn, wenn er nach Sonnenuntergang durch die Mühle streifte, und verfingen sich in seinen mehlbestäubten Haaren. Groteske Fratzen starrten ihn aus der Wassertonne draußen an oder aus dem Eckschrank, wo er sein Messer und seinen Teller aufbewahrte. Des Nachts mischte sich das Knacken des Gebälks mit Stöhnen und Heulen, das jedem anderen die Haare hätte zu Berge stehen lassen. Hans ertrug all das unbewegt.

Nun, schließlich wurden die Wesen, die die Mühle heimsuchten, zornig. Das nächtliche Knacken im Gebälk steigerte sich zu einem Kreischen, und am Tag schienen sich die großen Mühlräder langsamer zu drehen, als müssten sie gegen einen unsichtbaren Widerstand ankämpfen. Falls Hans sich daraus etwas machte, so ließ er es sich zumindest nicht anmerken.

Eines Tages jedoch, Ende April, verließ er die Mühle und machte sich auf den Weg in die Stadt. Bei seiner Heimkehr trug er ein sorgsam in ein sauberes Taschentuch gewickeltes kleines Päckchen in der Tasche seiner Stiefelhose. So unerschrocken er auch war, so genau wusste Hans, dass zwei Tage später Walpurgisnacht sein würde, der Vorabend des 1. Mai, an dem sich die Hexen zu ihrem Sabbat versammeln. Die unsichtbaren Gegner, mit denen er um den Besitz der Mühle rang, würden ihn dann bestimmt irgendwie angreifen.

Der letzte Apriltag war bewölkt und trübe, ein kalter Wind blies. Es wurde früh dunkel, und auch in der Mühle herrschte bald Finsternis. Die einzige kleine Laterne, die Hans besaß, vermochte die tiefen Schatten kaum zu durchdringen. Hans aß sein einsames Abendbrot aus Schwarzbrot und Käse, sprach seine Gebete, wie es sich für einen guten Katholiken gehörte, blies die Laterne aus und legte sich auf die Pritsche, die ihm als Bettstatt diente. Hans schlief immer gut. Er machte sich nichts aus den schlurfenden Schritten, die zu hören waren, oder aus den kleinen klauenbewehrten Pfoten, die nachts über seine Decke huschten. An diesem Abend schlief er auf dem Rücken, das Gesicht zur Decke gerichtet. Sein Bart zitterte sanft im Rhythmus seines Schnarchens.

Einige Stunden lang schlief er ungestört. Die bedrückende Atmosphäre, die die Mühle tagelang beherrscht hatte, schien verschwunden. Der Wind draußen hatte sich gelegt, die Wolken teilten sich, und der Vollmond schien durch das kleine Fenster über Hans' einfachem Lager. Er überzog die wenigen einfachen Möbelstücke und Teile des Mahlwerks mit silberglänzendem Schein.

Vielleicht war es das Licht, das Hans weckte. Jedenfalls schlug er die Augen auf und blickte um sich. Bildete er sich das ein, oder hatte er zwei Lichter gesehen, die ihm heiß und rot glühend wie Kohlestückchen aus der Ecke zublinzelten? Ja, da war es wieder – zwinker, zwinker, als ob etwas ihn beobachten, dabei die Augen aber immer wieder einige Sekunden genüsslich schließen würde. Hans hüstelte, wie um seine Unbekümmertheit zu zeigen, und wollte sich schon umdrehen und die Decke über sich ziehen, als er ein zweites Paar

Lichter bemerkte, das oben vom Schrank auf ihn herableuchtete. Wieder schien es einen Moment lang zu blinzeln, dann war es weg.

Hans zögerte einen Moment, dann zog er die Decke fester um seine Schulter und schloss die Augen. Hans wäre nicht Hans gewesen, wenn es ihm nicht gelungen wäre, wieder einzuschlafen, doch gerade, als er erneut in Schlummer fallen wollte, vernahm er das weiche Tappen samtiger Pfoten auf dem Steinboden.

Inzwischen lag Hans auf der Seite und musste nur die Augen öffnen, um die Quelle des Geräusches zu sehen. Eine große Katze streifte durch den Raum, mit tintenschwarzem Fell, das wie Taft schimmerte, und riesigen grünen Augen, die in der Dunkelheit glühten. Unvermittelt blieb das Tier stehen, setzte sich auf seine Hinterbeine, den Schwanz elegant um das Hinterteil geschlungen, und betrachtete mit seinen leuchtenden Augen den Müller.

Einige Augenblicke lang starrten Hans und die Katze einander an. Dann sagte Hans: ›Ach, Miezekatze, ich habe keine Milch für dich.‹ Dann drehte er ihr den Rücken zu und zog sich die Decke über. Da ertönte ein Fauchen, als würde jemand tief einatmen, und eine weitere Katze kam aus der Dunkelheit geschlichen. Dann noch eine. Sie wanden sich über den Streifen Mondlicht am Boden. Schlängelten sich durch die Beine von Hans' einzigem Stuhl hindurch, sprangen auf die Getreidesäcke und hockten sich auf die dicken Balken. Wie Quecksilber flossen sie durch die Türritzen und glitten wie Messerklingen zwischen den Steinen der Mauern hervor. Wie zähflüssiger Honig quollen sie aus den Rissen im Holz der Fensterrahmen.

Hätte Hans seine Augen geöffnet, hätte er gesehen, wie einige sogar durch die Wände kamen, indem sie sich streckten und dann ihre Hinterbeine nachzogen. Doch Hans musste nicht hinsehen, um zu wissen, dass sie da waren. Sie nahmen die Gestalt von Katzen an, aber seine nächtlichen Besucher waren eigentlich Hexen, die sich hier traditionell zur Feier der Walpurgisnacht trafen. Und sie waren entschlossen, diesen kühnen Sterblichen zu vertreiben.

Als schließlich der ganze Fußboden von Fellleibern bedeckt war, begannen die Katzen zu schreien. Sie heulten und kreischten in einem Höllenchor. Zuerst steckte sich Hans die Finger in die Ohren, aber das nützte nichts: Den Lärm, den die Katzen veranstalteten, hörte man nicht nur mit den Ohren, müsst ihr wissen, sondern auch mit der Seele. Es war ein Lied der Verdammnis, das von einer tiefen Lavagrube handelte, in die verdorbene Seelen fallen müssen, um dort zu verschmoren, wobei sie aber auf ewig bei Bewusstsein bleiben, unentwegt brennen, als unsterbliche Kohle im trägen Feuersee. Ich denke, hätten wir das gehört, wir wären auf der Stelle gestorben.«

Ich schauderte. »Das ist ja gruselig.«

Herr Schiller fuhr unbeirrt fort.

»Der unerschrockene Hans aber war aus härterem Holz geschnitzt. Da der Teufelsgesang unüberhörbar war, setzte er sich auf und sah sich unbekümmert um, als handelte es sich um nichts weiter als das normale Gejaul einer rolligen Katze. ›Himmel noch mal!‹, rief er aus. ›Wie soll ein Mann bei einem solchen Lärm schlafen? Werdet ihr wohl alle miteinander still sein, oder ich schmeiße euch raus, und wenn ich dazu jede Einzelne von euch am Kragen packen muss!‹ Danach legte er sich wieder hin.

Eine Sekunde lang herrschte Schweigen. Dann hob ein Schreien an, das wie kreischendes Metall klang. Als würden alle Teufel der Hölle durch deren eiserne Tore stürmen und alles verschlingen, was sich ihnen in den Weg stellte. Schließlich stieß die größte und wildeste Katze unter ihnen, ein riesiger Kater mit Muskeln wie ein Stier, pechschwarzem Fell und flammenden gelben Augen, ein Kreischen aus, das alle anderen übertönte, und sprang mit einem mächtigen Satz auf Hans' Brust. Dort blieb er wie ein teuflischer Nachtmahr hocken und fletschte die gefährlichen Reißzähne vor seinem Gesicht.

Mit einem Satz sprang Hans auf, packte die Kreatur mit beiden Händen, sodass er die unheimliche Kraft ihrer gespannten Sehnen und Muskeln unter seinen Fingern spürte, und schleuderte sie so weit wie möglich von sich fort. Dann griff er unter sein Kissen und zog das kleine Päckchen hervor, das er aus der Stadt mitgebracht hatte. Er riss es auf, und zum Vorschein kam ein Rosenkranz – ein schlichter hölzerner Rosenkranz mit polierten braunen Perlen, den Hans aus den Händen frommer Patres erhalten hatte.

Mit einem lauten Schrei warf er den Rosenkranz in Richtung des fauchenden Wesens, das ihn angegriffen hatte. ›Im Namen von allem, was heilig ist‹, rief er, so laut er konnte, ›befehle ich euch zu verschwinden – auf der Stelle!‹ Und als das letzte Wort über seine Lippen kam, waren all die teuflischen Katzen verschwunden, und er blieb schwer atmend allein in der dunklen, stillen Mühle zurück. Er hatte gesiegt. Die Plagegeister waren in die Flucht geschlagen, und die Mühle gehörte nun ihm. Da legte Hans sich wieder hin und schlief bis zum Morgen den Schlaf des Gerechten.«

9. Kapitel

Herr Schiller verstummte. Die Hand, mit der er den Wurf des Rosenkranzes nach den dämonischen Katzen imitiert hatte, fiel auf die Armlehne des Sessels zurück, klopfte leicht darauf und bewegte sich dann zu einer Tasche, aus der er seine Pfeife hervorkramte. Er sagte kein Wort, während er sie anzündete, daran zog und kleine weiße Wölkchen aufsteigen ließ, die wie Rauchsignale aussahen.

»Also, ich finde nicht, dass das sehr gruselig war«, sagte Stefan schließlich. Ich warf ihm einen wütenden Blick zu. Hätte er näher bei mir gesessen, hätte ich ihm heimlich gegen das Schienbein getreten.

»Du findest, das war nicht gruselig?«, wiederholte Herr Schiller. Dankbar registrierte ich, dass er nicht verärgert klang – eher amüsiert. Wenn Stefan ihn gekränkt hätte, wäre das vielleicht der letzte Besuch bei Herrn Schiller gewesen, was ich wiederum Stefan niemals verziehen hätte. Ich hätte unsere erst kürzlich eingegangene Verbindung aufgelöst, selbst wenn ich den Rest meiner Schulzeit allein hätte spielen und lernen müssen.

»Nö«, sagte Stefan ziemlich lässig. Als Herr Schiller darauf nichts erwiderte, sondern nur seine buschigen weißen Augenbrauen hob, fühlte sich Stefan offenbar ermutigt, nachzulegen: »Ich weiß nicht, was an einem Rudel Katzen gruselig sein soll.«

»Aber das waren ja keine echten Katzen«, bemühte sich Herr Schiller in jovialem Tonfall zu erklären. »Das waren Hexen.« Er lächelte schwach. »Man sollte nie nach dem äußeren Anschein urteilen, junger Mann.« In seiner Stimme klang eine Spur Tadel mit.

»Also, ich finde, das war eine tolle Geschichte«, mischte ich mich zu seiner Verteidigung ein und um meine Verärgerung über Stefan kundzutun. Für wen hielt der sich eigentlich, dass er hier herummoserte?

Doch Herr Schiller schien meinen Kommentar gar nicht gehört zu haben. Warnend hob er eine Hand, die stechend blauen Augen nach wie vor auf Stefan geheftet. »Natürlich«, gab er zu, »ist an einer ganz gewöhnlichen Miezekatze nichts besonders furchterregend, wenn sie sich im Sonnenschein räkelt oder sich auf einer Fensterbank putzt. Aber stell dir vor, wie das vor ein paar Hundert Jahren war, als die Nacht nicht durch elektrisches Licht erleuchtet war und außerhalb des kleinen Kreises um deine Kerzenflamme endlose Schwärze herrschte. Und wenn du dann plötzlich ein Paar glitzernder Augen auf dich gerichtet siehst, wo einen Moment vorher noch nichts war ... und wenn du dann auch noch weißt, dass es sich dabei nicht wirklich um eine Katze handelt, sondern um etwas viel, viel Schlimmeres, das nur die Gestalt eines harmlosen Haustiers angenommen hat, damit es unbemerkt in dein Haus schlüpfen kann, während du schläfst ...« Herrn Schillers Stimme hatte sich fast zu einem Flüstern gesenkt, sodass Stefan und ich uns unwillkürlich zu ihm vorbeugten. »Etwas so Schreckliches, so Schreckliches ...«

»Aaaaah!« Stefan schrie so laut und unerwartet auf, dass mir vor Schreck fast das Herz stehen geblieben wäre. Sein Gesicht hatte die ungesunde Farbe von Fetakäse angenommen und war in seiner Blässe schon fast bläulich. Er schien gleichzeitig zu versuchen, über die Rückenlehne des Sofas zu klettern, auf dem wir saßen, und über Herrn Schillers Schulter auf etwas zu deuten, das er soeben erblickt hatte.

»Ach du Scheiße!«, rief ich aus, denn ich hatte für einen Augenblick vergessen, wo ich mich befand.

Herr Schiller wohnte auch in einem dieser Eifelhäuser, in denen es selbst am helllichten Tag innen schummerig war. Inzwischen war es früher Abend, und die Ecken des Zimmers lagen bereits im Dunkeln. Aus einem dieser düsteren Winkel tauchte erst der samtene Kopf, dann der geschmeidige Rumpf eines riesigen Katers auf, der schwärzer war als die Schatten und dessen große gelbe Augen wie Scheinwerfer leuchteten.

Später wurde mir klar, dass das Tier schon auf dem Regal hinter Herrn Schillers Lehnstuhl gesessen haben musste, aber in dem Moment wirkte es auf unheimliche Weise wie eine Erscheinung. Mein Herz klopfte wild, und es dauerte ein wenig, bis meine Augen Verbindung zu meinem Verstand aufnahmen und ich begriff, was ich da sah.

»Du Idiot, das ist Pluto«, schnauzte ich Stefan sehr laut an. »Setz dich wieder hin, du Trottel – das ist doch nur Pluto!«

Herr Schiller, der mitten im Satz von Stefans Schrei unterbrochen worden war, sprang, mit der Pfeife in der Hand, wie von einem Peitschenhieb getroffen auf. Er war schneller auf den Beinen, als ich je jemanden in seinem Alter sich habe bewegen sehen. Sein Gesicht war eine schreckverzerrte Fratze.

»Raus! Raus!«, schrie er und fuchtelte vor der Katze herum, die verächtlich fauchte und einen Buckel machte. Aber die Tür zur Straße war zu, sie hätte nirgendwohin fliehen können, selbst wenn sie gewollt hätte. Mit deutlich mehr Mut, als ich ihn aufgebracht hätte, packte Herr Schiller das Tier im Genick, schleppte es zur Haustür und warf es auf die Straße. Der Knall, mit dem er danach die Tür wieder zuschlug, ließ das alte Haus erzittern.

Als es wieder still war, standen wir alle da und keuchten wie verrückt. Stefan sah aus, als würde er sich im nächsten Moment übergeben. Der arme Herr Schiller machte keinen viel besseren Eindruck. Der plötzliche Adrenalinschub, der ihm den Angriff auf die Katze ermöglicht hatte, war wie eine Flutwelle gewesen und hatte ihn völlig erschöpft zurückgelassen. Ich hatte schon Angst, er würde zusammenklappen, deshalb bot ich ihm meinen Arm an. Er sah mich einen Moment lang mit einem unbestimmten Gesichtsausdruck an, dann nahm er den Arm und ließ sich zurück zu seinem Sessel führen.

»Du bist ein solcher Idiot, Stefan«, giftete ich, verkniff mir aber den Zusatz: ›Du hättest dem alten Mann beinah einen Herzanfall beschert.‹ »Das war doch nur Pluto.«

Pluto war in Bad Münstereifel bekannt wie ein bunter Hund, zumindest bei den Bewohnern der Altstadt. Der riesige, unberechenbare und unkastrierte tintenschwarze Kater hatte es sogar einmal auf die Titelseite einer lokalen Gratiszeitung geschafft – zugegebenermaßen in der Saure-Gurken-Zeit –, nachdem eine Bewohnerin sich darüber beschwert hatte, er hätte aus heiterem Himmel ihren Dackel angefallen. Ihn »nur Pluto« zu nennen, wäre in etwa so, als würde man Baron Münchhausen als kleinen Schwindler bezeichnen.

Ich war immer noch wütend auf Stefan. Nicht zuletzt weil ich befürchtete, dass diese dramatische Szene tatsächlich das Ende meiner Besuche bei Herrn Schiller bedeutete. An jenem Abend schien sich meine Befürchtung auch zu bewahrheiten, weil Herr Schiller plötzlich sehr müde und ziemlich erleichtert wirkte, als wir uns daranmachten aufzubrechen. Normalerweise wäre er auf dem Treppenabsatz stehen geblieben und hätte mir nachgesehen, wie ich die Straße hinaufging, doch an diesem Abend standen Stefan und ich kaum auf dem Kopfsteinpflaster, als sich hinter uns mit einem leisen Klick die Tür schloss.

Ich schlug ein flottes Tempo an, fast so, als ob ich Stefan abhängen wollte. Stink-Stefan. Ich hätte wissen können, dass er alles ruinieren würde. Ich überlegte, einfach so schnell ich konnte nach Hause zu rennen, ohne noch ein Wort mit ihm zu reden. Als ich aber die Brücke über die Erft erreichte, hörte ich ihn herankommen und vor Erschöpfung keuchen. Da tat er mir doch leid. Ganz leicht wollte ich es ihm aber trotzdem nicht machen. Ich stellte mich auf die Brücke, starrte ins flache, aber schnell fließende Wasser und wartete, dass er etwas sagen würde.

»Warum bist du weggerannt?«

Eine typische Stink-Stefan-Frage. Wie all die anderen: Warum lässt du mich nicht mitspielen? Warum kann ich nicht in deiner Mannschaft sein? Warum willst du nicht meine Freundin sein? Das war kein guter Anfang.

»Weil du beinahe alles kaputt gemacht hättest. Eigentlich hast du es sowieso kaputt gemacht. So hat er mich noch nie weggeschickt.«

»Ich konnte nicht anders«, sagte Stefan und strich sich eine aschblonde Strähne aus den Augen. »Diese Monsterkatze hat mich zu Tode erschreckt.«

»Das war doch nur Pluto«, bemerkte ich frostig. »Du hast ihn schon hundertmal gesehen.«

»Er hat mich erschreckt, als er so aus der Dunkelheit geschlichen kam. Und überhaupt«, fuhr Stefan fort, »fandest du das nicht ein bisschen seltsam, dass er genau in dem Moment auftauchte, als Herr Schiller uns vom unerschrockenen Hans und den Hexenkatzen erzählte?«

»Nicht besonders«, log ich. »Pluto schleicht sich überall rein. Frau Nett hat erzählt, dass sie ihn einmal in der Backstube entdeckt hat, Apfelstreusel fressend.«

Stefans Gesicht nahm einen etwas enttäuschten Ausdruck an. »Also, trotzdem ...«, meinte er zögernd. »Ich fand's gruselig.« Er blickte auf das schlammige Wasser hinunter und schien nachzudenken. »Herr Schiller war auch ganz schön geschockt«, sagte er schließlich. »Kam dir das nicht ein bisschen seltsam vor?«

»Na ja, Pluto ist ja auch nicht sein Kater«, bemerkte ich. »Wahrscheinlich hat er einfach nicht damit gerechnet, dass der alte Flohsack praktisch auf seiner Schulter hockte.«

»Hm.« Ich sah Stefan von der Seite an und nahm einen vertrauten Gesichtsausdruck wahr. Man konnte sehen, wie es in seinem Kopf klick machte. »Pluto gehört doch Herrn Düster, oder?«

»Jaha«, bestätigte ich argwöhnisch.

»Und findest du es da nicht eigenartig, dass ...«

»Jetzt hör aber auf!«, schnitt ich ihm mitten im Satz das Wort ab. »Glaubst du etwa, dass Herr Düster Pluto auf ihn angesetzt hat?«

»Keine Ahnung«, sagte Stefan, aber man konnte sehen, dass er sich das durchaus vorzustellen vermochte. »Ich meine, die beiden hassen sich doch, oder? Vielleicht ist Pluto nicht von allein da reingekommen. Vielleicht hat Herr Düster ihn durch ein Fenster oder so hineinbugsiert, um Herrn Schiller Angst einzujagen. Vielleicht hat er gehofft, ihn würde der Schlag treffen.«

»Schöne Idee«, sagte ich ironisch. »Aber wer lässt schon bei so einem Wetter ein Fenster offen?«

Stefan schüttelte den Kopf wie ein erleuchteter Anführer, der von der Beschränktheit seiner Gefolgsleute frustriert ist.

»Es muss ja nicht durchs Fenster gewesen sein. Vielleicht hat er ihn durch diese alte Luke geschubst, durch die man früher Kohlen und andere Sachen in den Keller gekippt hat.«

»Quatsch«, sagte ich ruppig. »Das ist totaler Quatsch. Und überhaupt, woher sollte Herr Düster wissen, dass wir vom unerschrockenen Hans und den Katzen geredet haben? Glaubst du, er hat übernatürliche Fähigkeiten oder so?«

Die Vorstellung schien Stefan zuzusagen. »Vielleicht.« Er stieß sich vom Brückengeländer ab und begann langsam Richtung Marktstraße zu gehen. Jetzt war ich diejenige, die zusehen musste, dass sie mitkam. Es war inzwischen fast dunkel, und als wir am roten Rathausgebäude vorbeikamen, tanzten die ersten Schneeflocken vom Himmel.

»Stefan, ich muss nach Hause. Meine Mutter dreht sonst durch – es ist ja schon dunkel.«

»Ich weiß. In Ordnung.«

Stefan brauchte keine Bemerkung über seine eigene Mutter zu machen. Ich erinnere mich, dass ich dachte, Frau Breuer würde es vermutlich nicht mal mitkriegen, wenn Stefan gar nicht nach Hause käme. Im Lichte dessen, was danach passierte, als andere Kinder tatsächlich nicht mehr nach Hause kamen, war das ein schrecklich herzloser Gedanke.

Wir hielten kurz am alten Pranger vor dem Rathaus. Stefan trat aus Langeweile mit der Kappe seines Turnschuhs dagegen, während wir dort standen und uns etwas unbeholfen voneinander verabschiedeten. Schließlich sagte ich: »Wir sehen uns dann morgen«, drehte mich um und ging.

Ich war noch keine drei Schritte weit gekommen, als mir plötzlich jemand in den Weg trat. Ich sah auf, Schneeflocken wirbelten mir ins Gesicht, und ich erblickte die fratzenhaften Züge von Herrn Düster. In seinem dunklen Mantel wirkte er wie ein Leichenbestatter. Er sah aggressiv aus. Mit klopfendem Herzen erstarrte ich.

Herr Düster ließ seine Augen über meine Gestalt wandern, dann schienen sie an Stefan hängen zu bleiben, der hinter mir in den Arkaden war. Murrend schob sich Herr Düster an mir vorbei und verschwand in der Fibergasse, dem Sträßchen neben dem Rathaus.

»Was hat er gesagt?«, fragte Stefan, der zu mir trat.

Ich schüttelte den Kopf. »Er sagte, geh nach Hause.«

»Geh nach Hause?« Stefan zuckte mit den Achseln. »Das war alles? Es sah aus, als würde er dich beschimpfen.«

»Nein, das war alles«, sagte ich und schauderte.

Stefan betrachtete mich. »Möchtest du, dass ich dich nach Hause begleite?«

Ich warf ihm einen raschen Blick zu. Stink-Stefan, mein Ritter in strahlender Rüstung.

»Ja«, sagte ich und meinte es auch so.

10. Kapitel

Ich erinnere mich, dass ich einmal, als ich noch ganz klein war, meine Mutter nach Herrn Schiller und Herrn Düster gefragt habe. Ich war damals verwirrt, weil mir jemand erzählt hatte, die beiden wären Brüder. Schließlich sahen sie sich kein bisschen ähnlich und trugen auch unterschiedliche Namen.

Herr Schiller war ein hochgewachsener, breitschultriger

Mann mit einem gütigen, offenen Gesicht. Seine strahlend blauen Augen waren von buschigen weißen Augenbrauen beschirmt, die dem heiligen Nikolaus Ehre gemacht hätten. Sein schlohweißes Haar war immer noch kräftig und stets sorgfältig frisiert. Sein breiter Mund wirkte freundlich, auch wenn er beim Lächeln selten die Lippen öffnete. Vielleicht weil er sich seiner Zähne schämte, die vom jahrzehntelangen Rauchen gelblich verfärbt waren.

Herr Schiller war immer wie aus dem Ei gepellt. Manchmal trug er einen schlichten dunklen Anzug mit gestärktem weißem Hemd und einer Seidenkrawatte, manchmal eine traditionelle dunkelgrüne Wolljacke mit hellen Hornknöpfen, dazu eine passende Kniebundhose und Wollstrümpfe. Er war eine Art Institution – kein Exzentriker, sondern ein Kavalier der alten Schule, wie es sie kaum noch gibt, mit perfekten Manieren und einer gewissen Ritterlichkeit, immer tadellos gepflegt. Nicht so, pflegte Oma Kristel missbilligend zu sagen, wie dieser Herr Düster.

Hätte ich nicht von irgendwem gewusst, dass er und Herr Schiller Brüder waren, ich hätte sie niemals für Blutsverwandte gehalten. Gegen den groß gewachsenen Herrn Schiller wirkte der nur mittelgroße, dünne und erbärmliche Herr Düster, als hätte er nie in seinem Leben ordentlich zu essen bekommen. Selbst Pluto sah gesünder und besser ernährt aus.

Nur in den Augen ließ sich eine gewisse Ähnlichkeit mit dem weltgewandten Herrn Schiller erkennen – das gleiche strahlende Kornblumenblau. Allerdings waren sie von eisengrauen Brauen verhangen, die ihm einen mürrischen Ausdruck verliehen, als würde er ständig jemanden finster anblicken, was er auch wirklich sehr oft tat.

Unter den Schulkindern des Ortes, und wahrscheinlich auch schon unter deren Eltern, als diese noch Kinder waren, kursierte das Gerücht, dass Herr Düster ein hohes Tier bei der NSDAP gewesen und es ihm irgendwie gelungen war, sich eine weiße Weste zu verschaffen. Er soll eine Affäre mit der schrecklich hässlichen Tochter des Bürgermeisters gehabt haben, die es geschafft hatte, ihm aus der Misere zu helfen. Dann hieß es auch, ein Arzt, den er erpresste, hätte ihn zeitweise für unzurechnungsfähig erklärt. Man munkelte außerdem, er habe sich nach dem Krieg drei Jahre lang in den Ruinen der alten Burg auf dem Queckenhügel versteckt und sei nur nachts herumgeschlichen, um Hühner zu stehlen, die er dann roh verspeiste. All diese Geschichten wurden als Gründe dafür angeführt, warum er nie zur Rechenschaft gezogen worden war.

Die Abneigung zwischen ihm und Herrn Schiller nahm ich lange Zeit einfach als gegeben hin. Nachdem ich sie eines Nachmittags in der Wertherstraße aneinander hatte vorbeigehen sehen, Herr Schiller in frostiger Höflichkeit nickend, Herr Düster gebückt davonschleichend, als hätte er den anderen nicht bemerkt, da fragte ich meine Mutter nach dem Verhältnis.

»Sind Herr Schiller und Herr Düster eigentlich Brüder oder nicht?«, wollte ich wissen.

Meine Mutter sah mit geringer Begeisterung auf.

»Ja, sie sind Brüder.« Sie dachte darüber nach. »Sie haben aber keinen sehr engen Kontakt. Deine Oma Kristel sagt immer, dass Herr Düster eine schreckliche Belastung für den armen Heinrich sein muss.« Heinrich war Herrn Schillers Vorname.

»Und warum heißen sie dann verschieden?«, fragte ich, weil ich die Auskunft nicht sehr befriedigend fand.

»Komisch«, sagte meine Mutter, »das habe ich Oma Kristel auch einmal gefragt.«

»Und was hat sie geantwortet?«, fragte ich ungeduldig.

»Sie rümpfte die Nase und sagte, nach dem Krieg hätten einige Leute ihre Namen ändern müssen und dass das aber nicht verhindert hätte, dass die Menschen in der Umgebung sich daran erinnert hätten, wer wer und was was gewesen war. Ich vermute, sie meinte Leute, die der Nazipartei angehört haben«, überlegte meine Mutter. »Die älteren Bewohner der Stadt müssen noch wissen, wer dabei war.«

»Also war Herr Düster einer von denen?«, beharrte ich. »Mag Herr Schiller ihn deshalb nicht?«

»Das glaube ich nicht«, sagte meine Mutter. »Ich hatte den Eindruck, dass es eher etwas Persönliches ist, ein Familienstreit oder so.« Sie sah mich misstrauisch an. »Wir wissen nichts Genaues darüber«, sagte sie. »Und ich möchte nicht, dass du herumläufst und den Leuten erzählst, Herr Düster sei ein Kriegsverbrecher oder Ähnliches. Hast du das verstanden, Pia?«

»Ja«, antwortete ich ungeduldig. »Aber wenn es ein Familienstreit war, worum ging es denn dabei?«

Meine Mutter unterbrach ihre Arbeit und sah mich skeptisch an. »Was spielen wir hier eigentlich für ein Frage-und-Antwort-Spiel?« Sie schüttelte den Kopf. »Frag mich nicht. Oma Kristel ist die Tratschexpertin für Bad Münstereifel.«

Ich fragte Oma Kristel nie danach. Ich konnte mir nicht einmal vorstellen, ihr peinliche Fragen über die Vergangenheit des »armen Heinrich« zu stellen. Abgesehen davon sprach Oma Kristel nicht gern vom Krieg und der unmittelbaren Nachkriegszeit. Für sie waren die Erinnerungen schmerzhaft. Offenbar ging es anderen Erwachsenen auch so, denn in der alljährlichen Tourismusbroschüre waren auf der Seite zur Stadtgeschichte so interessante Dinge wie der Bau der Straße B51 im Jahre 1841 erwähnt, dafür sprang man geschickt von den 1920er-Jahren sofort in die 1950er, ohne die Schrecken der Jahre dazwischen auch nur zu erwähnen.

Ehrlich gesagt, war es für mich auch kaum vorstellbar, dass etwas so Schlimmes wie der Zweite Weltkrieg die Stadt heimgesucht haben sollte. Wenn man sich die Fachwerkhäuser und das Kopfsteinpflaster so ansah, konnte man den Eindruck haben, das gesamte 20. Jahrhundert sei unbemerkt an diesem Ort vorbeigegangen. Kaum zu glauben, dass viele Häuser in der Altstadt total zerbombt gewesen sein sollen. Es grenzte an ein Wunder, dass die mittelalterliche Stadtmauer, das alte rote Rathaus und die Kirche unbeschädigt davongekommen waren.

Nach dem Krieg herrschte eine Zeit lang schreckliche Not in der Stadt, und die Klosternonnen eröffneten eine Art Suppenküche für Schulkinder, die vor lauter Hunger zu schwach zum Lernen waren. Aber das war nicht das Thema unseres Schulgeschichte-Projekts in der vierten Klasse, meine Mutter erzählte mir davon – zum Missfallen meines Vaters. Die britische Neigung, Deutschland und den Krieg ständig in einem Atemzug zu nennen, war ihm natürlich bekannt, und so hatte er meine Mutter in Verdacht, ihre Wahlheimat hintenherum schlechtzumachen. Kinder meines Alters waren auf Fotos der Nachkriegszeit in nicht zusammenpassenden schäbigen Anziehsachen zu sehen: in ausgeleierten Pullovern aus aufgeribbelter Wolle anderer Sachen und sichtlich zu groß geratenen vererbten Stücken. Und schick war natürlich nichts davon. Daher verstand ich auch, warum Oma Kristel sich für den Rest ihres Lebens ständig um ein wenig Glamour bemühte.

Ganz oft sah sie, wenn sie sich auf den Weg zu Herrn Schiller machte, wie ein Filmstar aus. Sie trug sogar einen kleinen Pelzkragen, der wie ein echter Fuchs aussah, mit Glasaugen und einem Schwanz, der auf der einen Seite herunterbaumelte. Ihre hohen Absätze stellten eine echte Gefahr für eine Dame ihres Alters dar. Wie leicht hätte sie sich damit die Knöchel brechen können. Doch Oma Kristel verschwendete keine Gedanken an Osteoporose. Unverdrossen stöckelte sie mit klackernden Absätzen übers Kopfsteinpflaster, den

Schwanz ihres Fuchskragens über die Schulter geworfen, und sah aus wie Marlene Dietrich.

Als sie mich das erste Mal mit in Herrn Schillers schwach beleuchtetes Haus nahm, war ich noch zu klein, um dagegen zu protestieren, einen von Omas alten Freunden besuchen zu müssen, und später ging ich dann ohnehin schon ganz gerne mit. Herrn Schillers Haus war faszinierend, voller seltsamer alter Sachen, wie zum Beispiel die sepiafarbene Fotografie einer Beerdigung um das Jahr 1900, die jemanden im offenen Sarg in einem Blumenmeer zeigte, oder eine Flaschenpost mit Schiffsmodell, das auf ewig über ein Meer aus erstarrtem blauen Kitt kreuzte.

Herr Schiller sprudelte nur so vor seltsamen und spannenden Geschichten. Ich erinnere mich nicht mehr daran, wann er zum ersten Mal in die Rolle des Geschichtenerzählers geschlüpft ist. Vielleicht war Oma Kristel gerade in die Küche marschiert, um Kaffee zu kochen, und er hatte sich inzwischen irgendwie bemüßigt gefühlt, mich zu unterhalten. Wie auch immer, bald wurde es uns zur festen Gewohnheit, dass ich ihn bat, mir eine »Gruselgeschichte« zu erzählen, und er ein Glanzstück der Lokalgeschichte oder irgendeine unheimliche Anekdote aus dem Legendenschatz der Eifel zum Besten gab.

Die Geschichte vom unerschrockenen Hans und den Katzen, die er Stefan und mir nach dem Verschwinden von Katharina Linden erzählte, war so detailverliebt wie keine vorher. Er wollte uns Angst einjagen, uns in eine düstere Geisterwelt, ins Reich der Gespenster, Hexen und Monster mitnehmen, wo Gefahr lauert, aber ein reines Herz und ein starker Glaube stets obsiegen, wo das Gute triumphiert und das Böse sich mit einem entgegengestreckten Rosenkranz niederringen lässt. Für eine gewisse Zeit funktionierte das auch, und wir fühlten uns getröstet. Zumindest so lange, bis das nächste Kind verschwand.

11. Kapitel

In einem entlegenen, aber letztlich optimistischen Winkel meines Verstandes hatte ich gehofft, dass das Verschwinden von Katharina Linden, das natürlich Stadtgespräch war, die traurige Geschichte von der Verbrennung meiner Oma Kristel verdrängen würde. Das mag herzlos klingen, aber es war auch so, dass zu jenem Zeitpunkt noch niemand von uns ihr Verschwinden wirklich glauben konnte. Schließlich war Bad Münstereifel das Städtchen, wo Plutos Attacke auf einen übergewichtigen Dackel es auf die Titelseite schaffte.

Ich hatte allerdings vergeblich gehofft, wie mein erster Schultag nach Karneval zeigte. Es hatte nichts besser gemacht, sondern meine Situation eher noch verschlimmert.

Die Schuldirektorin, Frau Redemann, hatte eine Versammlung aller Klassen in der Aula angeordnet. Es wurde viel herumgeschubst und getuschelt, während wir auf Frau Redemann warteten. Selbst die Erstklässler wussten, was passiert war. Ich bezweifle, dass deren Eltern begeistert gewesen wären, wenn sie die mit vielen Details ausgeschmückte, völlig frei erfundene Schilderung von Thilo Koch gehört hätten, die die Kinder begierig aufgenommen hatten: Katharina Lindens Leiche sei in der Erft gefunden worden, allerdings in so winzig kleine Stücke gehackt, dass selbst die eigene Mutter sie nicht erkannt hätte. Als Frau Redemann schließlich auftauchte, waren wir alle von fiebriger Erwartung gepackt.

»Guten Morgen zusammen«, begann sie. »Ich bin mir sicher, ihr alle wisst, warum ihr heute Morgen hier seid. Katharina Linden aus der vierten Klasse ist seit dem Karnevalszug am Sonntag verschwunden. Wir hoffen natürlich alle, dass sie sehr bald und unversehrt gefunden wird.«

Sie machte eine Pause, und ein paar der Kleineren drehten

sich mit zweifelnder Miene zu Thilo Koch um. Thilo grinste so selbstgefällig wie einer dieser fiesen Polizisten, der die Leiche entdeckt hat.

»Natürlich ist dies eine schlimme, sorgenvolle Zeit für die Familie Linden. Daniel Linden ist heute nicht in die Schule gekommen. Aber wenn er wiederkommt, dann möchte ich nicht, dass irgendjemand ihm gegenüber Katharinas Verschwinden anspricht. Insbesondere möchte ich keine dieser unerfreulichen und blutrünstigen Geschichten hören, die offenbar schon heute Morgen in der Schule kursiert sind.« Thilos Grinsen wurde an dieser Stelle ein wenig schwächer. »Ich bitte jeden, der glaubt, einen nützlichen Hinweis zu Katharinas Verbleib geben zu können, in mein Büro zu kommen. Außerdem möchte ich, dass wir, bis wir genau wissen, was passiert ist, alle ein wenig vorsichtiger sind als sonst.«

Vorsichtig in Bezug auf was?, fragte ich mich. Dass Thilo Kochs Axtmörder uns nicht auflauert?

»Denkt bitte alle daran: Geht niemals mit jemandem mit, den ihr nicht kennt. Geht nach der Schule sofort und auf schnellstem Weg nach Hause. Sagt euren Eltern Bescheid, wo ihr hingeht. Und sobald euch irgendetwas irgendwie seltsam vorkommt, kommt damit zu mir oder eurem Klassenleiter.«

Da war es wieder, das Wort »seltsam«. Als wir alle aus der Aula marschierten, fragte ich mich, was Frau Redemann wohl sagen würde, wenn ich ihr von Plutos plötzlichem unheimlichem Auftauchen erzählen würde, das mir inzwischen wie eine Art Omen erschien, ein Zeichen dafür, dass etwas Böses im Anmarsch war. Ich konnte jedoch nicht lange darüber nachdenken, weil mein eigenes Leid mich einholte.

»Schau, da ist sie«, sagte eine Stimme hinter mir, die ich eindeutig Thilo Koch zuordnete. »Das Dynamitmädchen.«

»Die wandelnde Bombe«, sagte eine andere Stimme, die

Thilos Busenfreund Matthias Esch gehörte, einem Jungen, der fast ebenso fett und bösartig war wie Thilo.

Ich stellte mich taub, aber ich wusste, mein erröteter Nacken verriet ihnen, dass ich jedes Wort gehört hatte. Verbissen senkte ich den Kopf und begann die Treppe zu meinem Klassenzimmer hinaufzusteigen.

»Die wandelnde Bombe«, wiederholte Thilos widerliche Stimme dicht hinter mir. Man hörte ein Stolpern auf der Treppe, als er Matthias in die Seite stieß. »He, vielleicht ist das Katharina Linden passiert. Vielleicht ist sie dem Dynamitmädchen zu nahe gekommen, und dann hat es sie erwischt.«

»Was hat sie erwischt?« Matthias Esch war so dämlich wie gemein.

»Die Explosion, du Blödmann.« Thilos Stimme klang geradezu euphorisch. Er lief zur Höchstform in seiner Boshaftigkeit auf. »Vielleicht können sie sie deshalb nicht finden. Sie ist einfach explodiert – losgegangen wie eine Tonne Dynamit – und wurde in so kleine Teile zerrissen, dass kein Mensch sie mehr erkennen könnte.«

»Klasse«, sagte Matthias, überwältigt von seiner Bewunderung für die so wunderbar ausgeführte Idee.

»Wir sollten wirklich nicht gezwungen werden, neben ihr zu sitzen«, fuhr Thilo in einer Lautstärke fort, dass es wahrscheinlich in der ganzen Schule zu hören war. »Sonst könnte einer von uns der Nächste sein.«

»Ja, klar«, mischte sich eine Stimme ein. »Wahrscheinlich wird das einer von euch beiden sein. Wenn du noch eine einzige Wurst isst, wirst du garantiert explodieren, du Fettsack.«

Das war Stefan. Stink-Stefan als Retter. Mein Mut sank weiter. Offenbar hieß es noch immer: ich und Stink-Stefan gegen den Rest der Welt.

Die Tage vergingen, und bevor man sichs versah, war eine Woche herum und Katharina Linden noch immer nicht gefunden. Die Erwachsenen nahmen in ihren Gesprächen nun kein Blatt mehr vor den Mund, und an jeder Straßenecke und in jedem Laden wurde offen über die »Entführung« diskutiert.

Diejenigen unter uns, die noch zu Fuß zur Schule gingen und nicht von ängstlichen Eltern gefahren wurden, mussten eine Art Spießrutenlauf entlang den Fotos unserer ehemaligen Mitschülerin machen – an den Zeitungsständen und den Plakaten entlang, die die Polizei über die ganze Stadt verteilt hatte. Es gab sogar ein unscharfes Foto, das Katharina in ihrem Schneewittchenkostüm zeigte, und zwar unter der schrecklichen Überschrift: Wer gab ihr den vergifteten Apfel?

Grün-weiße Polizeiautos tauchten an jeder Ecke auf und fuhren langsam an den Schulbushaltestellen vorbei. Am Freitagmorgen kam Herr Wachtmeister Tondorf, einer der Polizisten der Stadt, in die Schule, um mit uns zu sprechen. Sein sonst so lustiges Gesicht war sehr ernst, als er sich über die inzwischen sattsam bekannten Themen ausließ: zu keinem Fremden ins Auto steigen, mit niemand reden, den man nicht kennt.

Rückblickend denke ich, dass zu jenem Zeitpunkt keiner mit dem Verschwinden eines weiteren Kindes gerechnet hat. Die Polizeiautos, die Begleitung zu den Schulbussen, die ernsten Gespräche, all das schien nur dazu gedacht, der Bevölkerung das Gefühl zu geben, es würde etwas unternommen. Selbst wenn man zunächst davon ausging, dass ein Verbrechen passiert war und Katharina nicht in einen Kanalschacht gestürzt war oder Ähnliches, glaubte niemand, dass noch etwas geschehen würde.

Meine Mutter erlaubte mir noch, die kurze Strecke zur Schule zu laufen, allerdings stellte ich am zweiten oder dritten Morgen, als ich mich zufällig noch einmal umdrehte, fest, dass sie sich aus der Haustür beugte. Sie wollte mich im Blick behalten, bis ich wohlbehalten die Straßenecke erreicht hatte, von wo aus die Schultore bereits zu sehen waren.

Die Schule selbst war öde. Dank Thilo Koch galt ich mehr denn je als Aussätzige. Zu Hause war es kaum besser, weil meine Mutter sich weigerte, mich allein vor die Tür zu lassen. Ohne Stefans Anwesenheit und meine Besuche bei Herrn Schiller, der uns seine Gruselgeschichten erzählte, wäre ich wahrscheinlich vor Langeweile gestorben. Allerdings hätte ich mich fast selbst darum gebracht.

12. Kapitel

»Erzählen Sie uns noch eine Geschichte, Herr Schiller.« Das kam von Stefan. Er saß auf der Kante eines dick gepolsterten Armsessels mit Löwenpranken, der aussah, als wäre er für Herrn Schillers Großmutter gemacht worden.

»Bitte«, ergänzte ich mit so viel Missfallen in der Stimme, dass Oma Kristel stolz auf mich gewesen wäre. Nicht, dass ich selbst besonders viel Wert auf gute Manieren gelegt hätte, aber ich wusste, dass Leute aus Herrn Schillers Generation auf so was standen.

»Bitte«, beeilte auch Stefan sich zu sagen. »Die mit den Katzen war cool.«

Herr Schiller zog eine Augenbraue in die Höhe und musterte Stefan fragend über den Rand seiner Brille hinweg. »Ich meine mich zu erinnern, dass du mir damals gesagt hast, du fändest sie kein bisschen unheimlich, junger Mann.« Er blickte ernst drein, aber seine Stimme klang amüsiert.

Stefan schaute einen Moment lang irritiert zu Boden, aber als er den Kopf wieder hob, lächelte er schüchtern. Er und Herr Schiller musterten sich ein paar Augenblicke lang schweigend, und dann staunte ich, als auch Herrn Schillers faltiges Gesicht sich zu einem Lächeln verzog.

Ich spürte einen Anflug von Verärgerung in mir, wie der klitzekleine Schlag von einem Elektrozaun. Manchmal gaben die beiden mir nämlich das Gefühl, die unerwünschte Dritte zu sein. Und abgesehen davon – sagte eine gemeine kleine Stimme in meinem Hinterkopf –, für wen hielt Stefan sich eigentlich? Er war immer noch Stink-Stefan, der unbeliebteste Junge der ganzen Klasse, wenn nicht sogar der ganzen Schule.

»Ich möchte heute eigentlich keine Geschichte hören«, fuhr ich dazwischen und war mir des schneidenden Tons in meiner Stimme durchaus bewusst. Auf jeden Fall funktionierte es. Beide drehten die Köpfe in meine Richtung und sahen mich an. Stefan, irritiert wegen meines Einspruchs, und Herr Schiller mit gelassener Miene, als hätte er meine Unhöflichkeit gar nicht bemerkt.

»Ich möchte Herrn Schiller etwas fragen«, erklärte ich.

Stefan seufzte. »Dann mach doch.« Der Nachsatz »du Doofie« hing irgendwie unausgesprochen in der Luft.

»Also …« Jetzt, wo ich so im Mittelpunkt ihrer Aufmerksamkeit stand, war ich mir gar nicht mehr sicher, dass ich meinen Monolog überhaupt halten wollte. Doch dann sah ich, wie sich erneut eine von Herrn Schillers buschigen Brauen zu heben begann, als würde sie von einem unsichtbaren Faden oberhalb seiner Stirn gezogen; also fuhr ich fort.

»Ich wollte Sie etwas fragen, wegen … also, wegen der Dinge, die passiert sind.«

»Wegen der Dinge?«

»Ja, also, wissen Sie, meine Mutter hat gesagt, wir sollten die Augen nach seltsamen Dingen offenhalten. Und dann habe ich über all das nachgedacht, was Sie uns erzählt haben, über die Katzen und so, und wie sie einfach durch Wände gegangen sind, und wie Pluto das auch gemacht hat. Ich glaube nicht, dass das normal ist – ich glaube, dass da etwas Komisches passiert, Herr Schiller, und weil Sie doch so viel über solche Sachen wissen, dachte ich mir, Sie wüssten vielleicht, wer oder was das getan hat und wo wir zu suchen anfangen sollten.«

Das war für meine Verhältnisse eine ziemlich lange Rede, und erst als ich geendet hatte, merkte ich, dass Herr Schiller mich mit dem Ausdruck totalen Unverständnisses betrachtete.

»Wonach zu suchen anfangen?«

»Nach Katharina Linden«, sagte ich, als ob das selbstverständlich wäre.

Für eine ganze Weile herrschte Schweigen.

»Ich verstehe deine Frage nicht«, sagte Herr Schiller schließlich.

»Sie wissen schon«, sagte ich unbehaglich. »Das verschwundene Mädchen aus meiner Schule.«

Aus Verlegenheit plapperte ich nahezu unkontrolliert immer weiter. »Die Sache ist doch die, sie war da am Brunnen, wir haben sie alle gesehen, und dann war sie nicht mehr da, und Frau Linden meinte, sie könne sie nicht finden und ob wir sie gesehen hätten. Und schließlich löst sich doch niemand einfach in Luft auf, also ist doch klar, dass es …«

Meine Stimme erstarb, und ich verstummte, ohne den Satz zu beenden.

»Dass es …?«, wiederholte Herr Schiller, aber ich war außerstande, den Satz zu beenden. Ich hatte sagen wollen »Zauberei gewesen ist«, aber mir war auf einmal klar, wie dumm das klingen würde.

»Es schien einfach nicht mit rechten Dingen zuzugehen«, sagte ich mit leiser Stimme.

Herr Schiller musterte mich lange. Er hielt die Lippen fest zusammengepresst, aber ich konnte an seinem Kiefer einen kleinen Muskel arbeiten sehen, so als ob Worte versuchten herauszukommen. Als ich ihn errötend anblickte, fiel mir schlagartig auf, wie alt er aussah. Die Falten in seinem Gesicht wirkten wie eingemeißelt, die leuchtend blauen Augen lagen tief in dunklen Höhlen.

Dann wandte er sich mit einer eigenartigen kleinen Bewegung, fast einer Verbeugung, an Stefan. »Junger Mann«, sagte er in einem steifen Ton, über den wie Theaterschminke Jovialität geschmiert war. Er drehte sich erneut mir zu. »Fräulein Kolvenbach.« Dann seufzte er. »Entschuldigt bitte die Unhöflichkeit eines alten Mannes. Aber ich bin sehr müde und muss euch nun leider bitten zu gehen.«

Ich starrte ihn an. Hinter Herrn Schillers Rücken schnitt Stefan mir ob meiner Blödheit Grimassen.

Ich war mir nicht einmal sicher, was ich getan hatte, aber die katastrophale Folge war offensichtlich. »Es tut mir wirklich leid«, stammelte ich. »Ich wollte Sie nicht ...«

»Bitte entschuldigt euch nicht«, sagte Herr Schiller mit matter Stimme. »Ich bin einfach nur müde, meine Liebe. Wie ihr wisst, bin ich schon über achtzig.« In jenem Moment sah er allerdings eher wie hundertzehn aus. »Geht jetzt, aber kommt und besucht mich bald wieder, ja?«

Stefan und ich standen auf, und bevor wir's uns versahen, befanden wir uns wieder draußen in der eisigen Luft, auf dem Kopfsteinpflaster und mit einer nachdrücklich geschlossenen Tür im Rücken.

»Toll gemacht, Pia«, sagte Stefan sarkastisch.

»Ich habe gar nichts gemacht«, erwiderte ich abwehrend.

»Doch, hast du«, beharrte Stefan. »Du musst ihm wirklich auf den Schlips getreten sein, sonst hätte er uns wohl kaum gebeten zu gehen.« Er sah mich fragend an. »Was wolltest du denn überhaupt aus ihm rauskriegen?«

Jetzt, wo ich das noch mal in Worte fassen sollte, klang es

tatsächlich dumm. »Nun ja, weil er sich doch mit diesen Sachen so gut auskennt, dachte ich mir, dass er etwas über Leute, die verschwinden, wissen könnte.«

»Mit diesen Sachen? Ja, glaubst du denn, dass sich eine Hexe oder so was Ähnliches Katharina geschnappt hat?«, fragte er skeptisch.

»Ach, halt doch die Klappe«, antwortete ich sinnigerweise. Dann blickte ich mich um, als würde ich nach einem interessanteren Gesprächspartner suchen. »Ich will nicht mehr darüber reden. Außerdem gehe ich jetzt sowieso nach Hause.«

Stefan zuckte mit den Achseln. »Na gut. Dann bis morgen.«

Ich gab keine Antwort. Ich wollte ihm einfach nicht die Genugtuung verschaffen, zu wissen, dass ich einen weiteren Tag meiner Aussätzigkeit gezwungenermaßen mit ihm verbringen würde. Obwohl wir beide genau wussten, dass es so kommen würde. Die Anordnung meiner Mutter missachtend, unbedingt zusammenzubleiben, marschierte ich los und ließ ihn mal wieder einfach stehen.

»Du bist früh zurück«, sagte meine Mutter, als ich mir selbst die Haustür aufschloss.

»Mmh«, machte ich abweisend. Mein Armesündergesicht und meine Niedergeschlagenheit entgingen ihrem mütterlichen Radar ohnehin nicht. Sie trat aus der Küche und trocknete sich die Hände an einem Küchentuch ab. Noch bevor ich es bis zum Fuß der Treppe geschafft hatte, war sie gefechtsbereit.

»Was ist los?« Ihr Ton klang ziemlich forsch.

Ich seufzte und zuckte mit den Schultern.

»Nichts, wirklich. Es ist nur … Herr Schiller …« Meine Stimme erstarb. Es gab keine Möglichkeit, das Ganze zu erklären, ohne dass meine Mutter den Eindruck bekam, ich wäre irgendwie frech zu dem alten Mann gewesen.

»Was ist mit Herrn Schiller?«

»Ach …« Ich fuhr mit dem Fuß ungelenk über den hölzernen Dielenboden. »Wir mussten gehen, das war alles. Er hat gesagt, er fühle sich nicht gut.«

Ich muss nicht sehr überzeugend geklungen haben, denn meine Mutter legte den Kopf schräg und sagte: »Seid ihr beiden ihm vielleicht auf die Nerven gegangen?« Ich antwortete nicht darauf. »Du weißt, dass Herr Schiller über achtzig ist«, fuhr sie fort. »Ich weiß nicht, ob ihm zwei Jugendliche über Stunden nicht zu viel sind.«

»Das war es gar nicht«, sagte ich abwehrend und merkte sofort, dass ich mir selbst ein Bein gestellt hatte.

»Was war es dann?«, hakte meine Mutter postwendend nach.

Ich seufzte tief. »Ich glaube – ich glaube, er war wegen irgendetwas gekränkt, das ich gesagt habe.« Ich sah sie mit ernster Miene an. Sie presste die Lippen aufeinander. »Ich wollte ihn nicht kränken. Also, ich verstehe immer noch nicht, was eigentlich los war.« Inzwischen hatte meine Mutter vor lauter Missbilligung einen Mundwinkel so weit herabgezogen, dass sie wie ein Picasso-Gemälde aussah.

»Pia«, sagte sie in vorwurfsvollem Ton. »Was hast du gesagt? Erzähl mir genau, was du gesagt hast.«

»Mama …«

»Pia, was hast du gesagt?«

»Also, ich habe nichts Unhöfliches gesagt. Ehrlich nicht. Ich habe ihn nur nach den Sachen gefragt, die gerade in der Stadt passieren. Weißt du, nach Katharina Linden und so.«

»Oh Pia.« Ihre Lippen waren nun wieder entspannt, dafür hatte sie die Brauen zusammengezogen und das Kinn zurückgeschoben, als würde sie etwas unsäglich Trauriges sehen. Dann seufzte sie schwer, streckte eine Hand aus und berührte mich an der Schulter. »Na ja, ich denke, das konntest du nicht wissen.« Sie schüttelte den Kopf. »Komm einen Moment zu mir in die Küche.«

Verwirrt folgte ich ihr und fragte mich, was ich getan hatte. Waren Katharina Linden und Herr Schiller irgendwie verwandt?

»Setz dich«, sagte meine Mutter und deutete auf die Bank am Tisch. Ich gehorchte, und sie nahm mir gegenüber Platz. Das würde also offensichtlich ein weiteres kleines Gespräch werden. Zwei davon in einer Woche, das war selbst für meine Verhältnisse ein Rekord.

»Weißt du, Pia. Vielleicht hätte ich dir schon früher davon erzählen sollen, aber ich dachte, es wäre nicht gut. Mich wundert nicht, dass Herr Schiller traurig war, als du ihn nach Katharinas Verschwinden gefragt hast. Wusstest du, dass er eine Tochter hatte, die auch verschwunden ist?«

»Nein.« Ich war wirklich schockiert.

»So war das aber, daher ist das kein besonders geeignetes Gesprächsthema für ihn. Das ist vielleicht auch der Grund, warum ich das dir gegenüber bisher nicht erwähnt habe. Ich hatte Angst, du würdest neugierig werden und ihn danach fragen.«

Das machte mich wütend – wieso glaubte sie, dass ich so etwas tun würde? Aber um ehrlich zu sein, hätte ich davon gewusst, wäre ich natürlich neugierig gewesen. Es wäre mir schwergefallen, das Thema nicht anzuschneiden, und die Versuche einer Zehnjährigen, sich dem Ganzen dezent und durch die Blume zu nähern, wären von jemandem mit einem so scharfen Verstand wie Herrn Schiller wohl schon auf zehn Kilometer gegen den Wind bemerkt worden. Aber gut, die Katze war aus dem Sack, da konnte ich meiner Mutter auch gleich all die Fragen stellen, die mir auf der Seele lagen.

»Dann ist Herr Schiller also verheiratet?«

»Er ist Witwer«, erklärte meine Mutter.

»Und wann ist seine Frau gestorben?«, wollte ich wissen.

»Mmh, da bin ich mir nicht sicher …« Meine Mutter machte ein komisches Gesicht, und ich bin mir fast sicher, dass sie schon sagen wollte: »Da musst du Oma Kristel fragen.« Aber sie bremste sich gerade noch rechtzeitig. »Ich glaube, noch während des Krieges.«

»Wie alt war das Mädchen?«

»Ach, Pia. Das weiß ich wirklich nicht. Ich weiß nur, dass Oma Kristel mir vor langer Zeit einmal davon erzählt hat. Ich meine, das Mädchen ist nach dem Tod ihrer Mutter verschwunden, aber ich habe keine Ahnung, wie alt sie damals war.«

»Hat man sie je gefunden?«

»Nein«, sagte meine Mutter. Sie wirkte einen Moment lang gedankenverloren.

»Was ist mit ihr passiert?«, beharrte ich.

»Das weiß niemand«, sagte meine Mutter. »Sie ist einfach … verschwunden. Das war zu Kriegszeiten, weißt du. Damals sind viele schreckliche Dinge passiert. Deine Granny« – damit meinte sie ihre eigene Mutter in England, Granny Warner – »hat mir einmal von einem Haus in ihrer Straße erzählt, das von einer Bombe getroffen wurde. Eine Leiche darin ist nie gefunden worden. Sie muss verdampft sein.« Sie blickte mich an und sagte mit verändertem Tonfall: »Das ist ein ziemlich gruseliges Thema, oder? Wollen wir von etwas anderem reden?«

Aber ich war noch nicht fertig. »Dann war sie also in einem Haus, das bombardiert wurde?«

»Nein, war sie nicht. Dann hätte man ja nicht von Verschwinden geredet, wenn man gewusst hätte, was passiert war, oder?«, sagte meine Mutter. Sie klang nun ein wenig ungeduldig. »Warum fragst du nicht – nein, hör zu, Pia, das ist genau der Grund, warum ich dir bisher nichts davon erzählt habe. Du kannst jetzt nicht anfangen, danach zu fragen. Damit würdest du Herrn Schiller schrecklich wehtun.«

Sie schüttelte den Kopf. »Es klingt, als ob du ihm schon allein dadurch auf den Schlips getreten bist, dass du nach Katharina Linden gefragt hast.«

»Ich wollte ihn doch nicht …«

»Ich weiß, aber ich glaube, du bist ihm zu nahe getreten. Vielleicht sollte ich ihn anrufen und mich bei ihm entschuldigen …«

Tatsächlich hat sie später am Abend versucht, ihn anzurufen, aber obwohl sie das Telefon zwanzig Mal klingeln ließ, ging niemand dran. Schließlich entschied sie, die Sache auf sich beruhen zu lassen. Was konnte sie ihm denn schon sagen, um sich zu entschuldigen und dabei das Tabuthema nicht anzusprechen? Und ich, ich saß oben in meinem Zimmer mit einem Buch, in dem ich nicht wirklich las, und einem Becher Kakao, der auf meinem Nachttisch kalt wurde, während ich aus dem Fenster in die Dunkelheit starrte und über das sichere Ende einer Freundschaft trauerte.

13. Kapitel

»Diese Stadt!«, schrie meine Mutter. »Diese Stadt ist das Problem!«

Sebastian und ich saßen einander gegenüber am Küchentisch, starrten uns an und lauschten dem Streit schweigend. Sebastian hatte vor Staunen die Augen weit aufgerissen. Er war es gewohnt, dass meine Mutter gelegentlich aus der Haut fuhr und ihr Zorn sich gegen eines von uns Kindern richtete. Zum Beispiel dann, wenn wir etwas besonders Ärgerliches angestellt hatten, wie damals, als Sebastian ein volles Glas Honig in den Wasserkessel geleert hatte, um »warmen Honig für Teddy« zu machen. Dass ihre Wut sich gegen unseren Vater richtete, war etwas ganz anderes und ließ einen frösteln wie beim ersten kalten Windhauch, der das Ende des Sommers ankündigt. Ich sah Sebastian an und konnte an seinem Gesichtsausdruck erkennen, dass sich sein Kleinkindverstand damit abmühte, sich vorzustellen, was Papa Schlimmes angestellt haben konnte.

»This bloody town!«, wiederholte meine Mutter, sicherheitshalber auf Englisch. Sie musterte meinen Vater unheilvoll. Ein eindrucksvoller Anblick, wie sie so in ihrer Plastikschürze dastand und mit einer Fleischgabel aus Edelstahl in der rechten Hand herumfuchtelte, um das Gesagte zu unterstreichen.

»Ach, das schon wieder«, erwiderte mein Vater genervt. Ich bewunderte seinen Mut, denn meine Mutter sah aus, als wolle sie ihm mit der Fleischgabel etwas antun.

»Was meinst du mit ›das schon wieder‹?«, fragte sie.

Mein Vater sah sie ungerührt an. »In England ist alles besser«, sagte er.

»Also …«, begann meine Mutter, änderte dann aber offensichtlich ihre Meinung, weil ihr wahrscheinlich klar wurde, dass selbst für einen wütenden Englandfan die Erwiderung »Es ist ja auch besser« übertrieben wäre.

Nach einer winzigen Pause fuhr sie fort: »Ich weiß, dass es dort nicht perfekt ist« – allerdings in einem Ton, der heraushören ließ, wie sehr sie vom Gegenteil überzeugt war –, »aber wenigstens sind da, wo ich aufgewachsen bin, Kinder nicht auf der Straße weggezaubert worden, während ihre Eltern zwei Meter von ihnen entfernt standen.« Diese Übertreibung war typisch für meine Mutter und brachte meinen Vater, der wie viele seiner Landsleute für Ironie vollkommen unempfänglich war, regelmäßig zur Weißglut. Es war aber nicht die Übertreibung, die mich bei ihrer kleinen Rede aufhorchen ließ, es war das Wort »weggezaubert«.

Aber bevor ich Zeit hatte, weiter darüber nachzudenken, tobte meine Mutter weiter. »Ich möchte Pia inzwischen am liebsten überhaupt nicht mehr nach draußen lassen. Wolfgang, als wir hierhergezogen sind, dachte ich, wir tun zumindest für die Kinder das Richtige. Eine Kleinstadt, wo jeder jeden kennt, rundherum Natur. Und jetzt kommt es mir vor, als lebten wir mitten in ›Nightmare on bloody Elm Street‹!« Sie fiel wieder ins Englische, wie immer, wenn sie richtig wütend war.

»Du kannst nicht die Stadt dafür verantwortlich machen«, sagte mein Vater. »Solche Dinge passieren überall.«

»Nicht überall«, giftete meine Mutter. »Und wie auch immer, diese Sache ist hier passiert, oder? Und hast du schon bemerkt, was Pia in deiner ›freundlichen‹ Kleinstadt gerade passiert?«

Mein Vater drehte seinen mächtigen Rumpf für einen Moment in meine Richtung und sah mich kurz an. »Was passiert Pia?«

»Alle ihre sogenannten Freunde schneiden sie. Oder besser gesagt, alle außer Stefan Breuer, und der hat es, nebenbei bemerkt, hier ja auch nicht leicht, oder?«

»Das ist wohl keine Überraschung, wenn sein Vater sich mittags betrunken auf der Straße herumtreibt«, erwiderte mein Vater.

»Genau das meine ich!«, stieg meine Mutter darauf ein. »Immer wird getratscht, und jeder richtet über den anderen.«

»Ich richte nicht, ich erzähle, was wahr ist«, sagte mein Vater. »Er ist mittags betrunken. Das ist kein Klatsch. Ich hab ihn selbst gesehen.«

»Aahhhhhh!«, kreischte meine Mutter. »Why do you have to be so bloody German?«

Mein Vater sah sie ausdruckslos an, dann sagte er leise: »And why do you have to be so bloody English?«

Einen Moment lang starrten sie sich schweigend an. Dann öffnete meine Mutter den Mund, um etwas zu sagen, aber ich weiß nicht, was es hätte sein sollen, denn in exakt diesem

Augenblick hörten wir jemand heftig an unsere Haustür klopfen.

Jetzt, wo ich endlich dazukomme, die Geschichte dieses seltsamen Jahres vor der Jahrtausendwende zu erzählen, bin ich Jahre älter als damals, fast selbst schon erwachsen. Trotzdem machen Menschen immer noch Dinge, die ich kaum begreifen, deren Motive ich schwer nachvollziehen kann.

Im Alter von zehn Jahren erschien mir das Verhalten der Erwachsenen noch vollkommen unverständlich. Da konnte man etwas ganz und gar Unschuldiges sagen oder auch wiederholen, was man die Erwachsenen hatte sagen hören, nur um dann festzustellen, dass man einen schrecklichen Fehler gemacht hatte. Eine Gruppe von Erwachsenen hämmerte einem irgendwas ein, und dann konnte es eine andere Gruppe geben, die das absolute Gegenteil verkündete.

Erwachsene – sie waren so unberechenbar, dass mich eigentlich keinerlei Verhalten ihrerseits mehr hätte überraschen sollen. Doch an jenem Morgen passierte genau das.

Herr Schiller hatte geklopft. Meine Mutter öffnete die Tür mit immer noch zornrotem Gesicht und mit der Fleischgabel in der Hand, und da stand Herr Schiller, der wie immer aussah, als hätte ein Hausdiener ihn angekleidet.

»Guten Morgen, Frau Kolvenbach«, sagte er mit einer angedeuteten Verbeugung. Er lüpfte seinen Hut und hielt meiner Mutter die Hand hin.

»Herr Schiller«, sagte meine Mutter überrascht, fing sich aber rasch, ergriff seine Hand und schüttelte sie.

Ich saß nach wie vor am Küchentisch, hörte zu, wie sie sich begrüßten, und mein Mut sank. Das konnte doch nur eines bedeuten: Ich war in Schwierigkeiten. Herr Schiller musste vorbeigekommen sein, um sich bei meiner Mutter über mein schlechtes Benehmen zu beschweren. Mir wurde vor Schuldgefühlen und Scham ganz heiß. Gleichzeitig war ich aber auch ein wenig empört: Schließlich hatte ich ihn ja nicht mit Absicht verletzt. Wenn meine Mutter mir das mit seiner Tochter vorher erzählt hätte, dann hätte ich ihn natürlich nicht nach Katharina Linden gefragt.

In jenem Augenblick hatte ich fast das Gefühl, ihn zu hassen. Es war so unfair und so typisch für die Erwachsenen. Ich rutschte von der Bank und klopfte mir die Krümel von der Hose, da kam meine Mutter zurück in die Küche.

»Herr Schiller ist hier, um dich zu besuchen«, sagte sie.

Ich konnte es nicht glauben. Um mich zu besuchen? Ich fragte mich, ob das eine geschickte Einleitung der unvermeidlichen Szene sein konnte. Wollte er sichergehen, dass ich bei seiner Beschwerde auch anwesend war? Widerwillig folgte ich meiner Mutter ins Wohnzimmer.

Herr Schiller hatte auf dem Lieblingssessel meines Vater Platz genommen, doch als wir das Zimmer betraten, stand er auf. Dabei bemerkte ich überrascht, dass er einen kleinen Strauß Frühlingsblumen dabeihatte. Eine Sekunde lang überlegte ich, ob meine Mutter ihm die Blumen sozusagen als Wiedergutmachung gegeben haben konnte. Dann sah ich, wie er den Strauß mir hinhielt.

»Fräulein Pia, die sind für dich«, sagte er lächelnd. Leise verließ meine Mutter hinter mir den Raum, um nachzusehen, wie weit Sebastian mit dem Frühstücken war. Ich stand einfach nur da, starrte meinen Besucher an und wusste nicht, wie ich mich verhalten sollte.

»Bitte, nimm sie an«, sagte Herr Schiller. Er machte einen Schritt auf mich zu, und mir blieb gar nichts anderes übrig, als den Strauß zu greifen. Verwirrt, wie ich war, steckte ich meine Nase zwischen die weichen Blütenblätter. Eher um meine Verlegenheit zu kaschieren, als um ihren köstlichen Duft zu schnuppern.

»Es tut mir leid«, brachte ich schließlich heraus, wagte dabei aber nicht wirklich aufzusehen. »Ich wollte Sie nicht …«

Meine Stimme erstarb. Ich war mir nicht sicher, wie ich die Entschuldigung beenden sollte, ohne verbotenes Terrain zu betreten. Es tut mir leid, dass ich von dem Verschwinden gesprochen habe ... Ich wusste nicht, dass Ihre Tochter verschwunden ist ... Ich wollte Sie nicht traurig machen, indem ich von verschwundenen Leuten geredet habe ... Letztlich sagte ich gar nichts, und Herr Schiller kam mir zu Hilfe.

»Bitte, entschuldige dich nicht, Pia.« Seine Stimme klang freundlich. »Ich sollte mich entschuldigen, weil ich euch so abrupt weggeschickt habe.«

Ich sah ihn nicht an, weil mich das so unerwartet traf. Ein Erwachsener, der sich bei einem Kind entschuldigte! Noch dazu ein Erwachsener in so einem respektablen Alter, wo ich doch erst zehn war und obendrein der Underdog der Schule. Herr Schiller lächelte mich an, und die Faltenlandkarte auf seinem alten Gesicht schien sich nach oben zu verschieben, sodass die Falten wie die Nebenflüsse eines sich ausdehnendenden Deltas aussahen.

»Es tut mir wirklich leid, ich wollte nichts Falsches tun«, wagte ich schließlich zu sagen. »Ich wusste ja nicht, dass ...«

Meine Worte klangen für mich selbst unglaubwürdig, denn in Bad Münstereifel wusste jeder über jeden Bescheid, daher war etwas nicht zu wissen eine ziemlich lahme Ausrede.

»Natürlich nicht«, sagte Herr Schiller mit, wie mir schien, ein wenig trauriger Stimme. »Du bist ein gutes Kind, Pia. Ein liebes Kind.«

Ein wenig mutiger versuchte ich zu erklären: »Ich habe Sie nur nach – Sie wissen schon – gefragt, weil Sie so viel über die Stadt wissen ... und über all die komischen Sachen, die hier früher passiert sind.«

»Früher?«, wiederholte Herr Schiller. Er runzelte leicht die Stirn, und das gab mir erneut einen Stich – dachte er, ich würde schon wieder von seiner Vergangenheit reden?

»Der Müller und die Katzen und die Geschichte von dem Jäger – diese ganzen seltsamen Sachen. Also dachte ich, Sie hätten vielleicht eine Ahnung …«

Herr Schiller starrte mich ein paar Sekunden lang an. Dann ließ er sich wieder auf dem Sessel meines Vaters nieder und stützte sich dabei vorsichtig mit beiden Händen an den Lehnen ab. Schließlich sagte er: »So, Fräulein Pia, dann glaubst du also, dass Hexen das Mädchen mitgenommen haben oder so etwas Ähnliches?«

Ich sah ihn an. Er schien sich nicht lustig über mich zu machen, wie es viele andere Erwachsene getan hätten. Es sah aus, als würde er mich ernst nehmen, als würde er diese Möglichkeit in Betracht ziehen. Dennoch erwiderte ich eher vorsichtig: »Ich weiß nicht.«

»Aber du denkst dir, vielleicht …?«

»Nun ja, alle, ich meine, alle Erwachsenen, sagen doch dauernd, wir sollen nach seltsamen Dingen Ausschau halten«, sagte ich.

»Nach seltsamen Dingen«, wiederholte er nachdenklich und klopfte dabei mit den Fingern einer Hand auf die Sessellehne. Dann verstummte er und schien seinen Gedanken nachzuhängen.

»Herr Schiller?«, sagte ich zögernd.

»Ja, Pia?«

»Sind Sie mir noch böse?«

Herr Schiller machte ein Geräusch zwischen Schnauben und Kichern. »Natürlich bin ich dir nicht böse, Liebes. Und du hast einige wirklich interessante Ideen.«

»Finden Sie?« Ich war geschmeichelt und erstaunt zugleich.

»Ja, das finde ich«, sagte Herr Schiller. »Du siehst Zusammenhänge, wo andere gar nichts sehen.«

Ich war mir nicht sicher, was ich darauf erwidern sollte. Wenn ich einen Zusammenhang zwischen dem Verschwinden eines Mädchens und Herrn Schillers faszinierenden

Geschichten von vertuschten Geheimnissen, schrecklichen Schicksalen und Spukgestalten gesehen hatte, dann war das ein Muster, das wohl kein anderer Erwachsener außer ihm selbst ernst genommen hatte. Ich war mir nicht einmal sicher, ob es mir nachvollziehbar erschien. Meine Mutter hätte das als »Man verschwendet nur die Zeit der Polizei«-Variante abgetan.

»Herr Schiller? Gibt es Geister und so was in echt?«

Der alte Mann schien von der Frage nicht im Mindesten überrascht. Er stieß einen Seufzer aus. »Ja, Pia. Die gibt es. Aber andere als die, mit denen man rechnet.«

Darüber musste ich nachdenken. Seine Antwort war wie aus der Pistole geschossen gekommen, aber bedeutete sie überhaupt irgendetwas? Ich hatte mit eigenen Ohren gehört, wie meine Mutter Sebastian erzählt hatte, der Nikolaus würde am 6. Dezember seine Schuhe mit Geschenken füllen, und bis vor gar nicht langer Zeit hatte sie darauf beharrt, es gäbe eine Zahnfee. Es widerstrebte mir zwar, meinen alten Freund in einen Topf mit der verlogenen Mehrheit der Erwachsenen zu werfen, aber machte er sich nicht vielleicht bloß über mich lustig?

»Nein, ich meine in echt«, beharrte ich.

Herr Schiller lächelte. »Pia, hast du schon mal ein Gespenst gesehen?«

»Nein ...«

»Bedeutet das, dass es keine Gespenster gibt?«

»Ich weiß nicht ...«

»Hast du die Cheopspyramide schon mal gesehen?«

»Nein«, sagte ich.

»Und bedeutet das, dass es die nicht gibt?«

»Natürlich nicht.«

»Eben.« Herr Schiller lehnte sich mit der Miene von jemandem, der seine Beweispflicht erfüllt hat, im Sessel meines Vaters zurück.

»Ich denke nicht, dass meine Eltern daran glauben«, führte ich an.

»Wahrscheinlich nicht«, gab Herr Schiller gleichmütig zu.

»Ich habe nur gedacht …« Ich hielt inne. Brachte ich mich wohl wieder in Schwierigkeiten, wenn ich Katharina Linden noch mal erwähnte? »Ich möchte wirklich helfen, Katharina zu finden«, wagte ich zu sagen.

Herr Schiller schien mit dieser irgendwie schrägen Logik nicht das geringste Problem zu haben. »Und du glaubst, Fräulein Pia, dass da etwas Unheimliches vor sich geht und das Mädchen deshalb verschwunden ist?«

»Sie wurde weggezaubert«, sagte ich.

»Ach so«, meinte Herr Schiller nachdenklich. Er lachte mich nicht aus und forderte mich auch nicht auf, keinen Unsinn zu reden.

Irgendwie bestärkt fuhr ich fort: »Ich möchte sehen, ob ich nicht herausfinden kann, was passiert ist. Deshalb wollte ich Sie nach den seltsamen Dingen fragen, die hier in der Stadt passiert sind. Vielleicht gibt es da einen Hinweis.«

Wir sahen einander an.

»Was meinen Sie?«, fragte ich ihn vorsichtig.

»Ich meine, Fräulein Pia, dass du einen Ansatz entdeckt hast, den die Polizei bei ihren Nachforschungen außer Acht lassen wird«, sagte er nüchtern.

»Glauben Sie das wirklich?«, fragte ich eifrig.

»Ja, das glaube ich.«

»Dann werden Sie mir helfen?«

Herr Schiller musterte mich einige Augenblicke lang. Sein Gesichtsausdruck war undurchdringlich, aber er zwinkerte mir zu. Dann hob er seine knotigen Hände. »Ich bin ein sehr alter Mann, Pia. Zu alt, um kreuz und quer durch die Stadt zu laufen und nach Hinweisen – oder Geistern – zu suchen.«

»Ach, das brauchen Sie doch auch gar nicht«, versicherte

ich ihm voller Begeisterung. »Das werde ich machen – zusammen mit Stefan«, fügte ich noch hinzu.

»Wie kann ich dir dann helfen?«, erkundigte sich Herr Schiller.

»Na ja, Sie könnten uns weiterhin alte Geschichten erzählen.«

»Sicher.«

»Und wir kommen und erzählen Ihnen, was wir entdeckt haben. Dann können Sie uns helfen, das zu verstehen.«

»Wäre mir ein Vergnügen.«

An dieser Stelle wurde unsere Unterhaltung unterbrochen, weil meine Mutter den Kopf durch die Wohnzimmertür steckte und sagte: »Entschuldigen Sie bitte, Herr Schiller, aber möchten Sie vielleicht eine Tasse Kaffee?«

»Nein danke, Frau Kolvenbach«, sagte Herr Schiller. Er erhob sich aus dem Sessel und stand einen Moment lang mit seinem Hut in der Hand da und strahlte mich an. »Und ich danke auch dir, Fräulein Pia.«

Meine Mutter blickte ihn verwirrt an. Warum bedankte er sich bei mir? Im Hinblick darauf, dass ich Herrn Schiller gekränkt hatte, schien sie irgendwie besänftigt, da er ja offensichtlich gekommen war, um mir ein Friedensangebot zu machen, dennoch war sie sich nach wie vor unsicher, ob ich »den armen alten Mann« nicht belästigte. Letztlich begnügte sie sich mit: »Ich hoffe, du hast dich bei Herrn Schiller für die Blumen bedankt, Pia.«

»Danke schön, Herr Schiller«, sagte ich folgsam.

Herr Schiller streckte mir seine faltige Hand hin, und zum ersten Mal in meinem Leben gab ich einem Erwachsenen gerne die Hand. Es war anders, als wenn Oma Kristel mich dazu gedrängt hätte, mir kam es eher so vor, als wären wir Verbündete.

»Auf Wiedersehen, Pia.«

»Wiedersehen, Herr Schiller.«

14. Kapitel

Das Ende des ersten Schulhalbjahrs war eine echte Erleichterung. Nach drei langen Monaten als Aussätzige in der Klasse und als unfreiwillige Verbündete von Stink-Stefan war ich am Ende. Als der April kam, wurden die elterlichen Ausgangssperren etwas gelockert. Wir durften wieder auf den großen Spielplatz im Schleidtal, ins Schwimmbad oder sogar mit der Bahn ins Kino nach Euskirchen. Zwischendurch besuchten wir Herrn Schiller.

Mit neu erwachtem Interesse lauschten wir seinen Erzählungen. Jetzt, wo die Stadt in eine ganz aktuelle Geschichte verstrickt schien: die Geschichte von einem Mädchen, das als Schneewittchen verkleidet mitten in einem Karnevalszug aus dem Leben heraus- und ins Nichts eintritt. Ich grübelte über die Details dessen, was Herr Schiller uns erzählte, und versuchte, die Ereignisse der letzten Monate damit in Verbindung zu bringen. Das war, als würde ich ein riesiges, kompliziertes Puzzle zusammensetzen, ohne einen Blick auf den Deckel der Schachtel werfen zu können. Nach Herrn Schillers Erzählungen zu schließen, musste Bad Münstereifel einer der unheimlichsten Orte Deutschlands, wenn nicht der Welt sein. An allen Ecken und Enden tauchten Monster, Geister und Skelette auf.

Stefan, dessen Eltern den Fernsehkonsum nicht so streng überwachten wie meine, hatte schon zahlreiche Horrorfilme gesehen. Nicht nur die uralte Version von »Nosferatu«, die immer wieder mal lief, sondern sogar »Poltergeist« und »Shining«. Folglich war er mit seinen Einschätzungen auch weiter als ich. Er meinte, es gäbe da etwas Böses, das Macht über die Stadt habe. Er hatte alle möglichen Theorien dazu: Das Haus der Lindens sei auf einem alten Friedhof errichtet, wo man Pestopfer begraben hätte; Katharina habe sich unbewusst mit finsteren Mächten eingelassen und sei von diesen verschleppt worden; irgendein schrecklicher Fluch läge auf der Familie Linden, der zum frühen Dahinscheiden des jeweils ältesten Kindes einer Generation führe.

»Herr Linden ist auch ein ältestes Kind«, bemerkte ich, als Stefan die letzte Theorie präsentierte. »Er ist das ältere von zwei Geschwistern. Frau Holzheim ist seine Schwester. Warum also ist er nicht als Kind verschwunden?«

»Vielleicht überspringt der Fluch immer eine Generation«, meinte Stefan unbeirrt.

Das überzeugte mich nicht, und ich wandte mich bei unserem nächsten Besuch an Herrn Schiller.

»Gibt es irgendwelche Geschichten über Menschen, die verflucht waren?«

Herr Schiller überlegte und nippte gemächlich an seinem Kaffee, den er aus einer sehr zerbrechlich wirkenden Tasse mit gelben und grauen Rosen trank.

»Es gab da diesen Ritter, der in der Alten Burg am Quecken lebte«, meinte er schließlich.

»Die kenne ich schon«, sagte ich enttäuscht.

»Aber ich nicht«, bemerkte Stefan. Erwartungsvoll sah er Herrn Schiller an. Ich muss sagen, für jemanden, der derart unbeliebt bei seinen Klassenkameraden war, gelang es ihm erstaunlich gut, sich bei den Erwachsenen einzuschmeicheln. Herr Schiller konnte also gar nicht anders, als die Geschichte trotz meiner finsteren Miene noch mal zu erzählen.

»Die alte Burg am Quecken wurde vor der Befestigung der Stadt errichtet, nämlich vor über tausend Jahren«, begann Herr Schiller. »In der Burg lebte ein Ritter mit seiner Frau und seinem einzigen Sohn. Der alte Ritter war ein passionierter Jäger, und sein Sohn teilte diese Leidenschaft mit ihm. Er liebte nichts mehr, als mit seinen Jagdhunden durch die Wälder zu reiten.

Irgendwann starb der alte Ritter, und der junge Mann

begann seine Pflichten zu vernachlässigen und nur noch seiner Jagdlust nachzugehen. Jeden Tag ritt er auf seinem edlen schwarzen Hengst und begleitet von seinen bellenden Hunden aus dem Burgtor und verbrachte viele Stunden mit Jagen. Schließlich ging er sogar am Tag des Herrn seinem Vergnügen nach.

Seine Mutter, die Gattin des alten Ritters, war eine fromme Frau, und das Benehmen ihres Sohnes schmerzte sie sehr. Sie flehte ihn an und sagte ihm, wenn er am Sonntagmorgen seiner Christenpflicht nachkäme, dann bliebe ihm anschließend doch noch genügend Zeit für die Jagd. Aber ihre Bitten stießen auf taube Ohren.

An einem Sonntagmorgen konnte die Mutter nicht länger an sich halten. Schon bei Sonnenaufgang stand ihr Sohn im Burghof und bereitete sich auf die Jagd vor. Ein junger Knappe hielt den schwarzen Hengst am Zügel, der stampfte und schnaufte und den Aufbruch fast ebenso begierig herbeizusehnen schien wie sein Herr. Die Hundemeute bellte und zerrte an den Eisenketten. Der junge Mann lief ungeduldig im Hof auf und ab und schalt die Diener für ihre Langsamkeit.

Währenddessen öffnete sich über ihm ein Fenster, und die Mutter beugte sich heraus, um ihren Sohn erneut zu bitten, mit in die Kirche zu kommen. ›Der Tag ist lang genug, um danach noch auf die Jagd zu gehen‹, rief sie. Aber wieder weigerte sich der Sohn, auf sie zu hören. Er schwang sich in den Sattel seines großen schwarzen Pferdes und gab dem Wächter ein Zeichen, das Tor zu öffnen. Die Hunde wurden losgelassen, und mit ohrenbetäubendem Gebell und dem durchdringenden Schall eines Jagdhorns stürmte die Gesellschaft hinaus. Voller Bitterkeit im Herzen rief die Mutter ihm nach: ›Ich wünschte, du würdest für immer jagen!‹

Der Tag verging, der Abend kam, und schließlich brach die Nacht an, doch von dem jungen Mann war nichts zu sehen oder zu hören. Auch nicht von seinem stolzen Hengst oder der wilden Hundemeute. Eine Woche verstrich, dann ein Monat und schließlich ein Jahr, ohne dass der junge Mann zurückkehrte.

Als die alte Mutter starb, verfiel die Burg und wurde im Laufe der Zeit zu der Ruine, die man heute noch sehen kann. Ein Haufen moosbedeckter Steine, lauter Unkraut und Bäume, die aus den früheren Höfen und Hallen herausragen. Die Seele des Jägers jedoch fand keinen Frieden. Sie war verdammt, auf ewig durch die Wälder zu streifen und mit ihrer Meute zu jagen.«

Herr Schiller beugte sich ein wenig vor. »Es heißt, dass er in mondhellen Nächten noch immer aus der alten Burg reitet. Eine arme, geschundene Seele, die sich nicht mehr erinnert, warum sie da ist oder wonach sie sucht, während sie ruhelos für immer durch die Wälder zieht.«

»Ist er immer noch da?«, unterbrach Stefan. »Hat man ihn je gesehen?«

»In manchen dieser einsam gelegenen Häuser am Waldrand sollen die Menschen schon nachts zitternd im Bett gelegen haben und dem Stampfen der Hufe und dem Heulen der Hunde gelauscht haben, wenn die Jagdgesellschaft draußen vorbeistürmte«, sagte Herr Schiller. »Aber niemand hat es je gewagt, hinauszugehen und dem Jäger zu begegnen.«

»Sie haben nicht mal nachgesehen?«, unterbrach Stefan ihn erneut. »Solche Angsthasen. Ich hätte das gemacht.«

Ich konnte sehen, woran er dachte, und wusste, was meine Mutter dazu gesagt hätte: »Nein, du darfst nicht bis Mitternacht am Quecken herumhocken. Was denkst du dir überhaupt dabei, wo wir immer noch nicht wissen, was mit der armen Katharina Linden passiert ist? Außerdem wärst du am Morgen danach zu nichts zu gebrauchen …«

Seufzend griff ich nach meiner Tasse und trank einen

Schluck kalten Kaffee. Der gespenstische Jäger war also dazu verdammt, bis in alle Ewigkeit durch die Wälder zu ziehen. Und ich schien dazu verdammt, mindestens ebenso lange von Stink-Stefan verfolgt zu werden. Und auch wenn ich Herrn Schillers Geschichten genoss, hatte ich nicht das Gefühl, dass wir der Wahrheit über Katharinas Verschwinden so auch nur im Geringsten näher kamen.

Ich sah Stefan und Herrn Schiller an, die sich in ein Gespräch über die wahrscheinlichste Route vertieft hatten, die der ewige Jägersmann vermutlich nahm. Stefan fuhr dazu mit dem Zeigefinger über den Kaffeetisch. Sie schienen mich vergessen zu haben. Was meinen Kummer nur vergrößerte. Der Sommer schien noch ganz weit entfernt.

15. Kapitel

Natürlich war es Stefan, der vorschlug, nachts auf den Quecken zu steigen. Weil ich die wahrscheinliche Reaktion meiner Mutter darauf schon kannte, hätte ich sie genauso gut fragen können, ob ich nicht mit dem Zug nach Köln fahren und ein paar Nachtklubs besuchen könnte.

Ich überlegte mir, dass es vielleicht möglich wäre, tagsüber zur Burgruine zu gehen, aber Stefan bestand darauf, dass es nichts brächte, wenn wir nicht nachts dorthin gingen.

»Weißt du«, sagte er spontan, »wir sollten heute in der Walpurgisnacht da rauf.«

»Stefan …«, begann ich zögernd, denn ich fand schon die Vorstellung so unrealistisch, dass es eigentlich müßig war, darüber auch nur nachzudenken. Er war jedoch bereits von seiner eigenen Begeisterung überwältigt.

»Nein, im Ernst. Das müssen wir machen.« Seine Augen leuchteten, und eine Strähne seines aschblonden Haares fiel ihm in die Augen. Ungeduldig strich er sie zurück. »Das ist doch die Nacht der Hexen, oder? Falls es dort jemals etwas zu sehen gibt, dann in dieser Nacht.«

Das leuchtete mir ein, half aber auch nicht angesichts der Tatsache, dass es eines echten Wunders bedurft hätte, um mich des Nachts aus dem Haus und auf den Quecken zu bringen.

»Meine Mutter wird mich niemals nach Einbruch der Dunkelheit da hinauflassen«, wandte ich ein.

»Kannst du dir nicht irgendeine Ausrede einfallen lassen?«

»Was für eine denn?« Mir fielen keinerlei besondere Umstände ein, unter denen ich die Erlaubnis hätte bekommen können.

»Wir – wir sagen, wir wollen einen Maibaum setzen.«

»Einen Maibaum?« Ich musste zugeben, dass das ziemlich genial war.

In jedem Eifeldorf wird zum ersten Mai ein großer Maibaum aufgestellt. Aber es gibt auch den Brauch, dass junge Männer in der Nacht zum ersten Mai einen kleinen Maibaum vor dem Haus der Freundin aufstellen, den sie dann morgens nach dem Aufstehen entdeckt. Das bedeutet, dass die letzte Aprilnacht wohl die einzige des Jahres ist, in der die halbe Stadtjugend mit Fug und Recht zu später Stunde auf den Beinen ist. Aber trotzdem ...

»Für wen sollten wir denn einen Maibaum setzen?«, fragte ich. »Und Mädchen machen das ja sowieso nicht.«

»Ganz einfach«, sagte Stefan, der den Plan offenbar blitzschnell gefasst hatte. »Wir werden sagen, dass wir meinem Cousin Boris helfen.«

»Hm«, machte ich nur und hatte immer noch starke Zweifel.

Boris war ein ungeschlachtes Monster von einem Achtzehnjährigen, mit langen Haaren, die aussahen, als wären sie mit Motoröl gestylt, und mit bösen kleinen Augen, die so tief lagen, dass es wirkte, als würde er durch die Sehschlitze eines

Helms gucken. Soweit ich wusste, hatte er keine Freundin, und selbst wenn er eine besessen hätte, vermittelte er nicht den Eindruck, der Typ zu sein, der Blumen schenkt, Türen aufhält und Maibäume setzt. Und schon gar nicht konnte ich mir vorstellen, dass er zwei Zehnjährige auffordern würde, ihn auf einer solchen romantischen Mission zu begleiten. Da ich aber keine bessere Idee zu bieten hatte, stimmte ich zu, meiner Mutter den Plan zu unterbreiten.

»Schön«, sagte Stefan so sorglos, als ob alles schon geritzt wäre. Er sprang auf. »Komm, lass sie uns gleich fragen.«

»Sicher nicht«, sagte meine Mutter erwartungsgemäß. Stefan und ich standen wie zwei Kindergartenkinder, die von ihrer Erzieherin geschimpft werden, in der Küche vor ihr. Meine Mutter war gerade dabei, irgendein Fleisch für einen Auflauf zu braten, und die vernachlässigte Pfanne hinter ihr zischte alarmierend, während sie mit uns sprach.

»Aber Frau Kolvenbach«, sagte Stefan mit der höflichen Stimme, die er bei dafür empfänglichen Erwachsenen mit so großem Erfolg einsetzte, »wir wären mit meinem Cousin Boris unterwegs.«

Seine Mühe war vergebens, meine Mutter blieb hart. »Das ist mir gleich, Stefan. Pia wird nach Einbruch der Dunkelheit nirgendwo hingehen.«

»Boris wird …«, begann Stefan, aber meine Mutter schnitt ihm das Wort ab.

»Boris wird seinen Maibaum allein setzen müssen«, vollendete sie seinen Satz und musterte Stefan skeptisch. »Ist Boris nicht der große Kerl aus der Hauptschule mit den langen Haaren und der Motorradjacke?«

»Ja, aber …«, setzte Stefan wieder an, doch vergebens.

»Dann scheint er mir groß und kräftig genug, seinen Maibaum selbst zu tragen«, sagte meine Mutter abschließend. Ich machte den Mund auf, um auch etwas zu sagen, aber sie hob warnend die Hand. »Nein, Pia. Die Antwort lautet Nein. Und jetzt möchte ich nicht mehr darüber reden.« Damit wandte sie sich wieder dem Herd zu. »Ich bin überrascht, Stefan, dass deine Mutter dich im Dunkeln nach draußen lässt, selbst wenn dein Cousin dabei ist«, sagte sie noch.

»Hm«, machte Stefan unverbindlich. Er sah mich an. Es war Zeit für uns, den Rückzug anzutreten.

Oben in meinem Zimmer starrten wir finster vor uns hin.

»Ich hab's dir ja gesagt«, meinte ich.

Er zuckte mit den Achseln. »Einen Versuch war's wert.« Eine Zeit lang grübelten wir schweigend.

»Und jetzt«, fragte ich schließlich ziemlich lustlos.

Stefan blickte auf. »Dann gehe ich eben allein.«

»Echt?«

»Na ja, deine Mutter dürfte ihre Meinung doch wohl kaum ändern, oder? Ich kann dir ja nachher alles erzählen«, sagte Stefan. Damit musste ich mich wohl zufriedengeben.

Zufällig fiel der letzte Apriltag des Jahres 1999 auf einen Freitag, was für Stefans Plan von Vorteil war. Denn sollte seine Mutter ausgerechnet an jenem Tag aus ihrem üblichen Rauch- und Alkoholnebel auftauchen und etwas vom geplanten Ausflug ihres Sohnes mitbekommen, dann konnte sie ihm zumindest nicht vorwerfen, dass er doch am nächsten Tag Schule hätte. Ich ließ Stefan versprechen, am nächsten Morgen so früh wie möglich vorbeizukommen und mir zu berichten, was er gesehen hatte. Als der Plan stand, polterten wir wieder nach unten.

»Kann Stefan morgen früh vorbeikommen?«, fragte ich meine Mutter.

»Zu einer zivilisierten Zeit, ja«, antwortete sie.

»Sieben Uhr?«, sagte ich hoffnungsvoll.

»Zehn Uhr«, sagte meine Mutter bestimmt und verschwand wieder.

Tatsächlich tauchte Stefan am nächsten Morgen weder um zehn auf noch um halb elf, elf oder zwölf Uhr. Ich saß am Wohnzimmerfenster, blätterte in einem Comic, spähte hinaus auf die nasse Straße und hoffte, Stefan durch den Regen zu uns laufen zu sehen.

Der Tag verging, und ich ließ mich schließlich dazu bewegen, in meinem Zimmer die Hausaufgaben fertig zu machen. Meine Mutter versprach, mich sofort zu rufen, wenn Stefan auftauchte. Als ich mit der letzten Seite fertig war und das Heft zurück in meinen vollen Ranzen stopfte, war es halb vier, und es gab immer noch keine Spur von Stefan. Ich ging wieder hinunter, wo meine Mutter den Küchenboden energisch mit einem Wischmopp bearbeitete. Sebastian saß gut verräumt in seinem Hochstuhl und erinnerte ein bisschen an einen Schiedsrichter beim Tennis, während er beobachtete, wie sich der Mopp rhythmisch hin und her über die Fliesen bewegte.

»War Stefan da?«, fragte ich in leicht vorwurfsvollem Ton, denn es hätte ja sein können, dass meine Mutter ihn fortgeschickt hatte, weil ich meine Hausaufgaben machen sollte.

»Nein«, sagte meine Mutter und unterbrach ihre Metronombewegung. Sie rieb sich mit dem Handrücken übers Kinn und sah mich an. »Vielleicht kann er heute einfach nicht kommen, Pia.«

»Er hat es aber versprochen«, beharrte ich.

»Du siehst ihn am Montag doch sowieso in der Schule«, sagte meine Mutter. »Was gibt es denn heute überhaupt so Wichtiges?«

»Nichts«, sagte ich und biss mir auf die Lippe.

»Na dann …« Sie klang langsam ein wenig genervt. »Warum rufst du ihn nicht einfach an?«

»Mhm.« Die Vorstellung, Frau Breuer mit ihrer gereizten, rauchigen Stimme am Telefon zu haben, war ziemlich abschreckend.

»Wie auch immer, steh mir hier nicht im Weg herum«, sagte meine Mutter, und damit war die Diskussion beendet.

Ich streifte durchs Wohnzimmer und sah das Telefon an, als ob es mich beißen könnte. Es war inzwischen kurz vor vier. Die Zeit schien zu kriechen und der Montagmorgen noch eine Ewigkeit entfernt. Wo um Himmels willen mochte Stefan stecken? War er am Ende verschwunden?

Als mir dieser Gedanke kam, schauderte es mich wie bei einem klitzekleinen Stromschlag. Vielleicht war er ja verschwunden – genau wie Katharina Linden. Nein, sei nicht so dumm. Aber die Vorstellung ließ mich nicht los, egal, wie sehr ich mich selbst davon zu überzeugen versuchte, dass das totaler Blödsinn war. Konnte man davon ausgehen, dass er den Quecken hinaufgestiegen war und das, was immer Katharina mitgenommen, auch ihn geholt hatte, als er dort oben in der Dunkelheit saß und wartete?

Ich malte mir aus, wie er auf einem der bröckelnden moosbewachsenen Mauerreste hockte. Die Knie angezogen, leicht schaudernd und in die Dunkelheit spähend. Hatte sich etwas an ihn herangeschlichen? Hatte es ihn mitgenommen und auf einen endlosen Streifzug durch die finsteren Wälder entführt? Vor meinem geistigen Auge entstand das Bild einer gespenstischen Jagd, nur dass ich Stefan anstelle des Ritters an die Mähne des Pferdes geklammert sah, mit mondbleichem Gesicht und abgrundtief schwarzen Augen.

Schließlich wurde mir klar, dass ich so nicht weiterkam. Es führte kein Weg daran vorbei, bei den Breuers anzurufen. Ich hoffte, Stefan würde rangehen, sodass ich ihn für sein Fernbleiben ausschimpfen und dann alle Informationen aus ihm herausholen konnte. Wenn Stefan sich nicht selbst meldete, dann war Frau Breuer das kleinere Übel. Sie war zwar meist schlecht gelaunt, aber immerhin zu verstehen. Man wusste immer genau, wie wenig sie einen leiden konnte.

Stefans Vater Jano andererseits sprach mit einem so starken slowakischen Akzent Deutsch, dass ich ihn kaum verstand. Eine Unterhaltung mit ihm bedeutete, sich seinen Weg durch ein Dickicht aus verkrüppelten Sätzen und gequetschten Vokalen zu bahnen. Und das in dem sicheren Wissen, einmal zu oft »Wie bitte?« würde bedeuten, dass er die Beherrschung verlor. Während ich Stefans Nummer wählte, betete ich also, es sollte bitte nicht Jano an den Apparat gehen.

Das Telefon läutete achtmal, dann wurde abgenommen.

»Breuer«, bellte eine Stimme in mein Ohr.

»Frau Breuer?«, trällerte ich. »Hier ist Pia Kolvenbach.«

Am anderen Ende der Leitung trat eine kurze Pause ein, in der ich Frau Breuer so schwer in den Hörer atmen hörte, dass ich an einen hechelnden Rottweiler denken musste.

»Du kannst nicht mit Stefan sprechen«, ließ sie mich endlich wissen.

»Aber …«, hektisch suchte ich nach den richtigen Worten, bevor sie auflegen würde. »Aber – er ist doch da, oder?«

Sie schnaubte missbilligend. »Ja, da ist er, aber du kannst nicht mit ihm reden.«

16. Kapitel

Der nächste Morgen war grau und trostlos. Ich schaute auf die Straße hinaus, das Kopfsteinpflaster glänzte dunkel, und ich fühlte mich mutlos. Der Sonntag breitete sich wie eine unpassierbare öde Landschaft vor mir aus. Der Montag war eine Million Jahre entfernt, und ich würde jedes einzelne davon, drinnen eingesperrt, mit niemandem zum Spielen außer Sebastian verbringen müssen.

Ich schaute ins Wohnzimmer, dort saß mein Vater und las Zeitung. Er sagte nichts, aber das leichte Anheben der Augenbrauen signalisierte mir, dass Ansprechen sinnlos wäre. Also ging ich wieder hinaus und schloss die Tür hinter mir. Eine

Zeit lang trieb ich mich im Treppenhaus herum, schaukelte am Treppengeländer und ließ meine Füße über die Stufen schleifen. Als meine Mutter diese seltsamen Geräusche vernahm, steckte sie den Kopf aus der Küchentür, um mich zu ermahnen. Bevor sie jedoch den Mund aufmachen konnte, klopfte es laut an der Haustür.

Stefan!, war mein erster Gedanke, als ich von der Treppe sprang und auf die Tür zusteuerte. Der zweite war Erstaunen darüber, dass ich mich tatsächlich darauf freute, ihn zu sehen – Stink-Stefan zu sehen.

»Pia, deine Haare …«, hob meine Mutter leicht irritiert an. Sie war ebenfalls auf dem Weg Richtung Tür, doch ich war schneller. Ich drückte die schwere Klinke herunter und riss die Tür auf.

Das Lächeln auf meinem Gesicht erstarb. Es war nicht Stefan.

»Oh«, war alles, was ich herausbrachte, während ich in meiner gammeligen Jeans und mit ungekämmten Haaren, die in zotteligen Strähnen um mein Gesicht hingen, dastand.

»Guten Morgen, Frau Kessel«, sagte meine Mutter geistesgegenwärtiger. Sie schob sich an mir vorbei, trocknete sich die Hände an einem Geschirrtuch ab und streckte die Hand aus, die Frau Kessel zögerlich ergriff.

»Guten Morgen, Frau Kolvenbach«, sagte Frau Kessel gewohnt souverän. Sie war eine kleine Frau über siebzig. Eine gemütlich kompakte Erscheinung mit einem Busen, der fast so einschüchternd groß war wie der von Oma Kristel. Frau Kessel war stets adrett, wenn auch ein wenig altmodisch gekleidet. An diesem Tag trug sie ein moosgrünes Wollkostüm, an das sie eine große, hässliche Edelweißbrosche gesteckt hatte. Ihre weiße Haarmähne, die so dünn und flusig wie Zuckerwatte aussah, trug sie normalerweise einfach hochgesteckt. Heute hatte sie sie allerdings zurückgekämmt und so hoch aufgetürmt, dass das Gebilde an die Frisur von Marie Antoinette erinnerte.

Unter diesem außergewöhnlichen Aufbau strahlte ihr dickes Gesicht mit den doppelten Blitzlichtern: der polierten Brille und den teuren falschen Zähnen. Sie sah aus wie eine liebenswerte Bilderbuchoma, dabei war sie das böseste Tratschmaul von ganz Bad Münstereifel.

»Möchten Sie nicht hereinkommen, Frau Kessel?«, sagte meine Mutter und verbarg dabei keineswegs die Überwindung, die diese folgenschweren Worte sie kosteten. Meine Mutter hätte eine Woche lang geputzt haben und zwei zauberhafte Kinder mit ordentlich frisiertem Haar und zusammenpassenden Outfits – ich natürlich in einem Kleid – präsentieren können, trotzdem hätten Frau Kessels alte Knopfaugen etwas gefunden, über das sie sich bei der nächsten Person, die sie besuchte, das Maul zerrissen hätte.

»Danke«, sagte Frau Kessel, betrat zögernd das Haus und sah sich neugierig um.

»Bitte, kommen Sie doch ins Wohnzimmer«, sagte meine Mutter mit lauter Stimme und öffnete die Tür. Mein Vater erhob sich, faltete seine Zeitung zusammen und streckte die Hand aus.

»Ich habe dich heute Morgen nicht in der Kirche gesehen, Wolfgang«, war das Erste, was Frau Kessel nach den Begrüßungsformalitäten sagte. Sie sprach in einem lauernden Tonfall.

»Nein«, antwortete mein Vater gleichmütig. Frau Kessel wusste sehr genau, dass mein Vater nur in die Kirche ging, wenn es absolut unvermeidlich war – zu Hochzeiten oder Beerdigungen im Familienkreis etwa. Und dass meine Mutter evangelisch war, sodass die Wahrscheinlichkeit, den Rest der Familie in der Kirche der Heiligen Chrysanthus und Daria anzutreffen, denkbar gering war.

Sie konnte sich einfach die Gelegenheit, andere zu piesacken, nicht entgehen lassen. Sie ließ ihr Hundert-Watt-Lächeln noch eine halbe Minute lang an, während sich Schweigen zwischen ihnen breitmachte. Dann gab sie sich schließlich geschlagen und meinte: »Mir fehlt die liebe Kristel, die ich dort jede Woche getroffen habe, so sehr.«

»Ja«, sagte mein Vater und seufzte.

»Möchten Sie vielleicht eine Tasse Kaffee, Frau Kessel?«, schaltete meine Mutter sich ein, bevor die alte Frau sich weiter über die Kirchgangsgewohnheiten von Oma Kristel auslassen konnte. »Frisch gemahlen«, fügte sie noch hinzu, als Frau Kessel zögerte.

»Na gut, danke«, sagte Frau Kessel, als würde sie eine Gnade gewähren.

Sie ließ sich auf dem Platz, den mein Vater ihr angeboten hatte, so vorsichtig wie eine alte Henne zum Brüten nieder.

Meine Mutter, die Frau Kessel nicht ausstehen konnte, zog sich immer noch gezwungen lächelnd in die Küche zurück. Mein Vater und ich musterten die alte Dame erwartungsvoll. Wir glaubten beide nicht, dass es sich hier um einen routinemäßigen Höflichkeitsbesuch unter Bekannten handelte. Frau Kessel war vorbeigekommen, weil sie uns etwas zu sagen hatte.

»Nun, das war ja eine aufregende Woche für unsere Stadt, nicht wahr, Wolfgang?«, lautete ihre Eröffnung. Ich sah meinen Vater verwirrt an. Was war denn so aufregend gewesen? Mein Vater schien ebenfalls keine Ahnung zu haben. Frau Kessel ließ ihren Blick von meinem Vater zu mir wandern und dann wieder zu ihm zurück. Ihre Augenbrauen hoben sich ein wenig, dann legte sie den Kopf schräg, als ob sie überlegte. War es möglich, dass wir die Einzigen in Bad Münstereifel waren, die nichts davon mitbekommen hatten?

»Eine aufregende Woche?«, wiederholte mein Vater schließlich. Unterhaltungen mit Frau Kessel hatten immer etwas Unvermeidliches. Sie warf ihren Köder aus und wartete dann so lange, bis das Opfer nicht mehr anders konnte als anzubeißen. Sie lehnte sich im Sessel zurück, als ob sie ihrer Verwunderung Ausdruck geben wollte, und faltete die Hände in ihrem grünwollenen Schoß.

»Wo es Rauch gibt, da ist auch Feuer«, sagte sie bedeutungsschwer.

»Hat es irgendwo gebrannt?«, fragte ich.

»Nein, Schätzchen«, sagte Frau Kessel und schenkte mir einen gefühlvollen Ach-du-dummes-Kind-Blick.

»Aber warum …«, hob ich an, als sie mir ins Wort fiel.

»Offenbar habt ihr tatsächlich noch nicht davon gehört«, verkündete sie mit gekünsteltem Erstaunen. Sie hatte die Augenbrauen inzwischen so weit hochgezogen, dass es aussah, als könnten sie im turmhohen Dickicht ihrer Frisur verschwinden. Sie sah meinen Vater vorwurfsvoll an. »Wenn du heute Morgen in der Kirche gewesen wärst, hättest du gehört, dass Pfarrer Arnold es erwähnt hat.«

Sie hob eine Hand und betastete ihr Haar. »Auch wenn er es eigentlich nicht direkt ausgesprochen hat«, fuhr sie fort, »aber wir wussten alle, was er meinte. Einige fanden es natürlich überhaupt nicht angemessen, dass er es in eine Predigt zum Thema Vergebung eingebaut hat.« Sie schnaubte. »Ich meine, es ist ja nicht so, dass das Mädchen schon gefunden wäre, oder?«

Ihren stets labyrinthischen Gedankengängen folgend, schien Frau Kessel meine Anwesenheit nun komplett vergessen zu haben. Ich sah zu meinem Vater. Er schien auch verwirrt.

»Das Mädchen gefunden?«, wiederholte er langsam.

»Na, die kleine Linden.«

Mein Vater schien einen Moment lang zu überlegen, dann gab er auf. »Frau Kessel, was genau versuchen Sie uns gerade mitzuteilen?«

Frau Kessel schaute ein wenig gekränkt drein. »Das mit Herrn Düster natürlich.«

»Was ist mit Herrn Düster?«, fragte mein Vater geduldig.

»Warum sie ihn verhaftet haben«, sagte Frau Kessel genüsslich. »Gestern Morgen um acht.«

»Sie haben ihn verhaftet?«

Ungeduldig verzog Frau Kessel den Mund. Offenbar war sie es leid, dass mein Vater alles, was sie sagte, wiederholte, und wollte endlich zum Kern der Sache kommen.

»Ja, sie sind gestern Morgen hingefahren und haben ihn in einem Polizeiauto mitgenommen.« Frau Kessel spreizte die Finger einer Hand und studierte ihre perfekt manikürten Nägel. So bedächtig wie ein Kronzeuge im Mordprozess.

»Haben Sie das gesehen?«, fragte ich neugierig.

»Nicht persönlich«, sagte Frau Kessel in einem Ton, der zum Ausdruck brachte, dass das keine Rolle spielte, sie hatte ihre Spione überall. »Hilde, also Frau Koch, hat es mit eigenen Augen gesehen. Sie war gerade dabei, die Blumen zu gießen.«

Frau Koch war Thilo Kochs Oma und besaß einen fast so miesen Charakter wie ihr Enkel. Das Blumengießen war natürlich nur vorgeschoben. Hilde Koch war vermutlich schon im Morgengrauen auf den Beinen, um die Nachbarn auszuspionieren. Und beim Anblick von etwas so Interessantem wie einem Polizeiauto gingen bei ihr vermutlich alle Alarmglocken an, und sie musste augenblicklich vor die Tür.

»Was war denn los?«, fragte mein Vater.

»Also«, sagte Frau Kessel, »Hilde sagt, dass sie um acht gekommen wären. Zwei Männer, in einem Polizeiauto. Sie meint, die seien so früh gekommen, um nicht gesehen zu werden. Natürlich«, fuhr sie in verschwörerischem Tonfall fort, »freut sich niemand darüber, Tür an Tür mit jemandem zu wohnen, der ... na, ihr wisst schon. Das kann es natürlich auch gewesen sein. Sie sagt, sie hätte gewusst, dass Herr

Düster zu Hause war. Er wäre schon vor der Tür gewesen, um sich die Zeitung reinzuholen oder so. Als sie geklopft hätten, habe er sofort geöffnet, dann seien sie hineingegangen. Sie wären eine ganze Weile geblieben. Hilde sagt, sie hätte alle Blumen zweimal gießen können, bevor sie wieder rausgekommen wären. Sie hätte in der Zeit nicht reingehen können, sie sei wie gebannt gewesen. Aber wie auch immer, irgendwann kamen sie raus. Herr Düster stieg hinten ins Polizeiauto ein, und dann fuhren sie weg. Hilde sagt, er sei so starr darin gesessen wie ein Zinnsoldat und habe keinerlei Gefühlsregung gezeigt. Sie sagt, das habe ihr richtig Angst gemacht.«

»Nun ja«, sagte mein Vater, dem offenbar keine andere Bemerkung dazu einfiel. Dann sah er dankbar auf, denn meine Mutter stand im Türrahmen. Sie trug ein Tablett mit Kaffeetassen, einer Kaffeekanne und einem Teller mit Keksen – die übliche Opfergabe, um Dämonen zu besänftigen, die einen heimsuchten. Er erhob sich, um ihr zu helfen.

»Es geht schon«, fing sie an, als Frau Kessel sie übertönte.

»Ich habe Wolfgang gerade erzählt, dass man Herrn Düster verhaftet hat.«

»Wirklich? Warum das denn?«

Frau Kessel ließ ihre falschen Zähne aufblitzen. »Wegen der kleinen Linden – warum sonst?«

Mit ernster Miene stellte meine Mutter das Tablett auf den Beistelltisch.

»Das ist ja schrecklich. Sind Sie sich da sicher?«

Frau Kessel warf ihr einen Blick zu, mit dem man die Sahne im Milchkännchen zum Stocken hätte bringen können. Sie hasste es, wenn man ihren wertvollen Klatsch in Zweifel zog. »Hilde Koch hat gesehen, wie die Polizei ihn mitgenommen hat.« Sie nahm eine Tasse Kaffee mit reichlich Sahne und zwei Stück Zucker an. »Natürlich ist das«, fügte sie hinzu, nachdem sie ein vorsichtiges Schlückchen genommen hatte,

»keine Überraschung für uns, die wir schon so lange in dieser Stadt leben wie ich.«

Eine faltige Hand, über und über mit Ringen geschmückt, schwebte einen Moment lang über den Keksen und zog sich dann zurück, ohne einen zu nehmen.

»Wer das Böse einmal am Werk gesehen hat, vergisst das niemals«, sagte sie voller Dramatik.

Ich überlegte, dass sie, wenn sie das Böse am Werk sehen wollte, eigentlich nur jeden Morgen in den Spiegel zu schauen brauchte, aber das behielt ich klugerweise lieber für mich.

»Tja, er ist ein wenig, äh, unfreundlich«, meinte meine Mutter vorsichtig.

»Unfreundlich!« Frau Kessel war angesichts dieser Untertreibung außer sich. Doch sie nahm sich zusammen, beugte sich vor und tätschelte meiner Mutter das Knie.

»Von Ihnen kann man natürlich nicht erwarten, dass Sie das wissen.«

Es gelang ihr, diese Bemerkung wie eine Kränkung klingen zu lassen. Von meiner Mutter konnte man nicht erwarten, dass sie irgendetwas wusste, denn schließlich war sie eine Ausländerin, die wahrscheinlich armselig wenig Deutsch verstand.

Während meine Mutter zu einer scharfen Erwiderung ansetzte, mischte sich mein Vater ein und sprang ihr bei. »Ich weiß auch nichts, Frau Kessel.«

»Ach, Wolfgang!« Frau Kessel schüttelte den Kopf. »Und das, wo Kristel dem armen Heinrich, Heinrich Schiller, meine ich, so nahe stand. Wir haben uns immer gedacht, wie reizend es von ihr ist, Pia zu ihren Besuchen mitzunehmen, wo er doch seine eigene Tochter verloren hat.« Sie stieß einen theatralischen Seufzer aus. Und vielleicht weil sie bemerkte, dass ihr Publikum, für sie völlig unbefriedigend, immer noch ahnungslos dreinblickte, beschloss sie, die Karten auf den

Tisch zu legen. »Wir wussten doch alle, dass Herr Düster dafür verantwortlich war.«

»Sie meinen für …?«, begann mein Vater mit gerunzelter Stirn.

»Für Gertruds Verschwinden«, beendete Frau Kessel den Satz. Sie schüttelte den Kopf. »Ich weiß nicht, warum er damals dafür nicht eingesperrt wurde. Das arme kleine Ding, nicht älter als Pia heute und so ein hübsches Kind. Der arme Heinrich war danach nie mehr wie vorher – und wie hätte er es auch sein können? Wo Herr Düster nur ein paar Schritte entfernt wohnte und niemand etwas unternahm.«

»Das ist eine ganz schlimme Unterstellung«, sagte meine Mutter und klang schockiert.

Frau Kessel bedachte sie mit einem raschen Seitenblick. War sie zu weit gegangen?

»Ich unterstelle gar nichts«, erwiderte sie und warf den Kopf in den Nacken. »Ich wiederhole nur, was in dieser Stadt allgemein bekannt ist. Fragen Sie, wen Sie wollen.«

»Woher wussten die Leute, dass er es war?«, fragte ich.

Frau Kessel sah mit einem Mal etwas unbehaglich drein, als ob ihr meine Anwesenheit gerade erst wieder eingefallen sei. Sie streckte ihre juwelenbesetzte Klaue aus und hätte mir wohl wie einem Schoßhündchen den Kopf getätschelt, wenn ich mich nicht weggeduckt hätte.

»Das spielt keine Rolle, Schätzchen«, sagte sie. »Denk du nur immer daran, ja nie mit einem Fremden mitzugehen.«

Mir fiel etwas ein. »Aber ist Herr Düster nicht der Bruder von Herrn Schiller? Dann war er doch überhaupt kein Fremder, oder? Er war ihr Onkel. Es ist doch in Ordnung, mit jemand mitzugehen, mit dem man verwandt ist.«

»Schon«, sagte Frau Kessel kurz angebunden und offenbar irritiert, weil ich sie auf ihren eigenen Widerspruch aufmerksam gemacht hatte. »Aber wie der arme Heinrich zu so einem

Bruder gekommen ist, unglaublich.« Sie schnaubte. »Kein Wunder, dass er seinen Namen geändert hat.«

Dann hatte also Herr Schiller seinen Namen geändert? Ich machte den Mund auf, um eine weitere Frage zu stellen, doch meine Mutter kam mir zuvor. »Ich denke nicht, dass das ein geeignetes Thema für Pia ist«, sagte sie bestimmt. Bevor ich protestieren konnte, fuhr sie fort: »Kannst du bitte in die Küche gehen und nach Sebastian sehen, Pia?«

Widerwillig schlich ich davon und fand Sebastian in einer kleinen Schneewehe aus Spargelcremesuppenpulver sitzend, das er sich aus dem Lebensmittelschrank geholt und aufgerissen hatte. Mit einem Finger, den er sich zwischendurch in den Mund steckte, zeichnete er Kreise in das helle Pulver. Während ich ihn von dort wegzog, hörte ich, wie sich meine Mutter im Flur von Frau Kessel verabschiedete. Dann wurde die Haustür fest hinter der alten Frau geschlossen.

»Gott sei Dank«, sagte meine Mutter mit einem theatralischen Seufzer. Ich war allerdings enttäuscht. Ich hätte Frau Kessel gerne noch so vieles gefragt, aber nun war sie davongesegelt wie ein kleines Schiff, das Pandora-Büchsen mit den Geheimnissen anderer Leute geladen hat. Meine Mutter bemerkte, wie ich sehnsüchtig Richtung Haustür blickte.

»Pia«, sagte sie streng, »ich möchte dich nichts von diesen Dingen irgendjemand gegenüber wiederholen hören. Ist das klar?«

»Und warum nicht?«

»Weil wir nicht wissen, ob irgendwas davon stimmt.«

»Dann glaubst du, dass Frau Kessel gelogen hat?«, fragte ich misstrauisch.

»Das nicht gerade«, sagte meine Mutter, und ich musste mich damit zufriedengeben.

17. Kapitel

Am Montagmorgen war ich auf, bevor der Wecker klingelte. Ich ignorierte die Ermahnung meines Vaters, langsamer und mit geschlossenem Mund zu essen, schlang mein Frühstück hinunter, warf mir den Ranzen über die Schulter und stand um Punkt acht Uhr vor dem Schultor. Ich wurde nicht enttäuscht, zwei Minuten später tauchte Stefan auf. Er sah ein wenig blass aus, ansonsten aber absolut unversehrt.

»Wo warst du? Bist du am Quecken gewesen? Warum bist du am Sonntag nicht wie versprochen vorbeigekommen?« Ungeduldig bombardierte ich ihn mit Fragen.

»Ich war krank.« Er schüttelte den Kopf. »Hier können wir nicht reden.«

Er hatte recht. Kinder strömten in kleinen Gruppen durch das Tor und auf den Schulhof. Wir zogen uns ins Mädchenklo im Erdgeschoss zurück. Stefan hätte das Jungenklo besser gefunden, weil da nicht so viel los war, aber ich weigerte mich standhaft, da reinzugehen.

In einer Klokabine platzte ich heraus: »Und? Warst du dort? Hast du irgendwas gesehen?«

Stefan nickte mit ernster Miene.

»Also, was hast du gesehen? War es der Jäger?« Vor Aufregung hüpfte ich beinahe auf und ab.

»Ich werde es dir erzählen«, sagte Stefan zögernd. »Aber danach möchte ich nicht mehr darüber sprechen. Klar?«

Warum das denn? Wäre es beinahe aus mir herausgeplatzt, aber ich nahm mich zusammen. »In Ordnung.«

Die Pause, die danach entstand, zog sich so lange hin, dass ich schon Angst hatte, er würde gar nichts mehr sagen. Aber plötzlich meinte er: »Es war dunkel da oben, sehr dunkel.« Er verschränkte die Arme und rieb sie, als ob ihm kalt wäre. »Und kalt.«

Er sah mich an, aber ich hatte das unangenehme Gefühl, dass er mich gar nicht wahrnahm, sondern durch mich hindurch in die Vergangenheit und an einen anderen Ort schaute.

»Dort oben war etwas, aber ich weiß nicht, was. Ich bin kurz nach halb zwölf zur Burg hochgestiegen – das weiß ich so genau, weil ich die Kirchturmuhr zweimal schlagen gehört habe, als ich durch den Wald ging.

Der Mond schien, deshalb konnte ich den Weg ganz gut erkennen. Die Taschenlampe wollte ich nur im Notfall einschalten, damit man mich nicht sehen konnte. Es war allerdings niemand zu entdecken, und es war totenstill.

An der Stelle, wo der Weg endet und man durchs Unterholz muss, habe ich die Taschenlampe dann doch eingeschaltet. Ich wollte auf den Turm hinauf, weil das der höchste Punkt ist, aber ich hatte Angst, in das Loch zu fallen.«

Ich wusste, welche Stelle er meinte. Der Turm war das Einzige, das dort oben noch an eine echte Burg erinnerte, aber selbst dessen Reste waren in die Erde eingesunken und bildeten ein etwa vier Meter tiefes Loch. Ich verstand Stefans Vorsicht. Wer dort hineinfiel, konnte sich niemals selbst daraus befreien. Ganz zu schweigen davon, dass man dort allem und jedem, das oder der vorbeikam, auf Gedeih und Verderb ausgeliefert war.

»Es war schrecklich, durch das Gebüsch zu kriechen – die Brombeeren haben mich festgehalten, als wären es Klauen, und unter meinen Füßen war alles Mögliche, das ich nicht erkennen konnte, weiches Zeug und trockene harte Äste. Das war, als würde ich über einen Teppich aus Knochen laufen. Ich habe gespürt, wie sie unter meinen Füßen zerbrochen sind. Da habe ich angefangen, mir vorzustellen, es wären die Knochen des Ritters und seiner Hunde, und wenn die Uhr Mitternacht schlüge, würden sie sich im Dunkeln irgendwie zusammenfügen und wieder die Gestalt annehmen, die sie zu Lebzeiten besessen hatten.

Ständig habe ich mich umgeschaut, aus Angst, der Ritter würde plötzlich aus dem Unterholz kommen. Seine Rüstung würde im Mondlicht schimmern, und es gäbe ein klickendes Geräusch von all den Knochen, die sich zusammenfügen. Unter dem Helm nur ein Totenkopf.«

Er schauderte.

»Dann kam ich an die Stelle, wo der Turm steht, und musste das letzte Stück auf allen vieren durch glitschigen Matsch zurücklegen. Irgendwie kam ich ganz nach oben und setzte mich hinter den kleinen Baum, der dort wächst, und dann schaltete ich als Erstes die Taschenlampe aus. Ich hörte, wie die Turmuhr Viertel vor zwölf schlug, und überlegte mir, bis zwölf zu warten und dann wieder hinunterzugehen.

Die Zeit, die ich dort saß, kam mir wie eine Ewigkeit vor. Es war kalt, und als so ein blöder Vogel in einem Baum schrie, bin ich vor Schreck fast gestorben. Nach einer Weile war es mir nicht mehr so unheimlich, und ich dachte mir schon, da passiert ohnehin nichts mehr.

Dann hörte ich plötzlich dieses Geräusch, ein kleines Knistern, und ich dachte, mir zerspringt das Herz. Ich hatte dieses ganz deutliche Bild in meinem Kopf, so deutlich, als ob ich es wirklich gesehen hätte, die Knochen einer Hand, die zwischen Grasbüscheln auf der Erde liegen und sich dann zusammenfügen wie bei einer Marionette, sobald jemand an den Schnüren zieht.«

Stefan streckte mir eine Hand mit der Handfläche nach oben entgegen und ballte sie dann langsam zur Faust. Unwillkürlich wich ich zurück.

»Ich blieb, wo ich war. Lieber wäre ich hinuntergeklettert und davongelaufen, aber ich traute mich nicht. Also blieb ich einfach sitzen, den Arm fest um den Baumstamm gelegt, ‚und – und wartete.«

Stefans Stimme brach beim letzten Wort fast. Er war den Tränen nahe.

»Schon bald sah ich sie dann. Ich glaube, es waren vier, die denselben Weg zur Burgruine hinauf nahmen wie ich. Ich konnte ja nicht viel sehen, nur diese dunklen Umrisse, die sich durchs Gebüsch bewegten. Ich bin mir nicht einmal sicher, ob sie alle aufrecht liefen, wie Menschen. Einer schien wie ein Tier durchs Unterholz zu brechen.

Sie kamen ganz nah. Ich dachte schon, sie würden schnurstracks den Turm heraufkommen, wo ich saß. Vielleicht hatte der auf allen vieren meine Witterung aufgenommen. Vielleicht konnte er mich riechen, wie ein Jagdhund. Aber es war kein Hund, der da heranstürmte, sondern etwas viel Größeres. Ich wollte mir gar nicht ausmalen, was passieren würde, wenn es mich erst entdeckt hätte.«

Stefan schlug die Hände vors Gesicht, als ob er etwas nicht sehen wollte. Er murmelte etwas, das wie »Gott« klang.

»Stefan ...«

Ich war mir nicht sicher, was ich tun sollte, ob ich versuchen sollte, einen Arm um ihn zu legen.

»Was, wenn sie mich gefunden hätten?«, stieß er plötzlich hervor. Er fuchtelte mit einem Arm in meine Richtung. »Schau! Schau doch! Ich grabe meine Finger so tief in den Baumstumpf, dass sie im Moos versinken – ich krieg sie gar nicht mehr raus. Ich schließe die Augen – ich dachte, das wäre mein Ende. Ich wusste einfach, dass, was auch immer da unten durchs Gebüsch trampelte, mich finden würde. Nach ein, zwei Minuten kamen mir die Geräusche nicht mehr so laut vor, und ich öffnete die Augen wieder. Die dunklen Gestalten hatten sich von mir wegbewegt. Ich glaube, sie hatten mich doch nicht gerochen.«

Ich sagte kein Wort. Die Vorstellung, dort oben im Finstern zu sitzen und zu beten, dass man nicht entdeckt – oder gerochen – würde, war einfach zu schrecklich.

Stefan fuhr sich mit einer Hand durch das aschblonde Haar und erzählte weiter. »Ich glaube, sie gingen ein Stück bergab. Ich konnte ein Knacken hören, aber nicht viel sehen. Und weil ich Angst hatte, sie würden mich hören, traute ich mich nicht von dem Turm herunter. Und dann – dann hörte ich Stimmen. Ich denke, es war Geflüster.« Er wandte mir sein bleiches Gesicht zu. »Vielleicht hört es sich so an, wenn man spricht, aber nur noch ein – ein Skelett ist.«

Quatsch, wollte ich sagen, aber ich brachte keinen Ton heraus. Mein Mund war staubtrocken.

»Das schien ewig zu dauern. Ich konnte nicht verstehen, was sie sagten. Ich wollte es auch nicht hören. Ich steckte mir die Finger in die Ohren. Doch dann nahm ich sie wieder heraus, ich hatte Angst, sie könnten zu mir heraufkommen, und ich würde sie nicht hören.

Und dann sah ich ein Licht. Zuerst war es klein, dann wurde es größer – oder es kam näher, das weiß ich nicht. Es war gelb. Ich hatte immer gedacht, das Licht um den Jäger wäre glimmend-grün, aber ...« Stefans Stimme erstarb.

»Aber was?«, drängte ich ungeduldig.

Er schüttelte den Kopf.

»Ich weiß nicht, was ich sah. Es fühlte sich seltsam an – wie Schwindel, und ich hatte dieses schreckliche Gefühl im Bauch, wie wenn man in einem sehr hohen Gebäude aus dem obersten Fenster schaut. Ich schaute weiter auf dieses Licht, das größer und größer wurde, und dachte mir, wenn ich nicht bald zusah, dass ich von dort wegkam, würde ich es nie mehr schaffen, und dann würde die ganze Stadt als Nächstes nach mir suchen.

Schließlich kletterte ich die Böschung am Turm hinunter und kroch, so leise ich konnte, durchs Gebüsch. Das schien ewig zu dauern, und ich schnitt mir die Hände auf, weil ich mich die meiste Zeit auf allen vieren bewegte und der Boden mit Stöcken, Steinen und Brombeerranken bedeckt war.«

Automatisch schaute ich auf Stefans Hände und sah, dass sie mit Schorf und halb verheilten Kratzern übersät waren.

»Die ganze Zeit über war da dieses Flüstern. Es klang … irgendwie so, als ob es etwas Wichtiges wäre. Etwas … ich weiß auch nicht … Dringendes.

Ich hatte den Weg schon fast erreicht, als ich mein Knie auf irgendwas setzte, ein Stück Baumrinde, glaube ich, und man hörte ein wirklich lautes Knacken. Ich dachte, ich müsse sterben. Ich dachte, jetzt müssen sie mich gehört haben. Jeden Augenblick musste sich das Wesen, das durchs Gebüsch gerannt war, auf mich stürzen. Ich fragte mich, was wohl das Letzte sein würde, was meine Augen sähen. Ich stellte mir irgendwas mit Haaren und Zähnen vor, wie ein Jagdhund, aber doch kein Hund.

Ich starrte weiter in die Dunkelheit, strengte meine Augen an, um zu sehen, ob mich irgendwas verfolgte. Nach einer schier endlosen Weile stellte ich fest, dass sie mich offenbar nicht gehört hatten. Die Stimmen klangen so wie vorher, und das Licht flackerte weiterhin zwischen den Bäumen.

Mich hielt es keine Sekunde mehr dort, also riskierte ich, aufzustehen und Richtung Weg zu rennen. Irgendwie schaffte ich es, gegen nichts zu stoßen und nicht zu fallen. Und als ich den Weg erreicht hatte, rannte ich einfach nur weiter, immer weiter, bis ich unten war. Ich schaute nicht einmal zurück.

Das war aber noch nicht alles, Pia. Als ich aufstand, um Richtung Weg zu laufen, hörte ich noch etwas anderes. Kein Flüstern. Ich kann nicht genau sagen, was. Es klang wie – wie ein Schlagen.«

Ich starrte ihn an. »Oh Gott.« Wie ein eiskalter Blitz überfiel mich die Erkenntnis.

»Was?«, fragte Stefan mit angstverzerrtem Gesicht.

»Weißt du, was das war?«, sagte ich, und aus der Angst, die in mir wuchs, wurde blanker Horror. »Hufschlag.«

Wir hatten keine Zeit mehr. Die Schulglocke hatte schon ein paar Minuten vorher geklingelt. Zur ersten Stunde kamen wir ohnehin zu spät. Als wir die Treppe hinaufschlichen, empfing uns eine schimpfende Frau Eichen, und dann mussten wir erst einmal zwei Stunden Mathe absitzen, bevor wir weiterreden konnten. Ich warf Stefan den einen oder anderen Seitenblick zu. Er wirkte immer noch blass. Ich fragte mich, ob er krank war.

Als die Glocke zur Pause klingelte, beugte ich mich zu ihm hinüber. »Aber warum bist du am Samstag nicht vorbeigekommen?«

Stefan wartete, bis die anderen am Tisch ihre Sachen eingepackt hatten und aufgestanden waren. Erst dann sagte er sehr leise und ohne mich anzusehen: »Ich war krank.«

»Krank?«

»Ja.« Das klang fast verärgert.

»Na gut, was hattest du denn?«

»Ich bin den ganzen Weg vom Quecken runtergerannt, und als ich zu Hause ankam, war ich krank. Deshalb konnte ich nicht kommen.«

»Wie, du bist so gerannt, dass du davon krank geworden bist?«

»Nein«, sagte Stefan. Diesmal sah er mich an, und seine Augen waren voller Wut. »Ich hatte Angst, okay? Ich hatte einfach Angst.«

Ich sah ihn lange an, während mir alle möglichen Erwiderungen durch den Kopf gingen. Wie konntest du dich so sehr fürchten, dass du krank warst? Warst du wirklich richtig krank? Hast du dich übergeben? Was hat deine Mutter gesagt, als du so spät nach Hause kamst? Aber letztlich sagte ich nur: »Du musst noch mal mit mir da rauf.«

»Auf keinen Fall«, sagte Stefan. »Auf gar keinen Fall.«

18. Kapitel

Natürlich kam er mit, aber es kostete mich zwei ganze Tage Überreden, Jammern und offenkundige Bestechung – »Ich gebe dir mein Taschengeld für die nächsten drei Wochen …« –, bevor er einwilligte. Allerdings nur unter der Bedingung, dass wir am helllichten Tag gingen. Stefan war nicht noch einmal bereit zu riskieren, dort oben bei Nacht von irgendjemand geschnappt zu werden.

Zum Glück hatten wir mittwochs immer wenig Hausaufgaben zu machen, sodass wir uns relativ früh am Nachmittag treffen konnten. Ich sagte meiner Mutter, wir wollten zum Minigolfspielen ins Schleidtal. Stefan sagte seiner Mutter nur, er würde nach draußen gehen.

Als wir den Fußweg hinaufschnauften, der zur Burg führte, versuchte ich, Stefan noch einmal nach der Walpurgisnacht auszufragen, aber er war nicht gerade mitteilsam.

»Vielleicht war es ein Schock«, spekulierte ich, als wir den Weg verließen und auf das unebene Gelände kamen, wo einst die Burg gestanden hatte. Das Laub des Vorjahrs quatschte unter unseren Füßen, aber überall waren schon grüne Triebe zu sehen.

Stefan hörte mir gar nicht zu. Er hielt inne und sah sich um, als wollte er sich orientieren. Dann zeigte er auf etwas.

»Lass uns auf den Turm raufsteigen. Dann kann ich sagen, aus welcher Richtung das Licht kam.«

Wir kletterten die steile Böschung zum Rand des verfallenen Turms hinauf. Stefan ging um den Turm herum und setzte sich auf den bemoosten Höcker, der einst Teil der Zinnen gewesen war. Ich hockte mich neben ihn, und für eine Weile saßen wir wie zwei Eulen auf einem Ast schweigend nebeneinander.

»In die Richtung«, sagte Stefan schließlich und deutete mit

der Hand auf etwas. Er stand auf und begann, die Mauer entlangzuwandern. Ich folgte ihm über zerbrochene Steine, die wie faule Zähne aus der Erde ragten.

Wenn man sich hier umsah, fiel es schwer, sich die Burg zu einer Zeit vorzustellen, als die Zinnen und Türme noch intakt waren. Übrig geblieben waren bröckelnde Mauerreste, die hier und da aus dem kräftig grünen Moos hervorlugten.

Der Ort wirkte nicht nur trostlos, sondern schon seit ewigen Zeiten verlassen. Unmöglich, sich vorzustellen, dass diese Burg einst bewohnt gewesen war. Selbst der Geist des ewigen Jägers sollte sich nach zehn Jahrhunderten eigentlich in nichts aufgelöst haben.

Wir erreichten eine Art Ecke in der Mauer und blieben stehen. »Ungefähr hier«, sagte Stefan und blickte um sich. Wir kletterten auf den matschigen Boden in die Ecke hinunter. Ich musterte Stefan erwartungsvoll. Ob ihn wohl plötzlich das starke Gefühl einer unheimlichen Gegenwart überfiel, ob er plötzlich erbleichen, ihm übel oder er in Ohnmacht fallen würde?

Enttäuschenderweise sah er sehr entspannt aus, regelrecht erleichtert. Das Tageslicht schien seine Ängste zerstreut zu haben. Mit offensichtlicher Lässigkeit streifte er durchs Unterholz, ich folgte ihm entmutigt. Ich wünschte, ich hätte die Erlaubnis gehabt, in jener Nacht, als Stefan in dem Turm gewacht hatte, mitzukommen. Ich wünschte, ich hätte das geheimnisvolle Licht gesehen und das eindringliche Geflüster gehört. Es wäre so toll gewesen, das Mädchen zu sein, das geholfen hatte, den Fall Katharina Linden zu lösen, und nicht das Mädchen, dessen Oma beim Adventsessen der Familie explodiert ist. Ich war nicht anspruchsvoll – es musste ja nicht Katharinas Leiche sein, die wir fanden. Eine abgetrennte Hand, ein Finger oder auch nur ein Stück ihrer Kleidung würde schon genügen. Vielleicht die kleine rote Schleife aus ihrem Haar.

Ich malte mir aus, wie die Polizei mir dankte und ich irgendeine Art Belohnung von Wachtmeister Tondorf erhielt. Frau Redemann würde die ganze Schule zusammenrufen und allen verkünden, dass Pia Kolvenbach – mit gewisser Unterstützung von Stefan Breuer, wie ich großzügig einräumte – entscheidend zur Lösung des Falles beigetragen hatte. Thilo Koch würde vor Neid fast vergehen. Während ich einem ausgesuchten Kreis meiner Mitschüler die Geschichte noch einmal erzählte, würde Thilo im Hintergrund hochspringen, um vergeblich zu hören, was ich zu sagen hatte. Was für eine angenehme Vorstellung. So angenehm, dass ich, als Stefan plötzlich stehen blieb, einfach in ihn reinlief.

»Schau mal.«

Ich schaute und war mir zunächst nicht sicher, was ich sehen sollte. Steinbrocken wie überall lagen hier verstreut. Doch dann verschmolzen die Steine zu einer Form, und ich begriff, dass sie einen Kreis bildeten. Ein perfekter Ring aus Steinen, die sorgsam angeordnet waren.

Wir näherten uns vorsichtig.

»Na und?«, sagte ich. »Das ist nur ein Kreis. Wahrscheinlich der Fuß eines anderen Turms, eine Feuerstelle oder so was Ähnliches.«

»Nein, bestimmt nicht«, sagte Stefan entschieden. »Schau doch, auf keinem der Steine ist Moos.« Er hatte recht. »Wenn sie schon wer weiß wie lang hier liegen würden, wären sie moosbedeckt, oder?«

»Stimmt«, gab ich zu und war beeindruckt von seinen kombinatorischen Fähigkeiten. Ich machte Anstalten, in den Kreis zu treten, aber er hielt mich mit ausgestrecktem Arm zurück.

»Ich glaube, das sollten wir nicht tun.«

»Warum nicht?«

»Weißt du, das könnte – schwarze Magie sein.«

Ich wich unvermittelt zurück. »Was ist das da in der

Mitte?«, fragte ich. Wir beugten uns beide vor, um, ohne den Kreis zu betreten, besser sehen zu können. In der Mitte lag ein kleiner Steinhaufen, auf dem ein größerer, flacher Stein ruhte. Auf dem flachen Stein wiederum lag irgendwas Verbranntes.

»Haare«, sagte ich und schauderte vor Ekel.

»Das sind keine Haare«, sagte Stefan. »Schau, das ist irgendwie bröselig. Sieht aus wie Kräuter. Vielleicht Tabak oder anderer Stoff.«

»Anderer Stoff?«

»Du weißt schon.« Stefan verdrehte die Augen. Warum musste ich bloß so ahnungslos sein? »Stoff, wie Boris ihn raucht.«

»Oh.« Wir sahen einander an. Plötzlich konnte ich nicht mehr an mich halten und musste kichern. »Glaubst du, das hat der ewige Jäger geraucht?«

»Blöde Kuh«, sagte Stefan, aber er lachte auch. Er tat so, als würde er einen langen Zug an einem Joint nehmen, und brummte dann: »Mensch, wenn ich Stoff wie den hier rauche, fühle ich mich, als könnte ich ewig reiten.« Wir hielten uns die Bäuche und kreischten vor Lachen.

»Ob die Hunde das auch rauchen?«

»Klar, und das Pferd auch.«

Wir lachten, bis wir heiser waren. Als ich schon Angst hatte, mir würde vor lauter Lachen schlecht werden, sagte Stefan plötzlich: »Das war eine schwarze Messe.«

Ich hörte auf zu lachen. »Das ist nicht komisch.«

»Ich wollte auch nicht komisch sein.« Er zeigte auf den kleinen verbrannten Haufen. »Das könnte der … der Tisch gewesen sein. Wie in der Kirche.«

»Der Altar«, kam ich ihm zu Hilfe.

»Ja, und das Zeug da drauf ist die Gabe.«

»Die Gabe?«

»Die Opfergabe.«

Das Ganze gefiel mir überhaupt nicht. Ich musste an die Religionsstunde bei Frau Eichen denken und an bärtige Patriarchen, die ihre Söhne Berge hinaufzerrten, um sie abzuschlachten, weil Gott ihnen das befohlen hatte. Auch wenn jeder andere zu glauben schien, das beweise das wunderbare Gottvertrauen des alten Mannes, und nicht darüber nachdachte, wie der kleine Junge die Situation empfunden haben mochte, in der der Papa mit einem Tranchiermesser herumgefuchtelt und erst im letzten Augenblick beschlossen hatte, doch einen Widder zu opfern.

»Das ist gruselig«, sagte ich, die Meisterin der Untertreibung.

»Das habe ich wohl gesehen«, dachte Stefan laut nach. »Das war nicht der Jäger mit seinen Männern, sondern eine schwarze Messe. Das Licht war das Feuer, über dem sie dieses Zeug verbrannt haben.« Er wandte mir sein nun wieder ernstes Gesicht zu. »Die Stimmen ... das waren ihre Beschwörungen bei der schwarzen Messe.«

»Und der Hufschlag?«, fragte ich.

Stefan schaute mich an, und ich sah ihn im Geiste die verschiedenen Möglichkeiten durchgehen. Dann riss er die Augen auf und öffnete den Mund. Ich konnte genau erkennen, wie ihm die Lösung kam.

»Gespaltene Hufe«, sagte er.

Wir starrten einander an. »Nichts wie weg hier«, sagte ich hastig.

Stefan ließ sich nicht lange bitten. Wir drehten uns um und machten uns über den unebenen Boden aus Erdhaufen und Steinbrocken so schnell davon, wie es eben ging, ohne das Ganze wie eine würdelose Flucht aussehen zu lassen. Nachdem wir den Weg wieder erreicht hatten, liefen wir weiter bergab, ohne uns noch einmal umzusehen. Stefan machte so schnelle Schritte, dass ich laufen musste, um nicht zurückzufallen.

»Wollen wir irgendjemand davon erzählen?«, fragte ich, vor Anstrengung keuchend.

»Auf keinen Fall«, antwortete Stefan.

»Nicht mal Herrn Schiller?«

»Ihm vielleicht schon.« Wir wussten beide, dass Herr Schiller anders war. Er war zwar auch ein Erwachsener, aber er würde nicht vermuten, dass wir uns das alles nur ausgedacht hatten. Und er würde wissen, was nun zu tun war. Falls es überhaupt etwas gab, das wir tun konnten. Vielleicht war es aber auch wie das Eintreten in den Steinkreis, etwas, das man besser bleiben ließ.

Ich trennte mich in der Nähe des Friedhofs am Fuß des Quecken von Stefan und beeilte mich, nach Hause zu kommen. Schreckliche Gedanken schwirrten mir durch den Kopf, als wäre er ein Wespennest: mitternächtliche flüsternde Stimmen, unsichtbare Wesen, die den Teufel anriefen, und Brandopfer. Kleine Mädchen, die spurlos verschwanden. Hexen, geisterhafte Jäger und Katzen, die in Wirklichkeit keine Katzen waren.

Als ich die Haustür aufschloss, war ich noch so in diesem grauenvollen Schrecken gefangen, dass es mich nicht überraschte, meine Mutter so blass und schockiert, wie ich wohl auch selbst aussah, anzutreffen. Erst als sie mich in die Arme schloss und abwechselnd drückte und schüttelte, wurde mir klar, dass irgendwas passiert sein musste.

»Wo hast du gesteckt? Wir waren krank vor Sorge.«

Mein Vater trat aus der Küche. Er war offenbar schon früher von der Arbeit gekommen und sah ebenso blass und abgehärmt aus. Verwirrt blickte ich von einem zum anderen. Was um Himmels willen ging hier vor? Erst nach ein paar Augenblicken wurde mir bewusst, was passiert sein musste. Ein weiteres Kind war verschwunden.

19. Kapitel

Jener Mittwoch, an dem es passierte, war klar und strahlend, es war nicht heiß, aber sonnig. Und es war mitten am Tag. Eine Zeit, in der die Stadt relativ belebt war: Kleine Trauben von Schulkindern waren auf dem Weg zur Bushaltestelle, die Geschäftsleute strömten in die Bäckereien, um sich etwas zu Mittag zu holen, berufstätige Mütter eilten nach Hause, um da zu sein, wenn die Kinder heimkamen. Senioren standen in Grüppchen zusammen und diskutierten darüber, wie man die Welt verbessern könnte. Ein ganz normaler, fröhlicher Wochentag.

Natürlich gab es auch zu so geschäftigen Tageszeiten düstere und stille Ecken in der Stadt. Gässchen, in denen die Dachvorsprünge sich fast berührten und die hohen Mauern dunkle Schatten warfen. Aber selbst an so ruhigen Orten hätte man sich nicht besonders bedroht gefühlt. Abgesehen von der kurzen Aufregung, als Hitler 1940 einen Bunker im nahen Rodert aufgesucht hatte, war das letzte Großereignis in dem Städtchen die Flut von 1416 gewesen. Hier passierte einfach nichts – und dieses Nichts war offenbar auch das Schicksal von Marion Voss. Sie schien tatsächlich ins Nichts verschwunden zu sein, sich in Nichts aufgelöst zu haben.

Ein paar Menschen erinnerten sich, eine kleine Gestalt mit Schulranzen auf dem Rücken und wippenden Zöpfen gesehen zu haben, die an jenem Tag die Straße runterlief, aber war sie das überhaupt gewesen? Sie war durchschnittlich groß, hatte hellbraunes Haar und trug den gleichen Ranzen mit galoppierendem Pferd wie dreißig andere kleine Mädchen ihres Alters auch. Wachtmeister Tondorf hatte jemandem, der sie gewesen sein konnte, auf dem Weg Richtung Klosterplatz, wo die Schulbusse parkten, über die Straße geholfen. Frau Nett aus dem »Café am Fluss« hatte ein Kind, das sie gewesen sein konnte, vor der Konditorei hinfallen sehen. Ein größeres Mädchen hatte ihr aufgeholfen. Hilde Koch behauptete, ein kleines Mädchen, das definitiv sie gewesen war, vor dem Kiosk am Orchheimer Tor mit einer Tüte voll Süßigkeiten in der Hand bemerkt zu haben. Doch niemand hatte gesehen, wohin sie gegangen war.

Es schien, als wäre sie irgendwo auf ihrem Weg durch die Stadt von ihrer gewohnten Route abgekommen, sei in eine Gasse abgebogen oder in ein Haus getreten und habe sich in Luft aufgelöst. Das war wie einer dieser Zaubertricks, bei denen man sieht, wie der Zauberer etwas in eine Box steckt, sie verschließt, dann wieder öffnet und man verblüfft feststellt, dass sie leer ist. Eben war das Mädchen noch da, hüpfte die Straße entlang, im nächsten Moment war es verschwunden. Was blieb, waren flüchtige Eindrücke, bruchstückhafte Erinnerungen, die vorwurfsvoll in der Luft hingen, wie das Echo eines Schreis. Marion Voss war zu nichts geworden.

Mir persönlich war das verschwundene Mädchen, Marion Voss, noch weniger vertraut als Katharina Linden. Sie war nicht mein Jahrgang – sie besuchte die dritte Klasse –, und sie wohnte noch dazu draußen in Iversheim, einem Dorf wenige Kilometer nördlich von Bad Münstereifel. Ich muss ihr hin und wieder auf den Schulfluren begegnet sein oder sie auf dem Spielplatz gesehen haben, aber ich hatte keinerlei Erinnerung an sie.

Sie war ein völlig unauffälliges kleines Mädchen. Die langen Haare waren meist zu Zöpfen geflochten, wie an dem Tag, als sie verschwand. Sie trug eine Brille mit dünnem silberfarbenem Gestell und Ohrstecker. Ihre Gesichtszüge waren unauffällig, aber sympathisch. Auf der linken Wange, nahe am Mund, hatte sie einen dunklen Leberfleck.

All das sah ich auf den Fotos, die in den lokalen und regionalen Zeitungen erschienen – neben den Schlagzeilen auf der ersten Seite: »Zweites Mädchen in der Schreckensstadt verschwunden«. Meine Eltern räumten zu Hause die Zeitungen zwar vor mir weg, aber wann immer ich an einem Kiosk vorbeikam, starrte Marions Gesicht in pixeliger Vergrößerung endlos wiederholt vom Zeitungsständer herunter. Daher wusste ich, wie sie aussah.

Ich erfuhr auch, dass sie Einzelkind war, wenn auch eine große Zahl Cousinen und Cousins um sie trauerte. Sie hatte einen Labradormischling namens Barky und zwei Kaninchen besessen – deren Namen waren in den Zeitungen nicht erwähnt. Ihre Hobbys waren Tanzen und Singen, und sie lernte Blockflöte. Von einem Fahrradunfall, der zwei Jahre zurück lag, hatte sie eine Narbe am Knie. Im Kindergartenalter hatte sie eine Hirnhautentzündung gehabt, diese aber gut überstanden. Die Eltern hatten damals ihr Glück darüber gar nicht fassen können, ebenso wenig, wie sie jetzt fassen konnten, was ihr zugestoßen war. Die Großmutter hatte gelobt, jeden Tag eine Kerze in der Kirche zu den Heiligen Chrysanthus und Daria anzuzünden, bis man Marion gefunden hätte.

All das und noch mehr lasen wir in den Zeitungen. Aber was aus ihr geworden war, erfuhren wir daraus nicht.

Tatsächlich wusste niemand zu sagen, wo und wann genau Marion Voss verschwunden war. Ihre Mutter, die vormittags als Rezeptionistin in einer Arztpraxis arbeitete, hatte die Tochter nach der Schule nicht sofort zu Hause erwartet. Sie hatte gedacht, Marion würde mit einer Schulfreundin, die in der Stadt wohnte, nach Hause gehen.

Die Mutter der Schulfreundin aber hatte nicht mit Marion gerechnet, wie sie sagte. Sie war selbst am Nachmittag verabredet gewesen und hätte sich um kein zusätzliches Kind kümmern können.

Als man die Schulfreundin dazu befragte, verlor sie völlig die Nerven, weil sie glaubte, man würde sie für das Verschwinden verantwortlich machen. Sie war kaum in der Lage, einen zusammenhängenden Bericht dessen, was passiert war, zu geben. Schließlich kam heraus, dass sie Marion zu sich eingeladen hatte, ohne ihrer Mutter Bescheid zu geben, und dass sie sich dann gestritten hatten und sie Marion gesagt hatte, sie könne das mit der Einladung vergessen. Es kam nie heraus, wann der Streit stattgefunden hatte, aber jedenfalls war Marion nicht wie gewohnt mit ihren Klassenkameraden in den Bus gestiegen und hatte auch nicht den späteren Bus nach Iversheim genommen.

Da die Mutter Marion erst am Abend bei der Freundin abgeholt hätte, wäre ihr Verschwinden eigentlich sechs ganze Stunden unbemerkt geblieben. Allerdings war Frau Voss plötzlich eingefallen, dass Marion um drei einen Zahnarzttermin hatte. Also hatte sie die Mutter der Freundin angerufen, und da war den beiden klar geworden, dass keine wusste, wo Marion steckte.

Es gab eine weitere Schulversammlung, und als Frau Redemann diesmal alle zusammenrief, um strengere Sicherheitsmaßnahmen bekannt zu geben und uns alle daran zu erinnern, nicht mit Fremden mitzugehen, da wurde sie von Wachtmeister Tondorf und einem weiteren Polizisten flankiert, den wir nicht kannten. Die Bügelfalten seiner Hose waren messerscharf, und sein Gesicht sah wie in Granit gemeißelt aus.

»Wenn jemand irgendetwas über Marion Voss weiß oder sie am Mittwochnachmittag gesehen hat, dann muss derjenige zu mir kommen und mir das sagen«, verkündete Frau Redemann, wobei ihre Stimme höher und nicht mehr so unerschütterlich klang wie beim letzten Mal. Sie wirkte nervös, und ihre langen Finger spielten mit dem Anhänger vor ihrer Brust. Sie war den Umgang mit schwierigen Eltern gewohnt, mit Kindern, die ihre Probleme ins Klassenzimmer trugen und den Unterricht störten, mit Viertklässlern, die auf der Toilette Zigaretten verkauften. Aber das hier war etwas, das definitiv nicht in ihrer Arbeitsplatzbeschreibung stand.

Man konnte es an ihrem Gesicht ablesen, jedes Mal, wenn sie in der überfüllten Aula den Blick über die Hunderte von Kindern schweifen ließ, die man ihr anvertraut hatte, oder wenn sie kurz in die grimmigen Gesichter der Polizisten schaute. Das ist nicht fair, sagte ihre Miene. Das steht nicht in dem Vertrag, den ich unterschrieben habe.

»Oder ihr sagt es der Polizei«, fügte sie fahrig hinzu, als ob sie denen die ganze Sache zuschieben könnte. Wachtmeister Tondorf scharrte mit den Füßen und streckte das Kinn vor. Der andere Polizist starrte weiterhin mit so unbestimmtem Gesichtsausdruck über unsere Köpfe hinweg, dass man unmöglich sagen konnte, ob er sich langweilte oder nur seine ganze Energie für die Ergreifung krimineller Subjekte aufsparte.

Die Versammlung war beendet. Zurück im Klassenzimmer, wirkte Frau Eichen ziemlich unkonzentriert. Ständig lief sie auf den Flur hinaus, wo sie sich flüsternd mit anderen Lehrkräften unterhielt. Die Lücken in unserem Unterricht wurden beherzt von Thilo Koch gefüllt. Und zwar mit Ausführungen zu seinen schrecklichen Theorien darüber, was mit Marion Voss und Katharina Linden passiert war.

»Mein Bruder Jörg«, begann er, »mein Bruder Jörg sagt, sie wären von einem Kannibalen gefressen worden. Darum hätte man auch die Leichen nicht gefunden. Er hat sie aufgegessen.«

So widerlich das klang, es war besser als Thilos andere Argumentationslinie, wonach beide Mädchen explodiert waren.

»Setzt euch nicht neben Pia Kolvenbach. Sonst seid ihr die Nächsten.«

Bei einer dieser Ausführungen brachte er ein weiteres unerfreuliches Gerücht in Umlauf, von dem ich bis dato gnädig verschont geblieben war.

»Meine Oma sagt, es sei ein Zeichen gewesen.« »Es« war der Tod von Oma Kristel.

»Ein Zeichen für was?«, fragte ich entrüstet.

»Ein Zeichen dafür, dass in der Stadt das Böse am Werk ist«, verkündete Thilo, seine Großmutter präzise zitierend. Ein Konzept von Gut und Böse stand in seinem Weltbild nicht gerade an erster Stelle, denn darin ging es hauptsächlich darum, dass er so oft wie möglich seinen Willen durchsetzte.

Frau Kessels Worte klangen mir in den Ohren: Wieder war das Böse am Werk. Dabei schien es niemand in den Sinn zu kommen, dass Oma Kristel, die brav allwöchentlich zur Kirche gegangen war, sich eher schlecht als Medium zur Verkündung unser aller Untergang eignete.

»So ein totaler Blödsinn«, sagte Stefan loyal, aber es war schon zu spät. In den Augen der anderen war ich bereits diejenige, die höchstpersönlich die eigene Großmutter abgefackelt und dann als Draufgabe noch zwei Kinder entführt hatte.

Frau Eichens verspätete Rückkehr und ihre knappe Aufforderung an uns, die Mathebücher auf Seite 157 aufzuschlagen, war für mich wie eine Erlösung. 23 Köpfe, einige mit streng geflochtenem, andere mit – wie bei Thilo Koch – aggressiv aufgestyltem Haar beugten sich beflissen über die Bücher.

Ich warf Thilo einen bösen Blick zu. Er schaute im selben Moment auf, und unsere Augen trafen sich. Er sah mich entsetzt an und machte mit den Daumen mit den abgebissenen Fingernägeln schnell ein Kreuz, als ob er einen Vampir abwehren wollte. Bevor Frau Eichen sehen konnte, was er da machte, waren seine Hände schon wieder in seinem Schoß verschwunden, und er starrte gebannt auf Seite 157.

Das machte ich auch, nur ergaben die Zeichen dort für mich keinerlei Sinn. Ich hätte auch versuchen können, etwas in Mandarin zu lesen. Ich kochte vor Wut. Wann würde diese Hänselei aufhören? Würde man in dieser Stadt jemals vergessen, dass ich das Mädchen war, dessen Großmutter explodiert war?

20. Kapitel

Als ich an jenem Tag nach Hause kam und die Haustür aufschloss, war mein Vater bereits da. Sehr selten, etwa wenn er einen Termin außerhalb des Büros hatte, kam er auf dem Rückweg zum Mittagessen vorbei. An diesem Tag klang es jedoch weder so, als würde er zu Mittag essen, noch war meine Mutter in der Küche damit beschäftigt, ihm irgendetwas zuzubereiten. Stattdessen stritten sie in voller Lautstärke. Mein Vater auf Deutsch, meine Mutter größtenteils auf Deutsch, aber mit englischen Einsprengseln, wenn ihr die deutschen Worte fehlten. Als ich die Haustür schloss, beendete sie gerade einen Satz mit: »… this complete arse of a bloody town!«

Mein Mut sank. Ich hasste es, meine Eltern streiten zu hören. Und ein Streit darüber, ob wir weiterhin in Deutschland leben sollten, war nicht nur beunruhigend, sondern sinnlos. Wo sollten wir nach Ansicht meiner Mutter denn hin? In der Hitze des Gefechts sagte sie manchmal, sie würde am liebsten mit uns zurück nach England gehen, aber genauso gut hätte sie vorschlagen können, auf den Mond zu ziehen.

Mein Vater konterte, wie er es immer tat, mit dem Hinweis darauf, wie schwierig es sei, einen vergleichbaren Job zu finden, dass es unmöglich sei, ein Haus zu kaufen, das nur annähernd mit dem in Bad Münstereifel vergleichbar sei. Das Ganze war ohnehin zwecklos, denn wenn meine Mutter nicht in der – wie sie es selbst nannte – Nieder-mit-Deutschland-

Stimmung war, dann beklagte sie sich normalerweise über Großbritannien. Über die aberwitzigen Lebenshaltungskosten, das Verkehrsaufkommen, das ganz Südengland verstopfte, die armseligen staatlichen Schulen, die Krankenhäuser ... Das Einzige, das sie nach eigener Aussage vermisste, waren der britische Tee und Tesco. Deutsche Supermärkte fand sie einfach schlecht organisiert. Wer mochte wohl auf die Idee kommen, Christstollen neben dem Waschmittelregal anzubieten.

Ich für meinen Teil war mir ziemlich sicher, nicht nach Großbritannien zu wollen. Selbst die Dinge, von denen meine Mutter mit Wohlwollen sprach, etwa der englische Tee – mit Milch zu trinken! –, klangen schrecklich. Und dann war das Schulsystem, wie sie mir schon Hunderte Male geschildert hatte, vollkommen anders als bei uns. Die Kinder wurden im Alter von fünf Jahren eingeschult und mussten den ganzen Tag in der Schule verbringen. Sie aßen dort auch zu Mittag, und es schmeckte immer scheußlich, wusste meine Mutter zu berichten, die das offenbar sehr amüsant fand. Kartoffelpüree und Fleisch, ohne einen Hauch von Sahnesauce oder sonst was.

Ich erinnere mich an ein Schulprojekt, bei dem es um die Herkunft der Familie ging. Ich zeichnete eine zittrige Karte von Großbritannien und da hinein die Heimatstadt meiner Mutter. Wir sollten auch ein paar Informationen zu den wichtigsten lokalen Produkten geben. Also fragte ich meine Mutter, wovon es in Middlesex viel gäbe, und sie sagte »Straßen«.

Leise stellte ich meinen Ranzen im Flur ab und wollte gerade versuchen, mich die Treppe hochzuschleichen, ohne meine Eltern zu stören, als die Küchentür aufging und meine Mutter herausmarschiert kam. Mit beiden Händen umklammerte sie ein Spültuch so, als würde sie einem Huhn den Hals umdrehen.

»Pia, ich bin froh, dass du wieder zu Hause bist.«

Oh-oh, dachte ich. Mein Vater tauchte hinter meiner Mutter im Türrahmen auf. Er setzte eine unbeteiligte Miene auf, aber seine rote Gesichtsfarbe verriet ihn.

»Kate …«, sagte er in warnendem Ton.

»Sei still, Wolfgang«, erwiderte meine Mutter unwirsch. Sie beugte sich zu mir herunter, und einige dunkle Haarsträhnen fielen ihr unordentlich in die Augen. »Wie fändest du es, wegzufahren und Oma Warner zu besuchen, Pia?«

»Sie wird nicht fahren«, mischte sich mein Vater über ihre Schulter hinweg ein.

»Doch, das wird sie.« Die Stimme meiner Mutter klang eisig.

»Sie kann nicht«, konterte mein Vater. »Sie hat schon ein festes Programm für die Sommerferien. Das Zeltlager im Schleidtal, der Malkurs.«

»Ich werde sie dort abmelden«, sagte meine Mutter.

»Thomas und Britta werden auch kommen«, sagte mein Vater. »Pia sollte auch mal Zeit mit ihren Cousins verbringen.«

Daraufhin warf ich ihm einen meuternden Blick zu, denn Zeit mit Michel und Simon zu verbringen, das war so angenehm wie der Sturz in eine Schlangengrube.

»Und was ist mit meiner Familie?«, fragte meine Mutter und strich sich das Haar aus den Augen. »Die sieht sie doch kaum. Deshalb kann sie auch einmal mit ihr Zeit verbringen.«

»Wir hatten deine Mutter doch für den Sommer eingeladen, aber sie wollte ja nicht kommen«, warf mein Vater ein. Das war absolut richtig. Oma Warner ließ sich nur selten über den Ärmelkanal locken, um uns in Bad Münstereifel zu besuchen. Sie behauptete, dass Flugzeug- oder Schiffsreisen bei ihr einen seltsamen Schwindel auslösen würden. Außerdem mochte sie weder deutsche Wurst noch deutsches Brot, das ihrer Ansicht nach fad schmeckte.

»Darum geht es doch gar nicht«, giftete meine Mutter.

»Worum geht es denn dann?«, schnauzte mein Vater zurück.

»Es geht darum …«, begann meine Mutter und brach mitten im Satz ab. »Es geht darum …« Sie hob die Hände, als wollte sie sich an die Stirn greifen. »Dass ich nicht möchte, dass Pia den ganzen Sommer hier verbringt. Es ist hier nicht …«

»Ja?«, sagte mein Vater gereizt.

»Es ist hier nicht sicher«, sagte meine Mutter.

»Ach, das schon wieder!«, sagte mein Vater und hob abwehrend die Hände.

»Ja, das schon wieder!«, verteidigte sich meine Mutter. »Und wenn du die ganze Wahrheit hören willst, Wolfgang, am liebsten würde ich sofort packen und woanders hinziehen. An einen Ort, wo man die Kinder morgens aus dem Haus lassen kann und weiß, dass sie unversehrt zurückkommen und nicht verdammt noch mal verschwinden wie dieses arme Voss-Mädchen.« Sie wandte sich wieder an mich. »Pia, Oma Warner würde sich wahnsinnig freuen, wenn du Anfang der Ferien zu ihr fahren würdest. Hättest du Lust?«

Ich musterte sie zweifelnd. »Ja-ha … aber was ist mit dem Zeltlager?«

»Das kannst du nächstes Jahr immer noch machen.«

»Ich wollte da wirklich gerne hin.«

»Da hörst du es«, mischte mein Vater sich wieder an. »Sie möchte da mitmachen.«

»Das weiß ich«, sagte meine Mutter. »Ich bin nicht taub, aber …«, und damit wandte sie sich wieder mir zu, »ich denke, diesmal wäre es besser, wenn du zu Oma Warner fahren würdest, Pia. Vielleicht können deine englischen Cousinen und Cousins auch kommen. Das wäre sicher lustig.«

»Mmm«, machte ich unverbindlich.

»Und du kannst Englisch üben«, fuhr sie fort. Sie warf

meinem Vater einen vielsagenden Blick zu, denn das war ihr Trumpf. »Sie kann Englisch üben«, sagte sie auch zu ihm. »Das wird ihr eine große Hilfe sein, wenn sie im Herbst aufs Gymnasium kommt.«

Wenn ich mich getraut hätte, dann hätte ich an dieser Stelle mit den Augen gerollt. Meiner Ansicht nach war mein Englisch nämlich absolut in Ordnung, und es war sicher zehnmal besser als das Englisch irgendeines Klassenkameraden, weil meine Mutter mit uns so viel Englisch sprach. Ich fand es allerdings immer ein bisschen unpraktisch, zu Hause Englisch zu reden, wenn ich auch Deutsch sprechen konnte. Das kam mir ein bisschen so vor, als würde man eine Strumpfhose verkehrt herum anziehen; man konnte damit zwar herumlaufen, aber es fühlte sich komisch an.

Widerwillig ließ ich mich Richtung Telefon schieben, während meine Mutter schon die Nummer von Oma Warner wählte. Vielleicht hatte sie Angst, mein Vater könnte ihr die Sache wieder ausreden, wenn sie nicht sofort alles fix machte.

»Mum? Ich bin's, Kate.« Die Stimme am anderen Ende sagte etwas blechern Klingendes, und meine Mutter hielt mich sachte an der Schulter fest, als wollte sie mich davon abhalten, fortzulaufen. »Ja, ich habe mit Wolfgang gesprochen« – »gesprochen« klang in meinen Ohren wie eine heftige Untertreibung, wenn ich daran dachte, wie sie sich eben gestritten hatten –, »und sie kommt definitiv.« Am anderen Ende der Leitung hörte man es wieder krachen. »Möchtest du sie sprechen?«

Jetzt gab es kein Entrinnen aus den Fängen meiner Mutter. Sie würde mich zwingen, mit Oma Warner am Telefon Englisch zu sprechen.

»Pia?« Meine Mutter übergab mir den Hörer, und ich drückte ihn sanft an mein Ohr.

»Hallo, Oma.«

»Oma?«, sagte meine Großmutter. »Who's Oma? Omar

Sharif?« Das sagte sie immer, und ich wusste nie, ob ich darüber lachen sollte oder besser nicht.

»Ich meine … Großmutter«, verbesserte ich mich unsicher.

»Granny«, soufflierte meine Mutter und bohrte mir einen Finger in die Schulter.

»Granny«, sagte ich ergeben.

»That's better, darling«, sagte Oma Warner kichernd. Sie schnalzte mit der Zunge. »Oh, du klingst so deutsch, Pia.«

»Yes«, sagte ich ernst. »I am German.«

»Das stimmt«, sagte meine Großmutter. »Dann kommst du also deine alte Granny besuchen?«

Ich unterdrückte mit größter Mühe einen aufsteigenden Seufzer.

»Ja«, sagte ich.

21. Kapitel

Nach dem Mittagessen, das sehr steif verlief, beeilte ich mich mit meinen Hausaufgaben und erklärte dann, ich würde Herrn Schiller besuchen gehen. Ich freute mich, meinen alten Freund wiederzusehen, auch wenn ich mir noch immer nicht im Klaren darüber war, ob ich ihm erzählen sollte, was Stefan und ich auf dem Quecken entdeckt hatten. Einmal war ich wahnsinnig aufgeregt, weil ich sicher war, einen Hinweis auf die seltsamen Dinge gefunden zu haben, die die Stadt gerade heimsuchten. Dann war ich wiederum überzeugt, dass das alles nichts zu bedeuten hatte und nur unserer kindlichen Phantasie entsprang. Die Welt war immer noch auf beruhigende Weise unverändert und bestand aus Hausaufgaben, meiner kochenden Mutter und Sebastian, den ich den ganzen Tag lang am Hals hatte.

Ich war mir noch nicht einmal sicher, ob ich wissen wollte, was Herr Schiller dazu sagen würde. Wenn er lachte, wäre das schrecklich, und wir würden uns wie Idioten fühlen. Aber wäre es nicht sogar schlimmer, wenn er das Ganze ernst nähme? Ich dachte noch darüber nach, während ich im wahrsten Sinne des Wortes in jemanden hineinlief. Es war Frau Kessel.

»Vor-sicht!«, kreischte sie, dann erkannte sie mich. »Pia Kolvenbach.« Über die funkelnden Monde ihrer Brillengläser hinweg sah sie mich missbilligend an.

»Tut mir leid, Frau Kessel«, sagte ich und bemühte mich um einen schuldbewussten Ton.

»Du solltest nicht so die Straße entlangrennen«, tadelte sie mich.

»Mhm.« Ich schaute auf meine Schuhe.

»Wohin hattest du es denn so eilig?«

»Nirgendwohin«, log ich.

»Hmm«, schnaubte Frau Kessel. Sie musterte mich zögernd. »Also, wenn du tatsächlich nichts zu tun hast, dann kannst du mir ja helfen, die Einkäufe zu tragen.«

»Aber ...«, begann ich, verstummte jedoch sogleich wieder. Warum eigentlich nicht? Jetzt könnte ich sowieso nicht mehr unbemerkt zu Herrn Schiller kommen, und abgesehen davon, hätte ich ihr an dem Tag, als sie zu uns kam, um meinen Eltern von Herrn Düster zu erzählen, ja nur zu gern noch ein Dutzend Fragen gestellt. Auf ihre Weise war Frau Kessel genauso Expertin für lokales Brauchtum wie Herr Schiller, auch wenn sich all ihre Geschichten definitiv auf der dunklen Seite des Lebens abspielten. Falls eine ihrer weit verbreiteten Klatschgeschichten Gefahr lief, ein glückliches Ende zu nehmen, hätte sie diese bestimmt postwendend geleugnet.

Ich nahm den Korb, den Frau Kessel mir mit einer beringten Klaue hinhielt. Es befanden sich zahlreiche braune Päckchen darin, die dem Gewicht nach zu schließen mit Steinen gefüllt sein mussten. Frau Kessel, die einen Kopf größer und erheblich kräftiger war als ich, belud sich mit einer gefalteten

Ausgabe des »Kölner Stadt-Anzeigers« und einer sehr kleinen Handtasche.

Nach dieser Leistung hob sie das Kinn ein wenig und setzte ihren Weg über das Kopfsteinpflaster auf geradezu majestätische Weise fort. Sie wäre wohl nur dann noch zufriedener mit sich gewesen, wenn ich ein kleiner Mohr in seidenen Kniebundhosen und mit juwelenbesetztem Turban gewesen wäre, der ihr mit einem Wedel aus Pfauenfedern gefolgt wäre. Wir machten beim Bäcker am Salzmarkt Station, wo Frau Kessel einen kleinen Laib Graubrot erstand, und dann noch beim Lebensmittelgeschäft an der gegenüberliegenden Ecke, wo sie einen halben Liter Eifel-Vollmilch besorgte.

Damit hatte Frau Kessel ihre Einkäufe abgeschlossen und trat den Heimweg an, während ich hinter ihr herwankte. Als wir ihr Haus erreicht hatten, ein sehr schmales, zwischen zwei andere Häuser gequetschtes traditionelles Fachwerkhaus an einer Ecke der Orchheimer Straße, schenkte sie mir einen weiteren dieser Blicke über den Rand ihrer Brillengläser.

»Komm besser mit rein«, sagte sie zu mir, und als sie mein Zögern bemerkte, fügte sie ziemlich schneidend hinzu: »Steh doch nicht so rum. Ich fresse dich schon nicht.« Ich folgte ihr ein wenig beklommen. Der Gedanke, gefressen zu werden, war mir bis dahin noch nicht gekommen, aber jetzt fragte ich mich doch, ob Frau Kessel nicht vielleicht irgendwas mit dem Verschwinden der beiden Mädchen zu tun haben konnte. Vielleicht hatte sie sie in ihr Haus gelockt, nachdem sie sie gebeten hatte, die Einkäufe zu tragen, und sie dann eingesperrt, um sie auf ewig für sich schuften zu lassen, als wäre sie die Gegenspielerin von Frau Holle.

»Du kannst den Korb auf den Tisch stellen«, sagte Frau Kessel und führte mich in die Küche, die schrecklich adrett und in unerbittlichen Braunschattierungen dekoriert war.

Über der Arbeitsplatte hing ein Kruzifix, und selbst dieser Jesus wirkte unnatürlich sauber.

»Ich vermute, du hättest nichts gegen ein Glas Milch und einen Keks.«

Ich traute mich nicht Nein zu sagen, und die Milch und der Keks wurden gebracht. Ich setzte mich an den Tisch und bemühte mich sehr, nicht zu krümeln oder Milch zu verschütten. Der Keks war weich. Er schien sich auszudehnen und meinen ganzen Mund zu füllen. Ich versuchte zu lächeln, aber das war schwierig. So als wollte man mit einem Mund voll Watte grinsen. Schließlich schaffte ich es, den Keks mit der Milch hinunterzuspülen.

»Frau Kessel?«, fragte ich, so höflich ich konnte.

»Es gibt keine Kekse mehr«, kam prompt die Antwort.

»Ich wollte auch keinen mehr«, beeilte ich mich zu sagen. »Auch wenn er sehr gut geschmeckt hat.« Ich räusperte mich. »Ich habe mir bloß gedacht ... das war so interessant, was Sie Mama und Papa erzählt haben, als Sie bei uns zu Besuch waren.«

»Hm, und was soll das gewesen sein?«, hakte Frau Kessel nach. Sie verharrte mit der Glaskaffeekanne in der knotigen Hand.

»Etwas über die Stadt ... nach dem Krieg. Und Fräulein Schiller.«

»Mhm«, machte Frau Kessel. »Nun, sie hieß natürlich Gertrud Düster. Herr Schiller hat seinen Namen erst später geändert, nachdem das alles passiert ist.«

»Wie war sie denn so? Können Sie sich an sie erinnern?«, fragte ich.

»Du meine Güte, ich bin ja nicht senil«, giftete Frau Kessel. »Natürlich kann ich mich an sie erinnern.« Sie schnaubte. »Sie war etwa so alt wie du, als sie verschwand.« Sie musterte mich nachdenklich. »Sie sah dir sogar ein wenig ähnlich, Pia Kolvenbach. Sie hatte ebenso braunes Haar, auch wenn sie das immer zu Affenschaukeln geflochten trug. Eine Schande, dass das heute nicht mehr modern ist. Stattdessen gibt es so was wie das kleine Meyer-Mädchen, das die Haar so kurz geschoren trägt wie ein Junge. Ich frage mich wirklich, was die Mutter sich dabei denkt.«

»Und Getrud Düster …?«, fasste ich nach.

»Tsss!«, machte Frau Kessel missbilligend. »Ich wollte gerade darauf zurückkommen. Sie war ein sehr hübsches Mädchen, das Abbild ihrer Mutter. Hannelore – so hieß die Mutter – war ja auch eine sehr schöne Frau. Es soll schon einige gebrochene Herzen gegeben haben, als sie Heinrich heiratete, pflegte meine Mutter zu sagen. Sie hat mir auch erzählt, dass Herr Düster, also, ich meine, der jetzige Herr Düster, nicht der arme Heinrich, zu denen mit gebrochenem Herzen zählte. Beide Brüder waren in das Mädchen verliebt, aber sie entschied sich für Heinrich.« Frau Kessel schnaubte erneut. »Wer könnte es ihr verübeln? Wie man es dreht und wendet, er war immer der Bessere der beiden. Kain und Abel, genau das sind sie, und ich muss dir nicht sagen, wer Kain ist.«

Frau Kessel streckte das Kinn vor. »Es heißt, deshalb habe er es getan. Er sei krank vor Eifersucht gewesen, niemals drüber hinweggekommen.«

»Tatsächlich?«, sagte ich mit faszinierter Stimme und hoffte, sie würde fortfahren. Genau das tat sie.

»Hannelore konnte er ja nicht mehr bekommen, denn die war schon gestorben.«

»Mama sagt, sie sei im Krieg gestorben«, bot ich meine Kenntnisse an. Frau Kessel warf mir einen Seitenblick zu, der in etwa besagte: Wer erzählt denn so was? Und ich hielt meinen Mund.

»Sie starb im Krieg«, fuhr sie fort, als hätte ich sie nie unterbrochen. »Nicht am Krieg. Sie wurde krank. Ich weiß nicht, was sie hatte, aber natürlich gab es all diese modernen

Medikamente damals nicht, keine Antibiotika und so, also konnte sie alles Mögliche bekommen haben. Ich habe sie ein paar Mal auf der Straße gesehen und erinnere mich, dass ich mir dachte, wie wunderschön, aber schrecklich dünn. Das ist mir sogar als Kind aufgefallen, obwohl ja viele Kinder« – hier warf sie mir einen vorwurfsvollen Blick zu – »auf nichts achten außer auf sich selbst.« Sie schüttelte den Kopf. »Es war furchtbar traurig. Gertrud musste trotzdem zur Schule, obwohl ihre Mutter gerade erst gestorben war. Aber sie hätte nirgendwo sonst hingekonnt. Es herrschte Krieg, und selbst ihre Großmutter musste arbeiten gehen.«

Sie verstummte, und ich dachte über die Geschichte der armen Gertrud nach. Ich fragte mich, ob sie die gleiche lüsterne Neugier und ähnlich bohrende Fragen über den Tod ihrer Mutter zu erleiden gehabt hatte wie ich bei Oma Kristels Tod. Ich stellte mir vor, wie sie in ihrer Bank saß, den Kopf mit den braunen Zöpfen gesenkt, wie um sich von allen anderen abzuschirmen. Hatte irgendein Thilo Koch in weißem Hemd und Lederhose ihr auch das Leben schwergemacht? Arme Gertrud.

»Was ist mit ihr passiert?«, fragte ich schließlich.

Frau Kessel schaute mich an. »Das weiß niemand genau.«

»War das auch der Krieg?«

»Es war nach dem Krieg«, sagte Frau Kessel leicht genervt, als ob ich nicht richtig zugehört hätte. »Und wenn ihr Kinder ein solches Theater darum macht, was ihr esst und was nicht«, fügte sie schroff hinzu, »dann solltet ihr mal daran denken, wie das damals war. Brot, Eier, Fleisch – alles rationiert. Schokolade – die kannten wir jahrelang nicht einmal vom Sehen, auch nach dem Krieg noch. Was sagst du dazu?«

»Furchtbar«, antwortete ich pflichtschuldig.

»Genau«, stimmte Frau Kessel mir zu. »Und dann die Stadt … Teile davon nur noch Ruinen, von den Bomben. Da, wo heute das Rathaus-Café ist, standen ein paar hübsche alte Häuser. Hast du das gewusst? Weggebombt. Die Männer kamen aus dem Krieg zurück, und ihr Zuhause war vom Erdboden verschwunden.«

»Vielleicht wurde Gertrud von einer Bombe getroffen«, schlug ich vor.

»Das war nach Kriegsende«, erinnerte Frau Kessel mich erneut. »Wenn die Zeiten besser gewesen wären, hätte man vielleicht mehr unternommen, um sie zu finden und den Täter zu fassen – als ob wir nicht alle gewusst hätten, wer es gewesen ist! Aber so, wie die Dinge damals standen, mit Soldaten, die aus dem Krieg heimkamen, anderen, die durchzogen, und den Amerikanern, die mit ihren Panzern kamen – alles war ein einziges Durcheinander. Für eine Ewigkeit, also zumindest in den ersten Jahren danach. Man hat ja nicht einmal alle Kriegsverbrecher fassen können, ganz zu schweigen von anderen. Und als dann der nächste Winter kam, hungerten wir alle, und niemand scherte sich mehr um irgendwas.« Sie schüttelte den Kopf. »Vielleicht beginnen die Leute sich jetzt an die Zeit damals zu erinnern und sich zu fragen, ob es eine so gute Idee war, ihn weiter hier leben zu lassen, als ob er ein Unschuldslamm wäre.«

»Vielleicht hat er es ja nicht getan«, schlug ich zögernd vor. In meiner Phantasie konnten in jener längst vergangenen Zeit, als der Krieg das Land wie einer der apokalyptischen Reiter verwüstet hatte und sich die Aufmerksamkeit der Erwachsenen ganz woanders hin richtete, unzählige Dämonen aus der Dunkelheit des Waldes geschlichen sein, um ein Kind zu rauben.

»Vielleicht, vielleicht auch nicht«, spottete Frau Kessel. Sie stützte die Hände in die Taille. »Hör mal, Pia Kolvenbach. An dem Tag, als Gertrud verschwand, hätte sie mit jemandem spazieren gehen sollen. Und weißt du, wer dieser Jemand war? Das war ihr liebender Onkel, Herr Düster. Er sollte sie zu einem Ausflug ins Eschweiler Tal abholen. Nur dass sie von dort nicht mehr zurückkam.«

»Aber … wusste da nicht jeder, dass er es war?«, fragte ich zweifelnd.

»Er hat es natürlich geleugnet«, sagte Frau Kessel ungehalten. »Er behauptete, er habe sie gar nicht mitgenommen. Und Herr Schiller – damals natürlich noch Herr Düster – also, meine Mutter hat mir erzählt, man habe ihm angesehen, was für ein Schlag das für ihn war, dass der eigene Bruder ihm das angetan hatte. Doch er habe nicht mal für einen Moment die Kontrolle verloren. Manche Männer wären bestimmt mit den Fäusten auf ihn losgegangen, wenn sie sonst nichts zur Hand gehabt hätten. Doch Herr Schiller blieb ein Gentleman. Meine Mutter sagte, er habe eher traurig als wütend ausgesehen. Er habe Herrn Düster sogar verteidigt, was meiner Ansicht nach über das hinausgeht, was die meisten Christenmenschen von sich selbst verlangen können.« Sie runzelte die Stirn und presste die Lippen zusammen. »Ich bin mir sicher, der arme Mann glaubte, das Richtige zu tun – was auch immer er getan hätte, Getrud hätte es ja nicht zurückgebracht. Und er wollte wohl nicht derjenige sein, der den eigenen Bruder verdammt. Aber wenn er es getan hätte, dann wären vielleicht die beiden anderen Mädchen nicht verschwunden. Das macht einen doch nachdenklich, oder? Die andere Wange hinzuhalten, ist zwar sehr gut …«

»Die beiden anderen Mädchen?«, wiederholte ich. »Katharina Linden und Marion Voss?«

»Oh nein.« Frau Kessel funkelte mich mit ihren Brillenaugen an. »Nicht diese beiden. Ich meine die anderen.«

22. Kapitel

»Die anderen?«, wiederholte ich langsam.

Frau Kessel musterte mich durchdringend, so als wäre ich absichtlich begriffsstutzig. »Ja, natürlich. Da war diese kleine Schmitz, an deren Vornamen ich mich nicht mehr erinnere. Und Caroline Hack. Nicht dass es eine große Überraschung gewesen wäre, als sie verschwand«, fügte sie hinzu. »Zu jeder Tageszeit allein in der Stadt herumstromern, während die Stiefmutter nicht das Geringste dagegen unternahm – vielleicht war sie letztlich sogar ganz froh, Caroline los zu sein.« Frau Kessel schnaubte so missbilligend, als vermochte sie sich kaum vorzustellen, wie tief andere Bewohner der Stadt moralisch sinken konnten.

»Ich kenne niemanden, der Caroline Hack heißt«, sagte ich zweifelnd. »Ich glaube nicht, dass ein Kind an unserer Schule so heißt.«

»Dummerchen, natürlich nicht«, sagte Frau Kessel. »Das ist ja auch Jahre her. Wenn Caroline noch am Leben wäre, müsste sie etwa so alt wie deine Mutter sein.«

»Oh.« Darüber musste ich nachdenken. »Und die kleine Schmitz war genauso alt?«

»Nein, jünger – also, damals war sie jünger«, sagte Frau Kessel. »Obwohl ich vermute, sie wäre heute älter als Caroline Hack.« Sie rieb sich die Hände, als wollte sie unsichtbaren Schmutz entfernen. »Du stellst eine Menge Fragen, Pia Kolvenbach. Fragst du im Unterricht auch so viel?«

»Ähm …« Auf eine solche Frage von Frau Kessel gab es keine Antwort, die nicht eine weitere Ermahnung nach sich gezogen hätte.

»Also, wahrscheinlich glaubst du, ich hätte nichts Besseres zu tun, als hier herumzustehen und zu tratschen«, sagte Frau Kessel. »Komm, Pia. Ich bring dich zur Tür.« Ich war entlassen. Sie führte mich durch den braunen Flur und schob mich an der Haustür hinaus.

»Bianca, so hieß sie«, sagte sie noch mit einer Hand an der Klinke.

»Wie bitte?« Ich sah sie verwirrt an.

»Die kleine Schmitz.«

»Ach so«, sagte ich und dann noch: »Tschüss, Frau Kessel«, bevor ich dankbar ins Sonnenlicht hinaustrat.

»Auf Wiedersehen«, sagte Frau Kessel nachdrücklich und schaffte es, deutlich ihre Missbilligung über meinen lässigen Ton zum Ausdruck zu bringen. Dann schloss sie die Tür.

Jetzt war es zu spät, Herrn Schiller zu besuchen. Und auch wenn ich gern noch mehr über Caroline Hack und Bianca Schmitz erfahren hätte, war Herr Schiller der Letzte, an den ich mich wenden konnte, wenn ich daran dachte, was meine Erwähnung von Katharina Linden ausgelöst hatte. Stattdessen schlurfte ich übers Kopfsteinpflaster nach Hause und grübelte darüber nach, was ich gerade erfahren hatte.

Stimmte das? Meine Mutter sagte immer, was Frau Kessel erzähle, sei nur mit Vorsicht zu genießen. Sie neige dazu, aus dem sehr kleinen Pflänzchen eines Gerüchts eine anzunehmende Tatsache von der beachtlichen Größe einer Zimmerpalme wachsen zu lassen. Wie damals, als Frau Netts Teenagertochter Magen-Darm-Grippe hatte und sich eines Morgens in der Schule übergab. Danach erzählte Frau Kessel mindestens sechs verschiedenen Bekannten, sie wisse aus zuverlässiger Quelle, dass Magdalena Nett im vierten Monat schwanger sei. Frau Nett hatte nach dieser Ungeheuerlichkeit monatelang nicht mehr mit Frau Kessel gesprochen. Andererseits war es schwer vorstellbar, dass sie sich das Verschwinden von jemandem ausdachte. Eine Person war entweder da oder eben nicht. Ich überlegte, wen ich danach fragen konnte.

23. Kapitel

»Papa?«

Mein Vater blickte aus seinem gewohnten Refugium hinter den aufgeschlagenen Seiten des »Stadt-Anzeigers« auf.

»Ja, Pia?«

»Als du noch zur Schule gegangen bist, kanntest du da ein Mädchen, das Bianca Schmitz hieß?«

»Nein, ich glaube nicht.« Mein Vater schaute wieder auf die Seite, die er gerade gelesen hatte, und war sichtlich mehr an irgendwelchen aufregenden Lokalnachrichten interessiert.

»Kanntest du vielleicht ein Mädchen, das Caroline Hack hieß?«

Widerwillig ließ mein Vater die Zeitung sinken. »Ich glaube nicht, Pia.«

»Bist du dir sicher, Papa?«

»Pia, ich versuche, die Zeitung zu lesen. Was ist so wichtig an dieser Caroline ... wie hast du gesagt, hieß sie?«

»Caroline Hack, Papa. Frau Kessel sagt, sie ...«

»Frau Kessel?« Mein Vater seufzte. Er wollte wohl gerade zitieren, was meine Mutter über die Geschichten von Frau Kessel immer sagte. Da dämmerte es ihm. »Sie war das Mädchen, das ausgerissen ist.«

»Sie ist ausgerissen? Frau Kessel sagte, sie sei verschwunden.«

»Nun, das war ja auch so, sozusagen. Sie ist einfach ohne Ankündigung weggegangen. Aber wie kommt es, dass du darüber mit Frau Kessel geredet hast?«

»Sie hat mich aufgefordert, die Einkäufe für sie zu tragen«, sagte ich wahrheitsgemäß.

»Das hat sie gemacht? So eine Unverschämtheit«, grummelte mein Vater.

Zu einem anderen Zeitpunkt wäre ich vielleicht versucht

gewesen, an dieser Stelle abzuschweifen und ihm darin zuzustimmen, wie gemein es von Frau Kessel gewesen war, mich all die Sachen nach Hause schleppen zu lassen, und das Ganze ein bisschen aufzubauschen: seither tut mir dauernd der Rücken weh, du kannst dir gar nicht vorstellen, was sie mich alles hat tragen lassen und so weiter. Aber im Moment interessierte mich die Frage nach Caroline Hack viel mehr als die Möglichkeit, Frau Kessel schlecht zu machen.

»Sie sagt, Caroline Hack sei einfach verschwunden wie – wie Katharina Linden.«

»Hmm.« Mein Vater reckte sich in seinem Sessel und sah mich ziemlich streng an. »Pia, mir gefällt das nicht. Frau Kessel sollte Kinder nicht mit solchen Geschichten erschrecken.«

»Ich war nicht erschrocken, ich ...«

»Wenn sie dich noch mal bittet, ihre Einkäufe zu tragen, sag ihr, dein Papa habe dir gesagt, direkt nach Hause zu kommen, verstanden?«

»In Ordnung ... Aber Papa?«

»Ja, Pia?« Mein Vater klang ein wenig erschöpft.

»Kannst du mir nicht einfach von Caroline Hack erzählen? Bitte! Ich habe auch keine Angst«, fügte ich hastig hinzu. »Ich bin nur ... neugierig.«

»Ach, Pia! Da gibt es wirklich nichts zu erzählen. Sie war mit mir in der Grundschule, aber ich kannte sie nicht wirklich. Sie war in der vierten Klasse, als ich in die zweite oder dritte ging. Genau erinnere ich mich nicht mehr. Eines Morgens kam sie einfach nicht zur Schule, und schließlich kam das Gerücht auf, sie sei ausgerissen. Ich glaube, sie kam mit ihrer Mutter nicht zurecht.«

»Ihrer Stiefmutter, hat Frau Kessel gesagt.«

»Hat Frau Kessel gesagt! Frau Kessel sollte sich um ihre eigenen Angelegenheiten kümmern. Pia, ich meine das wirklich ernst, dass du dir solche Geschichten nicht anhören solltest.«

»Ja, Papa.« Selbst mir war klar, dass jede weitere Frage meinen Vater nur wütend gemacht hätte, also räumte ich widerwillig das Feld.

Am nächsten Morgen passte ich Stefan in der Pause ab. Wir zogen uns in eine Ecke des Spielplatzes zurück, weit genug entfernt vom Klettergerüst, wo die Erstklässler wie die Affen herumturnten, und in sicherer Distanz zu der Ecke, in der sich Thilo Koch und ein paar andere Jungs aus der Vierten zusammengerottet hatten.

»Was gibt's?«, fragte Stefan.

»Es sind nicht nur Katharina Linden und Marion Voss«, erzählte ich ohne lange Vorrede. »Auch andere Mädchen sind verschwunden.«

Stefan sah sich um, als wolle er herausfinden, wen aus unserem Umfeld es noch erwischt haben könnte.

»Wer?«

»Nicht jetzt«, sagte ich. »Das ist schon Jahre her. Als mein Papa noch zur Schule ging.«

Stefan entspannte die Schultern. Jahre her. Als mein Papa noch zur Schule ging – diese Zeit erschien ihm offenbar so fern, dass sie sozusagen bedeutungslos war.

»Echt?«, sagte er ohne großes Interesse.

»Ja, echt. Da gab es ein Mädchen, die hieß Bianca Schmitz, das war vor der Schulzeit meines Vaters, und eine andere, die hieß Caroline Hack und war mit ihm in der Schule.«

»Und was ist mit denen passiert?«

»Sie sind einfach verschwunden. Frau Kessel hat's mir erzählt.«

»Frau Kessel hat's dir erzählt? Pia, du darfst doch kein Wort glauben, das diese alte Hexe sagt.« Stefan klang ziemlich aufgebracht. Zweifellos hatte die Familie Breuer in der Vergangenheit schon unter Frau Kessels unangemessenem Mitteilungsbedürfnis zu leiden gehabt.

»Aber es stimmt. Das sagt nicht nur sie – mein Vater wusste es auch. Er sagt, sie sei eines Morgens einfach nicht mehr zur Schule gekommen, und jeder habe geglaubt, sie sei von zu Hause ausgerissen.«

»Warum hätte sie das tun sollen?«

»Sie mochte ihre Stiefmutter nicht.«

»Na ja, vielleicht ist sie wirklich ausgerissen.«

»Frau Kessel glaubt das nicht. Sie meint, jemand habe sie geholt.«

»Jemand?«

»Also ...« Ich senkte die Stimme und schaute mich um. »Frau Kessel meint, dass es Herr Düster war.«

»Der alte Düster?« Stefans Interesse war geweckt.

»Ja. Sie sagt, er habe Gertrud an dem Tag, als sie verschwunden ist, zu einem Ausflug abgeholt ...«

»Moment, Moment!« Stefan sah verwirrt aus. »Wer ist Gertrud?«

»Die Tochter von Herrn Schiller«, sagte ich ungeduldig. »Die auch verschwunden ist. Herr Düster hat sie zu einem Ausflug ins Eschweiler Tal mitgenommen, und sie ist nie zurückgekehrt.«

»Also, wenn das so offensichtlich war, warum hat dann niemand etwas unternommen?«

»Frau Kessel sagt, Herr Schiller habe ihn in Schutz genommen.«

»Warum hätte er das tun sollen?«

»Keine Ahnung.« Ich dachte darüber nach. »Frau Kessel sagt, er habe Gertrud geholt, um sich an Herrn Schiller zu rächen, weil er gerne Herrn Schillers Frau geheiratet hätte, ich meine, bevor sie Herrn Schiller geheiratet hat.«

»Und warum hätte er sich dann die anderen geschnappt?«

»Vielleicht war's wie bei einem menschenfressenden Tiger«, schlug ich vor. »Nachdem er auf den Geschmack gekommen war, musste er es wieder und wieder tun.«

»Oder er ist ein Vampir«, sagte Stefan. »Weißt du, wie Graf Dracula. Über den habe ich mal einen Film gesehen. Der konnte sich in eine Fledermaus verwandeln und durch die Fenster in die Schlafzimmer der Leute fliegen.«

»Ich glaube nicht, dass Herr Düster sich in eine Fledermaus verwandelt«, wandte ich ein. »Und außerdem sind die Mädchen nicht aus ihren Schlafzimmern verschwunden.«

»Vielleicht verwandelt er sich in einen Wolf.«

»Ach ja, und niemandem fällt ein Wolf mitten auf der Straße auf?«, fragte ich sarkastisch.

»Oder in eine Katze. Eine große schwarze Katze mit glühenden Augen.«

»Du meinst, wie Pluto?«, fragte ich.

Stefan schnappte nach Luft. »Na klar.«

»Ach, komm, hör auf.«

»Nein, wirklich.« Stefan sah mich an, und sein Gesicht strahlte vor Begeisterung über diese neue Idee. »Hör mal, hat man je Herrn Düster und Pluto gleichzeitig irgendwo gesehen?«

»Woher soll ich das wissen?«

»Ich wette, nein.« Stefan grübelte. »Erinnerst du dich, wie wir bei Herrn Schiller waren und Pluto aufgekreuzt und Herr Schiller total ausgerastet ist? Als ob die Katze ein Teufel oder so was wäre.«

Ich erinnerte mich. Stefan hatte absolut recht. Ein kalter Schauer durchfuhr mich.

»Du spinnst«, sagte ich und schüttelte den Kopf. Pluto war bloß eine Katze. Eine sehr große, sehr schlecht gelaunte Katze, aber trotzdem nur eine Katze. Sie hatte Herrn Schiller sehr wütend gemacht, das war alles …

Es klingelte zum Pausenende, und als wir reingingen, verbannte ich die Idee vollkommen aus meinem Kopf. Erst rückblickend denke ich mir, dass an diesem Punkt der Keim für die Idee zu sprießen begann, irgendwie in Herrn Düsters Haus zu gelangen und dort nach den verschwundenen Mädchen und der Wahrheit zu suchen.

24. Kapitel

Endlich war auch das zweite Schulhalbjahr vorüber, meine Grundschulzeit abgeschlossen, und vor mir lag die wunderbare Aussicht auf ein Gymnasium ohne Thilo Koch. Aber vorher galt es noch sechs Wochen Sommerferien herumzubringen, vier davon in der exotischen Umgebung von Oma Warners Doppelhaushälfte in Middlesex. Meine Mutter bepackte mich mit Geschenken für Oma Warner und setzte mich in einen Flieger am Flughafen Köln-Bonn. Oma Warner holte mich auf der anderen Seite am Flughafen ab, und das war das ganze Abenteuer. Ich war gefangen, für vier lange Wochen und ohne Aussicht auf Hafturlaub. Sobald wir im Taxi saßen, überreichte ich wie ein Gefangener, der seinen persönlichen Besitz aushändigt, bevor er eingekerkert wird, Oma Warner die Päckchen.

»Ooh«, machte Oma Warner und spähte in eine der kleinen Tüten. »Was ist das denn, Pia?«

»Ich glaube, was zum Essen«, sagte ich.

»Meine Güte, hoffentlich keine von diesen geräucherten Würstchen«, sagte Oma Warner misstrauisch.

»Mmm«, machte ich unverbindlich.

Ich wagte einen Blick aus dem Taxifenster. England schien sich seit unserem letzten Besuch kaum verändert zu haben: eine endlose Aussicht auf graue, regennasse Straßen. Obwohl es Sommer war, nieselte es. Alle schienen in Eile und beugten sich beim Gehen leicht nach vorn, als müssten sie sich mühsam durch Wind und Nässe kämpfen. Meine Mutter behauptete ja, es gäbe in England Gegenden, die Bad Münstereifel wie das alte Ruhrgebiet aussehen ließen. Sie sprach von Dörfern mit putzigen, reetgedeckten Cottages und alten normannischen Kirchen, dazu sanfte Hügel und Weiden mit Kühen, die unter Bäumen dösten. Wenn ich mir Middlesex so ansah, war ich mir sicher, dass sie einen anderen Ort gemeint haben musste.

Mein Kummer wurde noch dadurch vergrößert, dass ich von allem abgeschnitten war, was sich zu Hause in Deutschland ereignete. Wenn sie nun die vermissten Mädchen fanden? Oder jemanden – zum Beispiel Herrn Düster – dabei erwischten, wie er Spuren des Verbrechens beseitigen wollte? Fern von den Fakten spielte meine Phantasie verrückt, und ich malte mir aus, wie die Polizei sein Haus in der Orchheimer Straße stürmte und ihn dort fand, als er gerade ihre Knochen mit den Zähnen zermalmte. Sie würden ihn schreiend nach draußen zerren, und wenn sie auf der Polizeiwache seinen Körper untersuchten, würden sie feststellen, dass die Stellen, die von der Kleidung bedeckt wurden, mit einem schwarzen Pelz überzogen wären. Natürlich würde niemand Pluto je wieder zu Gesicht bekommen. Und beim Blick in seinen Kühlschrank würde man viele mit Blut gefüllte Flaschen entdecken …

»Woran denkst du gerade?«, fragte Oma Warner.

»An nichts«, sagte ich.

Eine Woche verging, dann noch eine, und ich fügte mich in mein Schicksal. Oma Warners Haus war ein Knast, aber wenigstens ein ziemlich interessanter. Es gab drei Schlafzimmer und eine Rumpelkammer zu erkunden, dazu noch das Esszimmer mit seinen Schränken voll von seltsamem Nippes und gerahmten alten Fotos. Im Wohnzimmer stand außerdem ein Bücherschrank aus dunklem Holz, vollgestopft mit Romanen von Barbara Cartland und Georgette Heyer – Oma Warner war ein Fan von Liebesromanen.

»Wenn du magst, nimm dir einen«, sagte Oma Warner, die plötzlich hinter mir aufgetaucht war, während ich dabei war, einen Umschlag zu studieren, auf dem eine Frau mit feuerrotem Haar und in einem grünen Samtkleid drei Liebhaber gleichzeitig von sich stieß. Ich fiel vor Schreck fast um und schob das Buch, so schnell ich konnte, ins Regal zurück.

»Nein, danke«, sagte ich.

Oma Warner legte den Kopf schräg und sah mich mit ihren hellen alten Augen an wie ein kluger Vogel. »Dann mach, was dir gefällt.« Sie hielt mir etwas hin. »Da ist ein Brief aus Deutschland für dich.« Sie drehte den Umschlag in ihren Händen. »Von einem Stefan Breuer.« Sie kicherte, als sie mir den Brief gab. »Hast du einen Schatz?«

»Einen was?«

»Einen Freund«, sagte Oma Warner und hob vielsagend die Augenbrauen.

»Nein«, sagte ich kurz angebunden. Im Geiste fügte ich der langen Liste von Vorwürfen, die ich Stefan machte, seit unsere unfreiwillige Partnerschaft begonnen hatte, einen weiteren Aspekt hinzu. Stink-Stefan schaffte es natürlich mal wieder, mich in Verlegenheit zu bringen. Nur er konnte das auch auf eine Entfernung von 500 Kilometern.

Ich ging hinauf in das Schlafzimmer, das Oma Warner mir zugeteilt hatte, und schloss die Tür. Bevor ich den Brief öffnete, drehte ich ihn in den Händen, wie Oma Warner es getan hatte, und untersuchte ihn auf irgendwelche Hinweise. Stefan hatte einen miserablen Geschmack in Sachen Briefpapier, aber vielleicht hatte er es auch von seiner Mutter geklaut. Es war mit grinsenden Mäusen verziert, die über einen rosa-gelben Hintergrund marschierten. Bei so viel Kitsch war es kein Wunder, dass Oma Warner von einem Liebesbrief ausgegangen war. Stefan hatte ihn an Mrs. Pia Kolvenbach adressiert.

Ich öffnete den Brief und las:

Liebe Pia,
ist es schön bei Deiner Großmutter? Ich war letzte Woche im Zeltlager, aber es war nicht so gut wie letztes Jahr. Die haben uns nicht aus den Augen gelassen. Am Mittwoch ist etwas passiert. Eine Gruppe von Leuten ist vor Herrn Düsters Haus gezogen, und sie haben nach ihm gerufen. Die Polizei kam und sagte ihnen, sie sollten nach Hause gehen. Boris sagt, Herr Düster wird sterben. Das wollte ich Dir erzählen. Es ist wirklich zu blöd, dass Du nicht da bist. Ich habe gefragt, ob ich Dich anrufen kann, aber meine Mutter hat Nein gesagt.

Dein Stefan

Ich las den ganzen Brief noch einmal. Tausend Fragen gingen mir durch den Kopf. Wer war vor Herrn Düsters Haus gezogen, und warum? Ich fragte mich, ob Frau Kessels Beschuldigungen gegen den alten Mann inzwischen zu allen vorgedrungen waren und ob sie zu denen gehört hatte, die sich vor seiner Tür versammelt hatten. Aus irgendeinem Grund glaubte ich das eher nicht. Als gerade mal Zehnjährige war ich zwar noch Jahre vom Verstehen erwachsenen Verhaltens entfernt, aber selbst ich hatte bereits begriffen, dass Frau Kessels liebster Modus operandi die Bemerkung hinter vorgehaltener Hand oder das Flüstern hinter verschlossenen Türen war. Als Anführerin eines fackelbewehrten Lynchmobs konnte ich sie mir nicht so recht vorstellen.

Stefans Brief brachte mich wegen der vielen fehlenden Details zur Weißglut. Die Polizei war gekommen – aber was hatte sie unternommen, außer den Leuten zu sagen, sie sollten nach Hause gehen? Hatten sie jemanden festgenommen – vielleicht sogar Herrn Düster selbst? Und was hatte das zu bedeuten, dass Boris sagte, Herr Düster würde sterben? Ich las den Brief noch mal, aber daraus ließ sich nicht mehr erfahren. Also ging ich nach unten.

»Oma. Ich meine … Granny?«

»Ja, Liebes?« Oma Warner schrubbte gerade mit großem Elan ihren Backofen. Als ich in die Küche kam, stand sie auf.

»Kann ich mal telefonieren?«

»Nun ja, deine Mutter will dich doch heute Abend anrufen, Pia. Kann das nicht warten?«

»Mhm.« Ich schaute Oma Warner an und dann die vollgestellte Arbeitsplatte. »Ich wollte eigentlich …«, ich dachte nach, »… einen Freund anrufen.«

Oma Warner zog sofort ihre Schlüsse.

»Deinen Freund, was?« Bevor ich irgendwas darauf sagen konnte, schüttelte sie schon den Kopf. »Tut mir leid, Liebes. Das ist viel zu teuer.« Sie schenkte mir ein versöhnliches Lächeln. »Du wirst ihm zurückschreiben müssen. Das haben Grandpa Warner und ich auch immer getan, weißt du.«

»Mhm.« Ich zuckte mit den Achseln. Heutzutage hätte ich ihm natürlich eine E-Mail geschickt. Aber 1999 reichte der Stand der Technik in Oma Warners Haus noch nicht einmal für eine Spülmaschine. Eine öffentliche Telefonzelle war auch keine Alternative. Ein einziges Auslandsgespräch hätte mehr gekostet als der gesamte Inhalt meiner Geldbörse. Damit blieb mir wohl nur eine Möglichkeit.

25. Kapitel

»Stefan?«

»Wer ist da?«

»Ich bin's. Pia.«

»Pia? Bist du wieder da?«

»Nein, ich rufe vom Haus meiner Oma an.«

»In England?«

»Ja …« Ich schwieg für einen Moment. »Sie weiß nichts davon. Deshalb kann ich nicht sehr lange reden, denn ich weiß nicht, wann sie wiederkommt.«

Stefan pfiff anerkennend. »Was würde sie denn tun, wenn …«

»Das ist jetzt egal«, flüsterte ich ungehalten zurück. Auch wenn ich Oma Warner mit eigenen Augen das Haus hatte verlassen sehen, erschien es mir besser, mit leiser Stimme zu sprechen. »Ich habe deinen Brief bekommen. Was war da los? Was war das mit Herrn Düster?«

»Ach, das war wirklich seltsam. Es gehen schon ewig Gerüchte über Herrn Düster rum, seit sie ihn im Polizeiauto abgeholt haben. Es scheint, dass jemand sie wieder aufgerührt hat …«

Frau Kessel, dachte ich verbittert.

»… aber wie auch immer, ein ganzer Trupp von Leuten ist vor sein Haus gezogen und hat gerufen, er solle rauskommen und die Sache erklären.«

»Warst du dabei?«

»Neee. Aber Boris war dort.«

»Boris glaubt auch, dass es Herr Düster war?«

»Nein, Boris fand es nur cool, dabei zu sein und zu sehen, was passiert.« Das klang einleuchtend. Einen alten Mann zu terrorisieren, dem man zahlenmäßig zehnfach überlegen war, das passte zu Boris.

»Ist er denn rausgekommen? Herr Düster, meine ich.«

»Nein. Hättest du das gemacht? Aber er war ganz sicher da, sagte Boris. Er hätte aus dem Fenster geschaut.«

»Wer war denn sonst noch da?«

»Also, außer Boris … Jörg Koch, und er hat erzählt, Herr Linden, der Vater von Katharina, sei auch da gewesen. Aber ich weiß nicht, wer sonst noch. Er hat gesagt, Herr Linden habe gegen die Tür gehämmert und geschrien, Herr Düster solle rauskommen. Wenn er mit der Sache nichts zu tun hätte, dann bräuchte er auch nichts zu befürchten.« Stefan machte eine Pause und dachte nach. »Dann ist wohl die Polizei aufgetaucht.«

»Wer hat die gerufen?«

»Keine Ahnung. Vielleicht Herr Düster. Aber er kam trotzdem nicht raus, selbst als sie da waren. Wachtmeister Tondorf und dieser andere, jüngere.«

»Und was haben die gemacht?« Ich stellte mir vor, wie Wachtmeister Tondorf Boris mit dem Schlagstock zu Leibe rückte und Herr Linden nach seiner Tochter schrie und gleichzeitig versuchte, die Tür einzuschlagen ...

»Sie haben bloß mit denen geredet.«

»Was haben sie denn gesagt?« Ich konnte mir das nicht alles selbst ausmalen.

»Ich weiß nicht genau ... Boris hat's gehört, aber er war hauptsächlich sauer, dass sie Herrn Düster nicht gezwungen haben rauszukommen.« Das konnte ich mir gut vorstellen. Der anschließende Aufruhr hätte Boris sicher gefallen. »Ich denke, sie haben gesagt, dass er's nicht war.« Stefan schwieg kurz. »Dann schrie Jörg Koch, warum man ihn denn dann zunächst verhaftet hätte.«

»Und?«

»Wachtmeister Tondorf sagte, sie hätten ihn nicht verhaftet, aber das sei vertraulich, sie könnten nichts darüber sagen.«

»Sie haben ihn aber doch verhaftet, oder nicht?«, sagte ich. »Frau Koch hat es doch gesehen.«

»Jaa, ich weiß, dass das unlogisch klingt«, stimmte Stefan mir zu. »Aber ich sage dir nur, was Boris mir erzählt hat. Wie auch immer, Herr Tondorf sagte, sie sollten nach Hause gehen und Herrn Düster in Ruhe lassen, weil der sowieso krank sei. Er sagte, man solle das Ganze der Polizei überlassen.«

»Sind die dann einfach abgezogen?«, fragte ich. Es war

schwer vorstellbar, dass der trauernde Vater und die einheimischen Schlägertypen brav das Feld geräumt hatten, nur weil sie erfahren hatten, dass es um Herrn Düsters Gesundheit schlecht bestellt war.

»Also, Boris meinte, sie hätten es Wachtmeister Tondorf nicht leicht gemacht. Sie hätten gesagt, mit was er rechnen müsse, da es der Polizei offenbar nicht gelänge, den Typen zu schnappen, der die ganzen Kinder entführt, und eine Menge ähnliches Zeug. Aber du kennst Boris ja.«

»Klar«, erwiderte ich. Ich überlegte einen Moment lang. »Ist sonst noch was passiert?«

»Meinst du, ob noch jemand verschwunden ist? Nein. Ich wünschte, es würde Thilo Koch treffen, aber leider Fehlanzeige.«

Wir lachten beide. »Marion Voss wurde nicht gefunden?«

»Nein.«

»Hast du Herrn Schiller gesehen?«, fragte ich und hoffte ein wenig eifersüchtig, er würde Nein sagen.

»Ja, ich hab ihn vor ein paar Tagen getroffen. Er hat mir diese wirklich coole Geschichte mit dem Schatz erzählt. Er sagte, als die Stadt angegriffen wurde, hätten Nonnen den ganzen Schatz versteckt, und bis heute habe ihn noch keiner entdeckt. Er könnte immer noch irgendwo in der Stadt liegen, Millionen Euro wert – oder Tausende mindestens. Herr Schiller sagt …«

»Stefan, ich muss Schluss machen.« Ich traute mich nicht, länger zu telefonieren. Jede neue Minute war eine weitere Riesensumme auf Oma Warners Telefonrechnung und vergrößerte mein Risiko, aufzufliegen. »Kannst du mich anrufen, wenn irgendwas passiert?«

»Ich werd's versuchen«, sagte Stefan, und damit musste ich mich wohl zufriedengeben.

26. Kapitel

Die scheinbar endlosen Sommerferien neigten sich schließlich doch dem Ende zu. Meine verhassten Verwandten, Chloé und Charles, kamen am Nachmittag zu Oma Warner, um mich demonstrativ freundlich zu verabschieden, obwohl zwischen uns keinerlei Zuneigung verschwendet worden war. Oma Warner schickte uns zum Spielen in den Garten, damit sie mit Tante Liz Tee trinken konnte. Wie üblich gingen wir ans Ende des Gartens, kletterten auf den Zaun und beobachteten die in Richtung London vorbeirasenden Züge.

Auf einem Stück Zaun, das nicht von Büschen verstellt war, gab es gerade genug Platz, wo wir uns alle hätten hinquetschen können. Charles und Chloé, die als Erste hinaufkletterten, wollten sich aber nicht mit mir dort hinquetschen. Ich versuchte, trotzdem hochzuklettern, nur um sie zu ärgern. Es gab ein kurzes Gedrängel, und dann fiel Chloé mit einem affektierten Quietschen hinunter.

»Das hast du absichtlich gemacht«, sagte Charles und gab mir mit seiner fleischigen Hand einen ordentlichen Schubs. Er hatte wohl vor, mich in den Staub zu stoßen, den seine Schwester gerade in großen Mengen und voller Ekel von ihrem rosafarbenen Pullover klopfte. Ich klammerte mich fest, als ginge es um mein Leben, dann trat ich ihm vors Schienbein.

»Fuck, fuck«, jaulte er. Dann stürzte er sich auf mich und versuchte, meine Finger vom Zaun loszumachen.

Ich versuchte, ihn noch mal zu treten, verfehlte ihn, ließ den Zaun los und rutschte auf den Boden. Unbeirrt zahlte ich es ihm im gleichen Ton heim. »Fuck away!«, zischte ich und schlug mit der flachen Hand nach ihm.

»Fuck away?«, Charles lachte voller Verachtung. »Was soll das denn bedeuten?«

»Sie meint ›fuck off‹«, bot Chloé an. Sie sahen sich an und lachten theatralisch.

»Kann sie kein Englisch?«

»Nein, kann sie nicht.«

»Hä-hä …« Sie sprangen herum und taten so, als wären sie nicht ganz bei Sinnen. »Fuck away!«

»No, you fuck away!«

»Scheißköpfe«, sagte ich zu ihnen. Nachdem ich die Grenzen meiner Englischkenntnisse erreicht hatte, blieb mir keine andere Wahl, als ins Deutsche zu fallen. »Ich hasse euch beide, ihr seid total blöd.«

»Das ist Deutsch, oder?«

»Fuck away zurück nach Deutschland, du … Deutsche.«

»Du Kraut«, fügte Charles noch hinzu und grub damit ein Wort aus, das er nur von Onkel Mark haben konnte. »Fuck off mit all den anderen Krauts.«

»Geh dahin zurück, wo du hergekommen bist.«

»Gerne«, antwortete ich. »England ist Scheiße, Middlesex ist Scheiße, und ihr beiden seid auch Scheiße.«

»Kraut, sie spricht Kraut«, sagte Charles erfreut. »Hey, Chlo, ich kann's kaum erwarten, bis sie das in der Schule macht.« Er schnitt eine Grimasse. »Hey, Mrs. Vilson, I don't vont to do zis homeverk.«

»Gott sei Dank wird sie nicht in meine Klasse kommen«, sagte Chloé voller Verachtung. »Sie werden sie in Battys schicken.« Sie starrte mich wütend an. »Mit all den anderen Blöden, die kein Englisch können.«

»Gut, dass ich nicht in eure Schule muss«, sagte ich abschätzig.

Chloé kreischte vor Schadenfreude. »Oh doch, das wirst du.«

»Nein, werd ich nicht.«

»Doch, wirst du.«

Sie schauten mich erwartungsvoll an. Dann stieß Charles

seine Schwester mit dem Ellbogen in die Rippen. »Sie weiß es noch nicht.«

»Ich weiß was nicht?«, fragte ich.

Sie brachen beide in Gelächter aus. »Also«, sagte Charles schließlich in einem Ton, als würde er mit jemand hoffnungslos Beschränktem reden, »wo, glaubst du, wirst du demnächst zur Schule gehen?«

»Ins Sankt-Michael-Gymnasium«, antwortete ich.

»Und wo soll das sein?«

»In Bad Münstereifel.«

»Dann wirst du ein Flugzeug brauchen, um da hinzukommen«, spottete Charles.

»Verstehe ich nicht«, sagte ich wütend.

»Soll ich dir das noch mal erklären, du Blödi?«, fragte Chloé und stemmte dabei die Hände in ihre praktisch nicht vorhandene Taille. »Du wirst in England leben.«

»Nein«, sagte ich und schüttelte den Kopf.

»Doch, doch, doch«, sang Charles.

»Quatsch«, erwiderte ich.

»Quack? Was soll das heißen?«

»Deutsch für Enten«, schlug Chloé vor. Sie lachten laut über mich.

Ich stand stumm da und sah sie nur an. »Ich werde nicht in England leben.«

»Doch, das wirst du. Hat dir Tante Kate das noch nicht gesagt?«

Impulsiv machte ich auf dem Absatz kehrt. »Ich werde Oma Warner fragen.« Ich begann den Gartenweg Richtung Haus zurückzulaufen.

Hinter meinem Rücken hörte ich Chloé und Charles einander anfauchen. »Du Idiot – sie hat es noch nicht gewusst.«

»Mum hat nicht gesagt, dass wir's nicht erzählen sollen. Außerdem hast du damit angefangen.«

»Halt sie auf. Mum wird sonst wütend.«

»Halt du sie doch auf.«

Bis sie aufgehört hatten zu streiten und mir nachrannten, hatte ich schon die Tür erreicht. Sie stürzten hinter mir ins Haus und waren mir so dicht auf den Fersen, dass wir, als ich die Wohnzimmertür aufmachte, praktisch alle drei in den Raum purzelten.

»Oma Warner«, platzte ich heraus, »ich möchte nicht in England leben.«

Tante Liz und Oma Warner blickten mich aus erstaunten Gesichtern an. Klirrend stellte Tante Liz ihre Tasse auf die Untertasse und funkelte Chloé und Charles wütend an.

»Chloé? Charles?« Dann herrschte Schweigen. »Was habt ihr Pia erzählt?«

»Nichts«, sagte Chloé rasch.

Ich sah sie triumphierend an. »Sie sagt, ich würde in England zur Schule gehen, nicht ins Sankt-Michael-Gymnasium.«

»Ach, Chloé.« Tante Liz stieß eine Art langen Seufzer aus. Dann sah sie Oma Warner an und rollte mit den Augen. »Wo schnappen sie so was auf? Ich habe das nie vor ihnen besprochen, ja noch nicht einmal mit Mark.«

»Wände haben manchmal Ohren«, sagte Oma Warner grimmig.

»Aber es stimmt doch nicht«, sagte ich. Das war eine Frage, keine Feststellung. Oma Warner sah Tante Liz an.

»Chloé und Charles hätten dir nichts davon sagen sollen, Pia«, sagte Tante Liz schließlich in diesem gefühlvollen Hör-mir-mal-zu-meine-Kleine-Ton, den manchmal auch meine Mutter anschlug, wenn sie etwas Ernstes mitzuteilen hatte. »Deine Mutter und ich haben lediglich darüber gesprochen, wie es wäre, wenn ihr jemals wieder nach England zurück ziehen würdet. Weißt du, nur als Überlegung. Vielleicht wird deine Familie ja nicht für immer in Deutschland bleiben. Man zieht doch auch mal um, weißt du.«

Ich kniff die Lippen zusammen und schüttelte den Kopf so entschlossen, wie ich nur konnte.

»Bad Münstereifel ist ja sehr hübsch, aber es ist nur eine Kleinstadt, weißt du, und abgesehen davon ...« Ihre Stimme erstarb.

»Ja, Tante Liz?«, sagte ich. Aus dem Augenwinkel sah ich Oma Warner den Kopf schütteln. Tante Liz bemerkte es auch, und ein Ausdruck von Missbilligung glitt über ihr Gesicht.

»... gibt es auch andere schöne Orte zum Leben«, beendete sie ihren vorherigen Satz.

»Keinen wie Bad Münstereifel«, sagte ich.

27. Kapitel

Ein paar Tage bevor das neue Schuljahr anfing, flog ich zurück nach Deutschland. Mein Englisch hatte sich deutlich verbessert, und meine Taschen waren mit britischen Spezialitäten vollgestopft, die Oma Warner unbedingt für meine Mutter mitgeben musste – ungenießbar starken Tee und Unmengen Saucenpulver. Mein Kopf war immer noch voll von Tante Liz' Gesäusle. Sie hatte mir eingeschärft, besser zu niemandem ein Wort von einem möglichen Umzug nach England zu sagen. Sie hatte es mir zwar nicht explizit verboten, aber in einem so einschmeichelnden Ton wieder und wieder davon angefangen, dass ich die Botschaft schon verstanden hatte. Irgendwie gab mir das kein besseres Gefühl. Wenn es nur eine Idee war, warum dann die Geheimnistuerei? Aber bald hatte ich sowieso andere Sorgen, näherliegende.

»Bist du Pia Kolvenbach?«

Ich drehte mich um und schaute auf eine abgeschabte schwarze Motorradlederjacke. Als ich den Blick hob, war darüber ein Gesicht mit fast erwachsenen Zügen zu sehen:

ein ausgeprägter Kiefer, volle Lippen, leichte Stoppeln. Ich kannte den Jungen nicht, aber er schien vom Alter kurz vor Ende seiner Schullaufbahn. Vielleicht ein Abiturient. Er trug einen zerschlissenen grauen Rucksack mit einem ausgefransten Träger über der Schulter. Zwischen seinen dicken Fingern hielt er eine – auf dem Schulhof streng verbotene – Zigarette.

»'tschuldigung?«

»Bist du die kleine Kolvenbach?«

Ich schaute ihn stumm an, und er schüttelte ungeduldig den Kopf. »Bist du taub?«

»Nein.« Ich schüttelte ebenfalls den Kopf.

»Also, bist du es oder nicht?« Er schnippte Asche von seiner Zigarette zwischen uns auf den Boden. »Bist du Pia Kolvenbach?«

»Ja.«

»Deren Großmutter explodiert ist?«

»Sie ist nicht ...«, begann ich, brach dann aber ab. Was brachte das schon? Ob ich ihm sagte, sie habe sich aus Versehen selbst angezündet, oder ob ich sagte, sie sei spontan in Flammen aufgegangen oder mit einem bunten Funkenregen wie ein Feuerwerkskörper losgegangen, was machte das für einen Unterschied? Ich stand bewegungslos und stumm da und erwartete das Unvermeidliche.

»Was ist denn damals passiert?«

Ich schaute weg und suchte in dem Gewimmel der Schulkinder nach einem vertrauten Gesicht. Wo war Stefan? Er sollte eigentlich da sein. Ich riskierte einen weiteren Blick in das Gesicht des Jungen. Er starrte mich immer noch an und schien auf meine Antwort zu warten. Der Funke lüsterner Neugierde leuchtete in seinen groben Zügen wie ein Teelicht in einem Halloween-Kürbis. Ich schlug alle Bedenken in den Wind.

»Es war eine Handgranate.«

»Eine was?«

»Eine Handgranate.« Ich hatte meinen Mut wiedergefunden. Um Gottes willen, dachte ich bei mir, was auch immer ich jetzt noch sagte, schlimmer konnte es nicht kommen. »Mein Opa hat sie nach dem Krieg behalten.«

»Echt?«

»Ja, echt.« Langsam fand ich Gefallen an dem Thema. »Er hat sie in einer Schachtel unter seinem Bett aufbewahrt. Als er gestorben ist, hat Oma Kristel angefangen, sie mit sich herumzutragen – als Erinnerung an ihn.«

»Unfassbar«, sagte der Junge ungläubig. Er sah aus, als würde er im nächsten Moment vor Aufregung anfangen zu sabbern. Unbeachtet verglomm die Zigarette zwischen seinen Fingern. »Wie ist sie losgegangen?«

»Na ja ...« Ich überlegte einen Moment lang. »Sie war in ihrer Handtasche. Sie hatte sie immer darin. Sie griff mit der Hand in die Tasche, um ihre Schlüssel herauszuholen, und statt in den Ring des Schlüsselbunds steckte sie den Finger in den Ring an der Handgranate und zog ihn raus.« Ich legte den Kopf schräg. »Und dann ging sie los. Wumm! Einfach so.«

»Scheiße.« Es war mir gelungen, einen Teenager zu beeindrucken. »Ist irgendwas von ihr übriggeblieben?«

»Nur ihre Schuhe und ihre linke Hand. So konnte man sie nachher identifizieren, anhand ihrer Ringe.«

»Wie konnte ...« Er schüttelte den Kopf. »Das ist unglaublich. Wurde denn sonst niemand verletzt?«

»Meinem Cousin Michel hat es die Nase abgerissen.« Wie sehr wünschte ich mir, das wäre wirklich passiert. »Sie mussten ihm im Krankenhaus eine neue machen.« Sachte führte ich eine Hand an die Lippen, als würde ich die Worte, die dort herauskamen, spüren und ihren Wahrheitsgehalt prüfen wollen. »Die schaut aus wie neu, von der alten nicht zu unterscheiden.«

»Hat man die Nase gefunden?«

Ich schüttelte den Kopf. »Die hat die Katze gefressen.«

Ein langes Schweigen trat ein. Der Junge schaute auf mich hinunter und ich zu ihm hinauf. Er schnippte die lange Aschensäule von der Zigarette, nahm einen letzten tiefen Zug und warf dann die Kippe auf den Boden, wo sie unter der Sohle seines schmuddeligen Turnschuhs verschwand.

»Du bist pervers«, sagte er zum Schluss. Er drehte sich um und schlurfte davon. Ich blieb allein zurück, und die Schulglocke klingelte in meinen Ohren.

Das war mein erster Tag an der Schule der Großen.

28. Kapitel

»Pia«, sagte Herr Schiller und schaute hinter der Tür hervor. »Wie nett von dir.« Er trat zur Seite, um mich ins Haus zu lassen. Herr Schiller war krank gewesen, weshalb er auch die Einladung meiner Mutter ausgeschlagen hatte, mit uns bei Kaffee und Kuchen meinen ersten Schultag im Gymnasium zu feiern. Deshalb brachte ich ihm in einer Schachtel ein Stück Käsekuchen vorbei.

»Tut mir leid, dass Sie die Feier versäumt haben«, sagte ich schüchtern.

»Mir tut es auch leid, Pia«, sagte Herr Schiller. Er hob die Hände zu einer Geste des Bedauerns. »Was soll ich sagen? Das ist eben das Alter.« Heute sah er wirklich aus, als würde jedes seiner mehr als achtzig Jahre schwer auf ihm lasten. Obwohl seine Kleidung so adrett wie immer war, hing sie ihm irgendwie von den breiten Schultern. Selbst das Fleisch auf seinen Wangen wirkte so schlaff, als fehle es ihm sogar an Kraft für ein Lächeln.

Ich sah ihn skeptisch an.

»Ich bringe Ihnen was von dem Kuchen.«

»Danke, Pia.« Er streckte die Hand aus, um mir zu bedeuten, ich solle ins Wohnzimmer kommen.

»Möchten Sie den Kuchen gleich essen?«, fragte ich und ließ mich in einen der Sessel fallen.

»Nein, danke.« Herr Schiller sank in seinen Lieblingssessel, dessen Sprungfedern ihn heftigst auf und ab wippen ließen. Einen Augenblick lang musterten wir einander. Ich bemerkte, wie blass er war.

»Herr Schiller ...?«, sagte ich unsicher.

»Ja, Pia?«

»Sie werden ... Es tut mir leid, dass Sie krank sind. Sie werden doch nicht ...?« Meine Stimme versagte.

»Sterben?«, schlug Herr Schiller in nüchternem Ton vor. Er lachte ein wenig. In meiner Phantasie sah ich bei jedem pfeifenden Atemzug Staubwölkchen aus ihm austreten. »Meine liebe Pia, wir müssen alle einmal sterben.« Er musste meinen Gesichtsausdruck bemerkt haben, denn in milderem Ton fügte er hinzu: »Es tut mir leid, Pia. Aber wenn du mal so alt bist wie ich, wirst du merken, dass alles irgendwann zu Ende geht. Und dass das in Ordnung ist. So ist die Natur.«

Mit seiner knotigen Hand strich er über die Lehne seines Sessels. Seine Augen waren irgendwohin gerichtet, aber nicht auf mich. Er schien nachzudenken. »Wichtig ist«, sagte er schließlich, »dass du jeden Tag so lebst, als wäre es dein letzter.« Er schaute mich an. »Ich denke, das bekommt ihr auch in der Kindermesse gesagt, nicht wahr?«

Ich nickte nur, weil ich ihm nicht sagen wollte, dass ich niemals die Kindermesse besuchte.

»Leb jeden Tag so, als ob es dein letzter wäre«, wiederholte er. »Weißt du, was das bedeutet? Es bedeutet, dass, wenn es etwas gibt, das du tun möchtest, etwas, das du einfach tun musst, du es jetzt gleich tust, bevor die Gelegenheit dazu für immer vorbei ist.«

»Mhm«, stimmte ich ihm unbehaglich zu. Mir fiel nichts ein, was ich dazu hätte sagen können.

Eine lange Pause entstand, und dann sagte Herr Schiller

schließlich in etwas munterem Ton: »Und, Pia, wie findest du das Gymnasium?«

Ich konnte gerade noch verhindern, dass mir ein »Scheiße« herausrutschte. »Ganz in Ordnung«, antwortete ich unverbindlich.

»Nur in Ordnung?« Herr Schiller hob die Augenbrauen.

»Na ja …« Ich zögerte. »Die Schule ist okay. Aber ein paar von den Kindern … sie sind einfach gemein.«

»Ach?«

Ich stieß einen tiefen Seufzer aus, der ein paar Haarsträhnen rund um mein Gesicht tanzen ließ. »Sie fragen immer nach Oma Kristel. Nach … Sie wissen schon. Warum können die Leute das nicht einfach vergessen? Warum müssen alle dauernd darauf rumreiten? Also – Sie natürlich nicht«, fügte ich rasch hinzu.

»Die Leute tun sich schwer damit, die Vergangenheit ruhen zu lassen«, sagte Herr Schiller. Er beugte sich über den Beistelltisch, der zwischen uns stand, und schob die Schachtel mit dem Kuchen zu mir herüber. »Vielleicht solltest du das essen, Pia. Ich denke, dir wird es besser tun als mir.«

»Haben Sie keinen Hunger?«

»Nein.«

Ich öffnete die Schachtel und nahm die Plastikgabel heraus, die meine Mutter sorgsam neben das Kuchenstück gelegt hatte. Dann leckte ich die Kuchenkrümel vom Griff und sagte: »Herr Schiller, würden Sie mir bitte noch eine Geschichte erzählen?«

»Nun ja …« Herr Schiller schien zu überlegen. »Was für eine Geschichte würdest du denn gerne hören?«

»Etwas wirklich Gruseliges«, verkündete ich. »Etwas …«, überlegte ich und hatte plötzlich eine gemeine Idee. »Etwas über einen Jungen, der etwas Dummes sagt und dem daraufhin etwas Schreckliches passiert.« Ich dachte an Zigarettenasche, die neben meinen Füßen auf den Boden rieselte, an gammelige Turnschuhe, die eine Kippe auf den Steinen zermalmten. »Etwas wirklich Schreckliches.«

»Etwas wirklich Schreckliches …«, wiederholte Herr Schiller. Er lehnte seinen Kopf einen Moment lang an die Sessellehne und schaute wie auf der Suche nach Inspiration nach oben. Dann sah er mich an, und seine Augen strahlten. »Habe ich dir jemals vom feurigen Mann vom Hirnberg erzählt?«

»Nein«, sagte ich. »Ist das gruselig?« Ich war an diesem Tag in der richtigen Stimmung für eine wirklich unheimliche Geschichte, eine mit viel Zerfleischen und Schreien. Mir war nämlich so zumute, dass ich am liebsten selbst zerfleischt und geschrien hätte.

»Ziemlich gruselig«, sagte Herr Schiller nüchtern, und ich musste mich damit zufriedengeben. Er machte es sich in seinem Sessel bequemer, dann begann er: »Du weißt doch, wo der Hirnberg ist, oder?«

Das wusste ich. Das war ein dicht bewaldeter Hügel, der ans Eschweiler Tal grenzte und kreuz und quer von Holzfällerpfaden durchzogen war.

»Der feurige Mann haust in den Wäldern am Hirnberg, in einer Höhle, die von Feuern erleuchtet wird, die Tag und Nacht tief im Innern des Berges brennen.«

Langsam griff Herr Schiller nach seiner Pfeife und begann sie zu stopfen. »Der feurige Mann brennt und brennt und wird nie von den Flammen verzehrt. Und wenn er dich mit seinen feurigen Armen umfasst, verbrennst du augenblicklich zu Asche.«

Herr Schiller machte ein Streichholz an, und eine Sekunde lang war sein faltiges Gesicht von der flackernden Flamme erleuchtet. Die Augen auf mich gerichtet, zog er an seiner Pfeife. Dann fuhr er fort: »Was ich dir erzählen will, hat sich im Dorf Eschweiler, nördlich von Bad Münstereifel, zugetragen. An einem Sommerabend vor vielen Jahren …«

»Wann?«

»Vor vielen Jahren«, wiederholte Herr Schiller und hob seine buschigen Augenbrauen. »Vor sehr vielen Jahren. Da saß die Dorfjugend auf einem grasbewachsenen Hügel, erzählte sich Geschichten, und irgendwie geriet die Unterhaltung zu einer Art Wettbewerb, mit immer gruseligeren Geschichten von Geistern, Hexen und Monstern. So wurde von einem Schatz erzählt, den ein Gespenst auf einem glühenden Pferd bewachte, und vom feurigen Mann, der im Teufelsloch auf dem Hirnberg hausen sollte.

Der Wettstreit ging weiter, bis einer der jungen Burschen aufsprang und leichtsinnig verkündete: ›Also ich würde dem feurigen Mann vom Hirnberg ein Fettmännchen geben, wenn er hierherkäme und es sich selbst holen würde.‹ Ein Fettmännchen, weißt du, das war eine kleine Münze, die man damals hatte.

In dem Augenblick, als die Worte den Mund des Jungen verlassen hatten, erkannte dieser an den Mienen der anderen seinen Fehler. Der Wettstreit war vergessen, die fröhliche Unterhaltung zu Ende, und die Mädchen zogen ihre Schultertücher enger um sich und eilten wie verängstigte Mäuse nach Hause. Da konnten die jungen Burschen noch so sehr auf sie einreden und versuchen, sie zum Bleiben zu bewegen.

Die Dämmerung brach an, und die Schatten wurden dunkler. Da dauerte es nicht lange, bis einer der jungen Männer ein Licht bemerkte, das in der Ferne im Wald brannte. Zuerst war es noch schwach, wurde dann aber immer heller, bis klar war, dass es nicht an Größe wuchs, sondern näher kam.

Die jungen Burschen beobachteten es mit wachsendem Unbehagen, bis es aus der Deckung der Bäume gelangte und sie deutlich sehen konnten, um was es sich handelte. Es war ein Mann oder zumindest etwas mit der Gestalt eines Mannes. Er war über und über mit flüssigem Feuer bedeckt, das loderte und am ganzen Körper sprühte. Die Augen in dem Gesicht waren zwei dunkle Höhlen wie Sonnenflecken auf der grellen Sonne. Er kam langsam näher und watete dabei durch Feuer wie ein Fischer durch fließendes Wasser, bis die entsetzten jungen Männer das Knistern der brennenden Füße hören konnten, die das Gras schwarz versengten.

›Der feurige Mann! Der feurige Mann!‹, schrie endlich einer der Burschen. Da nahmen alle die Beine in die Hand und rannten um ihr Leben. Schließlich stürmten sie in eine Scheune und verbarrikadierten mit zitternden Händen das Tor. Dann ließen sie sich zitternd und schwitzend wie Pferde, die man zu hart geritten hat, in die Dunkelheit fallen.

Eine Zeit lang war alles schwarz und still, doch bald begannen ihre Augen dünne Linien aus weißem Licht in der Finsternis wahrzunehmen. Das war das Licht des feurigen Mannes, das durch die Ritzen des Tores drang. Er kam näher und näher, bis die weißen Linien von einer Krone aus blendendem Licht umgeben waren und man das Knistern des Feuers unmittelbar vor dem Tor hören konnte.

Da rief eine laute Stimme: ›Das Fettmännchen, das Fettmännchen, das du mir versprochen hast!‹ Und es gab einen lauten Schlag gegen das Tor. Keiner wagte sich zu bewegen oder gar zu öffnen. Die Burschen lagen in der Scheune auf dem Boden, starr vor Angst und zitternd, und verfluchten denjenigen unter ihnen, der so dumm geprahlt hatte. Gleichzeitig beteten sie zu allen Heiligen um Rettung.

Da stieß der feurige Mann einen wütenden Schrei aus und legte seine brennenden Handflächen auf die Bretter des Tores und wollte sie wohl durchbrennen. Das Tor begann zu rauchen und schwarz zu werden, und der Geruch von verkohltem Holz durchdrang die Scheune, während die Flammen, die an den Brettern leckten, ein hässliches orangefarbenes Licht verbreiteten. Als die Burschen das sahen, packte sie Verzweiflung, und sie forderten den Angeber auf, das Tor zu öffnen und dem feurigen Mann die versprochene Münze auszuhändigen.

Kalkweiß vor Angst weigerte dieser sich, bis sie ihn packten und zum Tor zerrten, wobei er sich mit Händen und Füßen wehrte.

›Schickt mich nicht raus!‹, schrie er. ›Ich habe kein Fettmännchen. Ich habe überhaupt kein Geld, und er wird mich umbringen.‹

›Du Narr‹, sagte einer von den Burschen. ›Du hast ihm eine Münze versprochen, die du noch nicht einmal besitzt?‹ Er wollte ihn schon niederschlagen, aber ein anderer hielt ihn auf.

›Das nützt nichts‹, sagte er. ›Dreht eure Taschen um und sucht eine Münze, sonst sind wir alle verloren.‹

Also durchwühlten alle verzweifelt ihre Taschen, und endlich fand jemand eine Münze. Jetzt gab es kein Entrinnen mehr für den närrischen Kerl, der das Versprechen gegeben hatte. Die anderen drückten ihm die Münze in die Hand, stellten sich hinter ihn und schoben ihn mit der Kraft ihrer Todesangst Richtung Tor.

›Hier ist dein Fettmännchen!‹, schrie einer und öffnete das Tor. Sofort war die Scheune so hell erleuchtet, dass sie alle die Augen schließen mussten – aber die Hitze des Feuers auf ihren Gesichtern spürten sie trotzdem. Es war, als würde man den Kopf in einen Backofen stecken. Der junge Mann mit der Münze stand zitternd wie ein Kaninchen da und hielt das Fettmännchen auf der ausgestreckten Handfläche.

›Das Fettmännchen, das du mir versprochen hast‹, sagte die laute Stimme, die knisterte, als würden die Lippen, die Kehle und die Lunge, die die Worte bildeten, auch in Flammen stehen.

Dann spürte der junge Bursche eine schreckliche Hitze und einen brennenden Schmerz an seiner Hand, als hätte er sie an den heißesten Teil der Feuerstelle des Hufschmieds gehalten. Er keuchte auf und fiel dann bewusstlos zu Boden, sodass er nicht sah, wie der feurige Mann fortging und die

Dunkelheit ihn wieder umfing. Die anderen Burschen trugen ihn nach Hause zu seiner Mutter und in sein Bett, wo er bis zum nächsten Morgen wie tot liegen blieb.

Und das war vielleicht auch das Beste für ihn. Die Hand, die der feurige Mann berührt hatte, war bis auf die Knochen verkohlt. Zerbröselte und geschwärzte Enden ragten aus dem Stumpf aus verbranntem Fleisch. Und das«, schloss Herr Schiller, »war die Sage vom feurigen Mann vom Hirnberg und den Folgen, die es haben kann, wenn man spricht, ohne vorher zu überlegen.«

Er sah mich an und blinzelte nicht.

»Das war aber wirklich sehr gruselig«, sagte ich nicht ohne Bewunderung.

»Bitte sehr«, sagte Herr Schiller lakonisch und neigte leicht den Kopf.

29. Kapitel

»Sie haben einen Schuh gefunden«, sagte Stefan.

Wir standen auf dem Kopfsteinpflaster vor dem Gymnasium und genossen die Herbstsonne. Der Winter in der Eifel ist ganz schön hart, da genießt man die wärmeren Monate besser, solange es geht.

»Einen Schuh?«, wiederholte ich verständnislos.

»Einen Schuh von Marion Voss«, sagte Stefan mit einer Spur Ungeduld in der Stimme.

Ich starrte ihn an. »Einen Schuh von Marion Voss?«

Er nickte.

»Wo?«

»Irgendwo im Wald. Ich weiß nicht genau, wo. Vielleicht oben in der Nähe der Kapelle bei Decke Tönnes. Auf alle Fälle irgendwo in der Nähe davon, heißt es.«

»Wer hat ihn denn gefunden?«

»Ein paar Kinder, die mit ihrer Mutter spazieren waren, hab ich gehört.«

»Ach.« Ich konnte eine gewisse Enttäuschung nicht verbergen. Warum mussten immer andere etwas entdecken? Warum konnte nicht ich beim Spazierengehen über einen Schuh von Marion Voss stolpern? »Von wem hast du das?«

»Von niemandem«, sagte Stefan. »Ich habe gehört, wie Boris und seine schwachköpfigen Freunde darüber geredet haben.« Er sagte nicht, wo er die Unterhaltung belauscht hatte, und ich fragte nicht nach. »Weißt du was?«, fügte er noch hinzu. »Sie klangen so, als hätten sie eine Scheißangst.«

»Vor was brauchen die denn eine Scheißangst zu haben?«, fragte ich. »Bis jetzt hat er sich – wer auch immer es ist – doch bloß Mädchen geschnappt.«

»Bis jetzt«, sagte Stefan vielsagend. Nachdenklich führte er die Spitze seines Turnschuhs übers Pflaster. »Beim nächsten Mal ist es vielleicht anders.«

»Ja, aber ...« Ich runzelte die Stirn. »Wer sollte es schon auf Boris und seine Freunde abgesehen haben? Der müsste doch total verrückt sein.«

»Vielleicht ist der Täter das ja«, sagte Stefan.

Das überzeugte mich nicht. Selbst ein Irrer – an dieser Stelle dachte ich an den Kannibalen, den Thilo Koch beschrieben hatte, mit blutigen Knochen zwischen den verfärbten Fangzähnen – würde wohl kaum Boris als Opfer auswählen, wo es doch schließlich so viele kleinere Kinder gab, die eine leichtere Beute abgaben. Gar nicht zu reden von der abstoßenden Vorstellung, Boris zu essen, der das ungesunde Aussehen von jemandem hatte, der vom Ausfluss seiner eigenen Talgdrüsen durchtränkt ist.

Trotzdem, überlegte ich mir, war es besorgniserregend, wenn selbst Typen wie Boris schon Angst hatten.

»Wollen wir nach der Schule Herrn Schiller besuchen?«, fragte Stefan und riss mich aus meinen Gedanken.

»Ich kann da nicht einfach so hingehen, das muss ich vorher erst mit meiner Mutter besprechen«, stellte ich fest. Die Ausgangssperre hatte sich etwas gelockert, seit die Sommerferien um waren, ohne dass weitere Kinder verschwunden waren. Dennoch bestand meine Mutter darauf, praktisch zu jeder Minute des Tages zu wissen, wo ich mich aufhielt, was mir überhaupt nicht passte.

»Ich schon«, sagte Stefan. Er wischte sich eine aschblonde Strähne aus der Stirn. »Bist du sicher, dass es bei dir nicht auch geht?«

»Ja«, sagte ich finster. »Aber bis zur Tür komme ich mit. Ich kann ja auch so rum nach Hause gehen.«

»Okay.«

Die Schulglocke klingelte. Wir gingen gemeinsam in den Innenhof, aber dann blieb ich stehen und tat so, als müsse ich meine Schuhe binden. Ich wollte warten, bis die große Masse der Schulkinder drinnen war. Lieber kam ich zu spät, als dass ich riskierte, das Getuschel und Geflüster zu hören. Das bedeutete nämlich, dass jemand Pia Kolvenbach bemerkt hatte – ist sie nicht das Mädchen, das …? Ist ihre Oma nicht …?

Ich sah, wie Stefan die Treppe hinauflief, und seufzte. Ich und Stink-Stefan. Immer ich und Stink-Stefan. Auf ewig vereint, wie Batman und Robin, nur leider nicht so cool.

»Da ist Pluto«, sagte Stefan erstaunt. Er trat noch näher an das Fenster heran und spähte ins Dämmerlicht des Zimmers dahinter. Dann schaute er mich an. »Da ist Pluto. Kein Zweifel. Er ist es eindeutig.«

»Lass mich mal sehen.« Ich schob ihn an der Schulter weg, um selbst hineinschauen zu können. Dann presste ich meine Nase ans Glas.

Herrn Schillers Haus war dunkel. Nirgends ein Licht zu

sehen. Meine Augen brauchten eine Weile, um sich an das Dämmerlicht drinnen zu gewöhnen. Dann gelang es mir nach und nach, die Möbelstücke zu erkennen, Herrn Schillers massiges altmodisches Radio auf dem Regal, die Umrisse der Bilder an den Wänden.

»Ich sehe Pluto nicht.«

»Auf Herrn Schillers Sessel.«

Ich kniff die Augen ein wenig zusammen, dann verschlug es mir den Atem. Stefan hatte absolut recht: Da, auf Herrn Schillers Lieblingssessel, lag der schlanke, muskulöse Pluto, zu einer gemütlichen Kugel zusammengerollt. Während ich ihn ansah, hob er plötzlich den Kopf, als habe er gespürt, dass man ihn beobachtete. Als er ausgiebig gähnte, sah ich seine gelben Augen aufflammen und seine weißen Fangzähne aufblitzen.

»Was macht der da drin?«

»Keine Ahnung«, sagte Stefan. »Aber Herr Schiller wird fuchsteufelswild werden, wenn er zurückkommt und ihn dort entdeckt.«

Wir sahen uns an. Ich machte mir wenig Sorgen um Plutos Wohlergehen. Er konnte auf sich selbst aufpassen, wie eine Reihe von Schoßhündchen aus Bad Münstereifel sicher bestätigt hätten. Aber ich fragte mich, wie Herr Schiller mit dieser bösen Überraschung zurechtkäme. Ich malte mir aus, wie er einen Herzanfall erlitt, sehr theatralisch, wie im Film, wenn die Leute sich an die Brust fassten und dann, während sie zu Boden stürzten, noch das eine oder andere Tischchen samt Porzellandekoration mitrissen.

»Wo steckt Herr Schiller überhaupt?«, sagte Stefan unvermittelt.

Ich starrte noch mal in das Zimmer. »Ich kann nicht sehen …«

»Hallo!«, brüllte jemand hinter uns. Vor Schreck fiel ich fast tot um. Als ich mich umdrehte, sah ich Hilda Koch, die

Oma des abstoßenden Thilo, die uns vom Treppenabsatz ihres Hauses weiter oben in der Straße energisch zuwinkte. Ich warf Stefan einen fragenden Blick zu, aber er schien genauso wenig wie ich zu wissen, was das zu bedeuten hatte. Wir rührten uns nicht.

Frau Koch trampelte von ihrer Treppe herunter und stampfte die Straße entlang auf uns zu. Sie erinnerte an einen Walrossbullen, der über eine Eisscholle auf uns zusteuert. Ihr wabbeliger Halsspeck wackelte bedrohlich.

»Hallo!«, schrie sie wieder und drohte diesmal noch dazu mit einem fleckigen Finger. Sie wischte sich die Hände an einem riesigen blumengemusterten Overall ab, der ihre massige Figur umhüllte, dann stemmte sie sie in die Hüften.

»Geht da weg, ihr Quälgeister! Was macht ihr da überhaupt?«

Keiner von uns sagte etwas. Wir standen einfach schweigend da und beobachteten Frau Kochs elefantöses Heranstürmen.

»Was macht ihr da überhaupt?«, fragte sie noch einmal, als sie nur noch ein paar Meter von uns entfernt war.

»Wir wollten Herrn Schiller besuchen«, sagte Stefan mit bemerkenswert ruhiger Stimme.

Das war eine dieser Sachen, die mich bei Stefan immer wunderten. Er konnte so gut mit Erwachsenen, aber unter Gleichaltrigen war er eine einzige Katastrophe. Auch jetzt sah er Frau Koch an, als wäre sie nicht das Wesen in unserer Stadt, das einem fetten bärtigen Walross am nächsten kam. Er lächelte sie sogar fast an, und sie schaute schon ein wenig besänftigt zurück.

»Hhm«, machte sie skeptisch. »Ihr Kinder immer.« Sie musterte uns scharf. »Wer die ganzen Blumen aus meinem Blumenkasten gerissen hat, würde ich gern wissen. Glaubt bloß nicht, ich hätte davon keine Ahnung!«

»Das ist …«, begann ich und wollte schon »ja schrecklich«

sagen, aber ein Blick aus ihren Basiliskenaugen ließ mich verstummen.

»Warum belästigt ihr den armen Herrn Schiller denn überhaupt?«, fragte sie unerbittlich.

»Wir belästigen ihn nicht, Frau Koch«, sagte Stefan höflich. »Wir besuchen ihn ziemlich oft.«

»Er ist unser Freund«, wagte ich zu erklären und wurde mit einem weiteren einschüchternden Blick voller Missbilligung bedacht.

»Wenn er euer Freund wäre, mein Fräulein«, sagte Frau Koch mit vernichtender Ironie, »dann solltet ihr ja wohl eigentlich wissen, dass er nicht zu Hause ist, oder? Und glaubt bloß nicht, das sei eine Gelegenheit, irgendwelchen Blödsinn zu veranstalten, ich beobachte euch.«

»Natürlich nicht«, sagte Stefan.

»Ihr Kinder«, grummelte Frau Koch wieder. »Schlimm genug, was da alles mit Herrn Düster passiert, aber wen kümmert das schon. Fangt nur jetzt, um Gottes willen, nicht mit Herrn Schiller an. Keine Spur Respekt mehr heutzutage, keine Spur.«

Stefan sah mich an. Er war so durchschaubar wie ein Goldfischglas. Fast konnte ich seine Gedanken hin und her schwimmen sehen.

»Frau Koch?«, fragte er. Der Blick, den er erntete, hätte Farbe abbeizen können, aber er zuckte nicht mit der Wimper. »Was ist denn eigentlich mit Herrn Düster passiert?«

»Als ob ihr das nicht wüsstet«, brummte sie ihn an. Gleichzeitig konnte sie der Versuchung, ein wenig interessanten Klatsch weiterzugeben, doch nicht widerstehen. »Jemand hat etwas auf seiner Türschwelle hinterlassen.«

»Etwas?« Ich starrte sie an, meine Phantasie schlug Purzelbäume und schlug mir Briefe mit vergifteter Tinte, Innereien aus der Metzgerei, einen fetten Hundehaufen vor ... »Was denn genau?«

Frau Koch war nicht der Typ, der zugab, etwas nicht zu wissen. »Das braucht euch nicht zu kümmern«, sagte sie kurz angebunden. »Ich will euch nicht auf dumme Gedanken bringen.« Sie blickte auf Herrn Schillers Haus. »Und jetzt seht zu, dass ihr von diesem Fenster wegkommt, bevor ich die Polizei rufe.«

»Ja, Frau Koch«, sagte Stefan und zog mich weg. Ich ließ mich von ihm ein paar Schritte die Straße hinaufführen, dann blieb ich stehen und drehte mich um, um zu sehen, ob Frau Koch uns noch beobachtete. Das tat sie, und zwar die Hände auf ihre ausladenden, blumengemusterten Hüften gestemmt. Ich drehte mich rasch wieder um und folgte Stefan.

Erst als wir bei der Buchhandlung um die Ecke gebogen waren, bemerkte ich, dass wir in die falsche Richtung gelaufen waren. Auf jeden Fall war es der weitere Weg von Herrn Schiller aus nach Hause. Ich schaute auf meine Armbanduhr und fragte mich, ob ich zu spät kommen würde.

»Sie hat uns aufgehalten«, beschwerte ich mich bei Stefan. »Meine Mutter wird sauer sein.«

Er antwortete nicht. Ich schaute zu ihm hin und bemerkte, dass er die Marktstraße hinunterstarrte. Ich folgte seinem Blick und sah das vertraute Grünweiß eines Polizeiautos. Es war direkt vor der Grundschule geparkt. Die Fahrertür ging auf, und Wachtmeister Tondorf stieg aus. Einen Augenblick später öffnete sich auch die Beifahrertür, und ich erkannte den Polizisten mit der steinernen Miene, der nach Marion Voss' Verschwinden in der Schule gewesen war.

Wachtmeister Tondorf blickte rasch und fast verstohlen um sich; der andere Polizist musterte anscheinend emotionslos die Fassade des Schulhauses. Dann gingen die beiden den Zaun an der Vorderseite des Gebäudes entlang und verschwanden durch das Portal der Schule.

»Hast du das gesehen?«, keuchte Stefan und drehte sich zu mir um. »Polizei.«

Ich nickte.

»Die müssen was gefunden haben«, fuhr er fort. Wir starrten beide die Straße hinunter auf das geparkte Polizeiauto, als ob es uns irgendwas mitteilen könnte. »Ich frage mich nur, was«, sagte Stefan mehr zu sich selbst.

30. Kapitel

»Mama, bleiben wir für immer in Deutschland?«

Die Frage war mir seit meiner Rückkehr aus England im Kopf herumgegeistert. Drei ganze Wochen hatte ich der Versuchung widerstanden, meine Eltern danach zu fragen, aber schließlich war der Wunsch, die Antwort zu erfahren, stärker gewesen als die Befürchtung, Schwierigkeiten mit Tante Liz zu bekommen. Ich saß mit einem Teller Spaghetti bolognese vor mir am Tisch, als die Frage einfach aus mir herausplatzte. Zu meinem Erstaunen reagierte meine Mutter überhaupt nicht. Ich nahm meinen Mut zusammen und fragte noch einmal, diesmal ein wenig lauter.

»Mama, bleiben wir für immer in Deutschland?«

Diesmal hob mein Vater den Kopf und warf meiner Mutter einen bedeutungsvollen Blick zu. Meine Mutter schien das nicht zu sehen oder wollte das nicht sehen. Sie schaute Sebastian an, wischte ihm geschäftig das Gesicht ab, das über und über mit Tomatensauce verschmiert war. Als sie ihn so gründlich sauber gemacht hatte, dass nicht einmal mehr ein Saucenatom zu entdecken war, legte sie die Serviette weg, die sie benutzt hatte, und nahm sich ihr Wasserglas. Ich wollte die Frage gerade ein drittes Mal stellen, als sie mir zuvorkam.

»Das ist eine lustige Frage, Pia.«

Sie nippte an ihrem Wasser und stellte das Glas dann langsam wieder hin. Danach sagte sie: »Warum fragst du?«

»Na ja … ich habe einfach darüber nachgedacht«, sagte

ich zögernd. »Ich meine, du bist doch in England geboren, und dann bist du hierher gekommen.«

»Ja, das stimmt, in der Tat«, sagte meine Mutter. Es klang, als würde sie eher mit sich selbst reden. Dann sah sie mich an und schenkte mir ein breites Lächeln. »Das kann man nie wissen«, sagte sie. »Menschen ziehen schon mal um. Eines Tages wirst du vielleicht in England leben.«

»Du meinst, wenn ich groß bin?«, sagte ich.

»Ja«, mischte sich mein Vater ein. Erneut sah er meine Mutter an und hatte so einen komischen Ausdruck im Gesicht. Sie zuckte mit den Achseln.

»Nun ja«, sagte sie, nahm ihre Gabel zur Hand und stocherte zögerlich in ihren Spaghetti herum.

»Das haben wir alles schon durchgekaut«, sagte mein Vater in unheilvollem Ton.

»Ich habe nichts gesagt«, antwortete meine Mutter. Sie zauberte sich schnell ein strahlendes Lächeln aufs Gesicht. »Iss auf, Sebastian.«

»Du brauchst auch nichts mehr dazu zu sagen«, legte mein Vater nach. »Ich kann es auch so an deinem Gesicht ablesen.«

»Ach, jetzt muss ich also auch schon aufpassen, wie ich gucke?« Das Lächeln fiel ihr aus dem Gesicht. »Was bist du, die verdammte Gedankenpolizei?« – Den letzten Satz sagte sie auf Englisch.

»Wir ziehen nicht um«, sagte mein Vater. Er hatte ein Glas Bier in der Hand gehalten, das er jetzt etwas zu heftig auf den Tisch zurückstellte.

»Wenn du es sagst«, meinte meine Mutter. Sie drehte ihre Gabel und wickelte ein paar Spaghetti auf. »Andere Menschen ziehen sehr wohl um.« Sie sah ihn gleichmütig an. »Die Petersons zum Beispiel. Ich habe Sandra im Supermarkt getroffen. Sie gehen nach Weihnachten weg. Tom hat einen neuen Job in London.«

Mein Vater schien schockiert. »Aber sie sind doch glücklich hier.«

»Offenbar nicht«, sagte meine Mutter.

»Sie haben gesagt, sie würden nie mehr nach England zurückgehen«, sagte mein Vater. Er klang, als hätten sie ihn höchstpersönlich im Stich gelassen. »Und sie haben doch Kinder hier in der Schule.«

»Ah, daran liegt es«, sagte meine Mutter. »Kinder hier in der Schule.« Sie nahm einen Mundvoll Spaghetti, kaute und wandte den Blick nicht von meinem Vater.

Mein Vater lehnte sich auf seinem Stuhl zurück, als hätte er gerade eine schockierende Nachricht erhalten. Dann beugte er sich unvermittelt wieder vor.

»Allerdings ist Tom ja auch Brite.«

»Na und?«

»Also, da ist es für ihn doch ganz normal, einen neuen Job in England anzunehmen.«

»Sandra ist auch berufstätig«, bemerkte meine Mutter. »Und sie wird ihren Job aufgeben müssen, wenn sie umziehen.«

»Na ja ...«, sagte mein Vater abschätzig.

Meine Mutter stürzte sich wie ein Raubvogel auf diese Bemerkung. »Was, na ja?«

»Na ja, sie hat ja die Kinder.«

Es klirrte, als die Gabel meiner Mutter auf den Teller fiel. »Ich kann nicht glauben, was ich da höre.« Sie legte beide Hände flach auf den Tisch, als wollte sie ihn und uns alle daran von sich wegschieben. »Weißt du«, sagte sie, »abgesehen von dem unglaublichen Chauvinismus, den du da gerade von dir gegeben hast, liegst du auch noch völlig daneben.«

»Inwiefern?« Mein Vater klang jetzt ebenso wütend wie sie.

»Insofern, als es für sie keine leichte Entscheidung ist, wegzugehen.« Meine Mutter wischte sich mit einer ungeduldigen

Handbewegung eine dunkle Haarsträhne aus dem Gesicht. »Sie sind beide sehr gerne hier. Aber Tom hat diesen Job angeboten bekommen, und nach allem, was hier in letzter Zeit vorgefallen ist, dachten sie, es sei vielleicht der richtige Zeitpunkt, um wegzugehen.«

»Aha, ich glaube eher, du liegst daneben, was meine Argumentation betrifft«, erwiderte mein Vater unversöhnlich. »Tom ist Brite. Er hat seine Ausbildung in England gemacht, und er arbeitet für ein britisches Unternehmen. Er kann nach England zurück, wann immer es ihm beliebt. Bei uns ist das etwas anderes.«

»Warum?«, fragte meine Mutter. »Dein Englisch ist gut genug, wir würden das schaffen.«

»Ich müsste mich umschulen lassen.«

»Dann mach das.«

Diesmal knallte die Hand meines Vaters so hart auf die Tischplatte, dass wir alle zusammenzuckten. »Das ist nicht so leicht, und du weißt das.« Mein Vater sah, wie Sebastian das Gesicht verzog, als ob er gleich in Tränen ausbrechen würde, und senkte mühsam die Stimme. »Sei doch vernünftig, Kate. Wir müssen doch von etwas leben.«

»Ich könnte wieder arbeiten gehen.«

»Nein.«

»Sei doch nicht so ...«

Er schnitt ihr das Wort ab. »Und wir könnten es uns nicht leisten, in England ein Haus zu kaufen. Zumindest keines wie dieses hier.«

Abschätzig schaute sich meine Mutter im Zimmer um, als ob sie antworten wollte, was ist daran schon so toll, aber sie sagte nichts. Sie nahm ihre Gabel wieder zur Hand und steckte sie in das Spaghettichaos auf ihrem Teller. Längere Zeit herrschte Schweigen. Dann stand sie auf und schob geräuschvoll den Stuhl zurück.

»Ah, fuck it«, sagte sie und stampfte aus dem Zimmer.

Sebastian und ich schauten einander mit großen Augen an.

»Kinder«, sagte mein Vater Unheil verkündend, »eure Mutter ist wütend. Aber ich möchte solche Worte in diesem Haus nicht mehr hören.«

»Ja, Papa«, sagte ich.

31. Kapitel

Der Winter kam in jenem Jahr sehr früh. Für mich war der Martinstag am 11. November immer ein Höhepunkt im Countdown Richtung Weihnachten. In jenem Jahr, als Katharina Linden und Marion Voss aus den Straßen des Städtchens verschwunden waren, war der Sankt-Martins-Tag sehr kalt.

Meine Mutter steckte uns in mehrere Schichten warmer Kleidung: Pullover, Daunenjacke, Thermostiefel, Schal und Handschuhe. Ich trug eine flauschige, pinkfarbene Bommelmütze auf dem Kopf und Sebastian eine kleine, dunkelblaue Fleecekappe mit Ohrenklappen. Wir sahen aus wie ein Paar fetter Zwerge. Aber das war auch nötig, denn schon auf dem kurzen Weg zum Klosterplatz konnten wir die beißende Kälte auf jedem Zentimeter nackter Haut spüren. Sie drang sogar durch meine dicken Handschuhe bis zu den Händen, die die Laterne hielten.

Als große Gymnasiastin war ich eigentlich viel zu cool, um mit einer Laterne rumzulaufen, aber meine Mutter hatte mir doch noch in letzter Minute eine gekauft, und ich hatte es nicht übers Herz gebracht, sie abzulehnen. Es war eine runde gelbe Sonne aus gefälteltem Papier. Sebastian hatte eine viel beeindruckendere, die meine Mutter mit den anderen Eltern aus seiner Spielgruppe gebastelt hatte. Es handelte sich um eine grüne Raupe mit rosa und lila Punkten aus Pergamentpapier, die auf schwarzen Karton geklebt war. Die Raupe trug ein irres, lüsternes Grinsen im Gesicht, weil meine Mutter das pinkfarbene Maul als Wellenlinie ausgeschnitten hatte. Sie nannte das ihren Aufstand gegen die Gleichförmigkeit – sie fand die deutsche Marotte, in einer Gruppe zusammenzusitzen und exakt Identisches herzustellen, unerträglich. Eigentlich hasste sie Basteln und Werkeln aus tiefster Seele. Sebastian hätte sozusagen dankbar sein müssen, dass sie ihm überhaupt eine Laterne gemacht hatte, wenn man bedachte, was sie dafür alles durchlitten hatte.

Als wir zum Klosterplatz kamen, wimmelte es dort schon von Menschen, die mit den Füßen stampften und sich in die Hände bliesen. Die Feuerwehr war wie üblich vor Ort, die Männer lungerten um das blitzblanke Feuerwehrauto herum, das an einer Seite des Platzes stand, und versuchten, möglichst lässig auszusehen. In der Mitte des Platzes war alles für ein riesiges Feuer vorbereitet. Die Feuerwehrleute würden es anzünden, sobald der Umzug auf dem Weg durch die Stadt war, sodass es lustig brannte, wenn wir zurückkamen.

Neben den Feuerwehrmännern war auch eine ungewöhnlich große Zahl von Polizisten anwesend. Üblicherweise wären Wachtmeister Tondorf und vielleicht noch ein weiterer Polizist im Einsatz gewesen, nur für den Fall, dass etwas vorfiele. Wie damals, als Thilo Kochs Bruder Jörg einen Feueralarm ausgelöst hatte und die Feuerwehr das Lagerfeuer hatte im Stich lassen und zu dem vermeintlichen Einsatz fahren müssen. Dieses Jahr jedoch schien die Polizei für diesen Abend in dem Städtchen jeden verfügbaren Beamten bis Euskirchen angefordert zu haben, darunter auch von außerhalb den mit dem Steingesicht. Die Männer verhielten sich diskret, aber sie waren allgegenwärtig.

Ich sah, dass Wachtmeister Tondorf sich leise mit einer Lehrkraft unterhielt, die die Grundschulkinder beaufsichtigte. Alle Lehrer und Polizisten hatten einen so starren Blick, als ginge es um ein Militärmanöver. Nur die Kinder waren so unbefangen wie immer, schwenkten ihre leuchtenden Laternen und sprangen vor Aufregung auf und ab. Ich entdeckte Frau Eichen, die jetzt für einen neuen Jahrgang Erstklässler zuständig war und ihre Schäfchen zählte, indem sie mit dem Finger in die Luft tippte. Sie zählte alle durch, und zwei Minuten später fing sie wieder von vorn an.

Da fiel auch bei mir der Groschen. Die Erwachsenen waren deshalb alle so angespannt, weil sie fürchteten, es könnte wie zu Karneval etwas passieren. Niemand wollte dafür verantwortlich sein, wenn wieder ein Kind verschwand.

»Ist jemand aus deiner Klasse hier?«, fragte meine Mutter plötzlich. Ich vermutete, dass sie sich fragte, ob es in der neuen Schule besser lief als in der alten. Pflichtbewusst ließ ich meinen Blick über den Platz schweifen und hielt nach bekannten Gesichtern Ausschau.

»Nein«, sagte ich mit gewisser Erleichterung. Stefan war sowieso der Einzige, der sich mit mir unterhalten hätte, und ich wusste, dass er nicht kommen würde.

»Da winkt dir jemand«, sagte meine Mutter und deutete in die Menge. Sie klang erfreut. Ich folgte ihrem Blick. Es war Lena Schmitz aus der vierten Klasse, die in der Grundschule ein Jahr unter mir gewesen war. Die Familie Schmitz wohnte nur ein paar Häuser weiter, und Lenas Mutter arbeitete bei dem Friseur, wo meine Mutter sich regelmäßig den grauen Haaransatz färben ließ, daher kannten wir uns flüchtig. Ich winkte begeistert zurück, weil ich wusste, dass meine Mutter mich beobachtete.

Der Martinszug musste jeden Moment beginnen. Die Blechbläser mit ihren prächtigen jagdgrünen Uniformen und den Kappen versammelten sich an einer Ecke des Platzes und hoben ihre Posaunen, Trompeten und Hörner an die Lippen. Die Instrumente glitzerten im Licht der Laternen und Fackeln. Jemand probierte auf seinem Instrument die ersten Takte des Liedes, das mir so vertraut war, dass mir die Wörter dazu wie von selbst in den Sinn kamen: »Sankt Martin,

Sankt Martin, Sankt Martin ritt durch Schnee und Wind …«
Der Versuch endete mit einem Kiekser, der eine Welle von Gelächter in der Menge auslöste.

Jemand vom Stadtrat hatte die Treppenstufen, die an einer Seite des Platzes waren, erklommen und sprach unhörbar in ein Megafon. Dann hörten wir Hufgeklapper auf dem Kopfsteinpflaster, und Sankt Martin ritt auf den Platz.

Natürlich wussten alle Zuschauer mit Ausnahme der Allerjüngsten, dass Sankt Martin in Wirklichkeit jemand aus der Stadt war, der sich mit einem roten Samtumhang und einem römischen Helm verkleidet hatte. Meine Eltern kannten sogar die Familie, die das Pferd zur Verfügung stellte. Aber trotzdem hatte Sankt Martin immer etwas Magisches, denn er war auf eine Weise real, wie der Nikolaus und der Osterhase es nie sein würden. Er war ebenso materiell wie sein Pferd. Wenn man ihm zu dicht folgte, musste man aufpassen, wo man hintrat.

Wir sahen zu, wie Sankt Martin sein Pferd wendete und den Platz langsam Richtung Süden verließ. Der scharlachrote Umhang schlug auf der Kruppe des Pferdes Wellen, und die Fackeln ließen den prächtigen goldenen Helm erstrahlen. Die Musikanten schlossen sich Sankt Martin an und gaben mit den ersten Tönen von »Ich geh mit meiner Laterne« den Schulkindern das Signal, ihnen zu folgen. Als sich auch der Rest von uns in Bewegung setzte, entdeckte ich Frau Eichen, die schon wieder ihre Kinder zählte.

»Kann ich vorgehen?«, fragte ich meine Mutter hoffnungsvoll, weil ich sah, wie quälend langsam sie mit Sebastians Buggy vorwärtskam. Ich fürchtete, wir würden ganz hinten hängen bleiben, wo man die Musik kaum hörte und als Letzte zurück auf den Platz und zum Lagerfeuer kam.

Sie schüttelte den Kopf. »Ich glaube, das ist keine so gute Idee, Pia.« Ich machte mir gar nicht die Mühe, sie zu fragen, warum.

»Ich werd' mit ihr vorgehen«, sagte mein Vater und schlug seinen Kragen hoch. Er sah mich streng an. »Aber du bleibst da, wo ich dich sehen kann, Pia. Es wird nicht weggelaufen.«

»Ja, Papa.«

Ich bemühte mich, genauso schnell zu gehen wie er, und wir kamen gut weiter nach vorn. Zuerst ging es die Heisterbacher Straße hinauf und an unserer Haustür vorbei, dann folgten wir dem Verlauf der mittelalterlichen Stadtmauer Richtung Westen bis zum Orchheimer Tor. Ich schaute in die aufgeregten Gesichter um mich herum, auf die flackernden Fackeln und Laternen, die uralten Steinmauern mit den Schießscharten. Wir hätten auch im Mittelalter sein können – auf dem Weg zu einer Krönung oder einer Hexenverbrennung.

Ich lief weiterhin neben meinem Vater her und sah, dass wir die Viertklässler eingeholt hatten, die wie Hirtenhunde von drei Klassenlehrern umkreist wurden. Ich pickte mir Lena Schmitz aus dem Gesichtermeer. Im selben Moment hatte auch sie mich entdeckt. »Hallo« war alles, was sie sagte, aber das genügte schon. Ich empfand es als solche Erleichterung, wenigstens mit so viel Höflichkeit behandelt zu werden, nachdem ich fast ein Jahr lang der Underdog in meiner Klasse gewesen war. Ich verlangsamte meinen Schritt, um in ihr Tempo zu fallen.

»Hallo, kann ich deine Laterne mal sehen?«

Sie zeigte sie mir. Sie war aus Pappmaché, und ich denke, sie sollte einen Apfel darstellen. Allerdings war sie auf dem Weg wohl etwas eingedellt worden, denn sie hatte mehr Ähnlichkeit mit einer Fleischtomate.

»Schön«, sagte ich trotzdem.

Sie schaute auf meine Laterne. »Die hat meine Mutter gekauft«, erklärte ich schnell.

»Mhm. Und was hat dein Bruder für eine?«

»Eine Raupe.«

Weiter vorn war die Kapelle inzwischen mit »Ich geh mit meiner Laterne« fertig und begann mit »Sankt Martin, Sankt Martin«. Pflichtbewusst prüfte ich, ob mein Vater noch hinter mir ging, dann schloss ich mich Lenas Klasse an. Der Martinszug erreichte die kleine Kreuzung, wo König Zwentibold oben auf seinem Brunnen stand, dessen Wasser abgelassen war, damit die Rohre bei Frost nicht platzten.

»Gefällt's dir in der neuen Schule?«, fragte Lena, die ja selbst im darauffolgenden Jahr die Grundschule verlassen würde.

»Es ist toll«, log ich. Tatsächlich war die Schule in Ordnung, nur die Vergangenheit begleitete mich wie ein schlechter Nachgeschmack, aber das wollte ich nicht mit Lena besprechen. »Gehst du nächstes Jahr auch aufs Sankt Michael?«

»Wahrscheinlich aufs Sankt Angela.«

»Ach so.«

Wir passierten die Stadtmauer durchs Werther Tor und kamen an der evangelischen Kirche vorbei, die sich mit ihrem extrem modernen Design stark von den traditionellen Gebäuden rundherum abhob, und zogen erneut in die Stadt innerhalb der Mauern. Noch ein paar Minuten, und wir hätten den Klosterplatz wieder erreicht, könnten uns am Feuer wärmen und zusehen, wie Sankt Martin seine gute Tat mit dem Bettler nachspielte.

»Mein Licht ist aus, ich geh nach Haus«, sangen wir. »Rabimmel rabammel rabumm bumm bumm!«

»Beeilt euch«, rief Lenas Klassenlehrerin, Frau Doppelfeld. Sie hatte es zweifellos eilig, zurück auf den Klosterplatz zu kommen und die Verantwortung an die Eltern zurückzugeben. Sie lief die Reihe der Kinder auf und ab, klopfte hier eine Schulter und bückte sich dort, um in ein dick vermummtes Gesicht zu schauen. Im Vorbeigehen knuffte sie mich in den Oberarm, bemerkte meinen gekränkten Gesichtsausdruck aber nicht, weil sie inzwischen schon weitergelaufen war.

Als wir auf den Platz einbogen, loderte das Feuer bereits in seiner ganzen Pracht. Der Holzhaufen musste an die drei Meter hoch gewesen sein. Die Flammen schossen in einem riesigen Strahlenkranz in die Höhe, und die Funken stoben in alle Richtungen. Ich hätte mich gerne in die Schlange gestellt, um meine Hände zu wärmen, die schon vor Kälte schmerzten, aber Frau Doppelfeld scheuchte ihre Klasse entschlossen auf die Seite des Platzes, wo die Aufführung mit Sankt Martin stattfinden sollte.

»Kommst du mit?«, fragte Lena, und ich nickte, dankbar, einmal mit einbezogen zu werden. Was störte es mich, dass es sich dabei um eine Klasse aus der Babyschule handelte? Ich warf einen Blick hinter mich. Die kräftige Gestalt meines Vaters war nach wie vor hinter mir, er beschattete mich wie ein Leibwächter.

Ich stürzte mich in das Getümmel aus wartenden Kindern. Sankt Martin befand sich direkt vor uns, im Sattel seines kastanienbraunen Pferdes, das von den Flammen der Fackeln und den schrillen Stimmen Hunderter Kinder leicht nervös geworden war. Wenn es sich bewegte, hörte man das Geklapper der Hufeisen auf dem Kopfsteinpflaster. Sankt Martin beugte sich vor und tätschelte seinen Hals.

Der Mann, der schon früher am Abend mit dem Megafon angetreten war, sprach zu uns, doch er war kaum besser zu verstehen als vorher. Aber wir kannten die Geschichte ohnehin so gut, dass wir seines Kommentars eigentlich gar nicht bedurft hätten. Sankt Martin wendete sein Pferd und ritt die Erhöhung an der einen Seite des Platzes hinauf, damit wir ihn alle sehen konnten. Sorgsam legte er den feinen roten Umhang, der ihn wärmte, um sich, und bei jeder Bewegung glitzerte sein goldener Helm. Wir erwarteten alle begierig den Auftritt des armen Mannes.

Da schob sich jemand durch die Reihen der Kinder. Lena wurde gegen mich geschubst und trat mir auf die Zehen.

»Autsch.« Ich verzog das Gesicht und lächelte sie dann unbeholfen an, weil ich die nette Atmosphäre, die sich zwischen uns entwickelt hatte, nicht zerstören wollte. Wer auch immer sich da durchdrängelte, erzeugte eine Art La-Ola-Welle unter den versammelten Kindern. Das blieb auch Frau Doppelfeld nicht verborgen, die missbilligend aufsah.

Eine korpulente Frau mit kurz geschnittenen hennaroten Haaren, die wie Igelstacheln in die Höhe frisiert waren, bahnte sich einen Weg durch die Menge. Ich kannte sie nicht, Frau Doppelfeld offenbar schon. »Frau Mahlberg«, sagte sie in einem Ton, der irgendwo zwischen freundlichem Erkennen und mildem Tadel lag. Schließlich scheuchte die Frau die Klasse auf und versperrte die Sicht auf Sankt Martin.

Frau Mahlberg wandte den Kopf und begann durch die Reihen der Schüler auf Frau Doppelfeld zuzuwaten wie durch hüfthohes Wasser. Tatsächlich bewegte sie ihre kräftigen Arme so, als wollte sie uns alle schwungvoll aus dem Weg räumen. Als sie Frau Doppelfeld erreicht hatte, hielt sie sich nicht mit Höflichkeitsfloskeln auf.

»Wo ist Julia?«, fragte sie. Ihre Stimme war so laut, dass einige Kinder sich umdrehten und jemand hinter uns »Pssst!« machte.

Ich konnte Frau Doppelfelds Antwort nicht verstehen, aber sie schien irgendwas Besänftigendes zu sagen und machte eine kleine Geste mit der Hand, die die ganze Kinderschar umfasste.

Ich wendete mich wieder Sankt Martin zu. Der Bettler war inzwischen aufgetaucht. Wie es sich gehörte, war er in Lumpen gekleidet, und indem er sich zusammenkauerte und sich mit den Händen die Oberarme rieb, stellte er pantomimisch Kälte und Hunger dar. Das war die Stelle des Stücks, auf die wir uns am meisten freuten: Sankt Martin würde sein

Schwert ziehen und seinen prächtigen Mantel in der Mitte durchschneiden. Ich sah ihn noch an seine Seite fassen und das glänzende Schwert aus der Scheide ziehen – dann sah ich plötzlich nichts mehr, weil mich schon wieder jemand geschubst hatte und ich auf ein Knie stürzte, während meine Laterne in dem Gedränge zu Boden fiel. Ich riss sie so schnell ich konnte wieder hoch, aber zu spät. Jemand war schon daraufgetreten, und das breit lächelnde Sonnengesicht wirkte seltsam verknautscht.

»Wo ist meine Tochter?«, schrie jemand. Das war Frau Mahlberg. Sie war es auch, die ein paar von uns herumdrehte. Sie stapfte durch die versammelten Kinder wie ein Bauer durch seine Herde, packte Schultern, stieß Rücken an und blickte finster in die zu ihr aufschauenden Gesichter, von denen einige verunsichert, andere verärgert dreinsahen.

»Frau Mahlberg, Frau Mahlberg!« Das war Frau Doppelfeld, die Klassenlehrerin, die ihr händeringend und hilflos folgte. Hinter uns wurden immer mehr unwillige Stimmen laut, die sich über die Störung der Aufführung beschwerten.

»Pschschscht!«

»Julia!«, brüllte Frau Mahlberg, sie schien Frau Doppelfeld gar nicht zu bemerken. Ich schaute wieder zu Sankt Martin und dem armen Mann, die beide wie ein lebendes Bild dort vorne standen und ziemlich perplex auf das Durcheinander blickten. Ich hatte den entscheidenden Moment verpasst, in dem der Mantel geteilt worden war. Die eine Hälfte hing über Martins Armen, die in der Bewegung, sie dem Bettler zu überreichen, erstarrt waren. Die andere, gekappte Hälfte hing um seine Schultern.

Der Mann mit dem Megafon sagte etwas, das er dann mit leicht irritierter Stimme wiederholte. Sankt Martin reagierte immer noch nicht, sodass schließlich der arme Mann, von der Legende abweichend, selbst nach seinem Mantelteil griff. Im Lautsprecher knackte es, aber dem Erzähler fehlten die Worte, vielleicht war er von dem ungehörigen Benehmen des Bettlers verwirrt. Da kam jemand auf uns zu. Es war der Polizist mit dem steinernen Gesichtsausdruck, den ich schon mit Wachtmeister Tondorf zusammen gesehen hatte.

»Hallo.«

Das war ein Befehl, keine Begrüßung. Frau Mahlberg wirbelte herum und entdeckte ihn. Wie ein Geier stürzte sie sich auf ihn. Einen Moment lang sah es aus, als wolle sie ihn wirklich tätlich angreifen, im letzten Moment hob er jedoch eine Hand und bremste sie so.

»Meine Tochter!« Sie gestikulierte heftig in Richtung Frau Doppelfeld und fuchtelte mit einem dicken Arm. »Sie sollte auf meine Tochter aufpassen!«

»Also, ich habe, ich ...« Frau Doppelfeld war fassungslos. Sie konnte sehen, dass die meisten Leute in Hörweite nun nicht mehr auf Sankt Martin und den armen Mann achteten, sondern der Auseinandersetzung zwischen ihr und Frau Mahlberg lauschten.

»Und Sie sind ...?«, sagte der Polizist.

»Frau Doppelfeld. Julias Klassenlehrerin.«

»Julia ist meine Tochter«, sagte Frau Mahlberg.

»Verstanden«, sagte der Polizist.

»Und sie ist nicht hier«, sagte Frau Mahlberg. Ihre Stimme begann einen hysterischen Ton anzunehmen. »Diese Frau hätte auf sie aufpassen sollen, und jetzt ist sie nicht hier, und ihr ist vielleicht Gott weiß was passiert.« Sie machte eine drohende Geste in Richtung von Frau Doppelfeld, als ob sie sie schlagen wollte. »Nach allem, was passiert ist! Wie konnten Sie meine Tochter da weglaufen lassen?«

»Ich habe sie nicht weglaufen lassen«, protestierte Frau Doppelfeld. »Ich war den ganzen Martinszug lang bei den Kindern. Ich habe mindestens sechsmal durchgezählt.«

»Und wo ist sie dann?«, fragte Frau Mahlberg.

»Sind Sie sicher, dass Julia nicht hier ist?«, mischte sich der Polizist ein. Er wandte sich an Frau Doppelfeld, die etwas weniger hysterisch wirkte.

»Also«, sie zog ihren Mantel enger um sich, als ob sie sich wünschte, sie könnte darin verschwinden, dann begann sie die Kinder erneut zu zählen und fuhr dabei mit dem Finger durch die Luft. »Eins ... zwei ...«

»Was hatte Julia an?«, wollte der Polizist wissen, während Frau Doppelfeld weiterzählte.

»Eine dunkelblaue Jacke, rosa Mütze ...« Frau Mahlberg verzog das Gesicht, als würde der Versuch, Ruhe zu bewahren, sie schier umbringen. »Weiße Wollhandschuhe ...«

Ich drehte mich zu Lena um, um etwas über Julia zu sagen, sie zu fragen, ob sie sie gesehen hätte, sodass ich nicht mitbekam, dass Frau Doppelfeld aufgehört hatte zu zählen. »Ist sie das nicht?«, sagte sie plötzlich mit vor Aufregung zitternder Stimme. Ich schaute hoch und bemerkte, dass sie auf mich zeigte. Ich sah Lena an und drehte mich dann ein Stück weit um, um hinter mich zu blicken. Da standen keine Kinder hinter mir, nur der dunkle Umriss meines Vaters in seinem Wintermantel. Ich drehte mich zurück und sah Frau Doppelfeld an. Sie starrte mich nach wie vor an und deutete mit ausgestreckter Hand auf mich.

»Die mit der rosa Mütze«, sagte sie.

Plötzlich waren alle Augen auf mich gerichtet. In der nächsten Sekunde war Frau Mahlberg neben mich getreten, und mit einer schnellen Bewegung riss sie mir die rosa Mütze vom Kopf und erwischte dabei auch einige Haare.

»Aua«, sagte ich, aber niemand hörte mich. Frau Mahlberg schrie, so laut sie konnte. Wie ein angestochenes Schwein. Sie packte mich bei den Schultern und schüttelte mich, bis meine Zähne aufeinanderschlugen. »Das ist nicht Julia! Das ist nicht Julia!«, kreischte sie nur Zentimeter von meinem Gesicht entfernt.

Ich erstarrte unter ihrem Griff wie ein Tier in den Lichtern eines Schnellzugs, unfähig, mich zu bewegen, während mich mein Schicksal ereilte. Mein Kopf ruckte nach hinten, als Frau Mahlberg wie ein Wirbelsturm über mich fuhr, und ich stellte mir vor, wie meine Augen aus den Höhlen sprangen und wie Murmeln über das Kopfsteinpflaster rollten.

»Aufhören!«, dröhnte die Stimme meines Vaters. Einen verrückten Moment lang dachte ich, er wollte mir sagen, ich solle damit aufhören, Frau Mahlberg so zornig zu machen, womit auch immer. Dann zog er mich von ihr weg, und der Polizist mit der steinernen Miene hielt sie fest. Sie gebärdete sich in seinem Griff wie eine Verrückte, sein Gesicht wirkte dabei nach wie vor unbeteiligt.

Mit kalkweißem Gesicht und schockiert stand Frau Doppelfeld da. Dauernd schaute sie zwischen mir und Frau Mahlberg hin und her, als könnte sie nicht glauben, was sie sah.

»Ich habe sie gezählt«, sagte sie immer wieder. »Ich habe sie gezählt.«

»Sie haben dieses Kind mitgezählt«, sagte der Polizist und deutete mit dem Kopf auf mich. »Geht sie in ihre Klasse oder nicht?«

»Nein«, sagte Frau Doppelfeld. »Ich weiß nicht …« Zögernd näherte sie sich mir, als ob sie mich irgendeiner kriminellen Handlung verdächtigen würde, als ob ich Julia Mahlberg weggezaubert hätte, um ihren Platz einzunehmen. Dann sagte sie: »Das ist Pia Kolvenbach. Das Mädchen, dessen Großmutter …« Ihre Stimme erstarb.

»Das Mädchen, dessen Großmutter was?«, sagte der Polizist, aber das hörte ich schon nicht mehr.

Mein Vater zog mich in seine Arme, als ob ich ein Kindergartenkind und kein großes Mädchen von elf Jahren wäre. Ich vergrub meinen Kopf in seinem Mantel. Ich spürte, wie seine Brust vibrierte, als er sehr bestimmt mit dem Polizisten sprach; gnädigerweise verschluckte der Mantel seine Worte.

Ich dachte, ich würde verrückt, wieder hören zu müssen, wie man Oma Kristels Unfall breittrat. Ich klammerte mich an meinen Vater, bis er schließlich aufhörte zu reden und mich von sich losmachte.

»Pia, du kannst jetzt nach Hause gehen.«

Meine Mutter war irgendwo in der Menge aufgetaucht, mit Sebastian in seinem Buggy.

Ich machte mir weder die Mühe, auf den kurzen Wortwechsel zwischen ihr und meinem Vater zu achten noch nach meiner Laterne zu suchen, die ich unter Frau Mahlbergs heftigem Griff hatte fallen lassen und die inzwischen sicherlich unrettbar zertrampelt war. Ich ließ mich von meiner Mutter von dem Streit wegführen, der noch weiterging. Sie hatte einen Arm um mich gelegt, während sie mit der anderen Hand den Buggy über das Kopfsteinpflaster schob.

Mein Vater blieb bei Frau Mahlberg und dem Polizisten stehen. Während meine Mutter mich wegführte, warf ich ihm noch einen Blick über die Schulter zu. Dabei schnürte mir die schreckliche Gewissheit die Brust zu, uns alle irgendwie in Schwierigkeiten gebracht zu haben, denen mein Vater sich jetzt statt meiner zu stellen hatte.

»Was passiert jetzt?«, fragte ich meine Mutter.

Sie schaute mich an, und in dem schwachen Licht sah sie grimmig aus. Doch sie schüttelte nur den Kopf. Alle Menschen um uns herum waren in Bewegung. Der Mann mit dem Megafon stand immer noch auf den Stufen und schaute verwirrt drein. Offenbar hatte niemand vor, den Platz zu verlassen, aber das aufgeregte Stimmengewirr war neugierigen Blicken und Geflüster gewichen. Die Polizisten, die in bestimmten Abständen entlang der Martinszugstrecke positioniert gewesen waren, kamen nun alle auf den Platz. Ich hatte noch nie zuvor so viele Polizisten in Bad Münstereifel gesehen. Es sah aus, als erwartete man eine Großdemonstration. Ein paar von ihnen sprachen in Funkgeräte.

Meine Mutter beschleunigte den Schritt und zog mich mit sich. Als wir die Ecke des Platzes erreicht hatten, drehte ich mich noch mal um, weil ich sehen wollte, ob Sankt Martin noch da war. Aber die Erhöhung, wo er gestanden hatte, war leer. Er war fort.

32. Kapitel

Natürlich war das für mich noch nicht das Ende der Geschichte. Später am Abend kam Wachtmeister Tondorf zu uns nach Hause und verbrachte viel Zeit damit, zu rekonstruieren, was bei dem Martinszug passiert war. Ich war froh, dass er gekommen war und nicht der Polizist mit dem Granitgesicht, dessen unbeteiligte Miene mir das Gefühl gab, an absolut allem schuld zu sein, was man sich nur vorstellen konnte.

Herr Tondorf war so freundlich wie immer, aber ungeheuer genau. Wieder und wieder ging er alles mit mir durch, stellte mit gleichbleibend sanfter Stimme so lange Fragen, bis ich zu müde war, um ihm noch richtig antworten zu können. Warum hatte ich beschlossen, mit Frau Doppelfelds Klasse mitzugehen? Hatte jemand das vorgeschlagen? Woher kannte ich Lena Schmitz? Kannte ich Julia Mahlberg? Hatte ich sie zu irgendeinem Zeitpunkt des Martinszugs gesehen?

Meine Mutter brachte Sebastian zu Bett, dann kam sie herunter und setzte sich neben mich. Mit unbewegter Miene und schweigend hielt sie meine Hand. Um halb elf sagte sie nur: »Genug.« Dann stand sie auf.

»Herr Wachtmeister Tondorf, Pia muss jetzt schlafen.«

»Frau Kolvenbach ...« Weiter kam er nicht.

»Sie brauchen nicht zu sagen, dass es wichtig ist. Ich weiß, dass es wichtig ist. Aber sie ist noch ein Kind, und sie ist hundemüde. Sehen Sie doch.«

Ich versuchte, wach dreinzuschauen, aber ich konnte meine Augen kaum noch offenhalten. »Ich bin nicht müde«, setzte ich an und ruinierte alles mit einem großen Gähnen. Meine Augenlider fühlten sich an, als ob sie wie die Rollläden an unseren Fenstern durch ihr eigenes Gewicht runtergehen würden.

»Vermutlich wird sie Ihnen auch nichts anderes mehr sagen. Sie haben sie sowieso schon mindestens zweimal dieselben Sachen gefragt.«

»Frau Kolvenbach«, insistierte Wachtmeister Tondorf hartnäckig, »es tut mir leid, dass Ihre Tochter müde ist, aber Sie müssen das verstehen, die Mahlbergs haben auch eine Tochter. Wir müssen alles tun, was in unserer Macht steht, um sie zu finden.«

»Das weiß ich!«, fuhr meine Mutter ihn an. »Und warum sind Sie dann nicht draußen auf der Straße und helfen beim Suchen?«

Dieser Angriff meiner Mutter machte mich mit einem Mal wieder hellwach. Ich war an ihre gelegentlichen Ausbrüche gewöhnt, aber ich staunte, dass sie es sogar wagte, der Polizei zu sagen, was sie zu tun hätte. Ich sah sie an. Sie sah verkniffen aus, mit tiefen Falten zwischen den Augenbrauen und um die Mundwinkel. Plötzlich erschien sie mir viel älter, fast wie eine Hexe.

Wachtmeister Tondorf hatte seine onkelhafte Art augenblicklich abgelegt. Sehr steif erhob er sich. »Ich werde morgen noch einmal kommen müssen«, informierte er meine Mutter kühl. Sie nickte nur und rührte sich nicht einmal, um ihn hinauszubegleiten. Wachtmeister Tondorf sah sie einen Augenblick lang an, dann nahm er seine Mütze und ging allein hinaus. Leise fiel die Tür hinter ihm ins Schloss.

Schweigend führte meine Mutter mich nach oben und half mir beim Fertigmachen. Ihr Gesicht hatte immer noch diesen seltsam angestrengten Ausdruck, als ob sie sich sehr zusammenreißen müsste. Trotzdem war sie sehr sanft zu mir, putzte mir die Zähne, als ich vor Müdigkeit schwankend vor ihr stand, und half mir in mein Nachthemd. Sie ließ mir sogar die kleine Nachttischlampe an, als ob sie versuchen wollte, die nächtlichen Monster abzuwehren, vor denen ganz kleine Kinder Angst haben. Eine Zeit lang saß sie an meinem Bett, und ich glaube, sie war sogar noch da, als ich einschlief.

33. Kapitel

Ich wusste nicht, wie spät es war, als ich aufwachte. Ich lag auf dem Rücken in meinem Bett, halb zugedeckt und den Kopf so zurückgebogen, dass mir die Nachttischlampe direkt ins Gesicht leuchtete. Ich hatte von einem heulenden Ton wie von einer Sirene geträumt, von einem rhythmisch pulsierenden Ton, und das Licht in meinem Gesicht war so hell, dass es ebenfalls mit dem An- und Abschwellen des Heulens zu pulsieren schien.

Ich schlug die Augen auf und schloss sie sofort wieder. Die Sirene ertönte nach wie vor, und einen Augenblick lang hielt ich sie für einen Teil eines Traums und glaubte, noch nicht ganz wach zu sein. Aber sie war echt. Als ich mich blinzelnd aufsetzte, hörte ich meine Eltern draußen auf dem Flur herumgehen und leise miteinander sprechen.

»Mama?«

Ich fühlte mich seltsam desorientiert. Brannte da ein Haus, oder was war los? Ich ließ die Beine vom Bett auf den Boden gleiten und wollte gerade aufstehen und zu meinen Eltern gehen. Meine Mutter kam mir jedoch zuvor, als sie meine Zimmertür öffnete. Sie war im Bademantel, und das offene Haar fiel ihr als dunkle Flut über die Schultern.

»Pia, warum bist du denn wach?«, sagte sie, aber ihre Stimme klang eher unsicher als verärgert.

»Ich habe irgendeinen Lärm gehört.« Meine nackten Füße berührten den Boden. Die Dielen waren kalt.

»Es ist nichts.«

Meine Mutter kam auf mich zu und hob meine Bettdecke hoch. Sie wollte wohl, dass ich mich wieder hinlegte, damit sie mich zudecken konnte. Aber ich war jetzt hellwach. Ich schaute auf den Flur und sah meinen Vater dort stehen. Anders als meine Mutter war er komplett angezogen – dunkle Cordhose, Stiefel und Daunenjacke.

»Das klang wie die Feuerwehr – oder die Polizei«, sagte ich.

»Es ist nichts, worüber du dir Sorgen machen müsstest«, sagte meine Mutter. Sie schüttelte die Bettdecke ein wenig auf, wie um mich zu ermuntern, darunterzuschlüpfen. »Komm zurück ins Bett.«

»Wollen die mir noch mehr Fragen stellen?«, wollte ich wissen.

»Nein.« Meine Mutter sah meinen Vater an. Sie nahm mein Kissen hoch, klopfte es heftig und strich es flach. »Heute nicht mehr. Komm schon«, fügte sie noch hinzu. Ich gehorchte widerwillig.

»Warum ist Papa angezogen? Ist es schon Morgen?«

»Er musste noch mal weg«, sagte meine Mutter und fügte dann sauer hinzu: »Er meint, ich hätte nicht genug zu tun, also hat er sich überlegt, ein bisschen Matsch im Haus zu verteilen.«

»Ich werd's saubermachen«, sagte mein Vater mit gereizter Stimme.

»Guter Vorsatz«, erwiderte meine Mutter spitz. Sie schob sich das Haar hinter die Ohren, aber es blieb nicht dort. Widerspenstige Strähnen fielen ihr sofort wieder über die Augen. Sie sah anders aus als die Mama von tagsüber mit ihrem üblichen Pferdeschwanz. Diese Mutter wirkte jünger, aber irgendwie auch ein bisschen wilder.

»Hat man das Mädchen gefunden, Papa?«, fragte ich.

Mein Vater schüttelte den Kopf. »Nein, Pia. Aber die Polizei sucht noch nach ihr.«

»Und wo warst du?«, fragte ich. Ich wurde schon wieder schläfrig, aber das war eine zu spannende Angelegenheit: wir drei mitten in der Nacht wach. Ich hoffte, Sebastian würde nicht alles kaputt machen, indem er aufwachte und losheulte.

»Auf Schloss Dracula«, giftete meine Mutter. »Da war er.«

»Auf Schloss Dracula?«

»Kate …«, setzte mein Vater an, aber meine Mutter unterbrach ihn.

»Na ja, zumindest hätte er genauso gut dort gewesen sein können. Da gehen die Massen schreiender Bauern mit ihren Mistgabeln doch hin, wenn sie jemanden lynchen wollen, oder nicht?«

Noch einmal strich sie sich die Haare aus dem Gesicht und sah meinen Vater streitlustig an.

»Wir wollten niemanden lynchen, und das sind keine Bauern«, sagte mein Vater in Unheil verkündendem Ton.

»Hab ich gesagt …«, begann meine Mutter sarkastisch, brach dann aber ab und schüttelte frustriert den Kopf. »Warum musst du nur alles immer so verdammt wörtlich nehmen?«

»Und warum sagst du Sachen, die du nicht wirklich meinst?«, konterte mein Vater.

»Nichts anderes ist das Ganze doch wohl gewesen, oder?«, fragte meine Mutter ärgerlich. »Eine mordlüsterne Meute. Oder habt ihr an seine Tür geklopft und versucht, ihm ein Lexikon zu verkaufen?«

»An wessen Tür?«, fragte ich, aber die Frage ging irgendwo in der geradezu elektrisch aufgeladenen Atmosphäre zwischen meinen Eltern unter.

»Wenn du die Wahrheit wissen willst«, sagte mein Vater bedeutungsschwanger, »wir sind dorthin gegangen, um dafür zu sorgen, dass er nicht gelyncht wird.«

»Das ist ja großartig«, sagte meine Mutter und nickte heftig. Mein Vater musterte sie misstrauisch. »Erzähl nur weiter«, fügte sie hinzu. »Das interessiert mich.«

»Es gibt hier ein paar Leute in der Stadt, die zu vorschnellen Urteilen neigen«, begann mein Vater verbissen.

»Was du nicht sagst.«

»Kate, darum tust du dich hier so schwer, weil du immer das Schlimmste von den Menschen denkst.« Mein Vater war inzwischen ziemlich rot im Gesicht und schüttelte den Kopf. »Dabei sage ich ja nur, dass es einige Leute gibt, die sich ein Urteil bilden, bevor sie die Wahrheit kennen. Wir können einfach keine Selbstjustiz üben.«

»Also bist du dort gewesen, um sicherzustellen, dass niemand versucht, Selbstjustiz zu üben?«

Mein Vater nickte.

»Und die circa dreißig anderen Väter waren nur so eine Art UN-Friedenskorps?«, fragte meine Mutter.

»Du musst dich darüber lustig machen«, sagte mein Vater.

»Ich mache mich nicht lustig. Ich kann das nur einfach nicht glauben. Hast du erwartet, dass er am Fenster rausschaut, eure Meute kommen sieht und sich denkt: ›Prima, jetzt bin ich gerettet‹?«

»Kate, dieser Koch-Junge, dessen Bruder in Pias Klasse war, der hatte schon ein Fenster eingeschlagen.«

»Und wo war die Polizei?«

»Die suchte nach der kleinen Mahlberg. Aber jetzt ist sie vor Ort, das weißt du doch.«

»Bist du dir sicher, dass die sich nicht absichtlich Zeit gelassen haben?«

»Was willst du damit sagen?«, fragte mein Vater.

»Fenster einzuschlagen ... Scheint so, dass manche Leute

in dieser Stadt ihre eigene kleine Kristallnacht veranstaltet haben«, sagte meine Mutter.

Ein sehr langes Schweigen trat ein. Beide standen bewegungslos da. Mein Vater füllte den Türrahmen aus, und meine Mutter stand neben meinem Bett, eine Hand wie haltsuchend auf meine kleine Kommode gestützt. Das Schweigen wurde nur durch das Geräusch ihrer Finger gestört, die auf dem lackierten Holz hin und her fuhren.

»Entschuldige«, sagte sie schließlich.

Mein Vater sah sie an, aber seine Gesichtszüge waren so starr, dass ich nicht hätte sagen können, ob er wütend, traurig oder nichts von beidem war.

»Es gibt auch gute Menschen in dieser Stadt«, sagte er leise.

»Das weiß ich …«

»Die haben solche Beschuldigungen nicht verdient – Vergleiche mit den Nazis.«

»Ich habe mich doch entschuldigt, genügt das nicht?«

»Nein«, sagte mein Vater. Er drehte sich um. »Ich gehe einen Besen holen, um sauberzumachen.«

»Das kann ich doch tun.«

»Nicht nötig«, sagte mein Vater.

Nachdem er die Treppe hinuntergegangen war, blieb meine Mutter noch etwa eine Minute lang stehen und sah den Türrahmen an wie jemand auf einem Kai, der einem ablegenden Schiff nachblickt. Ihre Finger strichen immer noch leise über meine Kommode. Sie bewegte kaum die Lippen, als sie mit sanfter Stimme, ohne den Blick von der Tür abzuwenden, sagte: »Geh schlafen, Pia. Geh schlafen.«

34. Kapitel

Als ich am nächsten Morgen nach unten kam, war mein Vater schon zur Arbeit gegangen. Meine Mutter backte in der Küche Waffeln, was zum Frühstück sehr selten vorkam. Sebastian kaute glücklich und hielt ein angebissenes Waffelherz in seinen Patschehändchen. Meine Mutter klappte das Waffeleisen zu, das zischend eine kleine Dampfwolke ausstieß.

»Deine ist gleich fertig«, sagte sie und lächelte mich an. Sie klang an diesem Morgen so fröhlich wie eine Mutter aus der Fernsehwerbung, die begeistert lächelt, wenn ihr Sohn die schlammigen Trikots der ganzen Fußballmannschaft zum Waschen mitbringt.

Ich rutschte auf meinen Stammplatz an der Rückseite des Tisches.

»Wo ist Papa?«

»Er musste früh los.« Sie klappte das Waffeleisen auf und nahm die Waffel mit einer Gabel heraus.

»Oh.« Ich war enttäuscht. Ich hatte ihn nach letzter Nacht fragen wollen. »Warum musste er denn so früh los?«

»Ach, das weißt du doch.« Sie legte die Waffel auf einen Teller und stellte ihn vor mich hin. »Arbeit.«

»Hmm.« Ich probierte die Waffel, sie war lecker und warm. Mit großem Vergnügen aß ich eine Zeit lang. Als ich jedoch meinen größten Hunger gestillt hatte und begann, darüber nachzudenken, dass Waffeln vielleicht doch nicht so toll waren, ja dass mehr als sechs davon sogar eher grausig waren, da sagte ich: »Mama? Wo war Papa letzte Nacht?«

»Ach, Pia.« Sie zog den Stecker des Waffeleisens, bevor sie meine Frage beantwortete. »Wenn du es unbedingt wissen willst, wirst du es wahrscheinlich sowieso bald erfahren. Vor allem, wo in dieser Stadt so viel geklatscht wird. Dein Vater war bei Herrn Düster.«

»Bei Herrn Düster? Wurden bei ihm Scheiben eingeschlagen?«

»Nicht mehrere, nur eine Scheibe«, sagte meine Mutter. »Und ja, es war sein Fenster. Jörg Koch hat das getan. Warum wundert mich das eigentlich nicht?«, fügte sie noch ironisch hinzu.

»Warum hat Jörg Koch ein Fenster eingeschlagen? War das aus Versehen?«

»Nein.«

Meine Mutter schnappte sich einen Spüllappen und begann die Arbeitsplatte abzuwischen, die voller Waffelteigspritzer war. Wie sie mir so den Rücken zudrehte und ihr Ellbogen sich wie ein Kolben hin und her bewegte, wirkte sie nicht sehr zugänglich. Ich ließ trotzdem nicht locker.

»Warum hat er es denn eingeschlagen?«

»Weil er ...« Sie hielt inne, drehte sich um und sah mich an. »Weil manche Bewohner dieser wunderbaren Stadt entschieden haben, dass Herr Düster ein Verbrecher ist.«

»Hmm.« Ich dachte nach. »Frau Kessel sagt, dass wahrscheinlich Herr Düster Katharina Linden und die anderen Mädchen entführt hat. Sie hat gesagt, dass in Bad Münstereifel schon Mädchen verschwunden sind, als Papa noch zur Schule ging, und dass das auch Herr Düster gewesen ist.«

»Pia.« Der Blick meiner Mutter besaß jetzt die Intensität eines Laserstrahls. »Frau Kessel ist eine giftige alte ... egal, was auch immer. Ich möchte nicht, dass du auf das hörst, was sie darüber erzählt, wer in dieser Stadt was getan haben soll, und ich möchte schon gar nicht feststellen müssen, dass du diese Geschichten irgendjemandem weitererzählt hast. Wenn es sie und ihresgleichen nicht gäbe, wäre letzte Nacht vermutlich nicht diese fürchterliche lynchwillige Horde auf der Straße gewesen. Sie ist eine Hexe.«

Der Teil meines Charakters, der alles wörtlich nahm und den ich von meinem Vater geerbt hatte, tat sich schwer damit, diese letzte Information zu verarbeiten.

»Hat Herr Düster das denn nicht getan? Die Mädchen entführt, meine ich?«

»Ach, Pia. Ich weiß es nicht. Niemand weiß das. Aber selbst wenn er es getan hätte, gäbe das den Leuten nicht das Recht, hinzugehen und ihn anzugreifen. In zivilisierten Ländern«, fügte sie mehr für sich selbst hinzu, »gelten Menschen bis zum Beweis ihrer Schuld als unschuldig.«

»Aber wenn er es getan hat …?«

»Dann muss man damit entsprechend umgehen. Die Polizei muss ihn befragen, und wenn es aussieht, als ob es genügend Beweise gäbe, dann kommt die Sache vor Gericht. Weißt du, was das bedeutet?«

Ich nickte.

»Und ein Gericht kann jemanden nur bestrafen, wenn sich beweisen lässt, dass er etwas Falsches getan hat. Man kann nicht bloß behaupten, dass jemand schuldig aussieht oder dass man denkt, er könnte es gewesen sein. Man muss sich ganz sicher sein. Und um sicher zu sein, braucht man einen Beweis.«

»Und was wäre das zum Beispiel?«

»Pia, ich denke nicht, dass der Frühstückstisch der geeignete Ort ist, um über Forensik zu sprechen«, sagte meine Mutter trocken. Ich war es gewöhnt, dass sie ab und an Wörter verwendete, die ich nicht verstand, und wartete ab, dass sie mir erklären würde, was damit gemeint war.

»In diesem Fall wissen wir ja nicht einmal genau, was Katharina und den anderen Mädchen passiert ist. Es ist immer noch möglich, dass sie ganz fröhlich mit irgendjemandem mitgegangen und immer noch …« Meine Mutter biss sich auf die Zunge. »Dass sie wohlbehalten wieder auftauchen. Und wie wäre es dann für alle, dass sie vor Herrn

Düsters Tür Radau gemacht und ihn zusammengeschlagen hätten?« Sie seufzte. »Müsstest du nicht schon unterwegs zur Schule sein? Noch fünf Minuten, und du schaffst es nicht, bevor die Glocke klingelt.«

Ich rutschte von meinem Platz. »Aber Mama, was wäre denn ein Beweis?«, beharrte ich; es widerstrebte mir, das Gespräch ohne eine befriedigende Antwort zu beenden.

»Also, das wäre zum Beispiel, wenn man jemanden dabei ertappt, wie er ein Verbrechen begeht ... oder wenn man gestohlene Sachen im Haus von jemandem findet«, sagte meine Mutter.

»Oder eine Leiche?«, fragte ich.

»Oder eine ...? Pia, ich glaube nicht, dass man in irgendeinem Haus in Bad Münstereifel Tote finden wird. Können wir das Thema hier beenden? Es ist grauenvoll. Und manche kleinen Menschen«, sie deutete mit dem Kopf auf Sebastian, »verstehen inzwischen mehr und mehr.«

»Mhm.«

Widerstrebend ging ich in den Flur, nahm meine Jacke und den Rucksack; der Ranzen war mir inzwischen viel zu »baby«. Draußen regnete es, und ich hatte noch drei Minuten, um zur Schule zu kommen, bevor die Glocke klingelte. Mit einem Seufzer trat ich in den Regen hinaus.

35. Kapitel

»Boris sagt, er ist es bestimmt gewesen.«

»Wie will er das wissen?«

Stefan und ich saßen auf einer Mauer im Pausenhof des Gymnasiums. Die Steine fühlten sich selbst durch meine dicke Jeans eiskalt an. Stefan schien die Kälte nichts anzuhaben, obwohl seine Jacke für die Jahreszeit viel zu dünn war.

»Er meint, das sei offensichtlich.« Stefan zuckte mit den Achseln. »Jeder kennt die Gerüchte über Herrn Schillers Tochter. Wo Rauch ist, da ist auch Feuer, sagt er.«

»Das klingt nicht sehr nach Boris – eher nach Frau Kessel«, sagte ich.

»Na ja, ich denke mal, von der hat er es«, stimmte Stefan mir zu. Nachdenklich klopfte er mit den Fersen seiner Turnschuhe an die Mauer.

»Meine Mutter sagt, man braucht einen Beweis, bevor man sagen kann, dass jemand etwas getan hat, ein Verbrechen oder so«, sagte ich.

»Wenn er Herrn Schillers Tochter entführt hat ...«, sagte Stefan.

»Aber das konnte man ihm doch nie nachweisen, oder?«, warf ich ein. »Er wurde ja nicht eingesperrt. Und Herr Schiller soll für ihn eingetreten sein. Das hätte er doch bestimmt nicht gemacht, wenn er geglaubt hätte, sein Bruder hätte ihm die Tochter entführt, oder?«

»Wer weiß? Manchmal glaube ich, dass die Erwachsenen alle spinnen«, sagte Stefan theatralisch. »Wenn wir beide erwachsen wären, zwanzig vielleicht, und du einfach so jemand anderen heiraten würdest, wie zum Beispiel Thilo Koch ...« An dieser Stelle legte er eine Pause ein und lachte über mein angewidertes Gesicht. »Also, ich würde deine Kinder trotzdem nicht entführen und abmurksen.«

»Wenn es Thilo Kochs Kinder wären, solltest du's vielleicht tun«, sagte ich und schüttelte mich bei dem Gedanken. »Aber das Ganze ist ja sowieso nur ein Gerücht. Die Leiche hat man ja nie gefunden.«

»Vielleicht ist sie doch nur ausgerissen«, schlug Stefan vor.

»Nee.« Ich schüttelte heftig den Kopf. »Würdest du das machen? Es wäre doch absolut cool, Herrn Schiller als Vater zu haben, ich meine, wenn er jünger wäre. Stell dir mal vor, was der dir alles erzählen könnte. Die Geschichte von dem feurigen Mann war ja wirklich gruselig. Zu schade, dass du sie nicht gehört hast.«

»Hmm.« Stefan fuhr sich mit einer Hand durch die aschblonden Haare. »Zu schade, dass wir ihn nicht fragen können, was damals passiert ist.«

»Auf keinen Fall«, sagte ich bedauernd. »Wenn er nicht ausrasten würde, dann meine Mutter, sobald sie das herausfände.«

Wir schwiegen beide nachdenklich. Schließlich sagte Stefan: »Also, jemand muss einfach einen Beweis finden.«

»Ich nehme doch an, dass die Polizei sich darum kümmert«, sagte ich unsicher.

»Bis jetzt haben sie ja offenbar nichts gefunden, sonst wäre er schon verhaftet worden«, sagte Stefan.

»Einmal haben sie ihn doch schon verhaftet«, gab ich zu bedenken.

»Ja, aber sie mussten ihn wieder laufen lassen, oder? Wenn sie etwas gefunden hätten, hätten sie das bestimmt nicht gemacht.« Er schwieg kurz und fügte dann hinzu: »Also laut Boris hat Wachtmeister Tondorf damals vor Herrn Düsters Haus gesagt, sie hätten ihn gar nicht verhaftet, sondern er habe ihnen nur geholfen oder so. Erinnerst du dich, das war, als du in England warst.«

Ich hatte Schuldgefühle, wenn ich an die Telefonate dachte, die ich von Oma Warners Haus aus geführt hatte. Das war zwar schon Monate her, und ich hatte dazu noch nichts zu hören bekommen, aber ich machte mir keine Hoffnung, dass dieses Vergehen für immer unentdeckt bleiben würde. Oma Warner war zwar alt, aber eindeutig nicht senil. Keine Chance, dass sie diese Anrufe übersehen könnte, wenn erst die Rechnung eintraf, und das musste eigentlich in allernächster Zeit der Fall sein.

Noch schlimmer war, dass die Ausrede, die ich mir damals zurechtgelegt hatte, wonach das Täuschungsmanöver dem höheren Zweck diente, das unsere Stadt so belastende Geheimnis zu lösen, ganz offensichtlich nicht standhielt.

Die vereinzelten Informationsschnipsel, die wir zusammengetragen hatten, fügten sich nicht im Mindesten zu etwas Größerem zusammen. Es war eher so, als versuchte man ein Puzzle zusammenzusetzen, ohne mitzubekommen, dass es sich um zwei oder drei verschiedene Puzzles handelte, deren Teile allesamt bunt vermischt waren. Einmal gab es ein Teil mit einer seidig-schwarzen Katze, die sich in einem Lehnstuhl zusammengerollt hatte, dann eines mit einer Burgruine im Mondschein und einem schreckensbleichen Jungen, der einen Hügel hinunterrannte, und ein weiteres mit einem Kinderschuh. Nichts schien sich zu einem erkennbaren Ganzen zusammenzufügen.

Niedergeschlagen schüttelte ich den Kopf. »Vielleicht war er es ja gar nicht.«

»Oder vielleicht kann man es ihm nur nicht beweisen«, sagte Stefan.

Ich rutschte von der Mauer herunter. »Das ist bescheuert. Wir drehen uns nur im Kreis.«

Mit einem leisen Plumpsen sprang auch Stefan auf den Boden. Er zog seine Tasche von der Mauer und warf sie sich über die Schulter.

»Also besorgen wir doch einen Beweis.«

Ich starrte ihn an. »Sehr witzig.«

»Nein, ich meine das ernst.«

Ich stützte meine Hände in die Seiten. »Was willst du denn tun? In Herrn Düsters Haus einbrechen, wenn er nicht da ist, und alles durchsuchen?« Als ich das ausgesprochen hatte, durchfuhr mich ein aufgeregtes Prickeln. Ganz klar, das musste man tun, darauf lief alles hinaus. Die Frage war bloß, ob wir das versuchen würden, wirklich versuchen würden. Das war schon etwas anderes, als Oma Warners Telefon zu benutzen, während sie beim Bingospielen war. Das war so, als würde man auf das höchste Brett des Sprungturms im Schwimmbad klettern und überlegen, von dort herunterzuspringen. Oder nein, es war, als würde man oben auf eine Klippe klettern und sich überlegen, von dort runterzuspringen. Der Gedanke daran war schon wie eine Vorwegnahme des schwindelerregenden Sprungs.

»Ich wollte eigentlich vorschlagen, dass wir ihn beschatten«, sagte Stefan wie erstarrt. »Aber du hast recht, wir sollten versuchen, das Haus zu durchsuchen.«

»Stefan …« Aus einem anderen Mund klang die Idee so wirklich und zugleich absolut verrückt.

»Was?«

»Wir können da doch nicht einfach einbrechen … Was, wenn man uns schnappt?«

»Man wird uns nicht schnappen. Und überhaupt, wer sagt denn, dass wir einbrechen müssen?«

Ich presste meine Schultasche an die Brust. »Aber was sollen wir denn sonst tun? Anklopfen und ihn fragen, ob wir sein Haus durchsuchen dürfen?«

»Wir könnten durch den Keller reingehen.«

»Auf keinen Fall.« Jetzt hatte Stefan mich wirklich schockiert. Wir diskutierten so, als ob wir tatsächlich in Herrn Düsters Haus eindringen und es von oben bis unten nach toten Mädchen durchsuchen wollten. Ich schauderte.

Ich wusste genau, worauf er mit dem Keller hinauswollte. Die meisten alten Häuser in der Stadt hatten eine Gittertür oder eine kleine Holztür auf der Höhe des Erdgeschosses, die in den Keller führte. Früher schüttete man dort Heizmaterial hinein. Inzwischen waren die meisten Türen eingerostet, mit Spinnweben überzogen, aber immer noch vorhanden. Als ich genauer darüber nachdachte, war ich mir ziemlich sicher, dass Herrn Düsters Haus auch so etwas hatte, zwei kleine Türchen in der Mauer, mit einem Vorhängeschloss gesichert. Wenn wir es schafften, das Schloss zu entfernen, wäre es ein

Leichtes, die Türen zu öffnen, sich am Rahmen festzuhalten und sich in die Dunkelheit darunter gleiten zu lassen …

»So kommen wir da niemals rein«, sagte ich so entschlossen, wie ich konnte.

»Doch, kämen wir schon.« Stefans Stimme klang ernst. »Überleg mal, Frau Weiss ist heute doch krank, wer sollte also merken, dass wir nicht in der Klasse sitzen?«

Ich sah ihn erschrocken an. »Du meinst, wir sollten das jetzt machen?«

»Nein, ich denke, wir sollten hingehen und es uns anschauen.« Stefan verdrehte die Augen. »So blöd bin ich auch wieder nicht. Wir würden da am helllichten Tag niemals reinkommen, solange Thilo Kochs Oma die ganze Straße überwacht. Wenn wir das schaffen wollen, müssen wir es nachts probieren. Wenn es dunkel ist.«

36. Kapitel

Als ich die Orchheimer Straße hinauflief, fühlte ich mich, als würden aller Augen auf mir ruhen. Ich wagte mir gar nicht auszumalen, was passieren würde, wenn wir jemandem begegneten, der uns kannte – Frau Kessel etwa. Was wäre das für ein Freudentag für sie, wenn sie herausfände, dass wir beide die Schule schwänzten.

»Das ist eine Scheißidee«, keuchte ich atemlos.

»Mach dir nicht ins Hemd«, sagte Stefan. Er strahlte einen Passanten an. »Guten Morgen.« Er klang so entwaffnend höflich und unschuldig wie ein Lamm.

Das Haus von Herrn Düster lag fast genau gegenüber von Hilde Kochs Haus. Von der alten Frau war zwar nichts zu sehen, aber ich fühlte mich trotzdem unwohl. Als ob sich hinter den kleinen Fenstern ein paar Hexenaugen verbergen würden, die uns auf Schritt und Tritt beobachteten. Selbst die schlaff herabhängenden Blumenreste in den Kästen vor den Fenstern schienen sich lauschend vorzubeugen.

»Schau mal.« Stefan stieß mich in die Seite und ließ dann einen leisen anerkennenden Pfiff hören.

Jemand hatte am Haus von Herrn Düster tatsächlich eines der Fenster zur Straßenseite eingeschlagen. Es war notdürftig mit etwas zugenagelt worden, das wie ein Stück weißes Resopal aussah. Das Haus war sicher nie das adretteste der Straße gewesen, aber jetzt sah es wirklich schäbig aus, wie ein alter Seemann mit einer schmutzigen Augenklappe.

Stefan schlenderte auf das Haus zu. Ich folgte ihm und bemühte mich nach Kräften, das Bedürfnis zu unterdrücken, dauernd verstohlen um mich zu blicken.

Der Zugang zum Keller war mehr oder weniger so, wie ich ihn in Erinnerung gehabt hatte: Er bestand aus zwei kleinen Türen, die einmal rot gestrichen gewesen waren, deren Farbe inzwischen aber eher an getrocknetes Blut erinnerte. An jeder Tür war ein kleiner metallener Griff, und beide waren mit einem stabilen Vorhängeschloss verbunden. Als ich das sah, war ich erleichtert.

»Das kriegen wir nie auf.«

Stefan ging auf dem Kopfsteinpflaster in die Hocke und befingerte das Vorhängeschloss. »Das müssen wir auch nicht.« Er schob einen Finger unter einen der Metallgriffe und zog. »Schau mal.« Der Griff löste sich von der Tür, und Rost blätterte davon ab.

»Stefan!«

»Pschscht …« Er stand auf und wischte sich den Rost von den Fingern. Ich öffnete gerade den Mund, um ihm zu sagen, für wie verrückt ich ihn hielt, aber bevor ich auch nur ein einziges Wort herausbrachte, kam mir jemand zuvor.

»Pia Kolvenbach.«

Einen Moment lang hatte ich Angst, meine Knie würden unter mir nachgeben.

»Frau Kessel.«

Ich drehte mich mit dem schrecklichen Gefühl von etwas Unvermeidlichem um und starrte auf die wirklich erstaunlich hässliche, aber vertraute Edelweißbrosche, die fest an einem wollenen braunen Busen steckte. Widerwillig hob ich die Augen zu Frau Kessels Gesicht. Unter ihrer turmhohen weißhaarigen Frisur blitzten ihre Brillengläser, als sie den Kopf nach hinten bog, um mich über ihre Nasenspitze hinweg in Augenschein zu nehmen.

»Was macht ihr denn da?« Mich musterte sie voller Abneigung, aber der Blick, den sie Stefan zuwarf, war pures Gift. »Solltet ihr nicht in der Schule sein?«

Stefan war es, der uns beide vor einem Schicksal bewahrte, das schlimmer war als der Tod, nämlich in aller Öffentlichkeit von Frau Kessel zurück zur Schule geschleppt zu werden, wahrscheinlich auch noch an den Ohren.

»Das ist eine Projektarbeit.«

Mit der geölten Präzision eines Maschinengewehrschützen wirbelte Frau Keller zu ihm herum und nahm sein Gesicht ins Visier.

»Tatsächlich. Hat deine Mutter dir keine Manieren beigebracht, junger Mann?« Als Stefan sie ratlos ansah, fügte sie giftig hinzu: »Ich habe einen Namen.«

»Das ist eine Projektarbeit ... Frau Kessel«, sagte Stefan mit einer Gelassenheit, die mir fast den Atem nahm. Ich konnte nicht fassen, wie gleichmütig er diesen Basiliskenblick ertrug. Er wedelte mit einem dünnen Hefter, den er mit einer flinken Bewegung aus seiner Schultasche gezaubert hatte; »Alte Bauwerke in Bad Münstereifel«. Frau Kessel schien ihm den Hefter abnehmen zu wollen, aber er war zu schnell für sie und ließ ihn gleich wieder in seiner Tasche verschwinden.

»Und was genau hat dieses Projekt mit dem Haus da zu tun?«, fragte Frau Kessel und deutete mit dem Kopf auf

Herrn Düsters Haus. Ich hatte den Eindruck, dass sie es absichtlich vermied, »Herrn Düsters Haus« zu sagen, so, wie sie es wohl auch vermieden hätte, ihn mit Namen zu grüßen.

»Wir sollen an den Häusern angebrachte Sprüche aufschreiben«, sagte Stefan, ohne zu zögern.

Automatisch schauten wir alle nach oben. Tatsächlich gab es eine Inschrift, die in einen der waagrechten Balken geschnitzt, wenn auch schon stark verwittert war. Lesbar waren nur noch die Worte: in Gottes Namen.

»Hmmm«, machte Frau Kessel missbilligend. Sie musterte uns über ihre Brillengläser hinweg. »Konntet ihr kein besseres Beispiel finden?«

»Die sind alle schon erfasst«, sagte Stefan.

»Ach wirklich?«, sagte Frau Kessel verschnupft. »Ich glaube nicht, dass schon jemand die Inschrift an meinem Haus aufgeschrieben hat. Und ich bin mir sicher«, fügte sie hinzu, »es wäre mir aufgefallen, wenn irgendwelche jungen Leute sich davor herumgetrieben hätten.«

»Besitzt Ihr Haus auch eine?«, fragte Stefan überaus interessiert. Ich warf ihm einen bösen Blick zu, der besagte: Jetzt übertreib mal nicht, sonst zwingt die alte Schrulle uns noch mitzukommen und sie uns anzusehen. Aber zu spät.

»Natürlich hat es eine. Ich bin erstaunt, dass ihr das nicht wisst. Noch dazu, wenn ihr ein Projekt darüber macht«, ließ Frau Kessel ihn wissen. Sie befühlte ihre monströse Frisur. »Sie gilt als ziemlich bedeutsam, glaube ich.«

»Faszinierend«, sagte Stefan mit so viel Begeisterung in der Stimme, dass sogar Frau Kessel misstrauisch wurde und ihre Augen sich verengten. »Nein, wirklich«, fuhr er mit großem Ernst fort. »Ich würde sie liebend gern sehen.«

»Hmm.« Frau Kessel betrachtete uns zweifelnd. Dann sagte sie schließlich in brummigem Ton: »Na gut, ich denke, ihr könnt mitkommen und sie euch ansehen. Aber dann könnt ihr euch auch gleich nützlich machen und mir das hier tragen.« Sie drückte jedem von uns eine vollgestopfte Stofftasche in die Hand.

»Ja, Frau Kessel«, antworteten wir gehorsam im Chor. Ich packte Frau Kessels Einkaufstasche fester, die offenbar wieder bis zum Rand mit Ziegelsteinen und Eisenbrocken gefüllt war. Sie übernahm die Führung und marschierte die Straße hinauf, während wir beide hinter ihr her trotteten.

»Stefan ...«, zischte ich atemlos.

»Ja?«, fragte er aus dem Mundwinkel, ohne mich anzusehen.

»Was machst du da?«

Er hielt den Blick fest auf Frau Kessels braunen wollenen Rücken gerichtet. »Ich will rauskriegen, was sie weiß.«

»Glaubst du etwa, sie hat es getan?«

»Nein, du Dummkopf. Aber sie weiß einfach alles, was in dieser Straße passiert.«

»Du spinnst.« Ich schüttelte den Kopf.

Erleichtert ließen wir die Einkaufstaschen auf Frau Kessels Türschwelle fallen. Sie schloss die Tür auf und trug die Taschen hinein. Einen Moment lang glaubte ich schon, sie würde uns die Tür vor der Nase zuschlagen, und Stefans Bemühungen wären umsonst gewesen, doch dann gewann ihre Eitelkeit die Oberhand. Sie konnte es sich nicht verkneifen, wieder herauszukommen und auf die interessanten Charakteristika ihres Hauses hinzuweisen. Gebührlich bewunderten wir die Inschrift, die lediglich lautete: »Gott schütze dieses Haus vor dem Bösen.« Offensichtlich hatte auch schon ein früherer Bewohner Frau Kessels Obsession vom Wirken des Bösen geteilt.

»Nun?«, fragte Frau Kessel, die Hände in die Taille gestützt. Wir starrten sie an. »Wollt ihr das nicht aufschreiben?« Pflichtbewusst holten wir Stift und Notizbuch heraus und schrieben die Worte ab. Ich hoffte, Frau Kessel würde nicht merken, dass ich sie genau über meine Englischhausaufgabe kritzelte.

»Hmm«, machte sie widerwillig. »Es ist schön zu sehen, dass die Schule wenigstens einmal das Interesse an Stadtgeschichte fördert.« Sie schnaubte. »Es gibt ohnehin kaum Menschen hier, die sich für ihre eigene Stadt interessieren.«

»Ja, Frau Weiss – das ist eine unserer Lehrerinnen – sagt, dass eine Menge wichtiger Dinge in Vergessenheit geraten werden«, sagte Stefan. »Sie sagt, wenn die alten Leute hier erst einmal gestorben sind, wird das alles für immer verloren sein.«

Plötzlich sah ich die Anzeichen einer inneren Auseinandersetzung auf Frau Kessels Gesicht. Der Wunsch zu beweisen, dass sie eine Fundgrube unschätzbarer Informationen über die Stadt war, kämpfte mit dem Widerwillen, zu den »alten Leuten« zu gehören.

Falls Stefan das registrierte, ließ er es sich zumindest nicht anmerken, sondern fuhr unverblümt fort: »Wir werden versuchen, einige von ihnen zu interviewen. Von Frau Koch sagt ja zum Beispiel jeder, sie wüsste einfach alles über die Stadt.«

»So, sagt man das?«, fragte Frau Kessel grimmig.

Wir nickten beide so eifrig, als wären unsere Köpfe auf Sprungfedern befestigt.

»Hilde Koch mag ja alt aussehen«, sagte Frau Kessel ernst, »aber es überrascht euch sicherlich zu hören, dass sie doch sieben Monate jünger ist als ich. Ich bin mir sicher, dass sie euch rein gar nichts über die Stadt zu erzählen hat, was ich nicht auch wüsste.«

»Daran haben wir gar nicht gedacht«, sagte Stefan. »Wir haben Sie für viel jünger gehalten.«

Ich warf ihm einen raschen Seitenblick zu: Jetzt übertreib's nicht. Nicht einmal Frau Kessel würde auf so ein plumpes Kompliment reinfallen. Aber genau das tat sie.

»Nun ja«, sagte sie und bedachte Stefan mit einem grausigen Lächeln, »die Zeit war eben gut zu mir.«

Insgeheim fragte ich mich, wie sie wohl aussehen würde, wenn die Zeit nicht so gut zu ihr gewesen wäre, aber dann schob ich den Gedanken weg, bevor er sich in meiner Miene niederschlagen konnte.

»Natürlich habe ich nicht mehr als eine halbe Stunde Zeit«, fuhr sie fort. »Und glaubt ja nicht, ich würde euch auch nur einen Augenblick aus den Augen lassen, solange ihr in meinem Haus seid.«

»Selbstverständlich, Frau Kessel«, antwortete Stefan.

»Wir versprechen auch, nichts anzurühren«, fügte ich hinzu.

Frau Kessel musterte mich missbilligend. »Davon bin ich auch nicht ausgegangen, Pia Kolvenbach.«

Sie drehte sich auf dem Absatz um, und wir trabten hinter ihr her ins Haus.

Frau Kessels Küche erwies sich als ebenso einschüchternd pieksauber wie bei meinem ersten Besuch. Stefan und ich saßen nebeneinander auf einer Seite des Küchentischs und hatten pflichtbewusst die Füller gezückt, um festzuhalten, was auch immer Frau Kessel kundzutun beliebte. Ihr Redeschwall war jedoch so gewaltig, dass ich kaum ein Drittel davon festhalten konnte.

Sie begann mit der Geschichte ihres Hauses, die, soweit ich das beurteilen konnte, unglaublich langweilig war. Dort hatte nie der Alchimist der Stadt gewohnt, man hatte während der französischen Besatzung keinen Schatz versteckt, und es war auch in keinem der Kriege, die die Stadt in ihrer langen Geschichte heimgesucht hatten, niedergebrannt. Geister hatten klugerweise beschlossen, andernorts zu spuken. Es hatte nur einen kurzen Moment der Aufregung in diesen Mauern gegeben, und zwar in den 1920er-Jahren, als der

Schoßhund von Frau Kessels Großtante Martha in den Brunnen im Keller gefallen und darin ersoffen war. Enttäuschenderweise hatte man den Brunnen in den 1940er-Jahren zugemacht, als fließendes Wasser installiert wurde.

»Was wissen Sie denn über die anderen Häuser in der Straße?«, fragte Stefan und erntete dafür einen missbilligenden Blick. Frau Kessel hasste es nämlich, unterbrochen zu werden, wenn sie richtig in Fahrt war.

»In denen wurden die Brunnen ebenfalls zugemacht«, sagte sie kurz angebunden.

»Ich meinte nicht die Brunnen. Können Sie uns nicht irgendetwas über die Bewohner erzählen?«, fragte Stefan. »Zum Beispiel über die des Hauses, das wir uns vorhin angesehen haben.«

»Welches Haus?«, fragte Frau Kessel scharf.

Stefan sah mich kurz an. »Das von Herrn Düster.«

Eine Pause entstand und dehnte sich unangenehm. Ich schaute in dieser Zeit auf das Kruzifix über der Arbeitsplatte, auf die braune Tapete, aus dem kleinen Fenster, einfach überallhin, nur nicht zu Frau Kessel.

»Was wollt ihr wissen?«, fragte Frau Kessel. Ihre Stimme klang hart.

»Also …« Jetzt, wo sich ihm die ersehnte Gelegenheit bot, schien Stefan nach Worten zu ringen. »Wie lange wohnt er … Ich meine … hat immer dieselbe Person darin …?«

»Ja, seit vor dem Krieg.«

Stefan schaute auf das Gekritzel in seinem Heft, als würde er eine Liste von Interviewfragen durchgehen. »Und hat noch jemand anders dort gewohnt …?«

Ich vermutete, Stefan wollte erfahren, wer vor Herrn Düster dort gelebt hatte, aber Frau Kessel antwortete: »Nein, er hat immer allein gelebt. Ohne Familie.« Die letzten Worte betonte sie besonders, als würden sie alles erklären.

Stefan sagte nichts darauf. Er schien sich nicht sicher, wie er weitermachen sollte. Er hatte wohl angenommen, wenn wir erst einmal gemütlich an Frau Kessels Küchentisch säßen, würde sie eine Flut von lokalem Klatsch von sich geben, aus der wir uns dann die entscheidenden Informationsbröckchen herausfischen könnten, wie Goldsucher beim Goldwaschen. Stattdessen drohte das Gespräch völlig zum Erliegen zu kommen. Frau Kessel musterte uns abwechselnd mit einem Raubvogelblick hinter ihren Brillengläsern. Dabei hatte sie die Arme drohend vor ihrem braunwollenen Busen verschränkt.

»Lass mich die Mappe mal sehen«, sagte sie schließlich.

»Welche Mappe?«, fragte Stefan.

»Die, in der sich euer Schulprojekt befindet.«

Instinktiv griff Stefan nach seiner Schultasche und presste sie an sich.

»Ähm, es ist noch nicht fertig.«

»Ich weiß, dass es noch nicht fertig ist«, sagte Frau Kessel scharf. »Gib es mir bitte trotzdem.«

Einen Moment lang dachte ich schon, Stefan würde vielleicht in seine Tasche greifen und einen Ordner voller Notizen zu den Gebäuden in Bad Münstereifel herausziehen. Bis dahin hatte er so selbstbewusst, so kontrolliert gewirkt, dass ich ihm zutraute, das zur Sicherheit vorbereitet zu haben. Aber er saß einfach nur da und glotzte sie an.

»Das hab ich mir schon gedacht«, sagte Frau Kessel. Sie beugte sich zu uns vor wie ein alter Adler, der sich auf seinem Ast vorreckt. »Es gibt gar kein solches Projekt, oder?« Ihre Stimme war so hart wie Stahl. »Ich mag euch alt vorkommen, aber blöd bin ich nicht. Was wolltet ihr denn aus mir rausquetschen?«

»Nichts«, stammelte Stefan. »Ich meine … wir wollten Sie einfach nur ein paar Sachen fragen. Das ist alles.«

»Über mein Haus?«

»Also …«

»Das nehm ich euch nicht ab.« Ihre Brillengläser blitzten, sodass ich ihre Augen dahinter gar nicht sehen konnte. »Ihr wolltet etwas über Herrn Düster erfahren, nicht wahr?«

Stefan nickte zögernd.

»Na gut, ich werde euch alles erzählen, was ich über ihn weiß.« Frau Kessel presste die knochigen Hände zusammen, als wollte sie etwas zwischen den Handflächen zermalmen. »Aber zuerst möchte ich etwas wissen. Und zwar, warum ihr versucht habt, in das Haus einzubrechen.«

37. Kapitel

Stefan fing sich als Erster wieder. Als er sprach, klang seine Stimme erstaunlich klar und kräftig.

»Wir haben nicht versucht, bei ihm einzubrechen, Frau Kessel.«

»So, was habt ihr dann gemacht, als ihr probiert habt, das Schloss an den Kellertürchen zu öffnen?«, konterte sie scharf. »Glaub nicht, dass ich das nicht gesehen hätte, junger Mann. Ihr wolltet da rein, oder etwa nicht?«

»Das wollten wir niemals, Frau Kessel«, mischte ich mich ein. Sofort war ihr Basiliskenblick auf mich gerichtet, es gelang mir jedoch mit Mühe, die Fassung zu bewahren. »Wir haben nur … darüber nachgedacht. Wir würden das nie wirklich machen. Es war nur … ein Spiel.«

»Quatsch«, giftete sie zurück. »Ihr wisst«, fügte sie mit leiser, giftiger Stimme hinzu, »dass ich euch eigentlich bei der Schule melden sollte. Oder vielleicht bei der Polizei.«

»Bitte, Frau Kessel …«

»Aber das werde ich nicht tun«, fuhr sie fort, ohne auf mich zu achten. »Und wisst ihr, warum? Weil jemand wirklich in sein Haus einbrechen sollte. Es ist an der Zeit, dass der Alte« – an dieser Stelle benutzte sie ein Wort, das mich wirklich schockierte, ich hatte es schon von Stefans Cousin Boris gehört, aber ich hätte es nie aus dem Mund einer Person ihres Alters erwartet – »sein Fett abkriegt.«

Selbstgerecht warf sie den Kopf zurück. »Wenn ihr also etwas über diesen Mann erfahren wollt, erzähle ich es euch. So wie ich es jedem erzählen werde, der mich danach fragt. Dann wird vielleicht endlich jemand etwas unternehmen.« Sie verstummte abrupt.

Weder Stefan noch ich sagten ein Wort. Und was hätten wir auch sagen sollen? Ich war nicht bereit zuzugeben, dass wir tatsächlich überlegt hatten, in Herrn Düsters Haus einzusteigen, aber trotzdem wollte ich zu gern wissen, was Frau Kessel uns erzählen konnte. Neben meiner Neugier war da auch noch der unbehagliche Gedanke daran, dass meine Mutter mir explizit verboten hatte, weiterhin irgendwelchem Tratsch der alten Frau zu lauschen. Wenn sie gewusst hätte, dass wir gerade in Frau Kessels Küche saßen und uns diese giftigen Ausbrüche anhörten, hätte ich Hausarrest für Wochen sicher. Ich konnte mir genau vorstellen, wie sie mir sagen würde, dass sie wahnsinnig enttäuscht über meinen Ungehorsam sei. Allein daran zu denken schmerzte schon.

»Er war in Hannelore verliebt«, sagte Frau Kessel und stürzte sich ohne Vorrede in ihre Geschichte.

Hannelore? Stefan warf mir einen verwirrten Blick zu.

»Hannelore Kurth«, sagte Frau Kessel. »Ein hübsches Mädchen, die Schönste der ganzen Stadt. Zwei Jahre bevor sie Heinrich Schiller heiratete, war sie Maikönigin gewesen.« Stefan sah immer noch irritiert drein, sodass sie ihn mit einem ungeduldigen Blick bedachte. »Sogar damals schon machte der andere Probleme. Zwei Maibäume vor dem Haus! Er hätte zurückstehen und dem Besseren den Vortritt lassen sollen.« Sie presste die Lippen zusammen und straffte die Schultern. »Als ob sie ihn auch nur angesehen hätte.«

»War er damals denn hässlich?«, fragte ich.

»Ach, ich vermute, dass er eigentlich ganz gut aussah«, sagte Frau Kessel hämisch. »Ich könnte mir vorstellen, dass er sich deshalb eingebildet hat, Hannelore würde ihn in Betracht ziehen. Aber sie war vernünftig genug.«

Sie sprach mit solcher Autorität, als sei sie in jede unliebsame Aktion von Herrn Düster eingeweiht gewesen. Dabei hatte sie mir doch, als ich die Einkäufe für sie nach Hause getragen und sie mir zum ersten Mal von Herrn Düster und Hannelore erzählt hatte, gesagt, dass sie alles darüber von ihrer Mutter erfahren hätte. Ich ertappte mich dabei, wie ich sie anstarrte. War sie vielleicht älter, als sie vorgab? Oder war diese Besessenheit, das Leben anderer Leute zu erforschen, einfach sehr früh bei ihr entstanden? Ich tippte eher auf Letzteres. Es fiel nicht schwer, sich ein Mädchen mit boshaftem Gesicht vorzustellen, blass, pausbäckig und eingerahmt von braunen Zöpfen. Dazu Augen, die sich zu Schlitzen verengten, wann immer dieses Mädchen das berauschende, giftige Aroma von Klatsch und Tratsch einatmete. Jemand, der in der letzten Bank im Klassenzimmer flüsterte und um Ecken spähte.

»Als sie seinen Bruder heiratete, schien sein Herz gebrochen zu sein. Manche in dieser Stadt glauben, ab diesem Moment habe sich alles zum Schlechten gewendet.« Sie sagte allerdings nicht, wer genau das glaubte. »Dabei war er schon ein schlechter Mensch, lange bevor Hannelore Kurth ihm einen Korb gab. Sie hatte jedes Recht dazu, aber er konnte das nicht auf sich beruhen lassen. Es gab damals Dutzende junger Frauen in der Stadt, aber es musste ja unbedingt sie sein.«

Etwas flackerte auf Frau Kessels faltigem Gesicht. Ich musste an eine Eidechse denken, die aus einer Felsspalte hervorlugt und dann sofort wieder verschwindet. Ich sah das, konnte mir damals aber keinen Reim darauf machen. Heute denke ich an ihre klauenartigen Hände, deren Finger mit Ausnahme von einem mit Ringen überkrustet waren, und meine es vielleicht zu wissen.

»Ich habe sie zusammen gesehen«, zischte sie.

»Wen gesehen?« Ich war verwirrt.

»Hannelore und diesen Kerl. Man hätte meinen können, nachdem sie die Frau seines Bruders war … und inzwischen auch ein Kind hatte. Gertrud.«

»Was haben sie denn gemacht?«, fragte Stefan.

»Gemacht? Hannelore hat nicht das Geringste gemacht. Ihr glaubt doch wohl nicht, sie hätte ihn absichtlich getroffen? Aber er … er schimpfte wie ein Verrückter. Nahm ihre Hand und versuchte, sie zu küssen …« Frau Kessel klang, als hätte sie gerade den Mund voll von irgendetwas Ekligem. »Sie wollte weg von ihm, aber er ließ sie nicht weg. Oh, er war gerissen, trieb sie in die Enge. Er dachte wohl, niemand würde sie sehen, aber ich habe sie gesehen.«

Die Gehässigkeit in Frau Kessels Stimme führte dazu, dass mir richtig mulmig wurde. Sie erzählte nicht, wo sie Hannelore mit Herrn Düster gesehen hatte, aber das Bild in meinem Kopf war auch so deutlich genug: die beiden, die sich an einem entlegenen Ort stritten, und dazu Frau Kessel als Teenager, der sie unentdeckt beobachtete, während ihre Augen vor Heimtücke glitzerten. War sie ihnen wohl gefolgt? Hatte sie sich vor ihnen versteckt?

»Ich habe das bisher noch niemandem erzählt«, sagte Frau Kessel. Eine Hand glitt über den Busen, und die knochigen Finger umschlossen die stachelige Edelweißbrosche. Die Augen hinter den spiegelnden Brillengläsern waren undurchdringlich. »Aber am Ende kommt immer alles heraus.«

»Ja«, sagte Stefan höflich. Es war unmöglich, etwas anderes zu tun, als ihr zuzustimmen. Dabei sprach sie eigentlich kaum noch mit uns. Sie war vielmehr in der Handlung einer Geschichte versunken, die sich vor mehr als einem halben Jahrhundert abgespielt hatte.

»Dann starb Hannelore«, sagte Frau Kessel. »Und er konnte ihr nichts mehr anhaben. Nun gab es nur noch Gertrud. Die Tochter seines Bruders – seine eigene Nichte. Als sie verschwand, waren sie quitt, oder? Herr Schiller hatte den einzigen Menschen verloren, der ihm etwas bedeutete, so wie Düster die Frau verloren hatte, die er gewollt hatte. Ich frage mich, ob er damals glücklich war.« Ihre Stimme klang hart.

»Hat denn niemand einen Verdacht gehabt?«, fragte Stefan ungläubig.

»Verdacht? Natürlich hat man Verdacht geschöpft. Aber es gab keinen Beweis, das war das Problem. Keine Leiche. Man hat sie nie gefunden. Und nach dem Krieg lag ja auch alles in Trümmern. Überall Schutt, jedes zweite Gebäude eine tödliche Falle. Die Menschen kämpften ums nackte Überleben. Da hatte niemand Zeit für Nachforschungen.«

»Hat Herr Schiller nicht versucht, etwas herauszufinden?«, fragte Stefan.

»Herr Schiller ist ein wahrer Christ«, sagte Frau Kessel. »Er meinte, falls Herr Düster ihm Gertrud genommen haben sollte, dann wäre dessen Wissen um die Verantwortung dafür Strafe genug.«

»Frau Kessel?«

»Ja?« Sie drehte sich zu Stefan und sah ihn an.

»Glauben alle, dass Herr Düster ... denken alle, dass er es war? Der Katharina Linden ... ich meine ... und die anderen Mädchen?«

»Nicht alle.« Die Stimme der alten Dame war eiskalt. »Dein Vater zum Beispiel, Pia Kolvenbach. Er und seine Freunde haben ihn tatsächlich beschützt.«

Also stimmte die Version meines Vaters. Er hatte in jener Nacht wirklich versucht, einen Lynchmord zu verhindern.

»Papa glaubt ...«, begann ich und verstummte unter Frau Kessels eisigem Blick. Ich versuchte es erneut. »Er meint, das sei Aufgabe der Polizei.«

»Meint er das?« Frau Kessel spitzte die Lippen. »Es ist leicht zu behaupten, die Polizei müsse sich darum kümmern, wenn man selbst noch niemanden verloren hat.«

»Meine Mutter sagt, man brauche Beweise«, protestierte ich, gekränkt von der Kritik an meinem Vater.

»Beweise? Natürlich gibt es Beweise«, keifte Frau Kessel. »Wie viele Beweise wollen die denn noch?«

Stefan und ich sahen einander an. »Was für Beweise?«

Frau Kessel musterte uns, als wären wir hoffnungslos verblödet. »Den Schuh, den Schuh, den sie am Quecken gefunden haben. Der der kleinen Voss gehört hat.«

»Den haben sie am Quecken gefunden? Da, wo die alte Burg steht?« Das war uns neu. Ich hatte gehört, dass man ihn im Wald gefunden hatte, aber man schien nicht genau zu wissen, wo. Ich fragte mich, auf welch abenteuerliche Weise Frau Kessel an diese Information gekommen war.

»Woher wusste man, dass es ihrer war?«, fragte Stefan und wurde dafür mit einem vernichtenden Blick bedacht.

»Weil der andere noch in der Schule war«, sagte Frau Kessel, als ob das eine Selbstverständlichkeit wäre. »In beiden stand ihr Name. Auch wenn es hieß, man habe den auf dem im Wald gefundenen kaum entziffern können, weil er so verbrannt war.«

»Woher wissen Sie, dass er verbrannt war?«, wollte Stefan wissen.

Frau Kessel starrte ihn an. »Ich …«, begann sie und verstummte dann. »Jemand hat es mir erzählt.« Ihr Gesichtsausdruck verbot weitere Nachfragen. Ich fragte mich, wer dieser Jemand sein mochte: die Tochter oder Nichte von einem ihrer Freunde, der vielleicht bei der Polizei arbeitete, oder die Frau von einem der Beamten. Es war kaum vorstellbar, dass jemand so indiskret gewesen sein sollte, Frau Kessel irgendwelche Informationen zu verraten – da hätte man sie ebenso gut über Radio Euskirchen bekanntmachen können.

»Das ist ja schrecklich«, brach es einfach so aus mir heraus.

»Jawohl«, stimmte Frau Kessel mir in harschem Ton zu. »Wenn man sich vorstellt, dass er hier in der Stadt lebt, mitten unter uns, frei wie ein Vogel.«

Ich nickte schwach, aber das hatte ich eigentlich nicht gemeint. Ich hatte plötzlich das Bild von Marions Schuh vor Augen, verkohlt und rußgeschwärzt, im Unterholz liegend, und ich musste an den feurigen Mann vom Hirnberg denken. Daran, dass die bloße Berührung seiner Hand einem sofort die Haut kross braten und das Fleisch darunter zum Brutzeln bringen würde. Ich malte mir aus, wie er einen mit seinem Feuer umfing, bis jeder Quadratzentimeter der Haut in Flammen stand. Ich fragte mich, wie man einen solchen Schmerz wohl aushielt.

»Pia?« Stefans Stimme schien von weither zu kommen. »Ist dir nicht gut?«

Ich schüttelte den Kopf, aber der fühlte sich an wie eine Schneekugel, deren Flüssigkeit so heftig bewegt wird, dass es einen richtigen Schneesturm gibt. Mein Mund war voller Spucke, und ich hatte schon Angst, mich mitten auf Frau Kessels Küchentisch zu übergeben.

Die Stuhlbeine kratzten über den Boden, als Frau Kessel den Tisch von mir wegzog. Im nächsten Augenblick lag ihre Klaue auf meinem Hinterkopf und drückte ihn mir zwischen die Knie. Sie war erstaunlich stark, und ihre Ringe bohrten sich mir in die Kopfhaut. Ich schaute auf ein Stück makellos sauberen Fliesenboden.

»Bleib so«, befahl sie, nahm aber zu meiner Erleichterung ihre Hand weg. Einige Augenblicke später hörte ich den Wasserhahn laufen. Frau Kessel holte mir das probate Allheilmittel, ein Glas Wasser.

»Pia?« Stefans besorgtes Gesicht tauchte in meinem Blickfeld auf. Er musste sich irgendwie Richtung Fußboden verrenkt haben, um das hinzukriegen. »Was ist passiert?«

»Ich weiß nicht«, sagte ich zu dem verkehrt herumgedrehten Gesicht. Ich schaffte es nicht, in Worte zu fassen, woran ich gedacht hatte – den feurigen Mann, den verkohlten Schuh. »Mir war so schlecht.«

»Bist du jetzt okay?«

»Was für eine idiotische Frage«, sagte Frau Kessel mit schneidender Stimme. Ich hörte, wie sie das Glas Wasser auf den Tisch stellte. »Steh auf«, fügte sie hinzu. »Du musst dich nicht wie ein schlecht erzogener Hund auf meinem Fußboden wälzen.«

Als Stefan auf die Füße kam, landete eine von Frau Kessels Händen diesmal auf meiner Schulter, ungefähr so sanft, wie ein Geier sich auf seine Beute stürzt. »Ist dir noch schwindelig?«, fragte sie mich.

»Ich glaube nicht.«

»Dann setz dich auf und trink das hier langsam.« Sie gab mir das Glas. Ich schaute es misstrauisch an. Es war ein typisches Alte-Frauen-Glas, mit einem verwaschenen Dekor aus Blaumeisen, die auf einem blühenden Zweig saßen. Ich nahm einen Schluck. Sie hatte das Wasser nicht lange genug laufen lassen, sodass es unangenehm lauwarm war. Ich wollte es nicht, mir fiel aber keine Begründung ein, mit der ich es hätte ablehnen können, also trank ich es mit finsterer Miene aus.

»Nun?«, sagte Frau Kessel. Ihr Ton war barsch. Sie klang eher wie Frau Eichen, wenn sie die Lösung einer Rechenaufgabe wissen will, als wie jemand, der sich nach meinem gegenwärtigen Gesundheitszustand erkundigt.

»Ein bisschen besser«, wagte ich zu erwidern.

Eine Klaue fuhr nieder und packte nach dem Glas. »Ich kann nicht behaupten, dass mich das überrascht hat. Bei dem Gedanken daran wird auch mir schlecht.«

Ich machte mir nicht die Mühe, ihr zu widersprechen.

»Und ich glaube, dass du Pia besser in ein paar Minuten, wenn sie sich erholt hat, nach Hause bringst«, ließ Frau Kessel Stefan in so missbilligendem Ton wissen, als wäre er höchstpersönlich für meinen Zustand verantwortlich.

Ich riskierte einen Blick in ihr Gesicht. Ihr Mund war verkniffen, die Augen wirkten hart. Jeder andere Mensch hätte wohl ein schlechtes Gewissen gehabt, wenn ein Kind in seinem Haus fast in Ohnmacht gefallen wäre, nachdem es solch gruseligen Ausführungen gelauscht hatte. Nicht so Frau Kessel. Ich denke, selbst wenn sie hundertzwanzig Jahre alt würde, käme es in diesen zwölf Jahrzehnten nicht ein einziges Mal so weit, dass sie sich für etwas entschuldigen würde. Sie fühlte sich völlig schuldlos. Schließlich waren es die anderen, die all diese verwerflichen Dinge taten.

»Ist gut, Frau Kessel.« Stefan klang schicksalsergeben. Er bot mir seinen Arm an, als wären wir zwei alte Rentner auf einem Spaziergang.

»Ich werde kein Wort über diesen Besuch verlieren«, sagte Frau Kessel in ähnlich pathetischem Ton.

»Danke, Frau Kessel.«

»Allerdings erwarte ich, dass ihr euch nicht noch einmal zur Schulzeit in dieser Straße herumtreibt. Andernfalls müsste ich es melden.«

»Verstanden.«

Stefan und ich schlichen zur Haustür. Frau Kessel hatte die Türklinke schon in der Hand, um uns auf die Straße zu lassen, als Stefan noch sagte: »Frau Kessel, warum ist Ihnen das eigentlich so wichtig?«

Warum ist was so wichtig, dachte ich bei mir. Uns aus dem Haus zu haben? Uns nicht noch einmal in ihrer Straße zu sehen? Doch Frau Kessel wusste genau, wonach er gefragt hatte.

»Weil Caroline Hack meine Nichte war«, sagte sie barsch.

Wir traten auf die Straße, und ich drehte mich um, wollte Auf Wiedersehen sagen, aber sie hatte die Tür bereits geschlossen.

Am nächsten Tag nach der Schule gingen Stefan und ich noch einmal zu Herrn Düsters Haus, um uns die Kellertüren anzusehen. Wir hatten uns vorgenommen, wie zufällig daran vorbeizuspazieren, und, falls niemand uns beobachtete, wieder zu versuchen, die alten Griffe zu lockern. Doch das Ganze erwies sich als Reinfall. Inzwischen hatte jemand die alten Griffe entfernt und durch funkelnagelneue ersetzt. Sie waren fest an die Türen geschraubt und mit einem ebenfalls neuen größeren Vorhängeschloss verbunden.

38. Kapitel

»Pia?«, sagte Herr Schiller. Er hielt mir eine kleine Kaffeetasse hin.

»Verzeihung.«

Ich schüttelte den Kopf, wie um wieder klar denken zu können, und fragte mich, wie lange er mir die Tasse wohl schon hingehalten hatte, die ich jetzt vorsichtig in Empfang nahm.

»Du bist heute ein wenig abwesend, mein Fräulein«, bemerkte Herr Schiller spitz.

»Mhm.« Vorsichtig nippte ich an dem Kaffee und versuchte, ein Husten zu unterdrücken – er war so stark, dass es mich fast umhaute.

»Und, wie ist das Leben an der großen Schule?«

»Ähm …« Ich zögerte und fragte mich, ob ich ihm die Standardantwort geben sollte, schön, oder die Wahrheit sagen, die da lautete: eigentlich genauso – ich bin immer noch das Mädchen, dessen Großmutter explodiert ist.

Während ich noch überlegte, sprang Stefan für mich in die Bresche: »Es ist schon gut, aber wir haben viel zu tun.«

»Ah.« Mit hochgezogenen Augenbrauen betrachtete Herr Schiller uns beide über seine Kaffeetasse hinweg. »Viel Feldforschung, oder?« Als er unseren fragenden Ausdruck sah, breitete sich ein Lächeln auf seinem Gesicht aus, das dadurch wie in hundert kleine Felder zerfurcht wurde. »Ich habe euch weiter oben an der Straße die Häuser untersuchen sehen.«

Ich warf Stefan einen raschen Blick zu. Hatten uns alle Bewohner der Straße vor Herrn Düsters Haus beobachtet? Ich hätte es wissen müssen – Bad Münstereifel ist eines dieser Städtchen, wo Videoüberwachung völlig überflüssig wäre. Denn selbst stundenlange Kameraaufzeichnungen könnten einem nichts verraten, was die Nachbarn nicht schon wüssten.

»Ach«, sagte Stefan lässig und zuckte mit den Achseln. »Wir haben überlegt, ein Schulprojekt über alte Gebäude zu machen … aber es hat nicht geklappt.«

»Wie schade«, sagte Herr Schiller, ließ das Thema ansonsten aber auf sich beruhen. Das war eine weitere Eigenschaft, die ich an ihm schätzte, er ritt nicht wie andere Erwachsene ewig auf etwas herum. Hätten wir meiner Mutter das Gleiche erzählt, hätte sie wissen wollen, warum wir ein Projekt aufgaben, das wir schon begonnen hatten, und wann der Abgabetermin wäre, und ob wir ein passendes neues Projekt hätten, und was die anderen in unserer Klasse machen würden …

»Herr Schiller?«

»Ja, Pia?«

»Haben Sie uns schon alle Geschichten erzählt, die es über Bad Münstereifel gibt? Ich meine, alle mit Geistern und so was?«

»Warum, macht ihr jetzt darüber ein Projekt?«, fragte Herr Schiller.

»Nein«, sagte ich. »Es interessiert mich nur.«

»Hmm.« Herr Schiller lehnte sich in seinem Sessel zurück und griff nach seiner Pfeife. Fasziniert sah ich zu, wie er sie mit Tabak stopfte. Das sah nicht sehr appetitlich aus, aber er rauchte schon so lange, dass ich vermutete, dass es ihm schmeckte.

Mein Blick wanderte vom Pfeifenkopf hinauf zu Herrn Schillers Gesicht, und ich bemerkte, dass seine Augen auf mir ruhten. Zwischen zwei Zügen sagte er: »Ich habe euch noch nicht alle Geschichten über die Stadt erzählt. Ich glaube, das könnte auch niemand. Aber«, fügte er hinzu, vielleicht weil er die Enttäuschung in meinem Gesicht sah, »eine kann ich euch noch erzählen, die ihr nicht kennt. Natürlich nur, wenn ihr vor lauter Lernen überhaupt noch Zeit dafür habt.« In seiner Stimme klang eine Spur Ironie mit.

»Natürlich.« Ich war nicht scharf darauf, das Thema Lernen noch weiter zu vertiefen. Also rutschte ich in meinem Sessel ein wenig vor und sah ihn erwartungsvoll an.

»Dies«, sagte Herr Schiller langsam, »ist eine Geschichte über unseren alten Freund, den unerschrockenen Hans.

Eines Abends stand Hans draußen vor der Mühle mit der Pfeife im Mund und sah zu, wie die Sonne hinter dem Hügel unterging. Da entdeckte er in weiter Ferne eine Gestalt, die auf ihn zukam. Seltsamerweise trug sie auf dem Kopf einen großen Korb, wie man ihn für Obst verwendet.

Irgendetwas an der Gestalt ließ Hans die Augen zusammenkneifen und genauer hinsehen. Vielleicht war es die Art, wie sie durch das feuchte Gras zu gleiten schien, ohne auch nur einmal in dem lehmigen Boden steckenzubleiben oder über ein Grasbüschel zu stolpern. Noch wahrscheinlicher war es aber die Art, wie der Korb auf ihren Schultern saß – so unnatürlich niedrig, wenn man bedachte, dass darunter ja auch noch der Kopf der Person Platz haben musste.

Hans nahm die Pfeife aus dem Mund und klopfte die Asche an der Mauer der Mühle aus. Dann steckte er sie ein und stand mit in die Hüften gestemmten Armen wartend da, bis die Gestalt ihn erreicht hatte. Sie war in für jene Zeit seltsam altmodisch anmutende Gewänder gekleidet. Der Stoff hatte etwas Rostfarbenes, wie im Lauf der Jahre und durch dauerndes Tragen ausgebleicht.

›Guten Abend‹, sagte Hans zu seinem Gast.

Der Fremde erwiderte kein Wort, sondern griff nur mit den Händen nach oben und hob den Korb, der ihn bedeckt hatte. Jetzt entdeckte Hans den Grund für die seltsame Position des Korbes, der so tief auf den Schultern des Mannes zu sitzen schien. Der Mann besaß nämlich gar keinen Kopf. Wo sein Hemdkragen aus der abgetragenen Jacke herausschaute, waren nur etwas Haut und rohes Fleisch zu sehen, wie der Kragen eines Huhns, dem man den Kopf abgeschlagen hat. In der Mitte ragte ein kleiner Knochenstumpf hervor. Kinn, Gesicht und Schädeldecke existierten nicht. Sie waren einfach nicht vorhanden.

Jeder andere wäre wohl nach einem Blick schreiend in die Mühle geflohen und hätte die Tür verrammelt. Doch war Hans, wie ihr wisst, aus anderem Holz geschnitzt. Er hatte seine Großmutter vom kopflosen Geist aus Münstereifel erzählen hören, als sie schon eine verschrumpelte Achtzigjährige und er noch ein kleiner, milchgesichtiger Junge von sechs oder sieben Jahren war. Und wo ein anderer Mann vor Angst gestorben wäre, da war Hans schlichtweg neugierig. Er entschloss sich, den Geist direkt anzusprechen und nach seinem Begehr zu fragen.

›Wer bist du und was willst du?‹, fragte er unerschrocken.

Da gab der Geist einen tiefen Seufzer von sich, der seltsam klang, weil er aus dem Stumpf seines Halses kam und tief in seinem Rumpf widerzuhallen schien.

›Mein lieber Hans‹, sagte er mit seltsam nachklingender Stimme, ›wegen meiner Sünden zu Lebzeiten wurde ich dazu verdammt, durch Münstereifel zu streifen, als furchterregende Gestalt ohne Kopf, bis eine tapferere Seele als alle anderen es wagen würde, mich zu fragen, wer ich bin und wonach ich suche. Lange wandere ich schon umher und finde keine Ruhe. Als ich begann umherzuziehen, gab es hier eine alte Stadt und eine Burg hoch oben auf dem Hügel, über der die Fahne des Burgbesitzers flatterte und auf deren Befestigungsmauern Soldaten marschierten. Die Burg wurde geschleift, die Stadt schwand dahin, und bald bedeckte Wald die Ruinen. Nur ich wandle noch zwischen zerbrochenem Stein, Gras und Unkraut. Schließlich entstand eine neue Stadt am Standort der alten, und ich wandelte weiter, weil niemand es wagte, mich anzusprechen.‹

›Lieber Gott‹, sagte Hans. ›Was kannst du nur getan haben, um ein solches Schicksal zu verdienen?‹

Da trat der Geist näher zu ihm heran und erzählte Hans seine Sünden. Und Hans, der ja weder Mensch noch Gespenst fürchtete, wurde blass und stumm, während er dieser Aufzählung von Untaten lauschte.

›Ich dachte‹, sagte Hans am Ende mit leiser Stimme, ›dass niemand so viel Böses getan haben kann, um eine solche Strafe zu verdienen, doch ich sehe, dass ich mich geirrt habe.‹ Und er bekreuzigte sich, wie es einem guten Katholiken wohl anstand. ›Du tust mir leid‹, sagte er.

›Bedaure mich nicht‹, sagte die Stimme des Geistes. ›Indem du mit mir gesprochen und mich gefragt hast, wer ich bin, hast du mich erlöst.‹

Und dann sah Hans, dass der Geist einen Kopf in seinen Händen hielt. Und zwar den eines Mannes, der schon fünfzig Winter gesehen hatte. Von Falten durchzogen, die Gesichtszüge von einem langen, schlechten Leben gezeichnet. Die Finger des Geistes waren in dem verfilzten Haar vergraben. Hans konnte mit ansehen, wie der Geist den Kopf auf seine Schultern hob, ihn dort zurechtrückte und, als er mit seiner Position zufrieden war, eine leichte Verbeugung andeutete und verschwand. Und von jenem Tag an«, fügte Herr Schiller noch hinzu, »ward er nicht mehr gesehen, was wohl bedeutet, dass Hans ihn tatsächlich erlöst hat.«

Stefan rutschte ungeduldig auf seinem Sessel herum. »Er verschwand einfach?«

»Ja.«

»Und was waren das für Sünden, die er Hans erzählt hat?«

»Das weiß niemand«, sagte Herr Schiller. »Hans hat keiner Menschenseele je berichtet, was er gehört hatte. Es heißt, die Verbrechen des Geistes seien so schrecklich gewesen, dass sie besser nur ihm und Gott bekannt waren.«

»Hmmm«, machte Stefan enttäuscht.

»Ich weiß schon«, sagte Herr Schiller, »das ist ziemlich unbefriedigend, nicht wahr?«

»Ich wünschte, ich wüsste, was der Geist getan hat«, sagte Stefan.

»Es ist besser, das nicht zu wissen, will uns die Geschichte sagen«, erwiderte Herr Schiller.

»Es kann doch nicht so schlimm gewesen sein«, sagte Stefan. »Nichts ist so schlimm.«

»Es ist gut, wenn man davon überzeugt ist, solange man zehn Jahre alt ist«, sagte Herr Schiller sanft zu Stefan.

»Ich bin schon elf –«

»Aber ich fürchte, wenn du älter wirst, wirst du dahinterkommen, dass manche Dinge wirklich schlimm sind.« Herr Schiller klang traurig, als er das sagte.

Mir wurde heiß, und es fühlte sich so ähnlich wie Schuld an, als ich mich fragte, ob er dabei wohl an Gertrud dachte. Daran, was mit ihr passiert sein könnte, und daran, ob der Täter wohl je bestraft würde.

»Manche Dinge bleiben besser ungesagt«, fügte er hinzu, als ob er meine Gedanken gelesen hätte.

Ich versuchte, Stefans Blick einzufangen, um ihm irgendwie telepathisch mitzuteilen, er solle den Mund halten, bevor wir den alten Mann kränkten und wieder vor die Tür gesetzt würden, aber Stefan war tief in Gedanken versunken und für meine vielsagenden Blicke unempfänglich. Das war eine der

Eigenschaften, die mich immer wieder an ihm störten und ihn in meinen Augen wieder zu Stink-Stefan degradierten: er wusste nie, wann es an der Zeit war, etwas auf sich beruhen zu lassen.

»Wenn es so schlimm gewesen wäre«, beharrte er, »wie kann es dann sein, dass der Geist schon in dem Augenblick erlöst war, als Hans ihn fragte, wer er sei? Nehmen wir an, er wäre der erste Mensch gewesen, der ihn je gesehen hat, dann wäre das doch überhaupt keine Strafe gewesen.«

»So war es aber nicht«, wies ich ihn zurecht. »Er verbrachte Jahr um Jahr, wahrscheinlich Hunderte von Jahren, damit, umherzuwandern, bevor Hans ihn ansprach.«

»Ja, aber wenn«, sagte Stefan dickköpfig.

»Dann hätten seine Sünden ihn auf andere Weise wieder eingeholt«, sagte Herr Schiller leise. »Denn das tun sie immer.« Er schüttelte den Kopf. »Ich fürchte, du hast die Botschaft der Geschichte nicht verstanden.«

»Ich kapier's einfach nicht.«

»Der Geist wurde nur erlöst, weil jemand es wagte, mit ihm zu sprechen. Darum geht es. Hans wagte es, ihn anzureden. Die meisten Leute wären stattdessen um ihr Leben gerannt.« Herrn Schillers buschige Augenbrauen hoben sich. Seine Augen strahlten. »Hans war der Einzige, der seine eigenen Ängste zu überwinden und zu handeln vermochte.«

»Dann bedeutet die Geschichte also, dass man sich vor nichts fürchten soll?«

»Die Geschichte bedeutet, dass man sich einer Aufgabe stellen soll, die getan werden muss. Selbst wenn es sich um etwas handelt, das den meisten Menschen schwerfiele. Selbst wenn man große Angst davor hat.«

Auf dem Rückweg zu unserem Haus in der Heisterbacher Straße hatte ich immer noch den Geschmack von Herrn Schillers Kaffee im Mund, dunkel und säuerlich, sodass ich an Aschenbecher und Lagerfeuer denken musste. Lange Zeit sagten weder Stefan noch ich ein Wort. Stefan hatte die Hände tief in den Jackentaschen vergraben, und sein Atem bildete kleine Wölkchen. Er erinnerte mich an Boris, wenn der rauchte. Ich dachte über Herrn Schiller, den unerschrockenen Hans und den Geist ohne Kopf nach.

Man soll sich einer Aufgabe stellen, die getan werden muss.

Wir hatten beschlossen, den Weg über den Salzmarkt und die Brücke zu nehmen, vorbei an König Zwentibold und seinem Brunnen. So kamen wir nicht an Herrn Düsters Haus vorbei. Dessen Standort im Verhältnis zu meinem eigenen war mir allerdings durchaus bewusst. Als handele es sich um zwei riesige rote Punkte auf einem Stadtplan: Du bist hier, und dort ist es.

»Pia?«

Ich sah Stefan an, aber er schaute aufs Kopfsteinpflaster, nicht zu mir.

»Ja?«

»Was hältst du von der Geschichte?«

Ich seufzte. »Keine Ahnung.« Ich bemerkte, dass Stefan stehen geblieben war, also hielt auch ich an.

Stefan blickte zum Himmel hinauf. Eine erste winzige Schneeflocke segelte herab und fiel auf sein nach oben gerichtetes Gesicht, wo sie sofort schmolz. Er sah mich an. »Meinst du nicht, dass Herr Schiller versucht hat, uns etwas mitzuteilen? Sozusagen die Moral von der Geschichte?«

»Das nehm ich mal an.«

Ich fühlte mich nicht bereit, in die Sache einzusteigen. Die Vorstellung, dass vielleicht wir, vielleicht ich es sein sollte, die tat, was getan werden musste, bereitete mir noch zu viel Missbehagen, um mich näher mit ihr auseinanderzusetzen.

»Das hat er«, sagte Stefan. »Ich weiß, dass er es so gemeint hat. Er findet, wir sollten was unternehmen.«

»In welcher Sache?« Aber ich kannte die Antwort bereits.

»Wegen Katharina Linden und der anderen Mädchen«, sagte Stefan in leicht ungeduldigem Ton. Er senkte die Stimme. »Seinetwegen, wegen Herrn Düster.«

»Er kann doch nicht wirklich wollen, dass wir etwas gegen Herrn Düster unternehmen«, protestierte ich. »Er ist cool, aber trotzdem immer noch ein Erwachsener. Da wird er uns wohl kaum auffordern, in ein fremdes Haus einzubrechen oder Ähnliches.«

»Warum nicht?«

»Weil es einen Riesenärger gäbe, wenn man uns erwischen würde. Und er bekäme dann auch Schwierigkeiten.«

»Vielleicht meint er, es sei das Risiko wert?«

Jetzt fühlte ich mich wirklich beklommen. »Aber er selbst würde es ja nicht machen müssen. Und überhaupt«, fügte ich hinzu, »er hat ja nicht einmal etwas unternommen, als seine Tochter verschwunden ist, oder? Frau Kessel sagt, er wäre ein zu guter Christ. Wie kommt er dann also dazu, uns zu so was aufzufordern?«

»Weiß ich auch nicht«, sagte Stefan. Er hob einen Arm und ließ ihn frustriert wieder fallen. »Schau mal, selbst wenn er uns nicht auffordern wollte, das zu tun, dann ist es doch trotzdem eine gute Idee, oder etwa nicht?«

»Eine gute Idee?«

»Na ja, immerhin eine richtige Idee«, sagte Stefan mit verbissenem Gesicht.

»Stefan, wir sind zwei Kinder und nicht Batman und Robin.« Ich trat unruhig von einem Fuß auf den anderen. »Wenn er uns schnappt, bringt er uns um.«

»Na gut«, sagte Stefan. »Dann lassen wir uns eben nicht schnappen.«

39. Kapitel

Weihnachten rückte näher, und die Läden waren auf einmal wieder voller Adventskränze.

»Fast ein Jahr ist es her«, sagte mein Vater traurig.

Meine Mutter war da pragmatischer. »So ein Ding kommt nicht mehr ins Haus.«

Unvermeidlich signalisierte das Auftauchen der Adventskränze auch das neu erwachte Interesse an Oma Kristels frühzeitigem Tod. Plötzlich war ich wieder Gegenstand unerwünschter Aufmerksamkeit. Stefan beunruhigte mich auch ganz schön – dauernd nervte er mich mit Herrn Düster und was wir gegen ihn unternehmen könnten. Ich erinnerte mich daran, warum der Schimpfname »Stink-Stefan« so genau auf ihn passte – er war so hartnäckig wie ein schlechter Geruch. Und jetzt war ich gezwungen, mich wieder damit auseinanderzusetzen, warum er der einzige Mensch an der Schule war, den ich als Freund betrachten konnte.

Meine früheren Freunde wie Marla Frisch, die mich aus Angst, von der unglaublichen explodierenden Familie quasi verseucht zu werden, sofort fallengelassen hatten, waren jetzt die Chefberichterstatter von Oma Kristels grauenvoller Geschichte. Kinder aus höheren Klassen, die nicht an derselben Schule wie ich gewesen waren, als Oma Kristel starb, gierten regelrecht danach, die traurige Begebenheit aus dem Mund derer zu hören, die damals ein wenig näher dran gewesen waren.

In gewisser Weise konnte ich es ihnen nicht einmal verübeln. Das Ganze war einfach zu grotesk, um ernst genommen zu werden – es klang wie eine erfundene Horrorgeschichte. Trotzdem machte das den Stress natürlich auch nicht weniger, den ich jedes Mal hatte, sobald ich ein Klassenzimmer oder die Mädchentoilette betrat und geflüsterte

Unterhaltungen bei meinem Auftauchen sofort erstarben. Es konnte nur eine Frage der Zeit sein, bis man sich wieder weigern würde, neben mir zu sitzen.

Meine Eltern waren inzwischen mit der Planung des ersten Gedenkgottesdienstes für Oma Kristel beschäftigt. Als Protestantin war meine Mutter ziemlich außen vor, was die Gestaltung der Messe anging, dafür lastete, sehr zu ihrem Missfallen, das Catering auf ihren Schultern.

Die große Diskussion drehte sich darum, wann genau die Messe stattfinden sollte. Oma Kristel war am letzten Sonntag im Advent gestorben, aber die Messe zu Weihnachten lesen zu lassen war eine irgendwie deprimierende Vorstellung. Meine Mutter meinte, es sei doch wirklich eine gute Idee, das Ganze in den Januar zu verlegen, das wäre genau das Richtige, um uns aufzuheitern, wenn Weihnachten vorbei war. Mein Vater, der den Galgenhumor meiner Mutter noch nie verstanden hatte, war gekränkt, konnte aber auch mit keinem besseren Vorschlag aufwarten.

Eines Nachmittags kam ich früher als sonst nach Hause und entdeckte das Auto meines Vaters auf dem behelfsmäßig gepflasterten Rechteck, das als Parkplatz zu unserem Haus diente. Als ich das Auto sah, glaubte ich, meine Eltern hielten ein weiteres Gipfeltreffen ab, um die Frage nach der Musik und die Entscheidung zwischen weißen Rosen oder Lilien zu klären. Die Debatten über solche Fragen konnten erstaunlich hitzig werden, aber trotzdem schrak ich zurück, als ich die Haustür aufschloss und meinen Vater wie einen wütenden Stier toben hörte.

Ganz leise stellte ich meine Schultasche ab und fragte mich schon, ob ich mich nicht klammheimlich wieder hinausschleichen sollte. Doch im nächsten Augenblick ließ ein eisiger Windstoß die Haustür zufliegen, und es knallte wie ein Gewehrschuss. Ich stand noch halb gebückt da, einen Träger meiner Schultasche in der Hand und mit schuldbewusstem

Gesicht, als die Küchentür aufging und meine Mutter herauskam. Ihr Gesicht schien irgendwie fleckig, und ihr dunkles Haar sah aus, als ob sie es sich gerauft hätte.

»Was machst du denn um diese Zeit zu Hause?«, fuhr sie mich an.

»Frau Wasser ist krank und war nicht da«, stammelte ich.

Hinter meiner Mutter füllte die Gestalt meines Vaters den Küchentürrahmen. »Schrei sie nicht an!«

»Ich habe verdammt noch mal nicht geschrien.« Dafür tat sie es jetzt beinahe.

»Du hast schon genug angerichtet.«

»Ich habe sie nicht einmal berührt«, sagte meine Mutter, als ob er ihr vorgeworfen hätte, mich zu schlagen.

»Ich rede auch nicht vom Berühren.« Mein Vater nahm selbst im Streit alles so wörtlich wie immer. »Glaubst du etwa, das hat keine Wirkung auf die Kinder, wenn du …«

»Wolfgang!« Die Stimme meiner Mutter übertönte seine mit einem deutlich warnenden Unterton.

Ich blickte zur Treppe und erwog meine Chancen auf eine Flucht.

»Pia.« Meine Mutter klang zwar ruhiger, aber ihre Stimme war stahlhart. »Komm mal mit mir ins Wohnzimmer.«

»Pia, bleib, wo du bist.« Das war mein Vater. Er starrte meine Mutter wütend an. »Ich werde nicht zulassen, dass du ihr deine Version der Geschichte auftischst.«

Meine Mutter stemmte die Hände in die Taille. »Na, dir werd ich das bestimmt nicht überlassen.«

»Was überlassen?«, fragte ich verwirrt.

»Geh bitte ins Wohnzimmer, Pia«, sagte mein Vater.

Widerstrebend tat ich, wie mir geheißen und nahm im Gehen noch meine Schultasche mit. Wenn sie darauf bestanden, dass ich dort drin blieb, während sie sich stritten, konnte ich zumindest schon mal meine Hausaufgaben erledigen. Ich setzte mich auf die Couch und begann, meine Hefte auf dem Beistelltisch auszubreiten, aber es fiel mir schwer, mich zu konzentrieren. Das gedämpfte Geräusch erhobener Stimmen war einfach zu deutlich über den Flur zu hören. Ich entschied mich, mit der Englischhausaufgabe anzufangen, schlug mein Heft auf einer leeren Seite auf und schrieb sorgfältig »A VISIT TO ENGLAND«. Dann steckte ich das Ende meines Füllers in den Mund und starrte auf das Blatt.

»Das bist du mir schuldig ...!«, dröhnte die Stimme meines Vaters aus dem Flur.

»My grandmother«, schrieb ich und hielt wieder inne. Ich hatte schreiben wollen »My grandmother lives in Middlesex«, aber die lauten Stimmen aus dem Flur erinnerten mich an den Riesenärger, der mich sicher erwartete, wenn Oma Warner ihre Telefonrechnung bekam. Allein der Gedanke daran verursachte mir ein unangenehmes Kribbeln. Inzwischen musste die Rechnung doch angekommen sein. Ich war in den Sommerferien dort gewesen, und jetzt war bald Weihnachten.

Die Tür ging auf. Es war meine Mutter. »Kann ich reinkommen?«, sagte sie, als ob sie mein Zimmer betreten würde und nicht das Wohnzimmer der ganzen Familie. Sie schlüpfte herein und schloss sehr behutsam die Tür. Dann kam sie zur Couch herüber und setzte sich neben mich.

»Wo ist Papa?«, fragte ich.

»Oben«, sagte meine Mutter. »Er kommt nachher runter. Dann kannst du mit ihm sprechen.«

Sie sah mich an, zwang sich zu einem Lächeln und schaute aus dem Fenster. Eine alte Frau ging die Straße entlang. Dauernd drehte sie sich um und bückte sich, sodass ich vermutete, sie führe einen störrischen Hund an der Leine.

Ich rutschte auf meinem Platz herum. »Ich mache gerade Englisch«, sagte ich und deutete auf das aufgeschlagene Heft.

»Mhm«, machte meine Mutter und fügte hinzu: »Das passt ja zu dem, worüber ich mit dir reden will, Pia.«

»Über meine Englischhausaufgabe?«

»Nein, darüber nicht.« Sie verschränkte die Arme vor der Brust und rieb sich die Oberarme, als würde sie frieren. »Pia, dein Englisch ist wirklich gut, auch wenn wir zu Hause nicht so oft Englisch sprechen, wie wir eigentlich sollten.«

»Charles und Chloé lachen mich aus, wenn ich Englisch rede«, sagte ich.

»Ach«, sagte meine Mutter, »am besten achtest du gar nicht auf die beiden. Dein Englisch ist gut.«

»Dafür können die kein Deutsch«, stellte ich fest, aber darauf wollte meine Mutter nicht eingehen.

»Du könntest es schaffen – in England, meine ich«, sagte sie. »Im Sommer hast du dich bei Oma Warner wirklich gut geschlagen.«

»Ja-ha«, sagte ich misstrauisch und fragte mich, ob das Ganze hintenrum nicht doch zu einem Eklat wegen der Telefonrechnung führen würde. Aber meine Mutter schien nicht wütend auf mich zu sein; wenn überhaupt, dann war sie nervös, als ob sie Angst hätte, ich könnte böse auf sie sein.

»Wenn du … ich meine, wenn du dort leben würdest, würdest du bald perfekt sprechen. In deinem Alter wärst du den Akzent rasch los. Dann würde niemand mehr lachen, die Leute würden es vermutlich nicht einmal merken.«

Ich nahm mein Heft zur Hand und starrte auf die leere Seite, wo A VISIT TO ENGLAND prangte. »Fahren wir Oma Warner besuchen?«

»Na ja, nicht ganz.«

»Mama?«

»Ja?«

»Ich fahre eigentlich nicht so gerne nach England. Ich mag Oma Warner wirklich, aber …«

Meine Mutter seufzte. »Pia, man kann sich nicht immer alles aussuchen.«

»Was meinst du damit?«, fragte ich. Eine unerfreuliche Erkenntnis tauchte in meinem Bewusstsein auf, wie irgendwas Hässliches, mit Wasser Vollgesogenes, das einfach nicht untergehen will, egal wie oft man es untertaucht. Als Tante Liz und meine Mutter über einen Umzug nach England diskutiert hatten, war das nicht reine Theorie gewesen.

»Du bist zur Hälfte Engländerin«, sagte meine Mutter, als ob das alles erklären würde. »Wir haben jahrelang in Deutschland gelebt, aber es gab immer die Möglichkeit ... du sollst auch die englische Seite an dir kennenlernen.« Ihr Ton war bittend.

»Ich weiß nicht, wovon du redest«, sagte ich stur.

»Wir würden Oma Warner viel öfter sehen. Sie ist meine Mutter, weißt du, und ich würde gern mehr Zeit mit ihr verbringen. Das wäre doch auch für dich schön, wo Oma Kristel doch ...« Sie verstummte und rieb sich die Handflächen, als wäre sie plötzlich verlegen. »Vielleicht würdest du dann sogar deinen Cousin und deine Cousine mögen.«

Die werde ich nie mögen, dachte ich, aber laut sagte ich nichts. Ich musterte meine Mutter nur, die hin und her rutschte und nervös lächelte. Sie ließ mich so kalt wie eine vollkommen Fremde, die mir dumme Lügen auftischte, Lügen, die dazu gedacht waren, mich zu verletzen.

»Du weißt, was ich meine, Mäuselein?« Leicht irritiert registrierte ich den Kosenamen. Schon seit Jahren hatte sie mich nicht mehr so genannt – warum tat sie es jetzt? »Wir ... also, wir werden wahrscheinlich nach England gehen.«

»Wahrscheinlich?«

»Also, wir gehen, aber vorher müssen noch ein paar Dinge geklärt werden und ...«

»Was ist mit Papas Job?«

»Papa ...« Meine Mutter schwieg und begann wieder,

sich die Hände zu reiben, als ob sie irgendwas davon abstreifen wollte. »Papa kommt wahrscheinlich nicht mit.« Sie bemerkte selbst, dass sie wieder »wahrscheinlich« gesagt hatte, und verbesserte sich: »Papa kommt nicht mit.«

»Aber er kann doch nicht ohne uns hierbleiben«, protestierte ich. »Und ich will sowieso nicht nach England.«

»Pia.« Meine Mutter seufzte. »Ich weiß, dass du glaubst, dort nicht hinzuwollen. Aber wir können wirklich nicht hierbleiben.«

»Warum nicht?«, fragte ich.

»Weil ... also, weil ich Oma Warner und Tante Liz in meiner Nähe brauche. Sebastian ist noch sehr klein, und ich werde Hilfe brauchen, sonst kann ich nicht wieder arbeiten gehen.« Sie zauberte ein kurzes Lächeln auf ihr Gesicht und streckte die Hand aus, um mich an der Schulter zu berühren.

Ich zuckte zurück und war mir immer noch unsicher, ob meine Mutter das ernst meinte oder sich einen schrecklichen Scherz mit mir erlaubte. »Warum gehst du nicht hier wieder arbeiten?«

Ihr Lächeln wich einem nervösen Zucken. »Warum?« Sie atmete hörbar durch die Nase aus. »Pia, das ist nicht so leicht, weißt du. Musst du jedes Wort infrage stellen, das ich sage?« Sie schaute mich an, und ihr Gesicht nahm wieder einen abgekämpften Ausdruck an. »Wenn wir für uns allein sind, muss ich die Familie in der Nähe haben. Meine Familie.«

»Wir haben hier doch auch viel Familie«, warf ich ein. »Onkel Thomas und Tante Britta und ...«

»Das ist Papas Familie.«

»Aber ...« Meine Stimme erstarb. Ich war mir nicht sicher, wie ich dieses Gefühl in Worte fassen sollte, dass meine Familie plötzlich in zwei Hälften zerfiel, wie mittelalterliche Armeen, die auf zwei Seiten eines Schlachtfelds Stellung beziehen. Meine Mutter schien mir sagen zu wollen, dass ich auf eine bestimmte Seite gehörte, dorthin, wo die englische

Fahne wehte, aber sie hätte mir genauso gut erzählen können, ich solle für die Äußere Mongolei kämpfen.

»Ich könnte ja hier bei Papa bleiben«, sagte ich, einer plötzlichen Eingebung folgend.

»Pia, das geht nicht …«

»Oh doch, das geht.« Ich spürte, wie mein Mund sich zu einem dünnen Strich verzog.

»Das geht nicht.« Die Stimme meiner Mutter klang unerbittlich. Jetzt kam die hässliche Wahrheit ans Licht. Wie ein Hase, der aus der Deckung sprang, jagte sie durch die Landschaft meines Bewusstseins. Nichts mehr mit »Mäuselein« und »die englische Seite an dir kennenlernen«. »Du musst mit nach England kommen, Pia. Ende der Debatte. Tut mir leid.« Sie klang nicht, als ob es ihr leidtäte, sie klang wütend. »So ist es nun mal.«

Ich starrte auf die Wörter auf der zerknüllten Seite vor mir. A VISIT TO ENGLAND. Mir wurde ganz heiß. Ich fühlte mich wie Teig in einer Schüssel, der immer weiter aufgeht, bis er über den Rand quillt. Mein Gesicht, meine Schultern, meine Finger waren wie erstarrt, und ich konnte die heißen Tränen nicht zurückhalten, die mir aus den Augen traten. Ein Tropfen fiel aufs Papier und verwischte die Buchstaben ENG. Es gab kein Halten mehr – ein Schluchzer so laut wie ein Schrei brach aus mir hervor. Meine Mutter versuchte, mich in den Arm zu nehmen, aber ich kämpfte mich wild um mich schlagend frei. Das Heft zerriss und fiel zu Boden. Ich hielt eine halbe Seite in der Faust.

»Pia …«

»Ich hasse dich!«, schrie ich, so laut ich konnte, die Worte kratzten mir im Hals. »Ich hasse dich, ich hasse dich, ich hasse dich!«

»Pia, beruhige dich doch, Schätzchen. Alles kommt in Ordnung. Du wirst sehen, dass alles in Ordnung kommen wird …«

Die Stimme meiner Mutter klang jetzt wieder freundlich und beruhigend, aber selbst in meinem Zorn registrierte ich, dass sie nur versuchte, mich zu besänftigen. Sie sagte nicht: Na gut, dann gehen wir eben nicht nach England, sondern bleiben hier. Sie versuchte nur, mich so weit zu beruhigen, dass ich die bittere Wahrheit akzeptierte. Das war so, als versuchte man ein verängstigtes Tier zu beruhigen, dem eine unangenehme medizinische Behandlung bevorsteht.

Ich riss mich von ihr los und rannte regelrecht zur Tür. Sie folgte mir bis zur Schwelle und rief mir weitere Kosenamen nach, aber ich war entschlossen wegzuhören, und als ich die Treppe hinauflief, kam sie mir nicht nach. Ich ging in mein Zimmer, versperrte die Tür und rückte sogar noch den Stuhl, der sonst neben meinem Bett stand, als zusätzliche Barrikade davor. Dann warf ich mich auf mein Bett und weinte wie ein kleines Kind.

40. Kapitel

Sehr viel später kam mein Vater hoch und klopfte an meine Tür. Zuerst rührte ich mich nicht, aber als er etwas sagte und ich merkte, dass er es war, stand ich auf und öffnete.

»Kann ich reinkommen?«, fragte er.

Ich nickte. Er trat ein, zog den Stuhl hinter der Tür hervor und ließ sich schwer darauffallen. Ich saß auf dem Bett und sah ihn aus vom Weinen ganz dick verquollenen Augen an.

»Ach, Pia.« Er klang müde. »Es tut mir so leid.«

Ich zitterte. »Papa, wir gehen doch nicht wirklich nach England, oder?«

Er seufzte. »Doch. Ich wünschte, ich könnte dir etwas anderes sagen.«

»Ich will da aber nicht hin.«

»Und ich möchte nicht, dass du weggehst, Schätzchen.«

»Kann ich denn dann nicht dableiben – hier bei dir?«

»Ich fürchte nein.« Die Worte meines Vaters klangen unsicher, aber das drohende Unheil war herauszuhören.

»Warum nicht?«

»Es ist noch nicht richtig festgelegt, aber deine Mutter möchte, dass du mit ihr gehst.«

»Sie kann mich aber nicht zwingen.«

»Na ja, sie vielleicht nicht, aber ein Gericht«, sagte mein Vater. »Sie will – Pia, weißt du was ›Sorgerecht‹ bedeutet?«

Ich schüttelte den Kopf.

»Es bedeutet, dass es einem Elternteil erlaubt ist, die Kinder mitzunehmen … nach einer Scheidung.«

»Einer Scheidung?«

Mein Vater nickte. Das musste er mir nicht erklären.

»Warum …?«, begann ich, aber weiter kam ich nicht. Die Frage wollte nicht heraus.

»Das ist was zwischen den Erwachsenen«, sagte mein Vater traurig. Er breitete die Arme aus, und ich stand auf, um mich in den Arm nehmen zu lassen. Als ich den Kopf auf seine harte Schulter legte, die ich unter dem Hemd spürte, fühlte sich das ein wenig tröstlich an. Laut schniefte ich in den dicken Stoff.

»Papa, Charles und Chloé lachen mich aus.«

Mein Vater sagte nichts, sondern drückte mich nur ein bisschen fester.

»Und ich will nicht in England zur Schule gehen.« Ich bohrte meine Stirn in seine Schulter. »Und ich hasse englisches Essen. Sogar das von Oma Warner.«

Ich spürte die Schultern meines Vater zucken und fragte mich schon, was ich denn so Lustiges gesagt hatte. Dann hob ich den Kopf und schaute ihm ins Gesicht. Und das war erst das zweite Mal in meinem Leben, dass ich meinen Vater weinen sah. Das erste Mal war bei Oma Kristels Tod gewesen.

41. Kapitel

Danach verwandelte sich unser Haus in eine Art Militärlager, wo gepackt und geräumt wurde und meine Mutter den grimmigen General gab, der zwischen Kisten und Schachteln einherschritt und alles organisierte. Wir würden erst im neuen Jahr umziehen. Eine Familie mit schulpflichtigem Kind kann schließlich nicht innerhalb von ein, zwei Tagen das Land wechseln. Außerdem hatte meine Mutter zugestimmt, Weihnachten noch in Deutschland zu verbringen.

»Wenigstens darauf hat sie sich eingelassen«, sagte mein Vater trübsinnig.

In der Schule verbreitete sich die Neuigkeit wie der Wind, dass Pia Kolvenbach nach England umziehen und ihre Eltern sich scheiden lassen würden. Plötzlich war ich nicht mehr als potenziell explosives Mädchen verfemt, sondern mit einer noch schlimmeren Aufmerksamkeit gestraft. Es war mir klar, dass die Mädchen, die sich an mich heranmachten und mit falschem Lächeln fragten, ob das denn stimmte, dies taten, weil ihre Eltern zu Hause darüber geredet hatten. Denen würden sie natürlich auch alles zurückerzählen. Bald würde von mir nichts mehr übrig sein, nichts Echtes. Ich wäre eine wandelnde Klatschgeschichte, je nachdem tragisch oder erschreckend, aber vor allem – und das war das Schlimmste – ein armes Ding.

»Warum macht deine Mutter das?«, fragte Stefan mich eines Morgens. Wir waren nach einer anstrengenden Doppelstunde Mathe die Letzten, die das Klassenzimmer verließen. Die Wintersonne, die durch die Fenster schien, war weiß und kalt. »Hat sie jemand anderen?«

Einen Moment lang sah ich ihn verblüfft an und fragte mich, was er wohl meinte. Ob meine Mutter andere Kinder hätte?

»Jemand anderen?«

»Du weißt schon«, sagte Stefan lässig. »Einen anderen Typen.«

»Nein«, sagte ich mit Nachdruck, obwohl ich bis zu diesem Moment noch nie über diese Möglichkeit nachgedacht hatte.

»Also, warum geht sie dann?«

»Ich weiß es nicht. Musst du jetzt davon anfangen?«

»Tut mir leid.«

Ich stopfte meine Mathesachen in die Schultasche. »Sie sagt, sie hasst Deutschland, und sie hasst Bad Münstereifel.«

»Na, das hasse ich manchmal auch.«

»Schon, aber sie hasst es wirklich«, sagte ich und richtete mich auf. »Aber ich hasse England, und ich sehe nicht ein, warum ich dorthin muss, nur weil sie …« Ich biss mir auf die Lippe und zwang mich, nicht in peinliches Geheule auszubrechen.

»Was für ein Scheiß«, bemerkte Stefan mitfühlend. Er schwang sich die Tasche über die Schulter und deutete mit dem Kopf auf die Tür. Niedergeschlagen trabte ich hinter ihm her. Als wir den Pausenhof überquerten, fragte er: »Hast du es Herrn Schiller schon erzählt?«

Ich schüttelte den Kopf. »Wahrscheinlich weiß er's sowieso.« Ärgerlich fügte ich noch hinzu: »So wie alle in der Stadt.« Und das stimmte. Auch wenn die Erwachsenen mich nicht ganz so schamlos mit Fragen nervten wie meine Klassenkameraden, konnte ich sehen, dass sie sich ihren Teil dachten, wenn sie mich ansahen. Die Aufmerksamkeit war schier unerträglich. Als Frau Nett aus der Bäckerei mir ein Eis schenkte – ein noch nie dagewesener Akt der Freundlichkeit –, da wusste ich, dass sie es nur tat, weil sie sich dachte: die arme Pia. Auf beides hätte ich lieber verzichtet, auf das Gratiseis wie auf das Mitleid.

Als wir die Orchheimer Straße hinaufliefen, sagte Stefan:

»Wir müssen etwas unternehmen, wegen ... du weißt schon.« Er warf einen bedeutungsschweren Blick auf Herrn Düsters Haus.

»Stefan.« Ich fühlte mich erschöpft. »Ich gehe weg. Kapierst du das nicht? Ich ziehe in das blöde verflixte England.«

»Genau deshalb müssen wir ja etwas unternehmen.« Stefan klang ganz begeistert.

Selbst ohne ihn anzusehen, wusste ich, dass er diesen erwartungsvollen Ausdruck im Gesicht hatte, den ich mal ansprechend, mal ärgerlich fand und bei dem seine Augen vor Begeisterung strahlten.

»Wir müssen jetzt etwas unternehmen, sonst wirst du nie erfahren, was passiert ist.«

»Ich werde es nie erfahren«, sagte ich verbittert.

»Wir müssen es rauskriegen, bevor du weg bist«, sagte Stefan.

»Ach, was spielt das denn für eine Rolle?«

Ich schaute in den bleigrauen Himmel und verdrehte frustriert die Augen. Unsere Nachforschungen – die mir, verglichen mit den aktuellen Problemen, die auf mir lasteten, wie ein Kinderspiel vorkamen – waren nur ein weiterer Punkt auf der langen Liste der Dinge, die ich in dieser Stadt, wo ich mein ganzes bisheriges Leben verbracht hatte, nicht mehr erfolgreich zu Ende bringen würde. Ich würde auch nicht mehr im Frühling beim Schulkonzert mitsingen, ich würde nie mehr ein neues Schuljahr auf dem Gymnasium beginnen, ich würde an keinem Martinszug mehr teilnehmen.

All diese Dinge, die mir so beruhigend zuverlässig erschienen waren, würden sich wie ein Traum auflösen. Sie würden wie eine Landkarte zusammengerollt auf den Speicher meines Bewusstseins kommen. Wenn ich dann erst weit fort war, in meinem unvorstellbaren neuen Leben, dann könnte ich diese Karte hervorholen, ausbreiten und über die Zeichen darauf nachgrübeln, über die Gestalten, die Marksteine, aber all das wäre theoretisch, wie in einem Buch über untergegangene Kulturen. Irgendwann in ferner Zukunft würde ich zurückkommen und die Stadt besuchen, aber dann wären meine Freunde schon erwachsen, und ich, ich wäre wie Dornröschen, die schlafende Schönheit, die hundert Jahre geschlummert hätte, während alle außerhalb des Schlosses gealtert und schließlich gestorben wären und die Dornenhecke immer höher und dichter gewachsen wäre, bis es kein Durchkommen mehr gab. Wenn ich dann schließlich in die Welt zurückkäme, die ich früher kannte, wäre nichts mehr wie zuvor.

»Pia?«

Ich merkte, dass ich weinte, und begann hektisch nach einem Papiertaschentuch zu suchen.

»Ich bin okay«, sagte ich ärgerlich. Ich putzte mir die Nase, und wir setzten unseren Weg fort.

Eine Zeit lang sagte Stefan nichts, doch dann verkündete er: »Pia, wenn du nicht mitkommen willst, dann mach ich es allein.«

Ich antwortete nicht.

»Wir müssen irgendwas unternehmen.«

»Warum immer wir?«, erwiderte ich. »Warum kann das nicht die Polizei oder sonst jemand klären?«

»Die kommen doch keinen Schritt weiter«, meinte Stefan.

»Und warum glaubst du dann, dass ausgerechnet wir weiterkommen werden?« Ich bemerkte, dass ich »wir« gesagt hatte, so als wäre ich immer noch in die ganze Sache verstrickt, und zuckte zusammen.

»Wir müssen es wenigstens versuchen.«

»Müssen wir nicht«, giftete ich ihn an. »Die ganze Idee ist Scheiße. Was, wenn er es getan hat? Dann wäre es Wahnsinn, auch nur dran zu denken, in sein Haus einzudringen. Dann könnten wir die Nächsten sein.«

»Nicht, wenn du mitkommst. Die Kinder, die verschwunden sind, waren alle alleine.«

»Jetzt hör mir mal gut zu«, sagte ich gereizt. »Es ist total verrückt, was du dir da vorstellst. Außerdem hat er sowieso ein neues Schloss an den Türen angebracht. Was sollen wir also deiner Meinung nach tun, an seiner Haustür klopfen und fragen, ob wir reinkommen dürfen?«

»Natürlich nicht.« Stefan klang gekränkt.

»Also, was dann?«

»Wir warten, bis es dunkel ist und alle schlafen, und dann werden wir ...«

»Nein«, sagte ich entschieden und schüttelte den Kopf. »Kommt nicht infrage.« Ich starrte ihn an. »Du bist wirklich bescheuert. Jetzt verstehe ich auch, warum ...«

Ich wollte sagen, warum die anderen dich Stink-Stefan nennen, aber trotz meiner Wut hielt mich irgendetwas zurück. Die gedämpfte Stimme meines Gewissens sagte mir, dass Stefan eigentlich überhaupt nichts für den Zorn konnte, den ich gerade empfand. Ich verstummte für einen Moment und sagte dann abschließend: »Deine Mutter lässt dich ja vielleicht nachts in der Stadt herumstreunen, meine erlaubt das definitiv nicht.«

Ich nahm wahr, wie ein Schatten über sein Gesicht fiel, und merkte, dass ich mit meinem Seitenhieb auf seine desinteressierte Mutter einen Nerv getroffen hatte, aber ich fühlte mich selbst zu verwundet, um mich dafür zu entschuldigen.

Stefan sah mich lange an. Dann kam mit leiser, eindringlicher Stimme und kein bisschen verärgert seine Erwiderung.

»Warum scherst du dich überhaupt noch darum, was deine Mutter denkt?«, sagte er.

42. Kapitel

Der Plan war ganz einfach: Wir würden bis spät am Abend warten, wenn die weiße Weihnachtsbeleuchtung in der Orchheimer Straße abgeschaltet wäre. Zu einem vorher vereinbarten Zeitpunkt würden wir uns beide von zu Hause wegschleichen und uns in dem schmalen Gässchen zwischen zwei der alten Gebäude auf der Ostseite der Straße treffen. Wenn einer von uns deutlich früher käme, wäre er dort vor neugierigen Blicken gut geschützt, außerdem war es eine gute Möglichkeit, die Fahrräder zu verstecken.

»Fahrräder? Wofür brauchen wir Fahrräder?«, fragte ich.

»Für den Fall, dass wir schnell abhauen müssen«, sagte Stefan. »Wie mit einem Fluchtauto.«

Ich spürte eine vertraute Unruhe. Stefan sprach von unserem Vorhaben immer wie von einer Szene in einem Actionfilm.

»Haben wir auch Walkie-Talkies?«

Stefan musterte mich voller Verachtung. »Sei nicht albern.«

Ich würde eine Taschenlampe mitbringen, und Stefan hatte aus der Werkzeugkiste seines Vaters einen Hammer und ein Stemmeisen zu klauen, damit wir die Kellertüren aufbekämen.

»Woher weißt du, wie das geht?«, fragte ich zweifelnd. »Du hast so was doch noch nie gemacht, oder?«

»Nein, aber ...« Stefans Stimme erstarb. Ich fühlte mich erleichtert. Was ich wirklich nicht hören wollte, war: ›Das machen die im Fernsehen doch andauernd‹. Ich fürchtete, völlig die Nerven zu verlieren, wenn er das sagen würde.

Sobald Stefan die Türen offen hätte, würden wir hineinsteigen und sie hinter uns zuziehen. Für den Fall, dass jemand vorbeikäme oder aus dem Fenster schaute. Das war zwar unwahrscheinlich, weil in Bad Münstereifel mit Einbruch der

Dunkelheit eigentlich die Bürgersteige hochgeklappt wurden, aber man konnte ja nie wissen. Bei unserem Glück wäre es nicht verwunderlich, wenn Hilde Koch ausgerechnet um Mitternacht aus dem Bett klettern würde, um ihre alte Blase zu entleeren, und sich einen Blick aus dem Fenster zur Straße nicht verkneifen könnte.

»Und wenn wir drin sind?«

»Dann suchen wir«, sagte Stefan einfach.

»Und was ist mit Herrn Düster?«

»Na ja, natürlich können wir nicht oben suchen«, sagte Stefan ungeduldig. »Aber oben wird er vermutlich ja sowieso nichts versteckt haben, oder?«

»Warum nicht?«

»Das machen Serienkiller nie«, sagte Stefan überzeugt. »Wahrscheinlich hat er die Leichen im Keller.«

Ich seufzte schaudernd und rieb mir die Arme, als ob mir kalt wäre. »Und wenn wir tatsächlich etwas finden, was machen wir ...?«

»Wir nehmen einen Beweis mit«, sagte Stefan entschieden.

»Einen Beweis? Du meinst ...?«

»Wir müssen irgendwas mitnehmen.«

»Stefan, sollten wir eine Leiche finden, dann fasse ich sie ganz bestimmt nicht an.«

»Wer sagt denn, dass du das musst, du Dummerchen? Wir können ja irgendwas von der Kleidung mitnehmen oder so.«

Ich starrte ihn hoffnungslos an. Diesmal gab es wirklich kein Entrinnen. Wir würden das tatsächlich durchziehen.

»Na gut«, sagte ich.

Ich dachte immer noch, ich könnte den Ausflug abwenden. Als Stefan das Thema erneut aufbrachte, suchte ich nach Ausflüchten: das kommende Wochenende sei völlig ausgeschlossen – von Freitag bis Sonntag war der Weihnachtsmarkt lange geöffnet, sodass die Stadtmitte voller Menschen wäre. Außerdem hatte es einen Kälteeinbruch gegeben, und Schnee war angekündigt – wir würden erfrieren, wenn wir um Mitternacht vor die Tür gingen, und noch dazu Spuren im Schnee hinterlassen. Ich hatte ein paar lange Tage in der Schule vor mir und brauchte meinen Schlaf. Ich glaubte eine Erkältung zu bekommen …

»Pech gehabt«, sagte Stefan vollkommen mitleidlos.

»Das hat nichts mit Pech zu tun – ich bin wirklich krank …« Theatralisch zog ich die Nase hoch.

»Hör mal, Pia.« Er klang ganz aufgeregt. »Herr Düster ist nicht da. Wir müssen es gleich machen.«

»Jetzt?« Panisch schaute ich um mich.

»Ich meine, heute Nacht.«

»Woher weißt du, dass er weg ist?«

»Ich habe gehört, wie die alte Schrulle Koch es heute Mittag jemandem in der Bäckerei erzählt hat. Sie sagte, er sei heute Morgen weggefahren. Und wie gut es sei, dass wir ihn los wären.« Stefan musterte mich, und seine Augen glitzerten geradezu fanatisch. »Kapierst du das nicht? Das ist unsere Chance! Wir müssen es heute Nacht machen.«

»Na gut«, sagte ich, und mir war ganz schlecht.

Der Rest des Tages verging mit quälender Ungewissheit. Nach der Schule ging ich absichtlich über die Marktstraße nach Hause und mied die Orchheimer Straße, wo Herrn Düsters Haus wie eine Falle lauerte. Ich verbot auch Stefan, mich zu begleiten.

Als ich zu Hause ankam, waren meine Eltern beide da, aber sie hielten sich so weit wie nur möglich voneinander entfernt auf. Meine Mutter putzte mit großer Entschlossenheit die Küchenschränke, vielleicht entschied sie dabei, wer das Sorgerecht für ihre umfangreiche Tupperware-Sammlung bekommen sollte. Mein Vater thronte im Korbsessel im Schlafzimmer, mit einem Ordner auf dem Schoß und dem Telefon in Reichweite. Sebastian saß mit dem Daumen im

Mund vor dem Fernseher, umgeben von einem Haufen Spielzeugautos, die er keines Blickes würdigte. Stattdessen klebten seine Kulleraugen an der Mattscheibe, wo die Teletubbies zwischen Riesenkarnickeln und futuristischen Windmühlen herumhüpften.

Niemand schien meine Heimkehr zu bemerken. Wir waren alle zu Planeten geworden, die auf einsamen Bahnen um eine einzige erbarmungslose Sonne kreisten. Unsere Wege waren konzentrisch und kreuzten sich niemals. Ich nahm mir ein Glas Apfelsaft, setzte mich an den Küchentisch und versuchte, meine Hausaufgaben zu machen, aber ich konnte mich unmöglich konzentrieren.

Schließlich klappte ich meine Hefte zu und ging nach draußen, um mein Fahrrad zu suchen. Es war eisig kalt und begann schon zu dämmern. Die Straßenlampen richteten nicht viel gegen die Dunkelheit aus. Ich würde das Rad draußen auf der Straße lassen und musste einfach hoffen, dass meine Eltern es nicht bemerken und mich auffordern würden, es wegzuräumen. Ich schob es zwischen das Auto meines Vaters und die Hausmauer, wo man es kaum sah. Eine Zeit lang lungerte ich noch auf der Straße herum. Ziellos hackte ich, vor Kälte zusammengekrümmt, mit der Ferse auf das Eis im Rinnstein ein. Als allerdings Frau Kessel vorbeikam und in missbilligendem Ton »Hallo, Pia Kolvenbach« sagte, wurde mir klar, dass ich besser hineinging. Ich zog sonst nur unerwünschte Aufmerksamkeit auf mich.

Beim Abendessen versuchte ich das Schweigen zu brechen, indem ich meine Mutter fragte: »Stimmt es, dass Herr Düster verreist ist?« Aber sie machte nur »Mmmm« und schaute weiter mit abwesendem Gesichtsausdruck aus dem Fenster und auf die dunkle Straße hinaus. Ihre Finger spielten unablässig mit ihrem dunklen Pferdeschwanz, dessen Enden schon ganz strähnig waren.

Mein Vater las im »Kölner Stadt-Anzeiger« oder tat zumindest so. Immer wieder ließ er die Zeitung sinken, um sich etwas zu nehmen – den Teller mit dem Aufschnitt oder die Butter –, aber er bat nie jemanden, ihm irgendwas zu reichen. Lieber stand er auf, lehnte sich über den Tisch und beugte sich dabei in bedrückender Weise über uns alle.

Als das Telefon klingelte, war das wie eine Erlösung. Ich rutschte von meinem Platz, um dranzugehen, als mein Vater aufstand und mir mit einer Handbewegung bedeutete, mich wieder hinzusetzen. Er würde in den Flur gehen und abheben.

»Kolvenbach?«

Lustlos starrte ich auf meinen Teller und fragte mich, ob ich meine letzte Scheibe Salami an Sebastian verfüttern könnte wie an einen unter dem Tisch lauernden Hund.

»Was?«

Die Stimme meines Vaters war laut geworden. Er klang schockiert. Für einen Augenblick wandte meine Mutter den Kopf, nahm dann jedoch ihre vage Beobachtung des Fensters wieder auf. Ihre Lippen waren leicht verärgert aufeinandergepresst, und ich vermutete, sie unterstellte meinem Vater, er versuche Aufmerksamkeit zu erregen. Die würde sie ihm bestimmt nicht schenken.

»Wann?«

Diesmal drehte meine Mutter nicht einmal mehr den Kopf. Mein Vater hörte lange zu. Am Ende sagte er »Mein Gott« und »Soll ich vorbeikommen …?«.

Dann herrschte wieder Schweigen, weil er der Person am anderen Ende der Leitung zuhörte. Schließlich sagte er »Bis gleich« und legte auf. Er kehrte in die Küche zurück.

»Kate.« Es war fast ein Schock für mich, ihn den Namen meiner Mutter laut aussprechen zu hören. »Ich muss noch mal weg. Ich muss …«

Weiter kam er nicht. »Geh einfach«, sagte meine Mutter.

»Willst du nicht wissen …?«

»Geh einfach«, sagte sie wieder.

Mein Vater runzelte die Stirn, sagte aber nichts mehr. Er ging zurück in den Flur und nahm seine Winterjacke von der Garderobe. Einen Augenblick später schlug die Haustür laut zu, und er war fort. Ich schaute meine Mutter an.

»Was er wohl …«

»Iss fertig.«

Ich aß fertig, auch wenn es mir nicht schmeckte. Irgendwas passierte da draußen, so viel wusste ich. Ich konnte in regelmäßigen Abständen von draußen Stimmen hören, Menschen gingen an unseren Fenstern vorbei. Es war keiner der Tage, an dem der Weihnachtsmarkt geöffnet hatte, also gab es keinen Grund, warum so viele Menschen auf der Straße unterwegs waren.

Ich nahm wahr, dass meine Mutter ebenfalls aus dem Fenster schaute, und vermutete, dass sie bedauerte, sich nicht angehört zu haben, was da los war. Aber sie schien immer noch entschlossen, sich ihre Neugier nicht anmerken zu lassen. Schweigend aß auch sie zu Ende und räumte dann mit viel Tellerklappern und Schubladenknallen die Küche auf.

»Pia, geh und mach dich zum Schlafen fertig.« Das war der einzige Satz, den sie an diesem Abend noch zu mir sagte. Sie hatte sich abgeschottet wie eine Auster.

Ich ging nach oben und zog mein Nachthemd an. Als ich mich fertiggemacht hatte, ging ich noch einmal hinunter, um meiner Mutter einen Gutenachtkuss zu geben, aber ich hätte genauso gut eine Wachsfigur küssen können. Sie schien meine Anwesenheit kaum zu bemerken.

Ich stieg die Treppe wieder hoch und warf einen Blick in Sebastians Zimmer. Er war bereits eingeschlafen und lag so fest eingerollt unter der Decke, dass er mich an eine Frühlingsrolle erinnerte. Mein Vater war immer noch unterwegs. Es schien, als würde sich niemand auch nur im Geringsten für mich oder für das, was ich tat, interessieren.

Ich stieg in mein Bett und lag dort sehr lange. Meine Augen, die sich an die Dunkelheit gewöhnt hatten, wanderten über die vertrauten Umrisse meines Zimmers. An Schlaf war nicht zu denken. Meinen Wecker hatte ich auf halb eins gestellt. Ich dachte nach und sprang dann noch einmal aus dem Bett, um meine Tür zu schließen, damit der Wecker nicht noch andere weckte.

Irgendwann hörte ich meine Mutter die Treppe heraufkommen. Kurz danach war das Pfeifen und Rauschen der Wasserleitung zu hören, was bedeutete, dass sie sich ein Bad einließ. Ein so altes Haus wie unseres war so redselig wie eine alte Frau: Es erzählte alles, was darin vor sich ging. Ich fiel in einen unruhigen Schlummer, aus dem ich wirr hochschreckte, als ich meine Mutter die Schlafzimmertür schließen hörte.

Ich schnappte mir meinen Wecker und drückte auf den kleinen Knopf, der das Zifferblatt beleuchtete. Es war fast elf, und ich hatte meinen Vater noch nicht nach Hause kommen gehört. Wenn er vor halb eins nicht zurück war, würde ich nicht wagen, das Haus zu verlassen: Bevor er schlafen ging, würde er sicher noch nach mir schauen, und außerdem liefe ich Gefahr, ihm auf der Treppe zu begegnen.

Er kam dann aber doch um kurz nach halb zwölf. Ich hörte die Haustür laut zufallen und ihn dann schweren Schrittes die Treppe hochstapfen. Ich rollte mich in meine Decke, drehte mich von der Tür weg und stellte mich schlafend. Ich hörte, wie die Tür aufging, aber mein Vater kam nicht wie sonst herein, um meine Decke glatt zu streichen oder mich auf die Stirn zu küssen. Er seufzte nur hörbar und schloss die Tür dann wieder leise.

Kurz danach hörte ich die Klospülung und noch weitere Geräusche der Wasserleitung, eine Tür wurde geschlossen, und dann herrschte Stille oder das, was in einem so alten Haus wie unserem als Stille galt.

Blöderweise schlief ich, nachdem mein Vater nach Hause gekommen war, richtig tief ein, sodass ich einige Zeit brauchte, um wach zu werden, als der Wecker losging. Eine Weile hörte ich nur in den Tiefen meines Bewusstseins, dass sein gnadenloses Piepsen mich quälte, bis ich plötzlich mit einem Schlag hellwach war und in meinem Bemühen, den Knopf zu drücken und ihn zum Schweigen zu bringen, fast aus dem Bett fiel.

Mein Herz klopfte so heftig, dass es sich anfühlte, als würde es mir bis in die Kehle rutschen und mich ersticken. Die Finger um den Wecker gelegt, lauschte ich. Niemand schien sich zu rühren. Die beiden geschlossenen Türen zwischen mir und meinen Eltern hatten ihre Funktion erfüllt. Oder vielleicht waren die beiden von den dauernden Anspannungen zu erschöpft, um aufzuwachen.

Ich knipste meine Nachttischlampe an und horchte noch einmal. Nichts. Ich würde tatsächlich aufstehen und nach draußen müssen. So leise ich konnte, schlüpfte ich aus dem Bett und zog mir eine Jeans und einen dunklen Pullover an. Gerade als ich die Zimmertür öffnen wollte, hatte ich noch eine Idee. Ich nahm meinen größten Teddy vom Sessel in der Ecke, legte ihn ins Bett und breitete die Tagesdecke über ihn. Wer genau hinsah, den würde das nicht täuschen, aber falls meine Eltern nur einen Blick in mein Zimmer warfen, ohne das Licht einzuschalten, konnte der Trick funktionieren. Ich machte die Tür auf.

Jetzt, wo ich mich einmal in das Abenteuer gestürzt hatte, hoffte ich tatsächlich, dass meine Eltern nicht aufwachten. Ich hatte keine Ahnung, wie ich ihnen hätte erklären sollen, was ich mitten in der Nacht komplett angezogen im Flur machte. Die Treppe nach unten war eine einzige Qual. Jedes Knacken und Knarzen der alten Bretter konnte dem Ganzen ein Ende bereiten.

Im dunklen Hausflur suchte ich nach meiner Daunenjacke

und die Winterstiefel. Als ich die Schuhe anhatte, trat ich zur Haustür und machte eine für mich vorteilhafte Entdeckung: Mein Vater hatte vergessen, abzuschließen und die Kette vorzulegen, als er hereingekommen war. Vielleicht war er einfach zu erschöpft gewesen.

Vorsichtig öffnete ich die Tür. Wie ein Schlag traf mich die eiskalte Nachtluft ins Gesicht. Aus der bleiernen Dunkelheit über den Dächern kreiselten Schneeflocken herab. Ich schlüpfte hinaus und schloss die Tür leise. Dann wartete ich einen Moment, aber aus dem Haus drang kein Geräusch, kein Licht ging an. Die Straße war sehr dunkel. Die helle Weihnachtsbeleuchtung, die jedes Gebäude in der Stadt von Oktober bis Januar zierte, war bereits ausgeschaltet, und so blieb nur eine altmodische Straßenlaterne, die am anderen Ende der Straße einen schwachen Lichtkegel erzeugte.

Ich zog mein Fahrrad zwischen Auto und Mauer heraus und wischte mit dem Jackenärmel den Schnee vom Sattel. Auch auf dem Kopfsteinpflaster lag schon Schnee, und es war rutschig. Vorsichtig stieg ich auf das Fahrrad und radelte in die Nacht.

43. Kapitel

»Du bist spät dran.« Das sagte Stefan als Erstes zu mir, als ich vom Rad stieg.

»Beinahe hätte ich gar nicht kommen können«, meinte ich. »Mein Vater ist erst ganz spät nach Hause gekommen.«

»Aha.« Stefan klang ziemlich desinteressiert. »Los, stell dein Rad schnell hier rein.«

Ich schob es in die kleine Gasse. Stefan folgte mir und blickte dauernd um sich, aber da war niemand außer uns. Seine Sorge war unbegründet, die Straße war wie ausgestorben. Der Schnee begann jetzt liegen zu bleiben. Wäre ich fünf Minuten später eingetroffen, hätte ich deutlich sichtbare Spuren hinterlassen.

»Hast du das Werkzeug – den Meißel und den Hammer?«, flüsterte ich.

»Ja.« Wir sahen uns an.

»Wir sollten uns lieber beeilen«, sagte Stefan. »Mir ist saukalt.«

Drinnen wird's schon wärmer sein, dachte ich, doch dann überlief mich ein Schauer, weil mir klar wurde, dass drinnen bedeuten würde, tatsächlich in ein fremdes Haus eingebrochen zu sein. Ich folgte Stefan wieder aus der Gasse heraus. Er bewegte sich rasch und geräuschlos über das Kopfsteinpflaster und hielt sich dabei möglichst nah an den Hausmauern. Ich hatte den starken Verdacht, dass er sich das aus Filmen abgeschaut hatte.

Dicht an den Kellertürchen kauerten wir uns nieder. Stefan wickelte Hammer und Meißel aus dem Lumpen, in dem er sie transportiert hatte. Er warf mir einen raschen Blick zu.

»Mach schon«, sagte ich. Ich würde die Werkzeuge nicht anfassen, denn ich hatte keine Ahnung, wie ich das hätte anstellen sollen.

»Hast du die Taschenlampe?«

Ich nickte und zog meine kleine Taschenlampe aus der Jacke. Nachdem ich sie eingeschaltet hatte, leuchtete ich auf die Türen. Sorgsam schob Stefan den Meißel unter das Schloss und holte mit dem Hammer aus. Das daraus resultierende Klonk klang schrecklich laut. Ich zuckte zusammen und kniff die Augen zu, aber als ich sie wieder öffnete, musste ich enttäuscht feststellen, dass das Schloss die Türen weiterhin so fest zusammenhielt wie zuvor.

»Was machst du?«, zischte ich.

»Es geht nicht anders«, zischte Stefan ärgerlich zurück. Er schüttelte den Kopf und versuchte so, seine schneefeuchten

Haare aus den Augen zu bekommen. »Halt das Licht genau drauf.«

»Das versuche ich ja.«

Stefan holte erneut aus. Wieder erscholl das entsetzlich laute Klonk, gefolgt von einem gemurmelten »Scheiße«.

»Hast du dir auf die Finger gehauen?«

»Nein.« Stefans Stimme klang gequält. »Ich hab mir die Hand gestaucht.« Er hielt sie mit der anderen. »Du musst es probieren.«

»Ich weiß aber nicht, wie.«

»Versuch es einfach.«

Widerstrebend nahm ich das Werkzeug. Ich machte ein paar halbherzige Versuche mit dem Meißel, die einen Wahnsinnslärm erzeugten, sozusagen ein Neonschild, das unsere Anwesenheit verkündete, und soweit ich sah, blieb das Vorhängeschloss davon völlig unbehelligt.

»Das funktioniert nicht«, flüsterte ich.

»Scheiße, Scheiße, Scheiße.«

»Also, was soll ich jetzt machen?«, sagte ich unwirsch und stand auf. »Probier du's noch einmal.«

Ich händigte ihm Hammer und Meißel aus und wollte ihm nicht einmal mehr die Taschenlampe halten, die ich wieder zurück in meine Jacke schob. In meinem Innern brandeten die Gefühle wie Gezeiten auf und ab. Als es Stefan nicht gelungen war, das Schloss zu knacken, war ich zuerst erleichtert gewesen: Unsere Ehre wäre gewahrt gewesen, und wir würden trotzdem nicht in Herrn Düsters Haus eindringen müssen. Ich könnte nach Hause radeln und wieder in mein Bett klettern, bevor irgendjemand mein Verschwinden bemerkte. Wir hätten unser Möglichstes gegeben.

Dann folgte die unausweichliche Reaktion, wie eine beständige Unterströmung, die mich ins offene Meer zurückzog: Katharina Linden, Marion Voss, Julia Mahlberg ... man soll sich einer Aufgabe stellen, die getan werden muss. Ich schloss die Augen, spürte aber trotzdem, wie die Kälte ungeachtet meiner Daunenjacke in mich hineinkroch – eine feuchte, schleichende Kälte. Das war eine Nacht, in der man keinen Hund vor die Tür jagen würde, viel weniger ein Kind. Es war unmöglich, nicht an die Mädchen zu denken, an Katharina und die anderen – lagen sie wohl irgendwo da draußen, weit weg von ihren warmen Betten, bleiche Gesichter zwischen nassem schwarzem Laub, mit Schnee in den Haaren, der niemals schmolz?

Es war unmöglich, einfach nur dazustehen und Stefan durch die Dunkelheit anzustarren. Niedergeschlagen trat ich auf Herrn Düsters Türschwelle, wo die Vertiefung in der Mauer ein klein wenig Schutz vor dem Schnee bot. Ich schaute die Straße hinauf und hinunter – alles war ruhig und still. Ich konnte nicht anders, als bei jedem Klink des Meißels zusammenzuzucken. Selbst wenn es Stefan nicht gelingen sollte, das Schloss aufzubrechen, so wäre doch vollkommen offensichtlich, was wir getan hatten.

Ich umschlang mich selbst und lehnte mich gegen die Tür. Wie der Rest des Hauses wirkte auch sie alt und ungepflegt. Das Holz fühlte sich rau und verwittert an. Neben einem neuartigen metallenen Schloss befand sich auch ein Türknauf aus Messing. Er war angelaufen, und das alte Schlüsselloch mit seinen zerkratzten Rändern darunter erinnerte an einen zahnlosen Mund. Ohne genau zu wissen, was ich tat, legte ich meine frierenden Finger um den Türknauf.

Herrn Düsters Haus tat sich vor mir auf. Wie ein gähnendes schwarzes Loch.

»Stefan.«

»Was?«, kam ein gereiztes Flüstern als Antwort.

»Stefan, die Tür ist offen.«

»Was?«

»Die Tür ist offen.« Ich hörte, wie er aufstand, und einen Moment später war er neben mir.

»Was hast du gemacht?«

»Gar nichts. Es war einfach offen. Er hat offenbar nicht abgeschlossen.«

»Mensch.« Stefan klang beeindruckt.

»Stefan – vielleicht ist er zu Hause.«

»Kann nicht sein. Frau Koch hat gesagt, er wäre weg.«

»Ach ja? Vielleicht erzählt sie genauso viel Unsinn wie ihr Enkel.«

»Ach komm schon – sieht das aus, als wäre jemand zu Hause?«

»Nee«, sagte ich zögernd, aber wenn ich mich in der Straße umsah, dann sah keines der Häuser belebter aus als das von Herrn Düster. Alle waren stockfinster.

Er gab mir einen kleinen Schubs. »Geh schon.«

»Du zuerst«, sagte ich und rührte mich nicht.

Ich hörte einen ungeduldigen leisen Seufzer, und dann war Stefan schon an mir vorbei und ins Haus gehuscht. Drinnen war es stockdunkel, und fast sofort hörte ich einen dumpfen Schlag, gefolgt von einem gedämpften Ausruf.

»Ich werd meine Taschenlampe anmachen«, flüsterte Stefan und nestelte an seiner Jacke.

»Jemand könnte uns sehen.«

»Wenn ich's nicht mache, wird uns ganz sicher jemand hören.«

Es klickte leise, und dann erschien ein kleiner Lichtkreis, der langsam über einen schweren Eichenschrank wanderte, dessen Türen mit gewundenen Blättern und Hirschen verziert waren, dann über ein Stück ausgeblichene Tapete mit einem undefinierbaren Blättermuster, schließlich über eine altmodische Uhr, auf deren metallenem Zifferblatt kleine Rostflecken zu sehen waren. Es roch nach Staub und alter Möbelpolitur.

»Was ist das?«, flüsterte ich, so leise ich konnte. Stefan ließ das Licht die Wand hinaufgleiten, bis es beleuchtete, was ich gemeint hatte: ein hölzernes Kruzifix mit einem Jesus aus Metall, der sich vor Schmerzen krümmte.

Stefan sagte nichts, aber er gab ein kleines Geräusch von sich, das ein Seufzer sein konnte. Dann schwenkte er die Taschenlampe weiter, und der gelbe Strahl schwebte wie ein Geist durch die muffige Luft, berührte alles, ohne wirklich zu berühren. Wir standen in einem engen Flur. Auf dem Holzboden lag ein schäbiger Läufer, die Wände waren mit klobigen dunklen Möbeln vollgestellt. Genau gegenüber von uns befand sich eine Holztreppe. Die Stufen waren ausgetreten, und der unterste Treppenpfosten, in den ein Gesicht geschnitzt war, das aus einem Blätternest hervorsah, schimmerte matt, was ich eher der Berührung vieler Hände im Laufe der Jahre zuschrieb als einer Politur. Der Lichtstrahl wanderte weiter, und das hervorspähende Gesicht wurde wieder von der Dunkelheit verschluckt.

Links vom Treppenhaus führte der Flur noch weiter, doch von unserer Position aus reichte das Licht nur, um eine Türöffnung am Flurende zu erahnen. Als Stefan die Taschenlampe einmal im Kreis geführt hatte, sah ich eine weitere, massive, fest geschlossene Holztür gleich links von uns. Wahrscheinlich befand sich dahinter einfach nur das Wohnzimmer – da es zur Straße hinausging, verbarg sich dahinter wohl kaum eine Art König-Blaubart-Kammer.

Die Lust am Herumschnüffeln war mir bereits vergangen. In der durchdringenden Finsternis fiel es schwer, sich nicht vorzustellen, dass der abwesende Herr Düster dennoch irgendwo lauerte. Vielleicht in einen hohen Lehnsessel gekauert, wie ein Hummer in seiner Felsenhöhle, tief unter dem schwarzen Wasser, erkennbar nur am schwachen Schimmer seiner Schale und den zwei glänzenden Knopfaugen.

Stefan griff nach der Türklinke und öffnete ganz behutsam die Tür. Vorsichtig schlüpften wir in den dunklen Raum. Drinnen erwartete uns ein Hindernisparcours aus Lampen,

Schränkchen und Stühlen. Auch hier lag über allem der deprimierende Geruch von Staub und alter Politur. Nach den wenigen Details zu schließen, die ich im Schein der Taschenlampe wahrnahm – der Fransenschirm einer Lampe, die Löwenpfote am Ende eines Sesselbeins, der matte Schimmer eines Zinntellers –, war hier schon seit Jahrzehnten nichts mehr umgestellt worden. Reflektierendes Glitzern von Glas verriet, dass die Wände voller gerahmter Bilder hingen, wobei die Motive nur zu erkennen waren, wenn man die Lampe direkt darauf richtete.

Ich fragte mich, womit der freundlose Herr Düster sein Haus dekoriert hatte. Dazu packte ich meine eigene Taschenlampe aus, schaltete sie ein und betrachtete einige Bilder in meiner Nähe. Alles Fotografien, allerdings alte: manche in Sepia und an den Rändern wie bei sehr alten Aufnahmen weich verwischt.

Das Porträt einer jungen Frau in altmodischen Kleidern fiel mir ins Auge. Sie besaß das einzige wirklich hübsche Gesicht zwischen einer Ansammlung verbissen dreinschauender Gestalten mit bösen Augen. Ich starrte sie einen Moment lang an und fragte mich, ob das wohl Hannelore war, von der Frau Kessel so ausführlich gesprochen hatte, aber wenn ich mir das hochgeschlossene Kleid und die Hochsteckfrisur ansah, kamen mir Zweifel. War dieses Bild nicht zu alt, als dass sie es hätte sein können?

Ich sinnierte immer noch über das Foto, als ich einen dumpfen Schlag irgendwo hinter mir hörte. Ich wirbelte wie angestochen herum.

»Stefan, kannst du nicht …«

Er ließ mich nicht ausreden.

»Schschsch.« Er streckte mir eine Hand entgegen, als wollte er irgendwas abwehren.

Im nächsten Moment schaltete er seine Taschenlampe aus. »Mach deine auch aus«, zischte er mir zu.

Ich zögerte, denn die Vorstellung, in totale Finsternis getaucht zu sein, war nicht sehr angenehm. Stefan schien solche Skrupel nicht zu haben. Er kam ein paar Schritte auf mich zu, nahm mir die Lampe aus der Hand und machte sie aus.

»Was …?«

»Sei leise.« Seine Stimme klang so eindringlich, dass ich tatsächlich still war, und einige Augenblicke lang standen wir beide lauschend im Dunkeln.

»Stefan?«, flüsterte ich schließlich. »Das warst doch du, oder?«

»Schschsch«, kam die Antwort, und dann: »Nein. Das kam von oben.«

»Oh …?«

Da dämmerte es mir, und ich konnte mich für einen Moment nicht mehr rühren. Scheiße, Scheiße, dachte ich wirr. Ich wankte ein wenig, griff dann nach Stefans Arm und versuchte, ihn in Richtung Tür zu ziehen. Dabei war mir schon klar, dass, wenn jemand – oder etwas – zur gleichen Zeit die Treppe herunterkommen sollte, wir niemals aus dem Haus kämen, ohne auf Armeslänge an ihm vorbeizugehen.

Stefan rührte sich nicht von der Stelle und schloss die Finger seiner freien Hand mit erstaunlicher Kraft um mein Handgelenk.

»Bleib stehen«, flüsterte es aus der Dunkelheit.

»Nein …« Ich wand mich in seinem Griff wie ein Fisch auf dem Trockenen.

»Er wird dich hören.«

Das genügte. Ich erstarrte. Dann kam von irgendwoher über uns wieder ein gedämpftes Geräusch, als ob jemand etwas auf den Boden fallen gelassen hätte. Ich konnte nicht anders und kämpfte weiter, um mich von Stefan loszureißen.

»Rühr dich nicht«, zischte er gequält. »Deine Jacke …«

Er hatte recht. Bei jeder Bewegung rieben die dicken gepolsterten Arme mit deutlich hörbarem Rascheln am Rest der Jacke. Panisch klammerte ich mich an Stefan. »Was sollen wir machen?«, flüsterte ich.

»Duck dich. Vielleicht kommt er hier nicht rein.«

Das war nur eine schwache Hoffnung, aber ich hatte auch keine bessere Idee. Wir kauerten uns zusammen auf dem abgetretenen Teppich hinter einem schweren Lehnstuhl und einem kleinen Tisch mit einer Lampe darauf, die uns zum Flur hin abschirmten. Ich suchte nach Stefans Hand. Wohltuend legten sich seine Finger um meine. Wir warteten.

Einen kurzen Moment lang hoffte ich, wir hätten nur Pluto gehört, der da oben von irgendeinem Lieblingsschlafplatz auf den Boden hinuntergesprungen war. Aber jetzt konnte ich in dem Raum über unseren Köpfen ganz deutlich Schritte hören. Etwas scharrte über den Boden, als hätte jemand ein Möbelstück verrückt, und dann änderte sich der Klang der Schritte, und wer auch immer das war, er musste auf den Flur hinausgetreten sein.

Ich brachte meine Lippen nahe an Stefans Ohr. »Er wird runterkommen.« Ich war den Tränen nahe.

Erst spürte ich Stefans Atem an meiner Wange, dann sagte er sehr leise: »Bleib hier.«

Nein. In dem Augenblick, als mir klar wurde, dass Stefan vorhatte, sich wegzubewegen, geriet ich in Panik. Angenommen, es gelang ihm, zu entkommen, während ich zurückblieb, gefangen in diesem Haus mit einem Monster? Ich versuchte, nach ihm zu greifen, wobei der Stoff meiner Jacke erneut ein alarmierendes Geräusch erzeugte, aber vergebens. So rasch und geräuschlos wie eine Katze war er aufgestanden und auf die Tür zugeschlichen. Jetzt, wo meine Augen sich an die Dunkelheit gewöhnt hatten, war er erschreckend deutlich sichtbar.

Gleich darauf hörte ich das erste Knarzen, als jemand

einen schweren Fuß auf die oberste Stufe setzte. Geschmeidig wie ein Tänzer bewegte sich Stefan hinter die angelehnte Tür. Er drehte den Kopf, und ich vermutete, dass er durch den senkrechten Spalt an der Türangel spähte.

Unerbittlich kamen die Schritte die Treppe herab, jeder einzelne so schwer und endgültig wie eine sich schließende Gefängnistür, während die hölzernen Stufen unter dem Gewicht protestierten. Auf dem Boden kniend legte ich meine Hände um die Löwenfüße des Sessels und umkrallte sie, wie um mich gegen einen Sturm abzusichern.

Ich kniff die Augen zusammen, um der quälenden Anspannung zu entgehen. Doch das half nichts gegen die Bilder, die sich wie in einer Endlosschleife in meinem Kopf zeigten: ein Mädchen meines Alters mit hellbraunen Zöpfen, die hüpften, als sie mit ihrem Ranzen auf dem Rücken die Straße entlang und ins Nichts lief, Frau Mahlberg, die hysterisch nach Julia rief, Herr Düster, der sich nach dem Krieg in den Ruinen auf dem Quecken versteckte und bei Tagesanbruch mit dem Blut von frisch geschlachteten Hühnern auf den Lippen in seinen Unterschlupf zurückkehrte. Ich hatte wirklich Sorge, dass ich mir vor Angst in die Hose machen würde, also presste ich meine Oberschenkel zusammen, sodass sich die Muskeln unter dem Stoff meiner Jeans ganz hart anfühlten.

Es gab ein letztes Knarzen und dann ein dumpferes Geräusch, als wer auch immer auf den abgenutzten Teppich im Flur trat. Kurz war gar nichts zu hören, dann wanderten die Schritte langsam den Flur entlang. Sie mussten jeden Moment durch die Tür kommen.

Ich öffnete meine Augen wieder und konnte Stefan, der völlig bewegungslos hinter der Tür lauerte, weiterhin deutlich sehen. Wer auch immer da die Treppe heruntergekommen war, er trug irgendeine Art von Licht bei sich: Der Spalt zwischen Tür und Türrahmen ließ einen schmalen, gelben Lichtstrahl erkennen. Ich beobachtete, wie Stefan sich an die

Wand hinter sich lehnte und versuchte, sich unsichtbar zu machen.

Die Tür, dachte ich plötzlich – sie war geschlossen gewesen, als wir ins Haus gekommen waren, jetzt war sie einen Spalt offen. Es war zu spät, noch irgendwas zu unternehmen, also zog ich den Kopf ein und versuchte, mich so klein wie möglich zu machen, für den Fall, dass die unsichtbare Person einen Blick ins Zimmer warf.

Die Schritte gingen an der Tür vorbei. Es gab ein kurzes Innehalten, als ob derjenige zögern würde, vielleicht nachdem er bemerkt hatte, dass die Tür nicht geschlossen war. Doch im nächsten Moment gingen die Schritte vorbei, ich hörte, wie die Haustür aufging und dann leise geschlossen wurde.

Ich sank nach vorn, mein Körper entspannte sich vor Erleichterung, und ich legte die Stirn auf die schäbige Sitzfläche des Sessels. Danke, danke, das war alles, was ich denken konnte. Ich hörte Stefan leichten Schrittes auf mich zukommen und im nächsten Augenblick seine Hand auf meiner Schulter. Seine Taschenlampe ging so nah an meinem Gesicht an, dass ich zusammenzuckte.

»Alles in Ordnung mit dir?«, sagte er nahe an meinem Ohr.

»Ich denke schon.«

Mit Mühe setzte ich mich auf meine Fersen. Ich fühlte mich seltsam. Mein Unterkiefer schien ein Eigenleben zu führen und zitterte so, als ob ich im nächsten Moment in Tränen ausbrechen müsste. »Stefan?« Selbst meine Stimme klang seltsam und zitterte, als würde ich auf einer holprigen Fahrt zu sprechen versuchen.

»Alles okay.«

»Ich will nach Hause.«

Schweigen. Schließlich antwortete Stefan: »Pia, ich glaube, er hat die Tür zugesperrt.«

»Was?« Meine Stimme überschlug sich. Egal, ob jemand mich hörte – Panik hatte mich ergriffen.

»Beruhige dich«, sagte Stefan leise. Er legte mir einen Arm um die Schulter.

»Er kann die Tür nicht zugesperrt haben«, stotterte ich. »Ich habe nicht gehört, wie sie abgeschlossen wurde.«

»Pia«, sagte Stefan mit der gleichen leisen Stimme, »ich denke, dass er auch gar keinen Schlüssel hatte.«

»Aber das ist doch Quatsch«, sagte ich aufgebracht, »dann kann er sie ja auch nicht zugesperrt haben.« Ich versuchte, Stefan beiseitezuschieben. Ich wollte nur noch auf die Füße und aus diesem Haus rauskommen.

»Er hat sie aber zugesperrt«, sagte Stefan.

Kopfschüttelnd stand ich auf und ging so schnell auf die Tür zu, wie meine verkrampften Beinmuskeln es zuließen. Ich schaute in den Flur. Die Tür war definitiv zu. Ich lief hin und drückte die Klinke hinunter. Stefan hatte recht. Die Tür war zugesperrt. Ich versuchte es noch mal, rüttelte mit Gewalt an der Klinke, drückte meine Schulter gegen die Tür und schob, so fest ich konnte.

Sie rührte sich keinen Millimeter. Verzweifelt trat ich gegen die Türleiste auf Fußhöhe und wankte dann keuchend zurück. Leise trat Stefan an meine Seite.

»Ich kann sie nicht aufmachen«, schnaufte ich.

»Ich weiß.«

Bevor ich michs versah, hatte ich ihn mit der flachen Hand auf die Schulter geschlagen. Ich konnte nicht begreifen, wie er so provozierend ruhig bleiben konnte.

»Wir können nicht raus!« Meine Brust hob und senkte sich. Angst und Frustration verbreiteten sich wie Gift in meinem Körper. »Er hat uns eingesperrt. Er hat uns eingesperrt. Herr Düster …«

»Pia.« Stefan streckte eine Hand aus, um einen weiteren Schlag abzuwehren. »Das war nicht Herr Düster.«

»Was meinst du mit ›das war nicht Herr Düster‹?« Ich war außer mir. »Wer war es denn dann? Der verdammte Graf Dracula ...?«

»Es war Boris«, sagte Stefan.

44. Kapitel

»Boris?« Diese Information ließ mich innehalten. »Das war Boris?«

»Wenn ich es dir doch sage. Ich habe ihn durch den Türspalt gesehen.«

»Aber ... aber ...« Ich wusste nicht weiter und versuchte zu begreifen. »Wie kann das Boris gewesen sein?«

»Weiß ich nicht. Aber deshalb war die Haustür offen. Er muss sie aufbekommen haben.«

»Wie?«, fragte ich. »Er kann doch keinen Schlüssel haben, oder?«

»Natürlich nicht. Aber das war für ihn bestimmt kein Problem.«

Stefans Stimme klang sachlich. Eigentlich sollten ihn Boris' fragwürdige Unternehmungen ja eher betroffen machen als mich, aber offenbar ließ ihn die Tatsache, dass sein Cousin die Türschlösser fremder Leute knackte, ziemlich kalt. »Zum Glück hat er uns nicht reinkommen gehört. Sonst wäre er ausgerastet.«

»Aber ... wenn das Boris war, wo ist dann Herr Düster?«

Stefan zuckte die Achseln. »Verreist. Wie Frau Koch gesagt hat.« Er schaltete seine Taschenlampe wieder ein, beugte sich ziemlich lässig an mir vorbei und probierte es auch noch einmal mit der Türklinke. Aber erwartungsgemäß bewegte sich die Tür keinen Millimeter.

»Warum hat er abgeschlossen?«, fragte ich und klang geradezu gekränkt ob dieser Ungerechtigkeit.

»Damit Herr Düster nicht merkt, dass er hier drin gewesen ist, nehme ich mal an.«

»Kannst du die Tür aufmachen?«

Stefan schüttelte den Kopf. »Ich glaub nicht.« Er warf mir einen raschen Blick zu, bemerkte meine hochgezogenen Schultern und meine wie Klauen hochgehaltenen Hände. Mit der freien Hand griff er sanft nach meinem Handgelenk. »Hey, krieg jetzt nicht die Panik.«

»Wir sind eingeschlossen.« Meine Stimme klang unnatürlich hoch.

»Wir werden hier rauskommen.«

»Und wie?«

»Ich weiß noch nicht ... aber wir schaffen das.«

»Aber wir sind eingeschlossen!«

»Das sagtest du schon.« Stefans Stimme klang sehr geduldig. Er legte den Kopf schräg. »Wo wir schon mal hier sind, können wir doch auch erst mal zu Ende suchen, oder?«

Die plötzliche Erkenntnis, für den Fall, dass es irgendwelche Leichen in dem Haus gab, jetzt mit ihnen eingeschlossen zu sein, ließ mich fast durchdrehen. Es erschien mir wie ein Wunder, dass ich noch auf meinen zwei Beinen stand und mich nicht in panischen Krämpfen auf dem fadenscheinigen Läufer wand. Ich starrte Stefan unverwandt an, so als könnte ich den Gedanken abwehren, wenn ich mich auf ihn und nicht auf das Haus konzentrierte.

»Dann also los«, brachte ich mit schwacher Stimme hervor.

Er schüttelte den Kopf. »Zieh erst deine Jacke aus.«

»Warum?« Ich wollte nicht aus der warmen Daunenhülle heraus und mich stärker der Atmosphäre des Hauses ausliefern.

»Weil du sonst bei jeder Bewegung dieses blöde Geräusch von dir gibst.«

Ich seufzte, aber er hatte recht. Also zog ich den Reißverschluss auf und schlüpfte aus der Jacke.

»Leg sie da rein«, sagte Stefan und deutete auf das Wohnzimmer. Er brauchte gar nicht hinzuzufügen: ›damit sie niemand sieht‹. Ich war auch so schon verängstigt genug und stopfte meine Jacke unter eine von Herrn Düsters alten Anrichten.

»Und jetzt?«

»Wir können oben anfangen oder im Keller.«

»Du hast doch gesagt, nach oben bräuchten wir gar nicht«, bemerkte ich. »Du hast doch gesagt, Serienmörder würden Leichen niemals da oben lassen.«

»Na ja, wahrscheinlich nicht«, sagte Stefan. Er verzog das Gesicht. »Ich meine, könntest du abends schlafen gehen, wenn du wüsstest, dass da ein Toter in deinem Kleiderschrank rumliegt?« Er bemerkte meinen Gesichtsausdruck und fügte rasch hinzu: »Hör zu, wir hätten nicht nach oben gekonnt, wenn Herr Düster da gewesen wäre, aber weil er weg ist, könnten wir.«

Ich schaute in den schwarzen Raum oben am Treppenabsatz und dann wieder hinunter auf den Boden unter meinen Füßen.

»Ich weiß nicht«, sagte ich mit schwacher Stimme.

»Dann lass uns eine Münze werfen«, sagte Stefan entschlossen, durchsuchte seine Hosentasche und brachte ein Zehnpfennigstück zum Vorschein. »Welche Seite willst du?«

»Die mit dem Eichenlaub.«

Theatralisch warf Stefan die Münze in die Luft, versuchte sie zu fangen, was ihm misslang, und ließ sie auf den Boden fallen. Wir gingen beide in die Hocke. Im Schein der Taschenlampe sahen wir die Zehn schwach glitzern. Ich stand auf und lehnte mich an die Wand. Seltsamerweise war mir plötzlich egal, wofür Stefan sich entscheiden würde. Die ganze Angelegenheit war mir ohnehin schon entglitten.

»In den Keller«, sagte er entschieden. Er ging den dunklen

Flur entlang, drehte sich dann um und winkte mir mit der Taschenlampe. »Komm schon.«

Ich drückte mich von der Wand ab und trottete widerwillig hinter ihm her. Der Flur wurde ein wenig schmaler, wo er an der Treppe vorbeiführte, und erinnerte mich auf bedrückende Weise an einen Tunnel. Außerhalb des gelben Lichtstrahls lag alles in samtiger Finsternis. In den Ecken und Winkeln, wo die Wände die Decke berührten, konnte alles Mögliche lauern: riesige Spinnen, plattnasige Fledermäuse, zitternde Nager. Ich schauderte.

»Hier«, sagte Stefan.

An der höchsten Stelle unter den Stufen befand sich eine niedrige alte Holztür. Sie hatte kein Schloss, sondern nur einen schwarzen Riegel aus Metall, den Stefan vorsichtig anhob. Die Tür ließ sich leicht öffnen. »Ich wette, er ölt die Angeln«, sagte Stefan. »Damit ihn niemand rein- und rausgehen hört – du weißt schon, mit den Leichen.«

»Halt die Klappe.«

»Komm schon rein«, sagte Stefan unerschrocken und trat in das dunkle Rechteck. »Na los«, fügte er hinzu, als er sah, wie ich zögerte. »Ich will die Tür zumachen.«

»Was?« Ich konnte mir nichts Schlimmeres vorstellen, als in diesem fremden dunklen Raum eingesperrt zu sein, wo es nach Staub und Moder roch und das schwache Licht der Taschenlampe kleine Nachttierchen aufschreckte, die über die Wände davonhuschten und dabei zornig mit ihren unzähligen Beinchen zappelten.

»Ich will das Licht anmachen.« Stefan klang ungeduldig. »Das sieht niemand, wenn wir die Tür geschlossen halten.«

»Ach so.«

Widerwillig quetschte ich mich neben ihn, starrte nach unten und tastete mit der Schuhspitze, weil ich Angst hatte, die Treppe runterzufallen. Einen Augenblick später war ein kräftiges Klicken zu hören, und das Licht ging an. Plötzlich war Stefan kein diffuser Schatten mit einer gelben Taschenlampe mehr, sondern eine große Gestalt, die dicht neben mir stand, die Finger noch an dem altmodischen Lichtschalter. Ich war dankbar für das Licht. Eine halbe Drehung zeigte mir, dass wir beide gefährlich nah am Rand der Treppe standen. An dieser Stelle im Dunkeln herunterzufallen wäre verhängnisvoll gewesen. Der kleine Absatz, auf dem wir uns befanden, schien als eine Art Garderobe zu dienen: An Haken hing eine Reihe von Herrn Düsters abgetragenen Jacken.

Ich stieß Stefan an. »Schau mal.« Eine altmodisch aussehende Flinte lehnte unter den Jacken an der Wand.

Stefan zuckte mit den Schultern. »So was hat hier doch jeder. Ich wette sogar, Hilde Koch, um Einbrecher abzuschrecken.«

Er begann die Stufen hinunterzusteigen, und ich folgte ihm und warf unwillkürlich einen Blick zurück auf die fest verschlossene Tür. Es fiel mir schwer, den Keller nicht als eine Falle zu sehen. Da es uns nicht gelungen war, das Vorhängeschloss von außen zu knacken, war es auch völlig unmöglich, von drinnen durch die Kellerluke zu entkommen. Eben weil es keinen anderen Weg nach draußen gab, fühlte es sich sehr ungut an, die Tür immer weiter hinter uns zu lassen. Was das Ganze noch schlimmer machte, war, dass meine ganze Haut juckte. Ich bildete mir ein, dass Spinnen und andere Insekten darauf herumkrabbelten. Ich rieb die Handflächen aneinander und erschauerte.

Am Fuß der Treppe angekommen, standen wir in einem Raum, der ein wenig größer als mein Zimmer war. Ich vermutete, dass er sich genau unter dem Wohnzimmer befand. Die Wände waren von einer dicken Kalkschicht bedeckt, die im Laufe der Zeit einen schmutzig gelben Ton angenommen hatte. Meiner Ansicht nach war der Keller sehr alt, vielleicht älter als das Haus darüber. Man sah, dass Herr Düster ihn nicht sehr oft benutzte. Es lag hauptsächlich Holz darin, zerbrochene alte Möbel, dazu ein paar schmutzige Säcke mit Streusalz für den Winter und etwas, das wie sehr alter, stark ausgetrockneter Torf aussah.

Stefan ging schlurfend durch den dicken Staub am Boden, spähte in die schlaffen Säcke und stieß mit der Stiefelspitze an die kaputten Möbel. In dem gelben Schein der nackten Glühbirne, die den Keller erleuchtete, wirkte er ungesund blass. Der ganze Raum roch feucht und modrig, und ich versuchte, möglichst nichts mit meinen bloßen Händen zu berühren, so als könnte mich der Dreck irgendwie krank machen.

Ich durchwanderte den Keller und versuchte dabei, an keines der grau aussehenden Möbelstücke zu stoßen. Ich suchte nach irgendwelchen Spuren, aber es gab nichts. Das meiste sah aus, als wäre es seit Jahren weder angerührt noch verrückt worden.

Ich gelangte schließlich in den entlegensten Winkel des Kellers, wo Herr Düster einen hässlichen geschnitzten Schrank abgestellt hatte, der so groß war, dass ich hätte hineinklettern können. Darin war nichts, denn eine der Türen hing lose in den Angeln und gab den Blick ins Innere frei, wo lediglich Mäusedreck zu sehen war.

Ich runzelte die Stirn. Wie konnten Menschen sich bloß so hässliches Zeug ins Haus holen? Ich sah mir den Schrank von der Seite an, aber auch von da aus betrachtet war er hässlich. Ich bemerkte, dass der Schrank nicht ganz an die Wand gerückt war. Da gab es einen etwa achtzig Zentimeter breiten Raum zwischen der Rückseite und der Mauer. Man konnte, wenn man nicht gerade eine solche Tonne war wie Hilde Koch, bequem dort durchgehen.

Nah an meiner rechten Schulter hörte ich einen Seufzer. Stefan stand neben mir.

»Was gefunden?«

»Nicht wirklich.« Ich zuckte die Achseln.

Stefan zückte seine Taschenlampe. »Lass mal sehen.« Er schob sich an mir vorbei und in den Zwischenraum.

Ich blieb, wo ich war. Die Vorstellung, schwarzen Staub und Spinnweben an meinem Pullover zu haben, wenn ich mit der Schulter an der Wand entlangstrich, behagte mir gar nicht.

»Pia?«, war Stefans Stimme gedämpft zu vernehmen. »Da ist so eine Art Tür.«

45. Kapitel

»So eine Art?«, wiederholte ich zögernd. »Was meinst du mit ›so eine Art Tür‹?«

»Na ja, es ist keine richtige Tür.« Stefans Stimme klang plötzlich deutlicher – ich vermutete, dass er mir das Gesicht zugewandt hatte. »Eigentlich ist es keine Tür, sondern ein Durchgang. Man kommt von hier in den nächsten Raum.«

Ich prüfte meine Reaktion auf diese Information so ruhig und sorgsam, wie ein Chirurg ein Bein auf gebrochene Knochen untersucht. Ich fühlte mich weder verängstigt noch panisch. Das Ganze hatte etwas Unvermeidliches. Ich stellte mir einen verborgenen Raum hinter dem monströsen Schrank vor. Ein Versteck mit Gewölbedecke und Steinboden, wo die vermissten Mädchen als Serie von Schneewittchen-Kopien lagen. Mit roten Lippen und schneeweißer Haut, die Augen geschlossen, als schliefen sie.

»Pia? Kommst du?«

»Ja.«

»Pass auf, hier gibt es kein Licht.«

Ich folgte Stefan in den Raum zwischen Schrank und Wand. Er stand in die Ecke gepresst und leuchtete mit seiner Taschenlampe in die Dunkelheit. Jetzt konnte ich erkennen, was er mit dem Durchgang gemeint hatte. So wie die Ecke hinter dem Schrank verborgen war, hätte man sie eben nur für eine gemauerte Ecke halten können, wenn auch zweifellos voller lauernder Spinnen und Käfer. Doch tatsächlich traf die Kellerwand nicht ganz auf die Wand in der Ecke. Ein Durchschlupf, breit genug für einen Menschen, war freigelassen worden.

Gemeinsam spähten wir hinein. Der Strahl der Taschenlampe konnte immer nur einen kleinen Ausschnitt beleuchten und hüpfte zögernd wie eine Motte von hier nach da. Die Rückseite des Raumes war nicht erkennbar. Der Boden schien aus Steinplatten zu bestehen, die im Laufe der Jahre glatt geworden waren. Einige davon schienen an einer Stelle außerhalb des schwachen gelben Lichtkegels weggenommen und an der Steinwand aufgestapelt worden zu sein.

Als ich mich in den Raum beugte, merkte ich, dass die Luft darin anders roch. Ein schwacher, aber dennoch wahrnehmbarer Unterschied. Ich konnte den Geruch nicht einordnen, aber er erinnerte mich eher an draußen und war irgendwie kühl.

»Ich weiß nicht«, sagte ich zweifelnd.

»Was weißt du nicht?« Stefan klang ungeduldig. »Lass uns da reingehen.«

Er trat in den Raum. Widerwillig folgte ich ihm. Ich stellte fest, dass ich in meinem Pullover fröstelte. Ich wünschte, ich hätte meine Daunenjacke nicht oben gelassen. Aber immerhin wurden meine düsteren Visionen von toten Mädchen, die wie mittelalterliche Damen in ihren Sarkophagen aufgebahrt lagen, nicht Wirklichkeit. Ein Schwenk mit der Taschenlampe zeigte nichts als Steinplatten. Nicht ein einziges Möbelstück und nicht einmal ein Bröckchen Kohle.

»Was ist das?«, sagte ich und berührte Stefan am Arm. Er leuchtete mit der Taschenlampe fast genau in die Mitte des Bodens, wo sich ein schwarzer Fleck, ein Kreis wie ein dunkles Becken, befand.

»Cool«, sagte Stefan laut. Seine Stimme erzeugte ein schwaches Echo und sorgte für einen seltsam gespenstischen Effekt. »Ich glaube, das ist ein Brunnen.«

»Ein Brunnen?«

»Ja. Erinnerst du dich nicht daran, was Herr Schiller darüber erzählt hat? Ach Quatsch, an dem Tag warst du ja nicht mit, oder? Er sagte, dass früher alle Häuser in Bad Münstereifel einen besaßen.«

»Ich glaube nicht, dass unseres einen hat.«

»Nein. Nach dem Krieg wurden sie alle zugeschüttet. Erinnerst du dich?«

Vage erinnerte ich mich daran. Ich dachte an Frau Kessels Geschichte über den Hund ihrer Großtante Martha, der in den Brunnen in ihrem Haus gefallen und darin ertrunken war, bevor man den Brunnen in den 1940ern abdeckte.

Während Stefan die Taschenlampe wie eine Waffe schwang, näherten wir uns dem Brunnenloch. Ich umkreiste es vorsichtig, denn schließlich wollte ich nicht enden wie Großtante Marthas Hund. Wir standen uns gegenüber und blickten hinab. Stefan hatte recht – das war ein Brunnen. Etwa zwei Meter unter uns konnte ich das unterirdische Wasser dunkel glitzern sehen. Das hatte ich gespürt, als wir den Raum betraten: den kühlen Geruch fließenden Wassers.

»Puuh«, machte Stefan übertrieben erleichtert.

Ich sah ihn an. »Was?«

»Deshalb wurden die Steine weggenommen. Ich dachte schon …« Er verstummte und sah mich an, wobei sein Gesicht im Schein der Taschenlampe gespenstisch wirkte. Er gab ein gekünsteltes kurzes Lachen von sich. »Blöd, was?« Er legte den Kopf zur Seite. »Jetzt guck mich nicht so an. Ist schon okay. Es ist nur ein Brunnen.« Er beugte sich vor und starrte in das dunkle Wasser hinunter. »Sieht ganz schön tief aus.«

»Stefan?«

»Hmmm …?«

»Können wir jetzt gehen?« Der bittende Unterton war unüberhörbar. Ich war das Detektivspielen leid und wünschte mich verzweifelt aus diesem Haus fort. »Ich möchte wirklich nach Hause.«

»Sei still.«

»Wie bitte?« Plötzlich war ich wütend über seinen rüden Ton.

»Sei still.«

»Sei du doch …« Ich stoppte meine gekränkte Tirade in dem Moment, als er plötzlich mit einem Klick die Taschenlampe ausschaltete.

»Was machst du …?«, begann ich, aber als er diesmal mit einem scharfen »Schscht!« aus der Dunkelheit reagierte, war die Dringlichkeit in seiner Stimme unüberhörbar.

»Was tust du da? Mach sofort die Lampe wieder an!«, fauchte ich in lautem Flüsterton. Ich suchte nach meiner eigenen, musste aber enttäuscht feststellen, dass sie in der Tasche meiner Daunenjacke sein musste.

»Pschscht. Das geht nicht.« Es trat eine Pause ein, in der ich verzweifelt versuchte, Stefans Gestalt in der Dunkelheit zu erkennen. »Sei leise«, sagte seine körperlose Stimme.

»Was …?«

»Ich glaube, da ist jemand.«

Angst und Wut wallten gleichzeitig in mir auf. »Du Blödmann, versuch nicht, mir Angst zu machen!«

»Ich versuche nicht, dir Angst zu machen. Hör doch mal!«

Die Angst fühlte sich wie ein Stein in meiner Brust an, durchzogen von Spuren von Zweifel. Ich konnte einfach nicht glauben, dass, nachdem wir Boris so knapp entronnen waren, noch jemand mit uns im Haus sein sollte. Allein der Gedanke daran machte mich krank. Das ganze Universum schien sich gegen uns verschworen zu haben und jeden unserer Schritte zu torpedieren. Ich lauschte angestrengt und war nur zu bereit, nichts zu hören.

»Ich höre nichts«, flüsterte ich. »Mach die Taschenlampe wieder an.«

»Nein, warte doch.«

Es war nicht vollkommen dunkel. Ein vages, dunkelgraues Rechteck war an der Stelle zu sehen, wo sich der Durchgang zwischen den beiden Räumen befand. Das meiste einfallende Licht wurde jedoch von dem Schrank in der Ecke abgeschirmt. Auf allen anderen Seiten des Raumes herrschte totale Finsternis. Meine Augen strengten sich an, in dieser Schwärze, die so absolut wirkte, dass sie eine eigene Struktur zu haben schien, irgendetwas zu erkennen. Ich stellte sie mir so schwarzsamten vor wie Plutos schwarzes Fell, sodass ich fast glaubte, sie anfassen zu können, als ich mit ausgestreckten Fingern sinnlos durch die Luft fuhr. Sie kam mir weich und beharrlich von allen Seiten entgegen, umfing und erstickte mich.

»Stefan …«, hob ich an, und dann hörte ich es. Ein gedämpftes, aber deutliches dumpfes Geräusch. Das klang, als ob jemand versuchte, mit einem der Medizinbälle aus dem Sportunterricht zu dribbeln. Ich fuchtelte mit den Händen durch die Luft und versuchte, Stefans Schulter, seinen Ärmel, irgendwas zu fassen zu bekommen, damit ich in dieser Dunkelheit nur ja nicht ganz allein war. Einen Augenblick später hörte ich das Geräusch zum zweiten Mal, dann trat eine quälende Pause ein, und danach war das Geräusch noch einmal zu hören. Bumm. Mein Herz schien im selben Rhythmus zu schlagen wie ein Vorschlaghammer, der droht, den Brustkorb zu sprengen.

»Oh Gott, was machen wir bloß?«, stammelte ich. Das Geräusch musste aus dem Keller gekommen sein, den wir vorher durchquert hatten, oder nicht? Meine Orientierungslosigkeit im Dunkeln hatte dazu geführt, dass ich glaubte, es käme von irgendwo hinter mir, aus den schwarzen Tiefen des unbeleuchteten Raumes. Da wir nicht durch den Keller entkommen konnten, mussten wir wohl versuchen, uns hier zu verstecken. Aber wie?

»Bleib stehen und rühr dich nicht«, flüsterte Stefan.

Ich nickte, blöderweise hatte ich ganz vergessen, dass er mich ja nicht sehen konnte. Ich schluckte, und das fühlte sich an, als würde ich einen Mund voll Staub schlucken. Ich tat mein Bestes, absolut still zu stehen, aber das war nicht wie bei diesem Kinderspiel, wo man versucht, nicht einmal zu blinzeln, während jemand herumgeht und auf abrupte Bewegungen lauert. Jetzt war diese Haltung eher so schmerzhaft wie ein Muskelkrampf. Mein rechtes Bein zitterte so heftig, dass die Sohle meines Stiefels auf dem Steinboden ein leises Geräusch erzeugte. Aus der Dunkelheit kam ein Schnarren, als ob jemand sich räuspern würde. Im nächsten Moment strich etwas sehr bestimmt an meiner Wade vorbei. Heiße Panik kochte in mir hoch. Ein Schrei entrang sich meiner Kehle, und ich machte einen Satz weg von dem unsichtbaren Ding. Da spürte ich plötzlich, wie ich ins Leere fiel. Ich war über den Rand des Brunnens getreten.

Instinktiv hob ich die Arme, um mich vor dem Aufprall auf der gegenüberliegenden Seite des Randes zu schützen. Mein rechter Unterarm schlug so fest auf den Stein, dass der Schmerz wie eine glühende Spur bis in meine Schulter hinaufschoss. Dann hatte ich den Eindruck, dass ich scheinbar endlos nach hinten fiel. Endlich schlug ich aufs Wasser auf.

Es war schockierend kalt. Ich ging sofort unter und kämpfte mich mit Mühe wieder an die Oberfläche, meine Kleider saugten sich mit Wasser voll, und mein rechter Arm pochte vor Schmerz. Ich streckte die Arme aus, um die Wände des Brunnenschachts zu ertasten, aber da war nichts. Mit einer unglaublichen Kraftanstrengung hob ich meine triefenden Arme aus dem Wasser, trat panisch mit den Füßen nach unten, aber auch über mir konnte ich nichts ertasten.

Eine Horrorvision kam mir in den Sinn – ich war in einen

riesigen unterirdischen See gestürzt, der sich in alle Richtungen endlos erstreckte. Ich würde darin herumzappeln, bis die Erschöpfung und meine vollgesogenen Kleider mich nach unten zögen. Ich schrie, schluckte Wasser und würgte. Das Wasser schmeckte faulig und verdorben. Für eine Sekunde ging ich erneut unter. Selbst als ich ganz untergetaucht war, konnten meine Füße keinen Boden berühren. Nach Luft ringend kam ich wieder hoch.

Endlich berührten meine durchs Wasser tastenden Hände etwas Festes. Meine Fingerspitzen streiften etwas, das sich wie glitschig-nasse Steine anfühlte. Meine Erleichterung war jedoch nur von kurzer Dauer, denn es gab nichts zum Festhalten daran. Meine Finger fuhren ohne Erfolg über die glatte Oberfläche. Ich schlug um mich, damit ich über Wasser blieb, und ignorierte den Schmerz in meinem Unterarm. Die Kälte drang durch jeden Zentimeter meiner Kleidung. Ich kämpfte, um das Gesicht über der Wasserfläche zu halten, und schrie: »Stefan!«

Keine Antwort.

»Ste…!« Wieder ein Mundvoll Wasser, und aus dem Schrei wurde ein würgendes Husten. Ich fuchtelte mit den Armen und schlug mit den flachen Händen gegen die Steinmauer, als wollte ich eine Tür einschlagen. Endlich schlossen sich meine Finger um etwas, das ich mit beiden Händen packen konnte.

Zuerst hielt ich es für ein Stück von einem verrotteten Ast, an dem sich irgendwelcher Müll verfangen hatte. Den konnte ja ein überirdischer Teil des Flusses transportiert haben, und jetzt war er in den Brunnen gespült worden. Die durchweichte Oberfläche des Gegenstandes fühlte sich gar nicht gut an, ähnlich wie Sackleinen, und war ziemlich schleimig.

Ich hielt mich mit der linken Hand daran fest und ließ meine rechte darüber streichen, während mein Verstand zu begreifen versuchte, was ich da im Stockfinsteren ertastete.

Die Form kam mir zwar irgendwie bekannt vor, aber mein Vorstellungsvermögen schien davor zurückzuschrecken.

Vage bemerkte ich, dass es in dem Brunnen nicht mehr völlig dunkel war. Jemand hatte in dem Raum darüber ein Licht eingeschaltet oder eine helle Laterne hereingebracht. Ich sollte um Hilfe rufen. Egal, wer sich da oben befand, und ungeachtet der Folgen, die Stefans und meine Missetaten haben würden – es war eindeutig zu spät, um die Situation selbst in Ordnung zu bringen. Trotzdem ließ mich irgendetwas stumm bleiben. Eine heraufdämmernde Erkenntnis, die mir vor Schreck die Sprache verschlug. Meine Finger bewegten sich über etwas entsetzlich Vertrautem. Allerdings war mir nur die Form bekannt, die Beschaffenheit passte überhaupt nicht.

Wachs, dachte ich. Oder Seife. Einen Sekundenbruchteil lang hatte ich einen Funken Hoffnung, sodass fast Freude in mir aufkam. Ich berührte eine Puppe. Eine Schaufensterpuppe. Meine Finger folgten der Rundung einer Wange und eindeutig einem Ohr. Eine Puppe. Nicht sehr gut gemacht, aber …

Es wurde heller. Jemand ließ eine Lampe in den Brunnen herab. Ich hörte ein unregelmäßiges Klink, wenn sie an die Schachtmauer stieß, dann beleuchtete sie die Stelle, wo die Mauer aufs Wasser traf, mit hellem, gelblichem Licht. Auf einmal konnte ich erkennen, an was ich mich da festhielt, und kreischte auf. In blinder Panik ließ ich los und versuchte durchs Wasser wegzukommen. Egal wohin, nur weg von diesem Ding, das sich irgendwie in der Mauer verkeilt hatte. Es war etwas, das ich erkannte, aber in dieser Form, einer falschen Form, so noch nie zuvor gesehen hatte. »Oh Gott, oh Gott«, heulte ich. Es hat Zähne, war alles, was ich denken konnte.

46. Kapitel

»Stefan! Stefan!« Ich hatte mich heiser geschrien. Mit übernatürlicher Kraft, die dem blanken Entsetzen geschuldet war, sprang ich hoch und versuchte, die Laterne zu ergreifen, die über meinem Kopf hin und her schwang. Es war der verzweifelte Versuch, mich aus diesem Brunnen mit seinem entsetzlichen Bewohner zu befreien.

Sofort wurde die Laterne mit einem schnellen Ruck hochgerissen, außer Reichweite meiner rudernden Arme. Wer auch immer die Schnur hielt, an der sie befestigt war, zog sie hoch. Das Licht wurde schwächer, und die Schatten rasten von allen Seiten auf mich zu.

»Neeeeiiiin!« Beim Um-mich-Schlagen und -Treten spürte ich, wie ich mit dem Stiefel an etwas im Wasser gestoßen war. An etwas, das sich hin und her bewegte und im Dunkeln von mir wegtrudelte. Ich war außer mir vor Panik. Ich konnte nicht einmal mehr schreien. Ein winziges Krächzen, ein Quieken, entströmte meiner Kehle. Und dann war mein eigener abgerissener Atem, der schmerzvoll die Luft durchschnitt, alles, was ich hörte. Ich würde verrückt werden. Ich war dabei, verrückt zu werden.

Ich konnte das, was vor mir herumgeschwommen war, in der Dunkelheit nicht mehr spüren, aber ich wusste, es war da und trieb in dem schwarzes Wasser nur eine Armlänge von mir entfernt. Wie viele solcher Sachen befanden sich mit mir in diesem Brunnen? Katharina Linden, Marion Voss ... aber selbst wenn ich in der Lage gewesen wäre, sie zu zählen, wäre es bedeutungslos gewesen. Was hier wie wassergetränktes Treibholz in dem tintenschwarzen Wasser trieb, das hatte nichts mit den vermissten Mädchen zu tun – sie waren gemeinsam zu etwas ganz anderem geworden.

Weit über mir war der gelbe Lichtkreis noch schwach zu

erkennen, und ich hörte ein seltsames Schleifgeräusch. Schleifen oder Scharren. Jemand zog etwas Schweres über den Steinboden.

»Hilfe.« Ich versuchte zu schreien, aber es kam nur ein schwaches, winziges Geräusch dabei heraus, als ob die Dunkelheit es dämpfen würde. »Hilfe.«

Ich bekam keine Antwort, hörte aber jemand vor Anstrengung stöhnen. Im nächsten Augenblick vernahm ich ein dumpfes Geräusch, als eine Steinplatte auf die Brunnenöffnung fiel, den letzten Lichtschein aussperrte und mich in der Dunkelheit einschloss.

47. Kapitel

An die Zeit, gleich nachdem die Laterne fort war, habe ich kaum eine Erinnerung. Mein Zeitgefühl war offenbar weg. Es können fünf Minuten, oder es kann eine Stunde gewesen sein, die ich eingesperrt in Kälte und Finsternis verbrachte. Allein mit dem Geräusch meines eigenen Atems und den Schauern, die durch meinen Körper jagten.

Ich wagte nicht, zu der Mauer zurückzuschwimmen, aber in der völligen Dunkelheit verlor ich die Orientierung und stieß direkt dagegen. Meine Hände schlossen sich um einen Stein, der ein wenig hervorstand und an den ich mich wenigstens klammern und vom anstrengenden Herumschwimmen in den wasserdurchtränkten Kleidern ausruhen konnte.

Meine Gedanken, die wie gefangene Insekten in meinem Kopf kreisten, schienen sich in immer kleiner werdenden Kreisen selbst heruntergefahren zu haben, bis mein Bewusstsein sich ausschließlich auf den Schmerz meiner eisigen Finger an dem kalten Stein konzentrierte.

Ich hatte keine letzten Visionen, bei denen mein Leben wie ein Film im Schnelldurchlauf an mir vorbeizog, und sprach auch kein letztes Gebet für meine Eltern und meinen kleinen Bruder. Es gab keine Vergangenheit und keine Zukunft, nur die Kälte, die Dunkelheit und diesen Stein. Das Wasser schien zu steigen und reichte mir nicht mehr bis zu den Schultern, sondern bereits bis ans Kinn. Aber stieg es wirklich, oder sank ich einfach tiefer? Es schien keine Rolle zu spielen.

Als ich auf einmal die Geräusche über mir hörte, war ich daran kaum noch interessiert. Mein Gehirn registrierte sie, ohne zu verstehen. Metall auf Stein, ein Scharren, gedämpfte Stimmen. Nichts davon schien sich zu etwas zusammenzufügen, das irgendeine Bedeutung für mich haben konnte. In meinem rechten Arm bohrte der Schmerz, während ich meine Finger schon nicht mehr spürte. Ich fragte mich, ob sie sich wohl noch an den hervorstehenden Stein klammerten. Vielleicht hatte ich schon losgelassen, ertrank bereits, und dieses schwarze Loch war alles, was ich noch zu erwarten hatte.

»Pia?« Stefans körperlose Stimme hallte in dem Brunnenschacht. Ich antwortete nicht. »Pia?« Diesmal lag Panik in seiner Stimme. Oben am Brunnenrand war das Murmeln von Stimmen zu hören. Dann hörte ich etwas herabfallen und mit einem leisen Platschen aufs Wasser treffen. Jemand hatte ein Seil herabgeworfen.

»Pia! Pia, bist du okay?«

»Ja«, krächzte ich schwach.

Wieder wurde oben gesprochen. Dann durchdrang ein Licht die Dunkelheit. Unter anderen Umständen wäre das komisch gewesen, wie Stefan seine Taschenlampe an einer Schnur herunterließ. Sie hing da wie ein Besucher aus einer anderen Welt. Wie das Licht eines U-Boots tief in einem schwarzen Ozean. Ich konzentrierte mich auf das Licht und wollte auf nichts anderes in dem Brunnen schauen. Mein Nacken war von der verdrehten Haltung schon ganz steif. Mit einer Hand ließ ich den Stein los und griff zögernd nach dem Seil.

»Kannst du dich daran festhalten?«, rief Stefan.

»Nein«, sagte ich. Ich war mir nicht sicher, ob ich so laut gesprochen hatte, dass er mich auch hören konnte. Eigentlich war ich viel zu müde, um mich darum zu kümmern. Mit trägem Blick beobachtete ich, wie das Seil nach oben verschwand. Ich hörte wieder Stimmen. Stefan schien mit jemandem zu diskutieren.

Ich schloss die Augen. Es war, als würde man ein Radio aus einem benachbarten Zimmer hören. Ich versuchte mir vorzustellen, ich säße in Oma Kristels Küche am Tisch und würde auf einen Becher Kakao warten, während im Hintergrund das Radio lief. Ich hörte wieder Geräusche, dann ein erneutes Platschen, als etwas aufs Wasser traf, diesmal aber lauter als zuvor.

»Pia«, sagte Stefan ganz in meiner Nähe. Ich spürte eine Berührung an meiner Schulter. Dann: »Ach du Scheiße.« Ich vermutete, Stefan hatte die anderen Dinge in dem Brunnen entdeckt, und kniff meine Augen noch fester zusammen. »Ach du Scheiße, Pia. Ach …«

Ich wünschte, er würde still sein. Ich wollte nicht daran erinnert werden, was sich hier noch im Wasser befand. Aber seine Arme, die mich umfassten, und seine Hände, die mich hielten, fühlten sich beruhigend an. Ein Seil wurde um mich gelegt, dann wurde ich hochgezogen. Ich ließ es wie eine Stoffpuppe mit mir geschehen. Über mir war ein Licht, und ich bewegte mich unter Schmerzen ruckweise darauf zu. Vielleicht bin ich gestorben, dachte ich mir. Aber ich hatte nicht erwartet, dass man danach noch solche Schmerzen haben würde. Schließlich hatte ich den Brunnenrand erreicht. Wie ein Riesenfisch auf der Theke eines Fischhändlers lag ich da und schnappte nach Luft. Wasser lief mir aus den Haaren und übers Gesicht. Jemand drehte mich um. Ich blickte auf, und im Schein der Lampe sah ich, um wen es sich handelte, und schrie auf.

48. Kapitel

»Sei still, Pia!«, fuhr Stefan mich an. Er stand über mich gebeugt. Als ich verstummte, um Luft zu holen, hörte ich ihn sagen: »Soll ich ihr eine Ohrfeige geben?«

Mit übermenschlicher Anstrengung unterdrückte ich mein Schreien. Meine Lippen bewegten sich sinnlos, es kamen keine zusammenhängenden Worte heraus. Immerhin zeigte ich mit zitternder Hand auf die Person, die neben Stefan stand und mich schweigend musterte: Herr Düster, der im Schein der Laterne noch ausgemergelter wirkte als sonst. Hätte er seine schmale Oberlippe zurückgezogen, um ein Paar Vampirzähne zu blecken, hätte mich das vermutlich auch nicht hysterischer gemacht.

Der vordringlichste Gedanke in meinem brodelnden Gehirn war die feste Überzeugung, dass Herr Düster uns im nächsten Augenblick beide zurück in den Brunnen werfen würde. Hilflos würden wir dann in der Dunkelheit ertrinken, wo diese grässlichen Dinge in dem schwarzen Wasser herumdümpelten.

Stefan zog sich Socken und Stiefel wieder an, die er für meine Rettung ausgezogen hatte, kniete sich neben mich und fasste mich an den Schultern. »Beruhige dich, Pia. Du bist in Sicherheit. Du bist aus dem Brunnen heraus.«

»Er ...« Ich stotterte und versuchte, erneut auf Herrn Düster zu zeigen. Stefan hatte ihm den Rücken zugewandt; sah er nicht, in welche Gefahr er sich dadurch begab?

Stefan drehte den Kopf. »Er ist in Ordnung«, sagte er, als würde er mit einem Kleinkind sprechen. »Herr Düster hat uns geholfen. Ohne ihn hätte ich den Stein nicht von der Brunnenöffnung rücken können.«

Ich schüttelte verbissen den Kopf. Hast du nicht gesehen, was da in dem Brunnen war?, wollte ich schreien. Ich kämpfte mich vom Boden hoch, aber meine Beine waren vor Kälte und Nässe steif, und ich zappelte herum wie ein Schwein im Morast.

»Sie ist unterkühlt«, sagte jemand. Schockiert stellte ich fest, dass das Herr Düster gewesen war. Ich hatte ihn bisher so selten sprechen gehört. Seine Stimme klang ruhig und besonnen. Auch das überraschte mich. Irgendwie hatte ich eine wilde, irre Stimme wie von einem Tier erwartet. Oder wie bei dem Mädchen aus dem Märchen, dem jedes Mal eine Kröte aus dem Mund springt, wenn sie ihn zum Sprechen öffnet. Tatsächlich klang er sogar ganz vernünftig.

»Leg ihr das um«, sagte Herr Düster. Er hielt meine Daunenjacke in der Hand. Entweder er oder Stefan hatte sie unter der Anrichte hervorgeholt.

Stefan zog mich näher zu sich, und einen schrecklichen Moment lang glaubte ich, die beiden würden unter einer Decke stecken, er würde mich erneut über den Brunnenrand stoßen, und sie würden zuhören, wie ich ertrank. Aber dann merkte ich, dass er mir meinen triefnassen Pullover auszog. Eiskaltes Wasser lief mir über den Rücken. Aus Gründen des Anstands ließ er mir das T-Shirt an und zog mir die Daunenjacke darüber an.

Während er sich mit dem Reißverschluss abmühte, starrte ich misstrauisch über seine Schulter zu Herrn Düster. Warum half er uns?

»Was hast du in dem Brunnen gesehen, Pia?«, fragte er. Seine Augen lagen in schattigen Höhlen. Ich konnte nicht erkennen, was er dachte.

»Nichts«, stammelte ich.

Stefan rückte von mir ab und warf mir einen erstaunten Blick zu. »Pia, sag es ihm doch.«

»Nichts«, brachte ich erneut hervor. Ich würde Herrn Düster nicht wissen lassen, dass ich dort unten in dem tintenschwarzen Wasser die Leichen seiner Opfer gesehen hatte. Ich hatte die vage Hoffnung, dass, falls er nicht wusste, dass wir wussten, was er getan hatte, wir vielleicht noch davonkommen würden. Aber bevor ich ihn bremsen konnte, platzte Stefan damit heraus.

»Herr Düster – da sind Tote drin.«

Herr Düster musste meinen Gesichtsausdruck gesehen haben.

»Denkst du, dass ich die in den Brunnen geworfen habe, Fräulein Pia?«, fragte er.

Heftig schüttelte ich den Kopf. Stefan hatte es geschafft, mir die Jacke zuzumachen. Ich versuchte noch einmal aufzustehen, und diesmal gelang es mir zumindest auf ein Knie. Ich fragte mich, ob meine Beine mich tragen würden, wenn ich versuchte wegzulaufen.

»Du hast es ihm gesagt«, sagte ich durch meine eisigen Lippen zu Stefan.

»Natürlich«, sagte Stefan ungeduldig. Einen schrecklichen Moment lang stellte ich ihn mir wieder als Komplizen eines Mörders vor. Vielleicht spürte er, wie ich vor Schreck erstarrte, denn er sagte: »Pia, er war es nicht. Das hat jemand anders getan.«

Automatisch schaute ich nach oben. Dies war Herrn Düsters Haus. Irgendwo über unseren Köpfen befand sich das Wohnzimmer, wo er sonst zwischen den verblichenen Fotografien längst verstorbener Freunde und Verwandter saß. Wie konnte der Brunnen unter seinem Haus voll mit diesen Dingen sein, wenn er sie nicht dort hineingeworfen hatte?

»Was hast du gesehen, Pia? Wie viele?«

»Nichts.«

Ein langes Schweigen trat ein, währenddessen wir uns im gelben Licht der Laterne musterten. Herr Düster machte den Mund auf, um noch etwas zu sagen, doch in diesem Moment hörten wir es alle. Ein gedämpftes Geräusch, aber trotzdem deutlich. Dann wurde eine Tür geschlossen.

Herr Düster hob einen mageren Finger an seine Lippen. In der Stille klang mein schaudernder Atem ungeheuer laut. Mit großer Anstrengung zwang ich mich, tiefer und leiser zu atmen. Gleichzeitig presste ich mir die Hände auf den Mund, um mein Zähneklappern zu unterdrücken.

Herr Düster hob die Laterne hoch und deutete eine Bewegung an: Ich mache sie jetzt aus, keine Panik. Einen Augenblick später befanden wir uns wieder im Dunkeln. In meiner knisternden Daunenjacke kauerte ich mich zu einer schützenden Kugel zusammen. Plötzlich erstarrte ich.

Bumm. Bumm-bumm.

Mein Körper krümmte sich bei jedem der dumpfen Töne wie unter einem Schlag. Lauf weg, schrie der primitivste Bereich meines Gehirns und heulte und tobte wie ein eingesperrtes wildes Tier. Das Einzige, was mich davon abhielt, genau das zu versuchen, war die Tatsache, dass der Brunnen immer noch offen war und darauf wartete, dass jemand Unachtsames erneut in sein schwarzes Wasser stürzte.

Nachdem meine Augen sich an die Dunkelheit gewöhnt hatten, starrte ich mit entsetzlicher Faszination auf das graue Rechteck, das den Durchgang zum ersten Kellerraum bildete. Wieder hatte ich das orientierungslose Gefühl, dass die Geräusche gar nicht von dort kamen. Da spürte ich eine leichte Berührung an der Schulter: Stefan. Ich drehte mich um und starrte in die Dunkelheit.

Zu meinem Erstaunen stellte ich fest, dass, wo auf der anderen Seite des Raumes zuvor noch absolute Schwärze geherrscht hatte, nun ein undeutlicher Fleck aus gräulich-gelbem Licht zu sehen war. Während ich mich noch abmühte, zu begreifen, was ich da sah – konnte das eine Art Spiegelbild des Durchgangs sein? –, wurde der Lichtfleck deutlicher und heller, und ich erkannte einen weiteren Durchgang in den Raum. Ein schmales Loch mit einem stümperhaft eingefassten Rand, gerade so groß, dass ein Mensch durchpasste. Ich hatte keine Ahnung, wo es hinführte. Wirre Gedanken schossen mir wie ein Schwarm kleiner Fische durchs Gehirn. Furcht und Kälte hatten rationales Denken sozusagen ausgeschaltet, aber selbst ein Tier, das nicht logisch denken kann, spürt, wann ihm Gefahr droht. Jemand mit einem Licht war auch zuvor durch diesen Eingang gekommen und hatte mich zum Sterben in dem Brunnen eingesperrt. Jetzt kam dieser Jemand zurück.

In blinder Panik krabbelte ich über die Steinplatten und versuchte, mich auf die Füße zu kämpfen. Einer meiner Stiefel trat gegen irgendwas auf dem Boden: die Laterne. Mit einem Klappern, das in der klammen Dunkelheit erschreckend laut klang, rollte sie über den Brunnenrand. Einem lauten Klonk folgte ein Platschen.

Einen Sekundenbruchteil später ging das sich nähernde Licht aus. Die folgende Stille war so unheilschwanger, dass ich unwillkürlich den Atem anhielt. Dann hörten wir, wie jemand durch das Loch stolperte, sich auf engem Raum mühsam umdrehte, vielleicht weil er irgendeine Last trug, die seine Beweglichkeit einschränkte. Dann waren unregelmäßige Schritte zu hören, wie von jemand, der so schnell wie möglich über unebenen Grund läuft.

Herr Düster stieß einen gedämpften Schrei aus, dann hörte ich ein Klicken. Als das Licht anging, sah ich, dass er Stefans Taschenlampe in der Hand hielt. Er nickte Stefan zu. »Komm.« Auch mir warf er einen Blick zu. »Bleib hier, Pia.«

»Nein!« Ich konnte mir nichts Schlimmeres vorstellen, als hier allein in der Dunkelheit zurückgelassen zu werden.

Schwankend kam ich auf die Beine und stolperte so steif wie eine Vogelscheuche herum. Herr Düster hatte nicht abgewartet, ob ich seiner Aufforderung Folge leisten würde: Er war bereits an der Öffnung in der Wand und Stefan dicht hinter ihm. Mit wilder Entschlossenheit humpelte ich über die Steinplatten, obwohl jede Bewegung meinen ganzen Körper schmerzhaft erschütterte. Dann taumelte ich hinter den beiden durch das Loch in der Wand her.

49. Kapitel

Als ich durch das Loch in der Wand trat, konnte ich kaum mehr als die schwarzen Silhouetten von Stefan und Herrn Düster im Widerschein der Taschenlampe sehen. Ich nahm aber auch wenig von dem Tunnel wahr, in dem wir uns befanden. Die Mauer unter meinen Händen fühlte sich erstaunlich gleichmäßig an: Ich meinte, die Form von Pflastersteinen zu spüren, die so sorgsam wie auf einem Gartenweg verbaut waren.

Irgendwie hatte ich mir diese Öffnung eher organisch vorgestellt, wie einen Gang, den ein riesiger Maulwurf durchs bloße Erdreich gegraben hat. Eigentlich hatte dieser Tunnel gar nicht dort zu sein, aber jemand muss ihn gewollt haben. Jemand hatte sich die Mühe gemacht, einen Geheimweg unter der Orchheimer Straße anzulegen. Aus welchen Gründen das passiert war, konnte ich mir allerdings nicht im Entferntesten vorstellen.

Wir liefen eine ganze Weile und konnten inzwischen schon nicht mehr unter Herrn Düsters Haus sein. Die Bewegung brachte allmählich wieder etwas Leben in meine eisigen Glieder, auch wenn meine Beine sich immer noch so kalt anfühlten wie das Fleisch aus der Metzgertheke und meine durchweichte Hose unangenehm an der Haut klebte. Ich merkte, wie ich langsam wieder zu mir selbst fand. Die Kälte hatte mich so wirkungsvoll ernüchtert wie ein paar Ohrfeigen.

Plötzlich blieb Stefan stehen, und ich lief gegen seinen Rücken.

»Was ist?«, fragte ich aufgeregt. Außer dem Schein der

Taschenlampe um seinen Kopf herum konnte ich absolut nichts sehen.

»Da ist ein Raum«, sagte Herrn Düsters Stimme und klang dabei erstaunlich matt. Ich drückte gegen Stefans Rücken.

»Geh weiter.«

Stefan machte einen vorsichtigen Schritt nach vorne. Ich vermute, er dachte an meinen Sturz in den Brunnen. Jetzt, wo er mir nicht mehr die Sicht versperrte, konnte ich im Schein der Taschenlampe etwas mehr von dem Raum, in dem wir uns befanden, erkennen.

»Das ist der Keller von jemand.« Die Enttäuschung in meiner Stimme war unüberhörbar. Ich hatte mit etwas deutlich Dramatischerem gerechnet: einer Vampirgruft oder dem Laboratorium eines irren Wissenschaftlers. Aber sicher nicht mit diesem pedantisch aufgeräumten, langweiligen Keller.

An einer Seite standen Regale, in denen sich Kisten und Körbe befanden. Auf der anderen Seite waren ausrangierte Möbel so ordentlich an der Wand entlang aufgereiht wie alte Jungfern beim Tanztee. Eine Reihe von Gartenwerkzeugen war in gleichmäßigen Abständen zueinander an Haken aufgehängt wie im Schaukasten eines Museums. Das Einzige, was hier völlig fehl am Platz wirkte, befand sich direkt zu meinen Füßen: ein Haufen Pflastersteine, teilweise noch mit anhaftenden Mörtelbrocken.

Herr Düster stand in der Mitte des Raumes und bewegte langsam die Taschenlampe über die Regale. Es schien ihm gar nicht in den Sinn zu kommen, die Verfolgung der Person fortzusetzen, die wir durch den Tunnel hatten fliehen hören.

»Herr Düster, wir müssen weiter«, drängte Stefan.

Der alte Mann hob den Kopf und sah ihn an.

»Er haut ab!« Stefan war ganz außer sich. »Wir müssen ihm nach.«

Herr Düster bewegte den Kopf. Ich glaube, er wollte ihn schütteln, aber die Bewegung fiel so schwach aus, dass es aussah, als würde er sich nur wegdrehen, um etwas Unangenehmes nicht hören zu müssen. Der Strahl der Taschenlampe fuhr in Wellen über die Regale.

»Wir müssen ...«, begann Stefan erneut.

»Ich glaube«, sagte Herr Düster mit seltsam trauriger Stimme, »ich glaube, wir müssen die Polizei verständigen.«

»Nein«, antwortete Stefan prompt und stieß einen verzweifelten Seufzer aus. »Wenn – wenn wir jetzt zurückgehen und telefonieren, dann wird er entkommen.«

Herr Düster erwiderte etwas, allerdings so leise, dass keiner von uns ihn verstand. Dann sagte er etwas lauter: »Das ist Sache der Polizei. Nicht Sache von – Kindern.«

»Verdammt!«, schnauzte Stefan ihn an. Wie ein kleines Kind stampfte er sogar mit dem Fuß auf. Frustriert fuhr er mit den Händen durch die Luft, als wollte er irgendwas herunterreißen. »Wir sind doch keine Babys.« Wütend starrte er Herrn Düster an. »Wir werden ihm nachgehen. Los, geben Sie mir meine Taschenlampe zurück!«

Herr Düster rührte sich nicht. Stefan machte einen Schritt auf ihn zu, und Herr Düster wich automatisch zurück. Der Strahl der Taschenlampe beschrieb einen großen Bogen. Vielleicht wäre es sogar zu einem Handgemenge um die Taschenlampe gekommen, doch als der Lichtstrahl über den Boden strich, entdeckte ich etwas.

»Schau mal!«

Beide folgten meinem ausgestreckten Finger. Da lag etwas auf dem Steinboden, nahe dem Löwenpfotenfuß eines hässlichen Sekretärs. Ein einzelner Stiefel. Ein Mädchenstiefel aus hellrosa Wildleder mit verspieltem Plüschbesatz. Der seitliche Reißverschluss war offen, und der Stiefel lag so da, dass sein Pelzfutter gut zu sehen war.

»Was ist das?«, fragte Herr Düster mit vor Schreck ganz rauer Stimme.

»Das ist ein Stiefel«, sagte Stefan in dem Ton von jemandem, der eine offensichtliche Tatsache verkündet. Herrn Düsters Frage bedeutete jedoch: Wie in Gottes Namen kommt der hierher? Doch das schien Stefan entgangen zu sein. Er bückte sich und hob ihn auf. Als er sich zu uns umdrehte, wich Herr Düster zurück. Er starrte auf den Stiefel wie auf etwas Ekelerregendes, eine große Spinne oder eine halb verweste Ratte. Im Licht der Taschenlampe wirkte sein Gesicht zerknitterter denn je. Die unzähligen Falten schienen zu zittern und sich unter der starken Gefühlsaufwallung, die ich nicht interpretieren konnte, neu zu ordnen.

»Wahrscheinlich ist er von einem der Mädchen, die …«, begann ich und brach dann ab. Ich hatte sagen wollen: die vermisst werden. Aber diese Mädchen wurden ja nicht mehr vermisst. Wir drei wussten, wo sie waren.

»Vielleicht«, sagte Stefan langsam und drehte den Stiefel in seinen Händen. Dann sah er mich an. »Oder er stammt von einem neuen.«

Ich starrte ihn mit offenem Mund an. Plötzlich kam mir ein Bild blitzartig in den Sinn: die Stimme meines Vaters, wie er telefoniert und »Kolvenbach?« und »Mein Gott« sagt. Hätte meine Mutter ihn nicht mit »Geh einfach« abgefertigt, dann hätte er »Es wird noch ein Mädchen vermisst« gesagt.

»Mein Gott«, sagte Herr Düster leise.

»Herr Düster …?«, setzte Stefan an.

Der alte Mann blickte ihn mit unergründlicher Miene an. Dann nickte er langsam. »Wir gehen. Aber«, fügte er finster hinzu, bevor Stefan aufbrausen konnte, »sobald es möglich ist, werden wir die Polizei verständigen. Klar?«

»Ja«, willigte Stefan sofort ein. Er hielt Herrn Düster den Stiefel hin, doch der zuckte zurück und weigerte sich, ihn auch nur zu berühren, also stopfte Stefan ihn in seine Jacke.

Vorsichtig tasteten wir uns ans Ende dieses Kellerraums. In einer Ecke befand sich ein weiterer Durchgang, allerdings ohne Tür. Steinerne Stufen schlängelten sich nach oben ins

Nichts. Stefan entdeckte einen Lichtschalter an der Wand neben den Stufen, drückte ihn, aber nichts passierte. Entweder war die Birne kaputt, oder jemand hatte die Sicherung ausgestellt.

Stefan wollte sich gerade daranmachen, die Stufen hochzugehen, als Herr Düster ihn mit einer Hand auf der Schulter zurückhielt.

»Ich gehe als Erster«, sagte er entschlossen. In seiner Stimme lag etwas so Herausforderndes, dass ich an Oma Kristels Reaktion denken musste, wann immer mein Vater oder Onkel Thomas ihr gesagt hatten, sie solle es sich nicht so schwermachen und an ihr Alter denken. Er begann die Steinstufen hinaufzusteigen, während Stefan und ich ihm so dicht wie möglich folgten.

Die Treppe endete nach einer Drehung von 360 Grad abrupt vor einer schmalen, fest verschlossenen Tür. Herr Düster drückte mit der Schulter dagegen, und sie wackelte ein wenig, ging aber nicht auf. Allein die Tatsache, dass sie sich bewegt hatte, war aber schon ermutigend. Wäre sie von der anderen Seite fest verriegelt gewesen, hätte sie sich vermutlich gar nicht gerührt.

Stefan schob sich an Herrn Düster vorbei und warf sich wie ein American-Football-Spieler mit der Schulter gegen die Tür. Sie schepperte in ihrem Rahmen, doch weiter passierte nichts. Herr Düster und ich gingen ein paar Stufen zurück, um Stefan mehr Platz zu lassen.

Diesmal platzierte er einen heftigen Tritt auf dem Türschloss. Vollkommen erstaunt hörte ich Holz splittern. Ich konnte mich des Eindrucks nicht erwehren, dass Stefan sozusagen in einer Art selbst erdachtem Actionfilm lebte. Er positionierte einen weiteren Tritt, und die Tür gab mit einem lauten Krachen nach und schwang auf. Fast wäre Stefan auf die andere Seite gestürzt, aber er fing sich und wollte gerade durch die Tür marschieren, als Herr Düster ihm erneut eine

Hand auf die Schulter legte. Dazu hob er einen Finger an die Lippen und bedeutete uns, erst einmal still zu sein und zu lauschen.

Weil Stefan und Herr Düster sich in den Türrahmen gezwängt hatten, konnte ich von der anderen Seite aus sehr wenig erkennen. Ich nahm eine Tapete mit altmodischem Muster wahr, dazu etwas von einem hellbraunen Lampenschirm, der von einer schwachen Birne erleuchtet war. Die Lampe war unauffällig, aber das Tapetenmuster ließ mich stutzen – es kam mir irgendwie bekannt vor. Kränze aus stilisiertem Laub in ausgeblichenem Grün und Braun vor einem elfenbeinfarbenen Hintergrund. In regelmäßigen Abständen erinnerte die Form eines eingerollten Blattes entfernt an einen Fisch.

Sanft drückte ich gegen Stefans Rücken. »Lass mich mal vorbei.« Als er sich vorwärtsbewegte, trat ich hinter ihm in den Raum. Schließlich standen wir nebeneinander und schienen Herrn Düster ganz vergessen zu haben. Ich konnte Stefan vor Anstrengung keuchen hören. Es klang, als wäre er gerannt. Er blickte um sich wie ein Tourist in einer Kathedrale. Als könne er gar nicht alles aufnehmen, was er da sah. Schließlich drehte er sich zu mir um und wollte offensichtlich etwas sagen, doch ich kam ihm zuvor.

»Ich kenne dieses Haus.«

50. Kapitel

»Wie kann das sein?«, sagte Stefan. Er sah verwirrt drein. »Wie können wir … hier sein?«

Ich schaute zu Herrn Düster, als ob er als einziger anwesender Erwachsener in der Lage wäre, uns eine vernünftige Erklärung zu liefern. Herr Düster war auch der Einzige von uns, der nicht aussah, als hätte ihn die gewonnene Erkenntnis überrumpelt. Er schaute eher ernst und unermesslich traurig drein, wie ein Arzt an einem Totenbett.

»Mein Bruder …« Er sprach die Worte so seltsam aus, als hätte er etwas Unbekanntes, Bitteres im Mund. »Das Haus meines Bruders«, sagte er schließlich.

»Aber das kann nicht sein«, sagte ich, als ob ich jemand sehr Naivem eine offenkundige Tatsache erklären müsste. »Das kann nicht Herrn Schillers Haus sein. Ich meine …«

Meine Stimme erstarb. Ich sah mich erneut um. Wir standen in dem schmalen Flur, den ich kannte. Schon hundert Mal, wenn nicht öfter, hatte ich nahe dieser Stelle gestanden und vielleicht meine Jacke von den Schultern geschüttelt, damit Herr Schiller sie auf einen der Kleiderbügel hängen konnte. Ich streckte eine Hand aus und berührte die dunkel glänzende Oberfläche des Kleiderständers. Sie fühlte sich hart und kühl an.

»Hat er, Sie wissen schon …«, ich wollte nicht sagen ›der Mörder‹. »Ich meine, wie ist er hier hereingekommen? Wie konnte er durch den Keller kommen, ohne dass Herr Schiller …«, ich schaute von Herrn Düster zu Stefan und verstand ihre Mienen nicht, »… ohne dass Herr Schiller das gemerkt hätte?«, beendete ich meinen Satz.

Ein langes Schweigen trat ein. Der alte Mann und der Junge starrten einander an. Ihre Blicke verstand ich nicht.

»Er ist weg«, sagte Stefan mit harter Stimme.

»Ja«, sagte Herr Düster sehr leise und bewegte dabei kaum die Lippen.

»Ich werde nachsehen …«, sagte Stefan, ging zur Haustür und druckte die Klinke. Sie ließ sich leicht öffnen und schwang auf. Stefan beugte sich hinaus. Ich konnte sehen, dass eine beträchtliche Menge Schnee gefallen war, seit wir Herrn Düsters Haus betreten hatten. Alles lag unter einer weißen Decke. Und es schneite offenbar weiter, denn als Stefan seinen Kopf wieder zurückzog, war sein Haar von schmelzenden weißen Flocken bedeckt. Wie ein einfacher Soldat, der seinem Offizier Bericht erstattet, kam er zu Herrn Düster zurück.

»Ich konnte ihn nicht sehen – aber da sind Spuren.«

Herr Düster nickte beinahe abwesend.

»Ich bin mir nicht sicher, aber ich glaube, sie führen rund ums Haus.«

»Ja. Zum Auto«, sagte Herr Düster fast unhörbar. Er schien in Gedanken versunken.

»Was für ein Auto?«, fragte ich, aber niemand antwortete mir.

»Wissen Sie, wohin …?«, fragte Stefan, und ich warf ihm einen frustrierten Blick zu. Die beiden schienen in Rätseln zu sprechen.

Herr Düster nickte. »Ich denke schon. Ja, ich denke schon.«

»Um was geht es hier eigentlich?« Ich war langsam stinksauer. »He, warum wecken wir Herrn Schiller nicht?«

»Pia …«

»Schließlich sind wir hier in seinem Haus.«

»Ja, in seinem Haus«, sagte Herr Düster mit sanftem Nachdruck. Ich begriff immer noch nicht.

»Pia«, sagte Stefan mit erschöpfter Stimme. »Es war Herr Schiller. Begreifst du denn nicht?«

»Was meinst du damit?« Ich starrte ihn an. »Was meinst du mit ›es war Herr Schiller‹?«

»Es war Herr Schiller, der …« Stefan kriegte noch so gerade die Kurve. »Ihn müssen wir verfolgen«, sagte er. »Er ist geflohen.«

»Ich verstehe nicht …«, hob ich an, doch dann tat ich es. Mir wurde plötzlich speiübel. Ich sackte nach hinten gegen die Wand mit der Blättertapete. »Nein«, sagte ich mit erstickter Stimme.

Stefan musterte mich hilflos. Dann wandte er sich wieder

zu Herrn Düster um. »Wir müssen los. Wir müssen sofort los.« Ich war draußen.

»Stefan, das ist ein Scherz, oder?«, sagte ich. Meine Stimme klang nicht einmal in meinen eigenen Ohren überzeugend. »Wo wollt ihr hin? Sollten wir nicht die Polizei rufen – falls jemand …?«

»Wir haben keine Zeit«, sagte er. Seine Stimme klang kühl, aber er versuchte, nicht unfreundlich zu klingen. Es war einfach eine Tatsache: Wenn es noch die geringste Chance gab, die Besitzerin des Stiefels zu finden, bevor es zu spät wäre, dann mussten wir sofort aufbrechen. Wenn wir warteten, hätten wir keinerlei Möglichkeit mehr, ihn zu schnappen. Den, der all die Mädchen entführt hatte. Den, der mich in dem Brunnen gelassen hatte, damit ich zwischen dem darin herumschwimmenden Horror ertrinken sollte. Ich konnte an ihn nur als »den« denken, nicht als Herr Schiller. Das war unmöglich.

»Pia, du bleibst hier.«

»Nein! Auf keinen Fall, nein …« Ich stotterte vor Empörung. »Nein, ihr könnt mich nicht hierlassen. Ich komme mit.«

»Pia.« Herr Düster klang erstaunlich ruhig, obwohl ihm ebenso wie Stefan klar sein musste, dass die Sekunden verrannen und Minuten verstrichen, in denen Schneeflocken aus dem schwarzen Himmel herabrieselten und die Spuren im Schnee zudeckten. »Du bist völlig durchgeweicht. Du kannst nicht in den Schnee raus. Da frierst du dich zu Tode.«

»Ihr habt von einem Auto geredet«, bemerkte ich gekränkt.

»Von seinem Auto«, sagte Stefan.

»Ja, aber ihr könnt ihn nur verfolgen, wenn ihr auch eines habt«, erwiderte ich. Ich starrte Stefan an. Er musterte mich einen Augenblick lang und wandte sich dann wieder an Herrn Düster.

»Wir müssen los.«

Herr Düster sah mich eine Weile an. Ich glaube, jeder andere Erwachsene auf der Welt hätte darauf bestanden, dass ich drinnen im Warmen blieb. Doch entweder war Herr Düster die Gesellschaft von Erwachsenen schon so lange nicht mehr gewohnt, dass er vergessen hatte, wie die Dinge eigentlich zu sein hatten, oder er war einer der wenigen Menschen, die Kinder nicht behandelten, als wären sie völlig unfähig. Er nickte mir kurz zu und sagte: »Pia, du kannst mitkommen, aber du musst im Auto bleiben. Verstanden?«

»Ja.« Vor lauter Dankbarkeit verschlug es mir fast den Atem.

»Bleibt beide hier, bis ich das Auto geholt habe.«

»Aber ...«, begann ich, Herr Düster fiel mir jedoch ins Wort.

»Er wird nicht zurückkommen. Zumindest für eine ganze Weile nicht. Ihr seid hier ziemlich sicher.«

Ich schloss den Mund wieder, fühlte mich aber unbehaglich. Ich hatte mich nicht deshalb geweigert, im Haus zu bleiben, weil ich Angst hatte, Herr Schiller würde zurückkehren, sondern weil ich Herrn Düster nicht die Gelegenheit geben wollte, sich ohne uns davonzumachen. Gleichzeitig musste ich einsehen, wie sinnvoll sein Plan war, als er Herrn Schillers Haustür öffnete: Der Luftzug, der meine nasse Jeans erreichte, war so eisigkalt, dass die Haut an meinen Beinen sich anfühlte, als würde sie verbrennen. Ich zog die Daunenjacke enger um mich. Meine Zähne klapperten.

»Das ist Wahnsinn«, sagte Stefan nicht unfreundlich. »Du solltest wirklich hierbleiben, Pia. Du frierst dich da draußen zu Tode.«

»Kommt nicht infrage«, sagte ich und hielt mir den Mund zu, um das Klappern zu unterdrücken.

»Ich frage mich, wie er wissen kann, wohin – du weißt schon, wohin er gefahren ist?«, sagte Stefan.

»Hm.« Ich wusste keine Antwort darauf. Dass Herr Schiller überhaupt irgendetwas mit dem Verschwinden der Mädchen zu tun haben sollte, war an sich schon schrecklich genug. Daher lag der Versuch, mir vorzustellen, wo er hingefahren sein könnte und warum, völlig außerhalb meiner Möglichkeiten. Ich hatte immer noch das Gefühl, ich könnte aufwachen und feststellen, dass das alles nur ein haarsträubender Albtraum gewesen war.

Eine scheinbar endlos lange Zeit standen Stefan und ich im Hausflur unseres Freundes und warteten darauf, dass Herr Düster mit dem Auto kam. Es herrschte eine Art gespannte Erwartung, als wären wir die Überlebenden eines schrecklichen Unfalls kurz vor Eintreffen des Krankenwagens. Ich wusste nicht, was ich hätte sagen sollen, und Stefan schien es genauso zu gehen. So standen wir eine ganze Weile schweigend herum.

Ich begann mich zu fragen, ob Herr Düster ohne uns gefahren war, als ich plötzlich ein leises Geräusch hinter mir wahrnahm. Es klang weich wie ein Samtvorhang, der über den Boden streift, aber mich überlief es kalt. Ich weiß nicht, ob es tatsächlich stimmt, dass sich einem in solchen Situationen die Nackenhaare sträuben, mir kam es jedenfalls so vor, als hätte sich an genau diese Stelle eine eisige Hand gelegt. Noch bevor ich mich umdrehen oder etwas sagen konnte, folgte auf das wischende Geräusch eines, das wie ein Räuspern klang.

»Ste-fan …« Ich fürchtete, in Ohnmacht zu fallen oder mich zu übergeben.

»Was?«

»Da ist etwas …« Wie unter Zwang drehte ich mich um.

Dort an der Schwelle zum Keller saß Pluto und musterte uns vorwurfsvoll mit seinen riesigen gelben Augen. Während ich ihn beobachtete, öffnete er gähnend das Maul, ließ die rosa Zunge und die nadelspitzen Zähne sehen und räusperte sich erneut. Dann drehte er sich rasch und geschmeidig um und verschwand die Wendeltreppe hinunter.

Stefan atmete langsam an meiner Schulter aus. »Verdammter Kater.«

Ich nickte und schluckte langsam.

»Bist du okay? Hat er dich erschreckt?«

»Nicht wirklich. Ich dachte nur …« Aber ich war mir nicht einmal sicher, was ich gedacht hatte. Der Versuch einer Erklärung wäre sinnlos gewesen, welch groteske Ideen durch mein Gehirn gehuscht waren, als ich das leise wischende Geräusch und das Räuspern gehört hatte. Ich war in jener Nacht in eine andere Wirklichkeit eingetreten, und jetzt gab es nichts, was zu schrecklich sein konnte, um wahr zu sein. Die Monster waren los, dachte ich, und mein Verstand mied sorgsam die Erinnerung, was ich in dem Brunnen gesehen hatte.

»So ist er auch in Herrn Schillers Haus gekommen«, sagte Stefan plötzlich. Er fasste mich am Arm. »Erinnerst du dich, wie er uns damals erschreckt hat?« Offenbar hatte er der Einfachheit halber vergessen, dass er es gewesen war, der damals erschrocken war und das ganze Haus zusammengeschrien hatte. Wie auch immer, mir fehlte ohnehin die Kraft, ihn zu korrigieren. Ich nickte nur. Stefan starrte noch immer auf die Schwelle zum Keller, wo der Kater aufgetaucht war. Schließlich stieß er einen leisen Pfiff aus.

»Kein Wunder, dass Herr Schiller durchgedreht ist, als er ihn gesehen hat. Er muss gewusst haben, dass Pluto durch den Keller gekommen war. Wahrscheinlich hatte er die Tür nicht richtig versperrt.« Er schüttelte ungläubig den Kopf. »Ich wette, er hat geglaubt, Pluto habe alles aufgedeckt.«

Ich hörte nicht richtig zu. Ich musste an den Moment denken, kurz bevor ich in den Brunnen gestürzt war. An die Geräusche und an das Ding, das mein Bein gestreift hatte, sodass ich vor lauter Panik ins Nichts gesprungen war. Pluto. Ich überlegte mir, dass, falls ich ihn jemals zu fassen bekäme, ich ihm gerne meine Hände um den pelzigen Hals legen und ihn erwürgen würde.

51. Kapitel

Lichter draußen vor der Haustür und das leise Brummen eines Motors rissen mich aus meinen Gedanken. Ich zog den Reißverschluss meiner Daunenjacke nach oben und bemühte mich um Schutz vor der Kälte. Auf der Straße war es dunkel, und es schneite immer noch so heftig, dass man kaum etwas sehen konnte. Trotzdem waren wir beeindruckt, als wir Herrn Düsters Auto entdeckten.

»Wow«, sagte Stefan.

Herr Düster beugte sich von der Fahrerseite herüber und drückte die Beifahrertür ein wenig auf. »Steigt ein«, schrie er. Stefan rutschte auf den Beifahrersitz, ich musste mit dem Rücksitz vorlieb nehmen. Herr Düster wartete nicht, bis Stefan seinen Sicherheitsgurt angelegt hatte, sondern fuhr sofort los.

»Wir müssen den Wagen warm kriegen«, sagte er und warf einen Blick über seine Schulter auf mich.

»Mir geht's gut«, sagte ich und legte die Arme um meinen Körper.

»Das ist ja ein Wahnsinnsauto«, sagte Stefan und musterte den Innenraum wie die Decke der Sixtinischen Kapelle. »Was ist das für eins?«

»Ein Mercedes 230 Heckflosse«, sagte Herr Düster und starrte dabei durch die Windschutzscheibe in das Schneetreiben auf der Straße.

»Gehört der wirklich Ihnen?«

Jetzt warf Herr Düster ihm doch einen Blick zu. »Natürlich. Es gehört nicht zu meinen Gewohnheiten, Autos zu stehlen.«

»Es ist nur ... Ich habe ihn noch nie gesehen.«

»Ich benutze ihn nicht sehr oft«, sagte Herr Düster. Er klopfte aufs Lenkrad. »Darum hat es mich auch ein wenig Zeit gekostet, ihn zu holen. Ich musste ein paar Dinge beiseiterücken und die Plane abnehmen.«

»Wenn ich so ein Auto hätte«, sagte Stefan, »würde ich überall damit hinfahren.«

»Dann würdest du ein ziemlich dickes Bankkonto brauchen«, sagte Herr Düster lakonisch.

Ich starrte aus dem Fenster auf die dunkle Straße. Wir bogen rechts ab, Richtung Klosterplatz, wo am Martinsabend das Feuer gewesen war und wo Frau Mahlberg mich geschüttelt hatte, bis mir die Zähne klapperten, und nach ihrer verlorenen Tochter geschrien hatte. Die weißen Konturen einiger schneebedeckter Autos waren zu sehen. Ich lehnte mich zu nah an die Glasscheibe, und sie beschlug.

»Wohin fahren wir?«, fragte ich.

»Ins Eschweiler Tal«, sagte Herr Düster. Seine Stimme klang kühl und präzise.

Ich setzte mich aufrecht hin. »Warum ins Eschweiler Tal? Woher wissen Sie, dass er dorthin fährt?«

Herr Düster antwortete nicht. Wir hatten den Klosterplatz überquert und fuhren nun auf die evangelische Kirche zu. In wenigen Augenblicken würden wir den Torbogen der Stadtmauer durchfahren. Herr Düster fuhr so schnell, wie er es verantworten konnte, aber der Straßenzustand war tückisch. Ich merkte, wie der alte Mercedes auf Schnee und Eis rutschte.

»Herr Düster?« Ich hatte das unangenehme Gefühl, ihm zu nahe zu treten, konnte mich aber nicht zurückhalten. »Woher wissen Sie, dass er ins Eschweiler Tal fährt?«

»Das tue ich ja nicht«, sagte Herr Düster grimmig.

»Aber warum fahren wir dann …?«

»Er ist mein Bruder«, sagte Herr Düster, »und ich kenne ihn.«

Ich bemerkte den kompromisslosen Ton in seiner Stimme und lehnte mich zurück. Ich wagte nicht, ihm weitere Fragen zu stellen, obwohl es in meinem Kopf davon nur so wimmelte. Wie konnte er behaupten, Herrn Schiller zu kennen, ohne sich je mit ihm zu unterhalten? Wie konnte er sich so sicher sein, wo Herr Schiller hinfahren würde?

Nachdem wir die Stadtmauern hinter uns gelassen hatten, fuhr Herr Düster Richtung Bahnhof und ans nördliche Ende der Stadt. Kein Mensch war unterwegs. Kleine Eifelstädte wie Bad Münstereifel sind ab Mitternacht meist ohnehin ziemlich ausgestorben, in jener Nacht hatten Kälte und Schnee aber selbst die Taxifahrer und die herumlungernden Jugendlichen ins Warme getrieben.

Vor dem Bahnhof parkte ein Polizeiauto. Zuerst dachte ich, es säße niemand darin, aber dann ging der Scheibenwischer an und schob bogenförmig den Schnee beiseite. Herr Düster zögerte, und ich spürte, wie das Auto langsamer wurde, aber dann beschleunigte er plötzlich wieder, und der Wagen ruckte ein bisschen. Bevor ich sehen konnte, wer in dem Polizeiauto saß, waren wir schon daran vorbei und fuhren auf die Stadtgrenze zu. Das Wageninnere wärmte sich langsam auf, bald würden meine nassen Klamotten anfangen zu dampfen.

»Können wir bei dem Schnee überhaupt ins Eschweiler Tal fahren?«, fragte Stefan.

Herr Düster antwortete nicht.

Fünf Minuten später hatten wir den Weg erreicht, der ins Eschweiler Tal führt. Bis dorthin sahen wir kein einziges Auto. Auf dem letzten Stück der asphaltierten Straße hatte ein anderes Fahrzeug tiefe Spuren in den Schnee gezogen.

Am Ende der Straße befand sich eine Fabrik, vor deren Sicherheitstor ein Auto parkte, doch die Spuren führten eindeutig daran vorbei und ins Tal hinein. Meine Haut kribbelte, als ich sie entdeckte, und ich beugte mich über Stefans Schulter, um durch die Windschutzscheibe zu spähen.

Im Eschweiler Tal gibt es zwar einige Häuser, aber ich wusste: Wer auch immer vor uns hier entlanggefahren war, konnte kein braver Familienvater auf dem Heimweg sein. Dafür war es viel zu spät, zu dunkel und zu kalt.

Dort, wo der Asphalt endete und der unbefestigte Weg begann, stieg die Straße sehr leicht an. Einen Augenblick lang fürchtete ich, der alte Mercedes würde es nicht schaffen, doch Herr Düster wusste, was er tat, und beschleunigte gerade so stark, um nicht ins Schleudern zu geraten. Wer auch immer vor uns gefahren war, hatte es nicht so gut getroffen, zumindest konnte man das aus den sich wild schlängelnden Reifenspuren im Schnee vor uns schließen.

»Wo ist er?«, zischte Stefan.

Herr Düster antwortete nicht. Schweigend fuhren wir ins Tal hinein. Er schaltete einen Gang zurück und der Wagen meisterte die leichte Steigung am alten Steinbruch. Dort gab es eine Rechtskurve bergauf in Richtung des Dorfes Eschweiler, wo die jungen Burschen gesessen haben müssen, als sie das verhängnisvolle Licht des feurigen Mannes vom Hirnberg auf sich zukommen sahen. Bei diesem Schnee musste der Weg nach Eschweiler jedoch unpassierbar sein. Die schlingernden Spuren vor uns führten jedenfalls daran vorbei und tiefer ins Tal hinein.

»Er kann nicht entkommen«, sagte Stefan, aber das war eher eine Frage als eine Feststellung. Wir hatten immer noch kein Auto gesehen. Wenn es uns nicht gelang, ihn einzuholen, nützten die Spuren uns nicht mehr als irgendwelche archäologischen Funde. Ich zerbrach mir den Kopf darüber, wo dieser Weg endete. Ich war schon Dutzende Male in diesem Tal gewesen. Entweder mit der Schule oder mit meinen Eltern, aber wir waren immer an dem Ende des befestigten Weges bei der Fabrik losgegangen oder hatten den Fußweg genommen, der vom Hirnberg herunterführt. Ich war mir nicht sicher, wo der Hauptweg aufhörte. Falls er irgendwo in eine größere Straße mündete, dann wäre der Wagen, dem wir folgten, bis zum Talende uneinholbar.

»Da«, sagte Stefan plötzlich, und Herr Düster musste sofort reagiert haben, denn das Auto wurde ruckend langsamer, und ich schlug mit dem Kopf schmerzhaft gegen die Scheibe.

»Wo?«, sagte ich.

Er zeigte hinaus. Herr Düster brachte den Wagen vorsichtig zum Stehen, während wir alle durch die Windschutzscheibe spähten. Keine hundert Meter vor uns befand sich eine Kreuzung, von der aus ein Weg weiter ins Tal führte und ein anderer scharf links abzweigte, über eine steinerne Brücke auf einen bewaldeten Bergrücken zu. Neben der Brücke parkte ein dunkler Wagen mit offener Fahrertür. Ich sage »parkte«, doch sah es eher so aus, als wäre das Heck des Wagens gegen die Steinmauer der Brücke geschleudert worden. Die offene Tür verlieh dem Ganzen den Eindruck von Verlassenheit. Weit und breit war niemand zu sehen.

Mit einem Knarzen zog Herr Düster die Handbremse an. Nachdem der Motor verstummt war, beugte er sich so weit vor, dass seine Stirn fast das Lenkrad berührte. Es sah aus, als würde er beten. Einige Augenblicke rührte er sich nicht und schien nachzudenken. Stefan begann an der Beifahrertür herumzusuchen, doch eine knotige Hand berührte ihn sanft, aber bestimmt an der Schulter.

»Nein«, sagte Herr Düster und wandte ihm das Gesicht zu. Aus seiner Geste sprach so viel Erschöpfung, dass ich an Sebastian denken musste, wenn er sich müdegeweint hatte. »Bleibt hier. Ich gehe.«

»Ich möchte mitkommen«, sagte Stefan dickköpfig.

»Nein.« Herr Düster schüttelte den Kopf. »Das ist meine Sache.« Er schwieg kurz. »Du musst hierbleiben und auf Pia aufpassen.«

Ich war empört und wollte gerade sagen, dass ich kein Baby sei und keinen Aufpasser brauche, aber Herr Düster fügte noch hinzu: »Wenn jemand kommt ... seid ihr zu zweit sicherer.« Er öffnete die Tür des Mercedes und stieg aus. Dem Geräusch der zuschlagenden Autotür folgte eine Art Echo, als Stefan mit der Faust auf das Sitzpolster schlug.

»Scheiße! Mist!« Sein Zorn erfüllte das Wageninnere wie eine Fliege, die in einer Flasche herumschwirrt.

»Jetzt beruhige dich mal.« Ich beobachtete durch das Fenster, wie Herrn Düsters dunkle Gestalt an den Kofferraum trat und dort etwas herausnahm. Eine Jacke, vermutete ich. Dann schloss er den Kofferraum. Als er sich vom Wagen wegbewegte, sagte ich mit leiser Stimme: »Warte, bis er weg ist.«

Wir sahen Herrn Düster durch den Schnee davonstapfen und sich im Gehen die Jacke anziehen.

»Stefan?«

»Ja?« Er klang ziemlich abwesend.

»Was passiert da? Mit Herrn Düster, meine ich. Warum hilft er uns?« Helfen war zwar nicht ganz der richtige Ausdruck, eigentlich hatte er ja die Sache in die Hand genommen, aber ich wusste nicht, wie ich die Frage besser hätte formulieren sollen. »War er nicht wütend, als er dich in seinem Haus entdeckt hat?«

Jetzt, wo ich begonnen hatte, darüber nachzudenken, schossen die Fragen wie Unkraut empor. »Und hätte er nicht eigentlich weg sein sollen?«

»Mensch, Pia, ich weiß es doch auch nicht!« Stefan klang gereizt. »Er war gerade nach Hause gekommen. Ich weiß nicht, wo er gewesen ist, und hatte auch keine Zeit, ihn danach zu fragen. Als du und ich etwas im Keller hörten, bin ich einfach losgelaufen, um mich zu verstecken. Ich hörte dich in den Brunnen fallen, konnte aber nichts unternehmen, bis er weg war – wer auch immer das war. Dann schaffte ich es nicht, den Stein von der Brunnenöffnung zu rücken, also musste ich Hilfe holen. Ich lief nach oben, und Herr Düster kam gerade rein.«

»Wurde er wütend, als er dich sah?«

»Nein – ja – ich meine, er war schockiert, aber nicht wütend. Er war ziemlich cool. Aber er hat gesagt, wir hätten später eine Menge zu besprechen.«

»Scheiße.«

»Was hätte ich denn machen sollen? Ich konnte den Stein nicht allein wegrücken.«

»Hattest du Angst? Was, wenn er es gewesen wäre, der den Stein auf den Brunnen geschoben hat?«

»Das konnte doch nicht sein«, bemerkte Stefan. »Er war oben. Er konnte doch nicht gleichzeitig dort und unten im Keller gewesen sein.«

»Hmm.« Ich bewunderte Stefans Gelassenheit und zweifelte, ob ich an seiner Stelle in der Lage gewesen wäre, so klar zu denken.

»Stefan?«

»Was?«

»Hast du die ... Sachen ... in dem Brunnen gesehen?« Ich wusste, dass er sie gesehen hatte.

»Mhm.« Mehr schien er dazu nicht sagen zu wollen.

»Also, woher wusstest du, dass er sie nicht dort reingeworfen hat?«

»Das konnte er nicht gewesen sein, Pia. Sonst hätte er mir doch nicht geholfen, dich dort rauszuholen. Er hätte wahrscheinlich ...« Seine Stimme erstarb.

Ich vermutete, dass er das Gleiche dachte wie ich. Nichts wäre für Herrn Düster leichter gewesen, als in den Keller zu kommen und den ahnungslosen Stefan hinter mir her zu stoßen. Ich schauderte, als ich mir überlegte, welches Risiko er da eingegangen war. Mit Mühe schaffte ich es, mich wieder der Gegenwart zuzuwenden.

»Glaubst du, er wusste von dem Tunnel?«

»Nein …« Stefan schüttelte den Kopf. »Ich glaube, er wusste kaum etwas von dem Raum mit dem Brunnen. Ich meine, er musste wissen, dass es ihn gab, aber er hatte ihn wohl mehr oder weniger vergessen. Ich denke nicht, dass er oft in seinen Keller geht.«

Ich dachte an das Durcheinander, die staubigen, zerbrochenen Möbel, die halbherzigen Versuche, etwas an die Wand zu hängen. »Wahrscheinlich nicht.«

»Er wäre da auch nicht reingegangen, wenn ich nicht vorausgegangen wäre«, sagte Stefan. »Weißt du, er sagte etwas Lustiges, so in der Art: ›Ich sehe, du bist fleißig gewesen, junger Mann.‹«

Ich hob die Augenbrauen und vergaß dabei, dass Stefan mein Gesicht in der Dunkelheit ja kaum sehen konnte. Es war geradezu unvorstellbar, dass Herr Düster so etwas gesagt haben sollte. Vor heute Nacht war er mir wie der wortkargste Mensch auf unserem Planeten erschienen. Die Entdeckung, dass er einen riesigen Mercedes mit verchromten Stoßstangen und Heckflossen besaß, war eigentlich schon überraschend genug. Wäre unter seinem schäbigen, karierten Hemd ein Superman-Kostüm zum Vorschein gekommen, hätte mich das kaum mehr erstaunen können.

»Er hasst Kinder«, merkte ich verwirrt an.

Stefan zuckte mit den Achseln. Einen Augenblick lang schwieg er, dann sagte er: »Er ist weg. Siehst du?« Wir spähten beide durch die Windschutzscheibe. Es schneite nicht mehr, und wir hatten eine klare Sicht auf das andere Auto, das sich dunkel vom strahlend weißen Schnee abhob. Rundherum war niemand zu sehen.

»Und jetzt?« Ich merkte, wie meine Zähne wieder zu klappern anfingen. Weil der Motor nicht mehr lief, sank die Temperatur im Auto, und ich begann in meinen nassen Kleidern wieder ordentlich zu frieren.

»Also steigen wir jetzt aus und sehen nach. Oder … nein.« Stefan besann sich. »Du bleibst hier, und ich werde nachsehen. Dann komme ich zurück und berichte dir, ob ich irgendwas entdeckt habe.«

»Warum du?«

»Weil es draußen saukalt ist.« Er streckte seine Hand aus und berührte meinen Handrücken. »Pia, du bist so kalt wie ein Eisblock.«

»Weil ich nass bin«, sagte ich kläglich.

»Hör zu, ich steig aus und schaue, ob ich Herrn Düster finde. Ich mach die Tür so schnell zu, wie ich kann. Und du lässt die Türen und Fenster zu, klar?«

Ich nickte unglücklich.

»Vielleicht … vielleicht solltest du die Türen besser verriegeln.«

Ich erlaubte mir nicht, genauer darüber nachzudenken. »In Ordnung.«

»Ich versuche, mich zu beeilen.« Stefan öffnete die Tür, und sofort strömte eiskalte Luft herein. Ich zuckte zusammen. Im nächsten Moment war die Tür schon zu, und Stefan bewegte sich am Fenster vorbei. Kurz danach war er verschwunden.

52. Kapitel

Nach einer gefühlten halben Stunde, in Wirklichkeit waren es wohl nur zehn Minuten, schaute ich auf meine Uhr, aber das nützte mir nichts: Wasser war in das Gehäuse eingedrungen und der Sekundenzeiger auf der Sechs hängen geblieben.

Ich schlug die Arme um meinen Körper und versuchte, blasend meine eiskalten Finger zu erwärmen. Die Autofenster beschlugen langsam. Ich rieb sie frei und schauderte bei der feuchten Kälte, aber vor den Gucklöchern, die ich mir machte, war niemand zu sehen. Ich beugte mich auch zum Fahrersitz vor, um zu sehen, ob Herr Düster den Zündschlüssel dagelassen hatte. Ich fragte mich, ob ich mich wohl trauen würde, den Motor anzulassen, aber der Schlüssel war sowieso weg.

»Beeilt euch«, murmelte ich zitternd und zähneklappernd. Selbst wenn man annahm, dass an der Brücke Herrn Schillers Auto stand, war es doch ziemlich unwahrscheinlich, dass Herr Düster und Stefan ihn gefesselt zurückbringen würden. Langsam kam ich zu dem Schluss, dass es doch besser gewesen wäre, die Polizei zu verständigen. Wenn ich noch länger im Auto bleiben musste, würde ich wahrscheinlich erfrieren und mich unter die Opfer einreihen. Das Stillsitzen machte die Sache eindeutig schlimmer. Wenn ich in der Lage gewesen wäre, mit den Füßen zu stampfen oder meine Arme kreisen zu lassen, dann hätte das vielleicht wieder etwas Leben in meine Gliedmaßen gebracht. Ich blickte noch einmal vergeblich auf meine Uhr.

Warum nicht aussteigen? Der Gedanke beschäftigte mich schon einige Minuten lang. Die Idee hatte ihre guten Seiten, denn die Temperatur im Auto würde bald kaum mehr über der Außentemperatur liegen. Wenn ich ausstieg, konnte ich mit den Füßen stampfen, die Arme kreisen lassen und nach Belieben auf und ab laufen. Es schneite nicht mehr, und soweit ich erkennen konnte, wehte auch kein Wind, der meine eisigen Beine zusätzlich gequält hätte. Falls ich Stefan oder Herrn Düster entdeckte, konnte ich ihnen zurufen, dass wir Hilfe holen mussten, bevor ich erfror.

In meinem Hinterkopf keimte außerdem der Gedanke, dass vielleicht ich diejenige sein könnte, die die Hauptrolle in diesem Drama spielte. Vielleicht würde ich sehen, wo Herr

Schiller hingelaufen war, oder einen Hinweis im Schnee entdecken. Noch einen Stiefel zum Beispiel oder ein verlorenes Haarband. Diese Vorstellung setzte sich fest und war irgendwann stärker als die Furcht, das sichere Auto zu verlassen. Es war ohnehin empörend, dass man mir befohlen hatte, hier sitzen zu bleiben, während die Herrschaften loszogen und die Heldentaten vollbrachten. Als ob ich nicht genauso alt und mutig wäre wie Stefan. Ich nagte an meiner Lippe und überlegte. Dann rutschte ich entschlossen über die Sitzbank und öffnete die Tür.

Als ich in die Kälte hinauskletterte, fühlte sich das an, als wäre ich gegen eine Mauer gelaufen. Die bloße körperliche Anstrengung brachte mich ins Schwanken. Einen Moment lang ließ ich die Hand auf dem Türgriff liegen, dann schlug ich die Tür zu. Ich musste in Bewegung bleiben. Also stampfte ich zornig durch den Schnee und versuchte, meine Füße wieder zu spüren. In meinen Stiefeln stand das Wasser zwar nicht mehr, aber das Futter war komplett durchweicht. Meine Jeans fühlte sich wie Pappe an.

Ich wusste, dass das eine schlechte Idee war, selbst mit der Erinnerung an Oma Kristel, die wie ein Schutzengel auf meiner Schulter hockte und mich ermahnte, ins Warme zu kommen und etwas Heißes zu trinken, bevor ich mir den Tod holte. Ich trat gegen den Schnee, als wollte ich auf diese Weise den Gedanken loswerden. Frau Kessel, Hilde Koch, meine Eltern, sogar die arme Oma Kristel: sie alle erzählten mir immer, was gut für mich war. Nur ein einziges Mal wollte ich ausbrechen, ein Wagnis eingehen. In Wahrheit wollte ich einfach diejenige sein, die in der Schule neugierige Gesichter umringten, und die man anbetteln würde, doch zu erzählen, wie sie es geschafft hätte.

Ich schlang die Arme um meinen Körper und folgte den Fußspuren der anderen zu dem Auto. Herrn Düsters Spuren waren lang und schmal, Stefans' kurz und mit Profil. Manchmal war Stefan in Herrn Düsters Spuren gelaufen, dann konnte ich sie nicht voneinander unterscheiden. Am parkenden Auto trennten sie sich wieder. Herr Düster schien den Wagen fast komplett umkreist zu haben und einige Male zurückgegangen zu sein. Ich vermutete, er hatte sicherstellen wollen, dass sich niemand darin befand. Dann war er ins Tal abgebogen. Stefan schien sich von Herrn Düsters Spur entfernt zu haben, kurz bevor dieser das Auto erreicht hatte, um bergauf Richtung Wald zu gehen.

Ich suchte nach weiteren Spuren. Zuerst sah ich nichts, aber dann entdeckte ich eine dritte, die vom Auto wegführte. Das musste Herrn Schillers Fährte sein, sofern es sich nicht um irgendeine unschuldige Person handelte, die versuchte, in der Dunkelheit nach Hause zu finden. Bald begriff ich, warum die anderen ihm nicht einfach gefolgt waren: Die Spuren beschrieben einen Bogen und führten dann zum Fluss hinunter, dessen Wasser schwarz und träge zwischen Eisschollen dahinfloss.

Es war nicht schwer zu verstehen: Der Flüchtende musste einige recht unangenehme Minuten ertragen, in denen er an Füßen und Beinen fror, aber das Wasser war nicht sonderlich tief, und die Spur wäre verschwunden. Er mochte den Fluss hinauf oder hinunter gegangen sein oder konnte ihn auf der einen oder anderen Seite wieder verlassen haben.

Ich schaute nach links und nach rechts. Von Herrn Düster oder Stefan war nicht das Geringste zu sehen. Ich warf auch einen Blick zum Auto zurück. Die Kälte an meinen feuchten Beinen fühlte sich an, als würde man mir die Haut abziehen. Ich legte die Arme um meinen Körper und versuchte, das Kinn im Kragen meiner Daunenjacke zu vergraben. Ein Schluchzer drang aus meiner Kehle, doch mit zunehmender Verzweiflung wurde mir klar, dass niemand da war, der ihn gehört hätte. Mir blieb nichts anderes übrig, als in Bewegung zu bleiben.

Ich beschloss, dem Flusslauf zu folgen, und nahm einen wenig begangenen Pfad, der im Sommer mit Gras und Unkraut zugewachsen war, auf dem jetzt allerdings wie überall Schnee lag.

Ich ging, so schnell ich konnte, um so vielleicht ein wenig Wärme in meine Gliedmaßen zu pumpen. Als die Schneewolken sich verzogen hatten und ein blasser Wintermond vom Himmel schien, hatte ich eine recht gute Sicht. Die nassen Stämme der Bäume, die das Ufer säumten, hoben sich als dunkle Streifen vom Schnee ab. Ich zählte fünf Bäume, dann zehn. Bei zwanzig wollte ich umkehren.

Die Nacht war vollkommen still, abgesehen von meinem eigenen keuchenden Atem und dem Knirschen des Schnees unter meinen Füßen. Die Wälder um Bad Münstereifel waren sonst voller Wild – Hirsche, Hasen, Füchse –, aber zwischen den kahlen Bäumen bewegte sich nichts. Wenn ich zurückschaute, wirkten die Autos unerreichbar fern. Ich zählte den zwanzigsten Baum, blieb stehen und lauschte.

Irgendwie war die Stille schlimmer als jedes noch so bedrohliche Geräusch. Etwas Unheil Verkündendes lag in dieser Lautlosigkeit. Ich musste an den unerschrockenen Hans, den furchtlosen Müller, denken, als er die gespenstischen Katzen beobachtet hatte. Und an den kopflosen Geist des Bösewichts, der dazu verurteilt war, durch das Tal zu streifen, bis endlich jemand ihn anzusprechen wagte.

Ich stutzte und sog die eisige Luft schmerzhaft tief ein. Da waren Fußspuren vor mir. Fußspuren, die aus dem Nichts zu kommen schienen und mitten auf dem Weg begannen. Die Fußspuren eines Mannes. In dem hartgefrorenen Schnee konnte ich die Abdrücke von Absatz und Sohle genau erkennen.

Einen Augenblick hielt ich den Atem an. Dann atmete ich erleichtert aus. Natürlich kamen die Fußspuren nicht wirklich aus dem Nichts. Als ich genau hinsah, bemerkte ich braune Laubhäufchen im aufgeworfenen Schnee, dort, wo er vom Ufer heraufgekommen war, bevor er den Weg betreten hatte. Herr Schiller.

Ich schaute den Pfad entlang nach vorne, dann zur Brücke und zu den Autos, danach wieder auf den Weg vor mir.

Etwa fünfzig Meter vor mir befand sich dort, wo der Bergrücken auf den Talboden traf, ein Felsvorsprung, sodass meine Sicht auf den Pfad eingeschränkt war. Wie Borsten ragten die schwarzen Skelette von Sträuchern aus dem Boden. Während ich hinsah, flammte plötzlich ein gelber Lichtschein hinter den Borsten auf und versah sie mit einer pulsierend blendenden Helligkeit. Ich war so schockiert, als wäre die Erde zur Seite gekippt und hätte mich wie Würfel in einem Becher wegrutschen lassen. Mein Gehirn weigerte sich schlichtweg zu verarbeiten, was meine Augen sahen. Entgeistert und wie angewurzelt beobachtete ich dieses unheimliche Licht, das den Schnee mit seinem Schimmer vergoldete. Plötzlich verstand ich: Das war der feurige Mann vom Hirnberg.

Taumelnd einen Schritt zurückweichend, war ich unfähig wegzulaufen. Mit weit aufgerissenen Augen und offenem Mund sah ich eine in blendende Flammen gehüllte Gestalt hinter dem Felsvorsprung hervor- und mitten auf den Weg treten, die Arme ausgebreitet, als würde sie vom Feuer, das an all seinen Gliedern loderte, gekreuzigt.

Aus der Ferne hörte ich jemand schreien. Stefan? Ich wagte nicht, den Kopf zu drehen, aus Angst, die flammende Figur würde sich mit ihren ausgefahrenen brennenden Krallen auf mich stürzen, sollte ich meine mit Grauen erfüllten Augen auch nur einen Moment abwenden. Ich wich einen weiteren Schritt zurück.

Die Feuergestalt kam auf mich zu. Sie näherte sich, auch wenn jeder Schritt schleppend erfolgte, als würde sie durch das Inferno waten, das sie umgab. Ich konnte die Hitze noch nicht spüren, aber ich sah, wie die weißglühende Erscheinung einen abgebrochenen Zweig berührte und auf der Stelle ein Büschel vertrocknetes Laub entzündete.

Panik wallte in mir auf. Ich war mir nicht bewusst, dass ich Unsinn stammelte, aber ich schien keine Kontrolle mehr über meine Stimme zu besitzen. Nein, nein, geh weg, ich habe dich nicht gerufen, das hab ich nicht, hab ich nicht. Vor Schreck erstarrte ich.

Angstgelähmt sah ich den Tod auf mich zukommen, mit flammenden Füßen, die die nackte Erde unter dem Schnee zum Vorschein brachten. Ich glaubte, die tödliche Hitze der brennenden Hände spüren zu können, die sich mir geradezu flehend entgegenstreckten. Um der gleißenden Helligkeit des Feuers zu entgehen, schloss ich die Augen und presste die Fäuste an meinen Körper, um die feurige Berührung zu verhindern. Selbst durch die geschlossenen Lider blendete mich das gelbe Licht. Mein Hals war vor Angst wie zugeschnürt, sodass statt eines Schreis nur ein Ächzen hervordrang. Jetzt hörte ich das Feuer, es brauste und knisterte.

»Geh weg«, flüsterte ich, die Augen weiterhin fest verschlossen, und am ganzen Leib zitternd. Ich wartete. Nichts passierte. Dann vernahm ich plötzlich ein Geräusch, das gewichtig, aber trotzdem weich klang, dumpf wie ein Lagerfeuer, das in sich zusammenfällt. An meinen Beinen spürte ich Wärme.

Ich öffnete die Augen. Die brennende Gestalt lag im schmelzenden Schnee ausgestreckt vor mir, wobei die klauenartige linke Hand fast meinen Stiefel berührte. Noch immer leckten Flammen über etwas, das grauenhaft schwarz und verkohlt aussah. Ich trat ein wenig zurück. Plötzlich war meine Lähmung weg, und ich drehte mich um und rannte um mein Leben. Ich keuchte, und das Atmen schmerzte. Die eisige Nachtluft schien mit tausend kleinen Messern in meine Beine zu stechen. Meine Stiefel rutschten auf dem Schnee, fast fiel ich hin, konnte mich aber gleich einem galoppierendem Fohlen wieder fangen. Mein Herz hämmerte. Ich wollte nur fort und so viel Abstand wie möglich zwischen mich und das von mir Gesehene bringen.

Als ich mich stolpernd umdrehte, nahm ich nichts wahr außer einem schwindelerregenden Stück Sternenhimmel und schwarzen Zweigen vor weißem Schnee. Dann lief ich in irgendwas hinein, das sich auf dem Weg befand. Ein paar Sekunden lang kratzte ich es und versuchte verzweifelt schreiend, daran vorbeizukommen. Doch dann erkannte ich, dass ich mit einem Menschen zusammengestoßen war. Meine um sich schlagenden Arme wurden sanft, aber bestimmt von behandschuhten Händen festgehalten. Ich spürte rauen Wollstoff an meiner Wange. Jemand sprach auf mich ein, aber in meiner Verwirrung konnte ich die Worte nicht verstehen. Sie wirkten wie bei einem verängstigten Tier aber trotzdem beruhigend.

Ich wich ein wenig zurück und nahm einen traditionellen Janker mit Stehkragen und Hirschhornknöpfen wahr. Die Farbe der Jacke war wahrscheinlich lodengrün, aber im Mondlicht wirkte sie fast schwarz. Meine Augen wanderten nach oben: Das Gesicht unter dem Jägerhut lag im Schatten. Ich holte tief Luft.

»Hans«, sagte ich erleichtert. »Du bist das – Hans.«

»Ja«, sagte er mit Erstaunen in der Stimme.

Ich warf die Arme um ihn und klammerte mich an ihn. Endlich gerettet. »Unerschrockener Hans«, murmelte ich wieder und wieder in den rauen Wollstoff seiner Jacke, als ob der Name an sich schon ein Talisman wäre. »Unerschrockener Hans. Zum Glück.«

53. Kapitel

Was auch immer man über Stefans Cousin Boris – dessen dubiose Karriere unterdessen wahrscheinlich ihren vorläufigen Höhepunkt in einer Haftstrafe gefunden hat – sagen mag, zumindest einmal in seinem Leben handelte er im Interesse der Allgemeinheit. Denn es war Boris, der, nachdem er Herrn Düsters Haus so problemlos betreten und wieder verlassen hatte, in die kleine Gasse verschwand, um sich ungesehen davonzumachen. Dort stolperte er jedoch über unsere Fahrräder, zerriss sich die Jeans und verletzte sich an der Wade.

Im Schutz der dunklen Gasse zog er seine Taschenlampe heraus, um den Schaden zu begutachten. Dabei erkannte er Stefans Fahrrad. Das hatte nämlich eine komische Hupe: einen Draculakopf aus Gummi mit Vampirzähnen. Ein ziemlich unverwechselbares Ding – ich habe so eines seitdem nicht mehr gesehen. Stefan hatte es geschenkt bekommen, als er noch ziemlich klein war, und konnte sich offenbar nicht davon trennen, obwohl es seinem coolen Auftreten jedesmal Abbruch tat, wenn er das Rad benutzte.

Boris war kein Sherlock Holmes, aber er stutzte angesichts des Fahrrads. Jemand anderer hätte vielleicht angenommen, Stefan habe es einfach dort stehen gelassen, oder es sei gestohlen oder als Streich mitgenommen und dort zurückgelassen worden. Boris war jedoch gerade in Herrn Düsters Haus gewesen, weil er glaubte, Herr Düster würde sich wie ein betagter Vampir kleine Mädchen von der Straße greifen, und er war entschlossen, die Sache aufzuklären. Als er die Fahrräder entdeckte, fühlte er seine schlimmsten Befürchtungen bestätigt.

Nachdenklich machte er sich auf den Heimweg, überlegte hin und her, während er einige Zigaretten rauchte, vermutlich wegen ihrer den Intellekt stärkenden Wirkung. Ich bin nach wie vor nicht überzeugt, dass er von sich aus die Polizei verständigt hätte, aber als seine Tante, Stefans Mutter, eine Stunde später bei ihm zu Hause anrief und Boris beschuldigte, ihren herumstreunenden Sohn zu beherbergen, zählte er zwei und zwei zusammen, was dieses eine Mal in seinem Leben vier ergab.

Seinem Instinkt gehorchend, der ihm bei seinen künftigen Begegnungen mit dem Gesetz zweifellos noch sehr zugute kommen würde, leugnete Boris, auch nur das Geringste über Stefans Verbleib zu wissen. Schließlich lag ihm die Angelegenheit jedoch derart auf der Seele, dass er beschloss, etwas zu unternehmen. Vielleicht hatte er keine Freude mehr an der Flasche Jägermeister, die er aus der Hausbar seines Vaters hatte mitgehen lassen. Oder vielleicht übernahm der Jägermeister das Reden, als er die Polizei anrief und, natürlich anonym, meldete, was er gesehen hatte.

Ein Polizist wurde abgestellt, sich die Sache mal anzusehen. Als er das Vorderrad meines Fahrrads – das sich unter dem Gewicht von Boris' trampelndem Fuß leider verbogen hatte – mit der Stiefelspitze anstieß, wurde er von Hilde Koch gestellt, die sich auf ihrer Türschwelle postiert hatte. Mit ihrem Haarnetz, ekligen uralten Birkenstockschlappen und einem hastig über das Nachthemd geworfenen Mantel gab sie eine ziemlich furchterregende Erscheinung ab.

Frau Koch interessierte sich nicht für herrenlose Fahrräder. Sie wollte lieber wissen, was die Polizei gegen Lärm und Gestank zu unternehmen gedachte, unter denen gottesfürchtige Menschen zu leiden hätten, weil sie mitten in der Nacht von Jugendlichen geweckt würden, die mit einem monströsen Auto mit Heckflossen die Straße entlang fuhren.

Die Erwähnung der Jugendlichen mochte es gewesen sein, die für Aufmerksamkeit sorgte. Es stellte sich nämlich heraus, dass zwei Polizisten in ihrem Streifenwagen unten an der Tankstelle ebenfalls einen großen Wagen mit Heckflossen hatten vorbeifahren sehen, in dem vorne und hinten jemand saß, der aber eindeutig von einem älteren Mann gesteuert wurde. Wahrscheinlich sei es ganz harmlos – so zumindest die vorherrschende Meinung –, aber dennoch schickte man zur Sicherheit einen Streifenwagen. Bei dem Schnee waren praktisch keine anderen Autos unterwegs, sodass man Herrn Düsters Mercedes relativ leicht bis ins Eschweiler Tal folgen konnte.

Bei den beiden Polizisten im Streifenwagen handelte es sich um den freundlichen Wachtmeister Tondorf und einen jüngeren Beamten, den ich nicht kannte. Ich glaube, er hieß Schumacher. Wachtmeister Tondorf war nicht so freundlich wie sonst, weil er gezwungen gewesen war, seine Thermoskanne mit Kaffee im Stich zu lassen und einen schneebedeckten Weg hinaufzukurven. Als sie Herrn Düsters Auto erreichten, das mitten auf dem Weg geparkt war, war sein erster Gedanke, dass die von Frau Koch erwähnten Jugendlichen es sich für eine Spritztour »ausgeliehen« und hier zurückgelassen hätten. Er trug Schumacher auf, auszusteigen und nachzusehen.

Der jüngere Mann fragte nach, warum das ausgerechnet er machen müsse, doch als er Wachtmeister Tondorfs Gesichtsausdruck gewahrte – zusammengezogene Brauen und gesträubter Schnurrbart –, beschloss er, doch lieber den Weg des geringsten Widerstands zu gehen. Er stieg aus, um sich den Mercedes anzusehen. Die Fenster waren beschlagen, also öffnete er eine der hinteren Türen und schaute hinein.

Im Auto war niemand. Er schloss die Tür wieder und trat hinter den Wagen, um sich die Nummer zu notieren, als Stefan angerannt kam. Er machte einen merkwürdig fiebrigen Eindruck, hatte zwei hochrote Flecken auf den Wangen, wirkte ansonsten aber wächsern und fahl.

»Sie müssen mitkommen«, keuchte er.

Es kostete ihn eine Weile, bis er die beiden Polizisten davon überzeugt hatte, dass er kein jugendlicher Autoknacker sei. Als er auf dem Rücksitz des Streifenwagens saß, wo geschmolzener Schnee von seinen Kleidern und Stiefeln tropfte und seine Stimme sich vor Aufregung überschlug, hüpfte er nahezu auf und ab vor lauter Verzweiflung, endlich aufzubrechen. So gab er natürlich keinen besonders glaubwürdigen Zeugen ab, schon gar nicht, nachdem Wachtmeister Tondorf ihn erkannt hatte.

»Du bist der Breuer-Junge, nicht wahr?« Wachtmeister Tondorf warf Schumacher einen vielsagenden Blick zu. »Aus der Familie von Boris Breuer.«

»Das ist mein Cousin«, sagte Stefan ungeduldig.

»Bist du dir sicher, dass nicht er dieses Auto gefahren hat, junger Mann?«, fragte Wachtmeister Tondorf streng.

»Ja!«, sagte Stefan verzweifelt und wand sich schon fast auf der Rückbank.

»Wer ist dann gefahren?«, verlangte Wachtmeister Tondorf zu wissen.

»Herr Düster«, sagte Stefan.

Die beiden Polizisten blickten einander an. »Düster? Aus der Orchheimer Straße?«

»Ja.« Stefan nickte.

»Und du sagst, er hat dieses Mädchen – Pia Kolvenbach?« Wachtmeister Tondorfs Stimme war wieder streng.

»Ja.« Stefan begriff, worauf Tondorf hinauswollte, und war plötzlich verwirrt. »Nein. Ich meine ...«

Aber Wachtmeister Tondorf hatte die Hand bereits am Türgriff. »Du bleibst hier, junger Mann«, sagte er entschieden.

»Aber ich möchte mitkommen«, erwiderte Stefan sofort.

Das zog einen unmissverständlichen Blick von Wachtmeister Tondorf nach sich. »Du bleibst im Wagen. Oder muss ich dich einschließen?«

»Nein«, erwiderte Stefan unglücklich und ließ sich in die Polster sinken.

Die beiden Polizisten stiegen aus und näherten sich Herrn Schillers Auto. Keine Spur von Herrn Schiller oder sonst jemandem. Wachtmeister Tondorf war sich noch immer nicht sicher, ob er es nicht doch mit jugendlichen Autoknackern auf einer Spritztour zu tun hatte oder mit zwei senilen alten Männern, die sich in den Kopf gesetzt hatten, mitten in der Nacht einen Spaziergang durch den Winterwald zu unternehmen, oder tatsächlich mit einem Kriminellen – der Person, die für die verschwundenen Mädchen verantwortlich war. Er glaubte, Stefan erzähle, was ihm gerade in den Sinn käme, in der Hoffnung, seine Haut zu retten. Von mir gab es keine Spur, und daher war er nicht einmal überzeugt, dass ich überhaupt dort draußen war. Man entschloss sich zu einem kurzen Kontrollgang.

Und so entdeckten mich die beiden Polizisten dort im Eschweiler Tal, keinen Steinwurf von der Spukmühle entfernt, vor Unterkühlung fast erstarrt und verzweifelt an Herrn Düster geklammert.

Der presste mich an seinen grünwollenen Jagdrock, und zwar so fest, dass ich nachher einen Abdruck von einem der Hirschhornknöpfe auf der Wange hatte. Er wollte verhindern, dass ich mich noch einmal umdrehte und auf das verkohlte widerliche Etwas blickte, das auf dem Flecken Erde lag, wo der ganze Schnee geschmolzen war. Die geschwärzten Klauen waren wie in einem letzten Versuch, mich zu packen, ausgestreckt. Als die Polizisten ihn erreicht hatten, drehte Herr Düster den Kopf und blickte sie vollständig ruhig an.

»Johannes Düster?«, sagte Wachtmeister Tondorf, und Herr Düster nickte.

Tondorf blickte auf seinen Partner Schumacher, doch der sah weder ihn noch Düster an. Er war vorgetreten, um nachzusehen, was da am Boden lag – eine verschrumpelte, verkohlte Gestalt – und übergab sich lautstark in die verschneiten Büsche.

Erst einige Zeit danach, als Herr Düster und Stefan auf der Polizeiwache und ich selbst im Krankenhaus in Mechernich waren, entdeckte die Polizei die Leiche von Daniela Brandt. Herr Schiller, den ich für meinen Freund gehalten hatte, der nette Herr Schiller, der mir Kaffee angeboten und gesagt hatte, dass man sich einer Aufgabe stellen solle, die getan werden muss, selbst wenn man Angst davor hat – dieser Herr Schiller hatte Daniela auf den Armen getragen, als sein Auto im Schnee nicht mehr vorankam, und er hatte ihre Leiche in eine niedrige Höhle gelegt, die die Einheimischen »Teufelsloch« nennen. Ich hatte Daniela an dem Tag, als sie zu uns nach Hause gekommen war, gehasst und sie angeschrien. Sie hatte mich mit ihrem aufdringlichen Verlangen, dem Schmerz-Epizentrum in meiner Familie möglichst nahe zu kommen, angewidert. Jetzt würde sie selbst im Mittelpunkt der Aufmerksamkeit stehen, ihr Name in aller Munde sein, der Schmerz ihrer Familie für jedermann offen sichtbar.

Die Leute sagten hinterher, es sei unglaublich, dass ein Mann seines Alters ein Kind dieser Größe habe tragen können. Aber große Gefühle können uns große Kraft verleihen, und Herr Schiller trug eine Menge Hass in seinem Herzen. Es hieß, er habe vorgehabt, die Leiche zu verbrennen, um nicht mit dem Verbrechen in Verbindung gebracht werden zu können. So wie ja auch an den Dingen im Brunnen unter Herrn Düsters Haus nichts nachzuweisen war. Hätte man sie entdeckt, wäre der Verdacht wohl auf Herrn Düster gefallen.

Niemand weiß, was genau dort draußen im Schnee passiert war, nicht einmal ich, obwohl ich mich in nächster Nähe befand, als das Benzin, das er für Danielas Verbrennung mitgebracht hatte, sich wie eine Bombe entzündete und ihn wie eine menschliche Fackel in meine Richtung taumeln ließ. Hatte er den Benzinkanister hochgehoben, um seinen Inhalt über die Leiche auf ihrem Bahrtuch aus reinem Schnee zu gießen, und sich dabei aus Versehen selbst überschüttet? Hatte er bemerkt, dass er sich selbst mit Benzin getränkt hatte, und wenn ja, warum entzündete er dann ein Streichholz? Niemand weiß die Antworten auf diese Fragen.

Danielas Leiche verbrannte nicht. Diese Entwürdigung blieb ihrem Körper erspart. Der Polizist, der in das Teufelsloch spähte und den Strahl seiner Taschenlampe darin kreisen ließ, fand sie auf dem Rücken liegend mit über dem Bauch gefalteten Händen, fast wie aufgebahrt. Giftiger Benzingeruch umgab sie. Trotzdem wirkte sie, abgesehen von ihrem totenbleichen Gesicht, als schliefe sie: eine perfekte Schneekönigin, mit glitzernden Eiskristallen auf der weißen Haut und im hellen Haar. Der Polizist schloss nicht aus, dass in dieser schönen eiskalten Gestalt noch ein Funken Leben wohnen könnte. Erst als er den Kragen ihrer Jacke zurückschob, um nach dem Puls zu suchen, merkte er, dass dem nicht so war.

54. Kapitel

Ich fiel gerade in einen unruhigen Schlaf, als meine Eltern im Krankenhaus eintrafen. Meine Mutter stürmte in mein Zimmer, dicht gefolgt von meinem Vater und einer gehetzt dreinblickenden Ärztin in blauem Kittel.

»Dürfte ich Sie bitten …«, sagte die Ärztin in klagendem Ton, aber meine Mutter ignorierte sie komplett.

»Pia? Oh mein Gott, Pia!« Meine Mutter kam wie ein Wirbelwind über mich, küsste meine Stirn, meine Wangen und streichelte mein Haar. »Bist du in Ordnung, Schätzchen?«

»Mir geht's gut«, wollte ich sagen, brachte aber nur ein

Krächzen hervor. Selbst ein Lächeln erwies sich als zu anstrengend. Die Ängstlichkeit meiner Mutter gab mir den Rest.

Plötzlich brach sie in Tränen aus. Mein Vater legte ihr beruhigend eine Hand auf die Schulter.

»Kate. Es geht ihr gut.«

»Es geht ihr nicht gut«, wimmerte meine Mutter. »Sieh sie dir doch an. Schau nur, was … was …«

Sie schluchzte auf, und die Ärztin hob protestierend die Hand. Es gäbe schließlich noch andere Patienten, wenn sie doch bitte …

Ich glaube, sie hätte meine Mutter gebeten zu gehen, hätte in diesem Moment nicht irgendwo anders auf der Station eine Glocke geklingelt, sodass sie selbst das Zimmer verlassen musste.

Stumm nahm mein Vater meine Mutter in die Arme. Ich sah, wie er sie an sich zog, ihren Rücken streichelte und sie aufs Haar küsste. Sie ließ es zu, wie ich registrierte, und selbst in meinem erschöpften Zustand bezog ich einen Funken Hoffnung daraus.

»Es geht ihr gut, Kate, es geht ihr gut«, murmelte mein Vater wieder und wieder, und meine Mutter klammerte sich an ihn. Sie weinte ziemlich lange, bis aus dem letzten Schluchzer ein Husten wurde und sie versuchte, sich mit der Hand die Nase abzuwischen. Schließlich hob sie den Kopf, und ihr Gesicht war nur wenige Zentimeter von dem meines Vaters entfernt. Einen Augenblick lang musterten sie einander.

Dann sagte meine Mutter sehr leise: »Tut mir leid, Wolfgang.« Dann hob sie die Hände und schob ihn sanft von sich weg.

Ich konnte den Ausdruck auf dem Gesicht meines Vaters kaum ertragen.

»Kate«, sagte er nur, und in seiner Stimme lag eine Frage.

Sehr langsam schüttelte meine Mutter den Kopf. Sie stand

einen Moment lang abgewandt da, sodass sie ihn nicht anzusehen brauchte. Anschließend sagte sie ziemlich laut: »Einer von uns sollte hierbleiben. Warum gehst du nicht und holst die Tasche aus dem Auto?« Die letzten Worte sprach sie mit zitternder Stimme aus.

Mein Vater trat an mein Bett, ergriff kurz meine Hand und drückte sie mit seinen kräftigen Fingern. Dann drehte er sich um und verließ das Zimmer. Er muss wenig später mit der Tasche zurückgekommen sein, da war ich aber schon wieder eingeschlafen.

Ich blieb zwei Tage im Krankenhaus von Mechernich und wäre sicher noch länger geblieben, hätte meine Mutter mich nicht rausgeholt.

»Oma Warner kommt heute Nachmittag«, erzählte sie mir, während sie so schnell ausparkte, dass ich um die Autos des Besucherparkplatzes fürchtete.

»Holen wir sie ab?«, fragte ich.

»Nein.« Mit Schwung legte meine Mutter den Gang ein und trat aufs Gas. »Diesmal nimmt sie ein Taxi vom Flughafen. Ich habe gesagt, das bezahlen wir.«

»Oh.« Ich vermutete, das geschah mir zuliebe. Damit die Genesende rasch nach Hause kam und dort bleiben konnte.

Die Erwähnung von Oma Warner bereitete mir Unbehagen: Da war immer noch die Sache mit der Telefonrechnung, obwohl ich ja hoffte, die sei durch das Drama der letzten Tage in Vergessenheit geraten. Ich schaute aus dem Fenster und sah Mechernich vorbeifliegen. Es war ungefähr so schlimm wie Middlesex: graue Straßen und regennasses Pflaster. Irgendwie war das Klima hier nie so rau wie in Bad Münstereifel: Der Schnee taute rascher, und in den Rinnsteinen lagen Haufen aus braunem Schneematsch. Ich lehnte die Stirn an die kühle Autoscheibe und seufzte.

55. Kapitel

Herrn Düster sah ich nur noch einmal in meinem Leben. Und hätte mein Vater nicht darauf bestanden, wäre es nie dazu gekommen, weil meine Mutter darauf beharrte, dass ich nichts mehr mit ihm zu tun haben sollte. Selbst als klar war, dass er nie jemanden entführt oder getötet hatte, nahm sie es ihm übel, dass er mich mit ins Eschweiler Tal genommen hatte, wo ich an Unterkühlung hätte sterben können – wenn nicht noch Schlimmeres.

In ihren Augen hatte die gesamte Stadt Schuld auf sich geladen. Es sei typisch, sagte sie, dass alle Bewohner sich das Maul über die Angelegenheiten ihrer Mitmenschen zerrissen, ohne mitzubekommen, was direkt vor ihrer Nase passierte. Und je schneller Sebastian, sie und ich diesen Ort für immer verließen, desto besser.

Oma Warner fügte dem nichts hinzu, presste die Lippen zusammen und ging schweigend umher, faltete dieses und packte jenes für den Umzug zusammen. Sie und mein Vater benahmen sich wie Botschafter zweier verfeindeter Staaten, die zu höflich waren, um offen einen Krieg auszutragen, aber auch unfähig, herzlich miteinander umzugehen, selbst zu Weihnachten. Unerwartet stellte sie sich jedoch auf die Seite meines Vaters, als es darum ging, ob ich Herrn Düster treffen sollte.

Meine Mutter sagte, das würde nur über ihre Leiche geschehen, während mein Vater und Oma Warner es für eine gute Idee hielten. Heutzutage benutzt man in diesem Zusammenhang den amerikanischen Ausdruck »closure«, aber Oma Warner sagte damals einfach, sie glaube, dass es mir helfen würde, die ganze Sache endgültig hinter mir zu lassen.

Ich durfte Herrn Düster nicht zu Hause besuchen. Stattdessen wurde ihm erlaubt, zu uns nach Hause zu kommen, wobei ihn meine Mutter, die ihm die Tür öffnete, misstrauisch fixierte. Sie ließ ihn einige Sekunden auf der Türschwelle stehen, bevor sie zurücktrat, um ihn hereinzulassen. Herr Düster nahm seinen Hut ab und trat geradezu vorsichtig in den Flur.

»Guten Tag, Herr Düster«, sagte meine Mutter und konnte die Kälte in ihrer Stimme nicht verbergen.

»Guten Tag, Frau Kolvenbach«, erwiderte Herr Düster höflich. Er versuchte nicht, sie mit Lächeln und Komplimenten zu umgarnen. Charmantes Auftreten war ohnehin nicht seine Stärke, und meine Mutter wäre dafür völlig unempfänglich gewesen. Ohne ein weiteres Wort führte sie ihn ins Wohnzimmer, wo ich schon wartete.

»Pia, wenn du irgendetwas brauchst, dann ... schrei einfach«, sagte sie sehr betont und schloss die Tür. Ich erwiderte nichts darauf. Ich glaube, wenn Herr Düster noch merklich länger in dem Städtchen gelebt hätte, hätte er sich bald an entsprechende Anspielungen gewöhnt – denn da Herr Schiller ja nicht mehr da war, blieb er als einzig mögliche Zielscheibe von Klatsch und Spekulationen übrig. Wo Rauch ist, da ist auch Feuer, lautet schließlich das Motto der Stadt. Das hätte man auf eine Gedenktafel gravieren und vorne ans Rathaus hängen sollen. Ich bezweifle, dass sich Herrn Düsters Ruf als Sündenbock der Stadt verbessert hätte, selbst wenn bekannt geworden wäre, dass er einhändig mit einem halben Dutzend Mördern gerungen und die ganze Bande ihrer gerechten Strafe zugeführt hätte.

Herr Düster hatte seinen Hut auf den Beistelltisch gelegt und sich in einen Sessel in einiger Entfernung gesetzt. Er schien nicht die Absicht zu haben, etwas zu sagen.

»Herr Düster ... ich danke Ihnen«, platzte ich hektisch heraus.

Ein schwaches Lächeln zeichnete sich auf seinen ausgemergelten Zügen ab. »Ich hoffe, du hast dich wieder vollständig erholt?«

»Ja. Danke.« Ich verstummte für einen Moment. Es gab so viele Dinge, die ich ihn fragen wollte, aber ich wusste nicht, wie und womit ich beginnen sollte. Wäre ich etwas älter gewesen, hätte ich es vielleicht gewusst. Damals stand allerdings dieser Riesenaltersunterschied zwischen uns.

»Es tut mir sehr leid«, sagte Herr Düster schließlich. Ich sah ihn an und fragte mich, warum es ihm leidtat.

»Herr Düster?« Ich konnte nichts gegen meine zitternde Stimme tun. »Warum, glauben Sie, hat er es getan?«

»Mein Bruder Heinrich war krank«, sagte er sanft. »Ich glaube, er war schon sehr lange krank.«

»Ja, aber warum hat er es getan?«

Herr Düster seufzte. »Ich denke, das ist nicht das richtige Thema für eine junge Dame ...«

Mein Mut sank. Er würde diese Lieblingsausrede der Erwachsenen benutzen und mir erzählen, ich wäre zu jung, um zu verstehen.

»Aber gleichzeitig denke ich, dass du ein Recht hast, es zu erfahren«, beendete er den Gedanken. Dann schaute er an mir vorbei auf einen leeren Fleck an der Wand. Ich vermute, er sah Dinge, die sich vor langer Zeit ereignet hatten.

»Wusstest du, dass Heinrich verheiratet war?«, fragte er.

Ich nickte. »Ja, und er hatte eine Tochter. Frau Kessel hat gesagt, ich sähe ihr ein bisschen ähnlich«, fügte ich noch hinzu und bemerkte, dass ein Schatten auf Herrn Düsters Gesicht fiel.

»Ein wenig, ja«, sagte er. »Getrud war vielleicht etwas dünner als du. Aber damals war auch Krieg ...« Er schwieg und schien sich zu erinnern. »Mein Bruder Heinrich war kein einfacher Mensch, auch als junger Mann nicht. Er hatte in gewisser Weise ein hartes Herz. Wenn er einmal von etwas überzeugt war ... konnte er sehr hart zu anderen Menschen sein.«

Ich erwiderte nichts. Das klang alles überhaupt nicht nach meinem Herrn Schiller. Mein Herr Schiller wäre aber auch nicht nachts ins Eschweiler Tal gefahren, um die Leiche eines kleinen Mädchens mit Benzin zu übergießen. Ich schauderte.

»Hannelore – Heinrichs Frau –, sie war sehr schön, weißt du«, fuhr Herr Düster fort.

Ich musste an Frau Kessel denken, wie sie in ihrer Küche Gift und Galle gespuckt hatte. Beide Brüder waren verrückt nach dem Mädchen, aber sie entschied sich für Heinrich. Wer konnte ihr das verdenken?

»Ist sie das auf dem Bild in Ihrem Haus?«, platzte ich heraus.

Herr Düster musterte mich. »Nein. Ich glaube nicht, dass noch ein Foto von ihr existiert.«

Er sagte nicht, warum sollte ich ein Foto von ihr haben? Das fiel mir auf. Ich meinte eine Spur Wehmut aus seiner Stimme herauszuhören. Als ob er gerne eines besessen hätte.

»Heinrich … also, er hat Hannelore unrecht getan«, fuhr Herr Düster fort. Er schwieg kurz und beschrieb mit seinen krummen Fingern kleine Kreise auf der Armlehne des Sessels. »Er glaubte, sie wolle ihn verlassen. Er wurde immer wieder … sehr böse auf sie. Er hatte die fixe Idee, Getrud sei nicht … sie sei …« Seine Stimme erstarb. Er war schließlich schon alt, in meinen Augen ungeheuer alt, und ich war noch ein Kind. Er stammte aus einer anderen Generation. Einer Generation, in der man Unerfreuliches nicht in Gegenwart von Kindern besprach. Trotzdem vermeinte ich, ihn ein einziges Wort mit sehr leiser Stimme sagen zu hören: »meine«. Ich sagte nichts.

»Es heißt«, fuhr Herr Düster fast wie zu sich selbst fort, »dass man Hannelore vielleicht exhumieren wird. Man denkt, dass sie möglicherweise keines natürlichen Todes gestorben ist.«

Ich erinnerte mich daran, was Frau Kessel über die Szene erzählt hatte, als sie Herrn Düster mit seiner Schwägerin beobachtet hatte. Das Schimpfen, das Wegziehen, Herrn Düsters Versuch, Hannelores Hand zu küssen. »Er dachte, niemand würde ihn beobachten, aber ich habe ihn gesehen.« Hatte Herr Düster seine Schwägerin wirklich bedrängt und versucht, sie gegen ihren Willen zu küssen? Oder hatten sie wegen etwas anderem gestritten? Darüber, dass er Hannelore vor ihrem Ehemann schützen wollte?

»Und Gertrud?«, fragte ich vorsichtig nach.

»Im Brunnen«, antwortete Herr Düster. Er klang erschöpft. So als würde er die Geschichte am liebsten nur noch einmal erzählen und dann nie wieder. »Es heißt, man müsse das erst noch bestätigen, aber sie glauben, dass sie dort liegt. Sie war sein erstes Opfer, glaubt man …« Er sah mich mit blutunterlaufenen Augen an. »Wie konnte er das tun, das möchte jeder wissen. Wie konnte er?«

»Seine eigene Tochter«, sagte ich, und die Vorstellung war so schrecklich, in Worte gefasst so eklig, dass ich am liebsten ganz schnell ausgespuckt hätte. Wie das Mädchen in dem Märchen, dem bei jedem Wort eine Kröte aus dem Mund springt. Seine eigene Tochter.

»Ja, aber genau das ist der Punkt, verstehst du?«, sagte Herr Düster sanft. »Er glaubte ja nicht, dass sie wirklich seine Tochter war. Er glaubte, wenn sie verschwände, würde mich das treffen. Er glaubte, mir so jede Chance zu nehmen, jemals …« Er verstummte, schwieg für einige Augenblicke und fuhr dann fort. »Heinrich hätte kein Kind großgezogen, das nicht von ihm war, weißt du. Der so ein Kind geliebt hätte, auch wenn es Papa zu ihm sagte.«

»Das ist grauenhaft«, sagte ich und zog Herrn Düsters traurigen Blick auf mich.

»Dabei war er ihr Vater«, sagte er und klang hilflos. »Sie war seine Tochter – und er hat sie getötet.« Seine Augen wurden feucht, und eine einzige Träne lief über seine faltige Wange.

Eine Zeit lang saßen wir schweigend da. Es war später Nachmittag und wurde langsam dunkel. In dem Raum mit den kleinen Fenstern war es bereits dämmrig. Wenn ich nicht bald aufgestanden wäre und das Licht eingeschaltet hätte, hätten wir im Dunkeln gesessen.

»Ich verstehe trotzdem nicht, was Katharina Linden ihm getan hat«, sagte ich schließlich. »Oder Julia Mahlberg oder eine der anderen.«

»Sie haben nichts getan«, sagte Herr Düster traurig.

»Und warum ...?«

»Ich glaube, er wollte mir schaden«, sagte Herr Düster. »Ich glaube, er dachte, jedes Mal wenn wieder ein Mädchen verschwand, würde ich an Gertrud denken. Er – Heinrich – war nämlich sehr krank. Und natürlich wusste er, was die Leute sagten, wer diese Mädchen entführte.«

Ich wusste, was die Leute geredet hatten, zumindest wenn man Frau Kessel als Sprachrohr der Allgemeinheit verstand. Jeder hatte Herrn Düster für den Täter gehalten. Man hätte ihn gelyncht, wenn nicht einige besonnene Menschen darauf bestanden hätten, diesen Akt der Selbstjustiz zu verhindern. Und hätte man ihn aus der Stadt vertrieben oder eingesperrt, dann hätte jemand sein Haus durchsucht und alle Beweise gefunden, die man brauchte. Herr Schiller hätte den Tunnel nur wieder zumauern müssen, und die Wahrheit wäre nie ans Licht gekommen.

Später hörte ich, dass der Tunnel schon Hunderte von Jahren alt war. Ältere Bewohner der Stadt sagten, es sei auch nicht der einzige. Die Altstadt sei untertunnelt wie eine alte Honigwabe. In der Orchheimer Straße hatte einst eine Synagoge gestanden, dort, wo heute nur noch ein Denkmal an die im Zweiten Weltkrieg ausgerottete jüdische Gemeinde erinnert. Man vermutet, die Juden hätten die Tunnel am Sabbat benutzt, wenn ihre Religion ihnen verbot, über die Straße zu spazieren. Wie und wann Herr Schiller den Tunnel unter seinem Haus entdeckte, ließ sich nicht nachvollziehen.

Ich war von der Monstrosität von Herrn Schillers Verbrechen erschüttert. Jeden Tag taten Menschen Dinge, die mir missfielen, die ich hasste. Hätte ich erfahren, dass Thilo Koch von Wildpferden zertrampelt oder ins Raubkatzengehege im Kölner Zoo gefallen und um Gnade winselnd von ihnen zerrissen worden wäre, hätte es mir nicht leidgetan. Aber ich hätte ihn niemals hineingestoßen. »Ich verstehe es immer noch nicht«, sagte ich. »Warum hat er es getan?«

Herr Düster schwieg so lange, dass ich schon glaubte, er hätte meine Frage überhört. Doch dann sagte er ein einziges Wort mit sehr leiser Stimme: »Hass.«

56. Kapitel

Wir blieben noch für einige Wochen in Bad Münstereifel. Lange genug, um den Beginn des neuen Jahres mitzuerleben: 2000. Allerdings gingen die Millenniumsfeiern mehr oder weniger an uns vorbei. Ich sah Herrn Düster nie wieder und erfuhr später, dass er seinen Bruder nur um wenige Monate überlebte. Als Boris Stefan erzählt hatte, Herr Düster sei krank, hatte das gestimmt. Der alte Mann hatte Krebs und starb letztlich sehr rasch daran. Dafür bin ich dankbar.

Ich dachte oft über ihn und seinen Bruder nach. Darüber, wie der Hass zwischen ihnen zu einer solchen Tragödie führen konnte. Vier Mädchen in einem Jahr. Ich denke, Herr Schiller wusste, dass sie beide bald sterben würden, und war entschlossen, seine Rache auszuschöpfen, bevor es nicht mehr in seiner Macht stünde, seinen Bruder Johannes zu verletzen.

Ich frage mich, ob die Tatsache, dass Herr Düster nie

reagierte, den Zorn des Mörders immer weiter anfachte. Obwohl Herr Düster als Bösewicht der Stadt galt, ließ er sich nie zu ungebührlichen Gefühlsausbrüchen hinreißen. Nicht einmal, als die Frau, die er liebte, dahinwelkte und starb. Nicht als sein Bruder hinterhältigerweise seinen Namen änderte. Ja nicht einmal an dem Tag, als er – wie später der unerschöpfliche Quell für lokale Informationen, Frau Kessel, bekanntgab – vor seiner Haustür ein kleines Päckchen mit einem Mädchenhaarband fand und ein anderes Mal einen einzelnen Mädchenhandschuh.

Falls sein Bruder gehofft hatte, ihn damit provozieren zu können, so war sein Versuch gescheitert. Zumindest war es ihm nicht gelungen, ihn zu öffentlichen Trauer- oder Wutbekundungen zu bewegen. Herr Düster hatte einfach die Polizei gerufen, so wie es jeder anständige Bürger getan hätte, und war danach mit ausdrucksloser Miene in einem Polizeiauto mitgenommen worden, um bei den Vernehmungen behilflich zu sein. Die Tatsache, dass Herrn Düsters Nachbarn dies als Festnahme wegen Entführung und Mord gedeutet hatten, muss Herrn Schiller – obwohl sein Herz nur noch aus einem eisigen Splitter bestand – gefreut haben. Noch lieber hätte er es aber gesehen, wenn die Einwohner Bad Münstereifels seinen Bruder Johannes in Stücke gerissen hätten, wenn ihre Fäuste, Nägel und Zähne zu den Werkzeugen ihrer Rache geworden wären. Es muss ihn innerlich aufgefressen haben, dass sein Bruder nie eine Reaktion zeigte. Dass es ihm nie gelang, ihn zu schockieren.

Die Polizei verfolgte Boris' Anruf in jener abenteuerlichen Nacht zu ihm zurück. Denn Stefans Cousin hatte trotz seiner fast schon professionellen Fähigkeiten als Einbrecher die simpelste Vorsichtsmaßnahme vergessen und nicht von einem öffentlichen Fernsprecher aus angerufen. Vielleicht war auch der Jägermeister schuld an diesem Versehen. Boris hatte zunächst versucht, seine Anwesenheit in der Orchheimer Straße in jener Nacht zu vertuschen, aber Heimlichtuerei war nun mal nicht seine Stärke. Er machte eine unvorsichtige Bemerkung, versuchte sie zurückzunehmen und verhedderte sich erst recht.

So kam die ganze Geschichte ans Licht. Boris hatte sich einen Schuh von Marion Voss besorgt, indem er Thilo Koch dafür bezahlte, den Schuh in der Grundschule zu stehlen. Es waren Boris und seine Freunde, die ihn nachts auf dem Quecken verbrannt hatten. In Herrn Düsters Haus war Boris eingebrochen, weil er sich weitere Sachen der toten Mädchen hatte besorgen wollen.

Er musste gestehen, dass er sich mit seinen Kumpanen an einer Art schwarzer Messe versucht hatte. Allerdings eher von entsprechenden Dokumentationen im Fernsehen inspiriert als von eigenem Geheimwissen. Rund um den Steinkreis, den sie in der Burgruine angelegt hatten, hatten sie ein wenig gesungen und getrommelt und einiges geraucht – nicht nur Tabak –, um den Geist von Marion Voss anzurufen.

Ob er solche Sache regelmäßig machte, wollte die Polizei verwundert wissen. Und Boris musste eingestehen, dass er das auch schon nach dem Verschwinden von Katharina Linden versucht hatte. Weil es nicht funktioniert hatte, war er auf die Idee gekommen, bei dem Ritual etwas aus dem Besitz der verschwundenen Mädchen zu benutzen. Nachdem man der Polizei den verkohlten Schuh hatte zukommen lassen, war Boris außer sich vor Panik gewesen, sich mit seiner Aktion ganz oben auf die Liste der Verdächtigen katapultiert zu haben.

Unseligerweise war er nicht einmal in der Lage, irgendwelche übersinnlichen Hinweise zu den Morden zu geben, da sich die Geister der verstorbenen Mädchen schlichtweg geweigert hatten zu erscheinen. Wer hätte es ihnen auch verübeln können? Wären die Toten zurückgekommen, um uns irgendetwas zu sagen, dann wohl eher nicht zu einer Gruppe schmuddeliger Fremder, die um Mitternacht in einem Wald Hasch rauchen und von denen einer offenbar zu betrunken war, um sich auch nur auf zwei Beinen zu halten. Boris behauptete, er habe herausfinden wollen, wo sich die Leichen befänden, indem er die Mädchen selbst danach fragte. Später hieß es allerdings, er habe versucht, sie dazu zu bringen, ihm die Lottozahlen der darauffolgenden Woche zu verraten. Ich habe keine Ahnung, welche dieser Unterstellungen stimmt, aber letztere wird Boris bestimmt sein Leben lang anhängen.

Was mich betrifft, war ich noch einige Zeit wegen Oma Warners Telefonrechnung in Sorge. Bis zum Heiligen Abend hatte sie mich noch immer nicht darauf angesprochen. Es gefiel mir gar nicht, wie sie mich jedes Mal mit hochgezogenen Augenbrauen anschaute, wenn das Telefon klingelte und meine Mutter sagte: »Für dich, Pia.« Ich malte mir aus, wie sie am Weihnachtsabend darauf warten würde, bis wir alle bei Tisch saßen, um dann vor der ganzen Familie zu verkünden: ›Wisst ihr, dass Pia tausend Pfund auf meine Rechnung vertelefoniert hat? Und das, wo ich eine arme Rentnerin bin.‹ Ich ging ihr aus dem Weg, als wäre sie eine wandelnde Zeitbombe.

In Deutschland werden die Weihnachtsgeschenke am Heiligen Abend ausgepackt, nicht am Weihnachtsmorgen, wie meine Mutter das schon immer beklagt hatte. Sie hielt es für aberwitzig, Kinder um acht Uhr abends Päckchen auspacken zu lassen und zu erwarten, sie würden anschließend lammfromm zu Bett gehen. Meine Mutter war aber auch niemand, der sich deutschen Sitten widerstandslos fügte.

Als wir uns zum traditionellen Geschenkeaustausch versammelten, hatte Oma Warner immer noch nichts gesagt. Ich setzte mich absichtlich so weit von ihr weg wie nur möglich.

Aber ganz aus dem Weg würde ich ihr wohl trotzdem nicht gehen können. Ich musste dann auch aufstehen und ihr ein kleines Paket mit Duftseife überreichen, ein Geschenk von mir und Sebastian. Danach würde sie mir ihr Geschenk geben.

Sonst schickte mir Oma Warner zu Weihnachten meist eine lustige Karte mit einem Zwanzigmarkschein darin. Den Schein besorgte sie sich immer beim Reisebüro in Hayes. Folglich war ich auch nicht überrascht, als sie mir einen Umschlag in die Hand drückte, der dick genug war, um etwas Gefaltetes zu enthalten.

»Sag danke, Pia«, sagte meine Mutter, und ich echote gehorsam: »Danke.«

Oma Warner wartete, bis meine Mutter woanders hinsah, und bedeutete mir dann »stopp!«, indem sie eine beringte Hand hob. Stopp, mach ihn nicht auf! Ich schob den Umschlag in den kleinen Haufen der Geschenke, die ich schon ausgepackt hatte. Später, als meine Mutter in der Küche den Truthahn zweisprachig verfluchte, schlich ich mich hinauf in mein Zimmer.

Auf meinem Bett sitzend, riss ich das Kuvert auf. Heraus fiel etwas, das ich zunächst für Konfetti hielt, doch dann erkannte ich, dass es sich um Stücke einer in kleine Fetzen zerrissenen Telefonrechnung handelte. Auf der Karte stand »Happy Christmas to a favourite granddaughter«, und wie ich so dasaß, den Schoß voller roter Papierschnipsel, wusste ich nicht, ob ich lachen oder weinen sollte.

Dieser Teil meines Lebens ist nun Vergangenheit. Nach über sieben Jahren in England fühlen sich deutsche Wörter allmählich wie ein fremder Geschmack in meinem Mund an. Wenn ich an meine Gespräche mit Stefan, meinen Klassenkameraden oder mit Herrn Schiller denke, erinnere ich mich manchmal auf Englisch daran. Es ist eine komische Vorstellung – sollte ich eines Tages selbst Kinder haben, würden sie sich mit ihrem Großvater auf Englisch unterhalten, und er würde ihnen mit einem für ihre Ohren fremden Akzent antworten. Unsere Weihnachtsgeschenke öffnen wir am 25. Dezember, und Sankt Martin feiern wir überhaupt nicht.

An meine Freunde in Deutschland zu denken, tut immer ein bisschen weh, weil ich vor allem an den Abschied von ihnen denken muss. Das ist wie bei einem traurigen Film, wenn man beim zweiten Ansehen immerzu an den Schluss denken muss. Also denke ich nicht oft an Bad Münstereifel, an Stefan, Herrn Schiller und Oma Kristel. Oder an Herrn Düster, der, als ich ihn zum letzten Mal sah, auf den Stufen unseres Hauses in der Heisterbacher Straße stand. Seinen Jägerhut in den knotigen alten Händen.

»Auf Wiedersehen, Herr Düster«, hatte ich höflich gesagt, bevor er für immer aus meinem Leben verschwand. Daraufhin hatte er mich feierlich angesehen und erwidert: »Hans. Bitte nenn mich Hans.«

Dank

Ich danke Camilla Bolton von der Darley Anderson Agency für Unterstützung, Ermutigung und Offenheit. Ebenso bedanken möchte ich mich bei allen im Piper Verlag. Dank gebührt auch meinem Ehemann Gordon für seine uneingeschränkte Unterstützung und dafür, dass er von Anfang an an das Buch geglaubt hat. Nicht zu vergessen sind auch meine Freunde in Bad Münstereifel. Ich möchte euch dafür danken, dass ich mit eurer Hilfe so viel über die Geschichte, die Sagen und die Kultur der Eifel gelernt habe.